Stefan Burban

Vor den Toren der Hölle

STEFAN BURBAN

BLUTLÄUFER

VOR DEN TOREN DER HÖLLE

Eine Veröffentlichung von
Atlantis Verlag Guido Latz, Bergstraße 34, 52222 Stolberg
Februar 2025

Titelbild: Allan J. Stark
Umschlaggestaltung: Timo Kümmel
Lektorat & Satz: André Piotrowski

Besuchen Sie uns im Internet:
www.atlantis-verlag.de

PROLOG

Der Planet Vukartjall war ein streng gehütetes Geheimnis innerhalb des Rod'Or-Imperiums. Seine bloße Existenz war lediglich einem verschwindend geringen Personenkreis bekannt. Die exakten Koordinaten kannten sogar noch weniger.

Vukartjall war eine von drei Welten, auf denen Paladine konditioniert, ausgebildet und akribisch auf ihren Dienst am Imperium vorbereitet wurden. Die Unglücklichen, die es hierhin verschlug, verloren im Lauf der Prozedur jeglichen Individualismus. Sobald ihre Ashrakausbilder mit ihnen fertig waren und sie entlassen wurden, in ein Universum der Gewalt, war ihre persönliche Existenz gleichbedeutend mit der des Imperiums und ihrer Rod'Or-Herren.

Das Reich stahl bei den Blutläufern Leben. Bei den Paladinen stahl es Seelen.

Es gab allerdings einen Krieger, der dies nicht länger hinnehmen wollte.

Das Ashrak-Transportschiff senkte sich auf dem für diesen Anflug festgelegten Landekorridor geschmeidig der Oberfläche von Vukartjall entgegen. Weder die Besatzung an Bord noch die Bodenkontrolle bemerkte den blinden Passagier, der sich in einer Nische in der Außenhülle verbarg und nur auf den passenden Moment wartete, um sich abzusetzen.

Der Krieger befand sich in tiefer Trance. Sein selbst auferlegter Schlaf wich sogleich, als die innere Uhr des Mannes Alarm schlug.

Der Mann öffnete die Augen und betrachtete die von dichten Dschungeln überwucherte Welt. Sie glitt unter dem Transportschiff mit halsbrecherischer Geschwindigkeit dahin. Noch während er zusah, verringerte der Transporter seine Geschwindigkeit. Die Landeplattform war nicht mehr fern. Zeit, sich zu verabschieden.

Der blinde Passagier hatte einst viele Jahre auf dieser Welt zugebracht.

Seine Kiefermuskeln verkrampften sich, als er an jene Epoche zurückdachte. Die Erinnerungen überfluteten sein Gehirn.

Nur einer von fünfzehn auserwählten Rekruten überlebte die brutale Ausbildung, die grausamen Aufseher und die tödlichen Gefahren des Dschungels. Wer am Ende die Abschlussprüfung überstand, der galt zu Recht als Elite des Imperiums.

Bilder zuckten durch seinen Geist. Momentaufnahmen von Gesichtern, deren Namen er schon lange nicht mehr wusste. Aber er erinnerte sich daran, wie diese Paladine gemeinsam mit ihm hierhergekommen waren. Wie sie gemeinsam mit ihm den Gefahren von Vukartjall getrotzt hatten. Und wie die meisten von ihnen auf dieser Welt gestorben waren. Männer und Frauen, die er Leidensgenossen, Kameraden und, ja, auch Freunde genannt hatte.

Ein weiteres Mal meldete sich die unterdrückte Paladinkonditionierung zu Wort. Obwohl er wieder zu sich selbst gefunden hatte, lauerte sie ständig im Hintergrund, wartete auf einen Moment der Schwäche, um ihn erneut unter ihre Knute zu zwingen, vergleichbar mit einem Raubtier, das versessen darauf aus war, Beute zu machen und seine Kiefer in das Fleisch des Opfers zu schlagen.

Der ehemalige Paladin schloss die Augen und atmete mehrmals tief durch. »Ich bin Takashi«, sagte er langsam zu sich selbst wie ein Mantra. »Takashi ...« Er zögerte. »Takashi ... Noguma.«

Es fiel ihm zuweilen äußerst schwer, sich an seinen Familiennamen zu erinnern. Das war der Preis, den man bezahlte, wenn man von den Ashrak auserwählt wurde. Seit seiner Befreiung aus dem Joch des Imperiums durch Gareth waren mehrere Standardjahre vergangen. Zeit, die er genutzt hatte, um sich an den Mann zu erinnern, der er vor der Gefangennahme durch die Fischköpfe gewesen war. Trotzdem fühlte sich die Persönlichkeit von Takashi Noguma zuweilen irgendwie seltsam an. Wie ein Mantel, den er sich überstreifte, um zu verbergen, wer er wirklich war. Ein Mantel mindestens zwei Nummern zu groß.

Nun war das Stadium erreicht, zurückzukehren, um Rache an seinen Peinigern zu nehmen. Und welcher Ort wäre passender als die Welt, auf der alles seinen Anfang genommen hatte.

Der Pilot des Transporters senkte ein weiteres Mal seine Geschwindigkeit. Die finale Phase des Landeanflugs hatte begonnen. Zeit, die Sache durchzuziehen.

Takashi löste seine Verankerung aus der Schiffshülle und platzierte einen Sprengsatz. Der Zeitzünder war auf zwanzig Minuten eingestellt. Der Transporter brachte neue Rekruten nach Vukartjall. Takashi ging diesen Schritt nicht gern. Aber aus Erfahrung wusste er, dass der Tod dem Schicksal, das ihnen blühte, vorzuziehen war.

Takashis Hände lösten sich von der Strebe, an der er sich festhielt, und mit einem beherzten Sprung entfernte sich der Krieger von dem Transportschiff. Die Oberfläche raste auf ihn zu. Der ehemalige Paladin löste die Absprungkapsel aus. Augenblicklich wurde er von einem flüssigen Polymer eingehüllt, das sich innerhalb eines Wimpernschlages zu einer Hülse verfestigte. Sie war dermaßen stabil, dass er den Aufprall auf dem Boden gar nicht spürte. Die Kapsel brach auf und entließ ihren Insassen ins Freie.

Takashi kniete sich hin und lauschte erst einmal. Keine Alarmsirenen waren zu hören. Auch keine schwer bewaffneten Patrouillen durchstreiften den Dschungel. Niemand nahm Notiz von seiner Anwesenheit. Perfekt.

Mit den Instinkten und der Ausbildung des vollendeten Kriegers bewegte sich Takashi durch den dichten Blättervorhang. Ashrak und Rod' Or hatten ihn zu dem gemacht, was er war. Sie hatten ihn geformt, bis er dem entsprach, was sich diese Monster unter dem Ebenbild eines Soldaten, vor allem aber eines willfährigen Befehlsempfängers vorstellten. Nun kehrte er zurück, um Vergeltung zu üben. Ihnen vor Augen zu führen, wie falsch ihre Sicht war auf das Universum und die Vielzahl an Wesen, die es beherbergte. Er kam, um sie für ihre Taten zu bestrafen.

Vukartjall war lediglich sein erstes Ziel, eines von vielen. Die Produktion und Ausbildung zukünftiger Paladine zu sabotieren, würde das Imperium in einem Ausmaß schwächen, das sich die Rebellen nicht einmal ansatzweise vorstellen konnten.

Im Verlauf der letzten Jahre hatte das Imperium die Anzahl seiner Paladine immer weiter erhöht. Bald schon würden ihre Streitkräfte in signifikantem Ausmaß durch deren Kampfkraft verstärkt werden. Die Auswirkungen steigender Rekrutierungszahlen waren bereits jetzt zu spüren.

Voraus erhob sich ein hässliches, graues Gebäude. Es bot einen seltsamen Kontrast zu der grünbraunen Umgebung. Bilder zuckten durch seinen Geist. Grauenvolle, albtraumhafte Bilder von Operationen, Experimenten und anderen Eingriffen, die an ihm und seinen Leidensgenossen vorgenommen worden waren, um sie auf ihren Dienst bei den Paladinen vorzubereiten.

Vorsichtig schlich er näher. Vier Ashrak standen an einem der Eingänge auf Posten und hielten Wache. Die Soldaten waren allerdings nicht sehr aufmerksam. Warum sollten sie auch? In der gesamten Tausende von Jahren zurückreichenden Geschichte des Imperiums hatte es niemals einen Angriff auf einen Ausbildungsplaneten der Elitekrieger gegeben.

Die vier Ashrak wurden von drei Paladinen in voller Kampfmontur unterstützt. Im Gegensatz zu ihren Herren und Meistern waren diese überaus wachsam und bereit, jederzeit auf eine Bedrohung zu reagieren. Selbst wenn sie gewollt hätten, wäre ein anderes Handeln gar nicht möglich gewesen. Sie waren darauf konditioniert. Unter Umständen erklärte das auch die Nachlässigkeit der Ashrak. Sie verließen sich auf ihre versklavten Begleiter.

Takashi lauschte einigen Minuten den Gesprächen der Fischköpfe. Er grinste. Sie diskutierten über die Rebellen und deren Kampf für die Freiheit. Ihre Verachtung war offensichtlich. Keiner von ihnen räumte den Freiheitskämpfern Chancen auf einen Sieg ein.

Takashi wäre am liebsten vorgetreten und hätte den arroganten Dreckskerlen erklärt, welchem Irrtum sie unterlagen. Der Kampf für die Freiheit war eine nicht zu unterschätzende Motivation. Und wenn er die Wahl hätte, sein Geld entweder auf einen Mann zu setzen, der für die Freiheit kämpfte, oder auf einen bezahlten Söldner oder sogar einen Sklaven, er würde jederzeit auf Ersteren wetten.

Takashi nahm sich einen Augenblick Zeit und seine Gedanken wanderten zu Gareth zurück. Sein alter Freund hatte ihn aus dem Joch der Unterdrückung befreit. Ihm war es zu verdanken, dass er die Konditionierung hatte abschütteln können. Dies war zum selben Zeitpunkt geschehen, als sich die geschlagenen Rebellen aus dem umkämpften Solsystem hatten zurückziehen müssen. Seither war ihm viel Gutes über die Rebellion zu Ohren gekommen. Sie machten dem Imperium allerhand

Ärger und verfügten mittlerweile sogar über eine eigene Heimatwelt jenseits der imperialen Grenzen.

Seit der Schlacht um das Solsystem war eine Menge Zeit vergangen, fast drei Standardjahre. Oft hatte Takashi darüber nachgedacht, zu Gareth zurückzukehren. Aber noch war er nicht so weit. Es gab viel zu tun, bevor er sich erneut unter die Augen des Anführers der Rebellion traute. Vor allem musste er sich selbst beweisen, dass er wieder ein Mensch war. Denn insgeheim fühlte er sich nicht wie einer.

Takashi hatte sich auf einen einsamen Mond begeben und dort eine geraume Weile ein Eremitendasein gefristet. Er hatte die Zeit genutzt, um wieder zu sich selbst zu finden. Jetzt war er der Meinung, sich halbwegs gut genug im Griff zu haben, um seine einstmaligen Peiniger aufzusuchen und ihnen seine Aufwartung zu machen.

In der Ferne erklang das unverwechselbare Grollen einer Explosion. Der Transporter war in die Luft geflogen – genau nach Zeitplan.

Die Ashrak schreckten aus ihrer Unterhaltung auf. Sie diskutierten kurz, dann machten sich zwei von ihnen in Begleitung zweier Paladine auf den Weg, die Ursache des Lärms herauszufinden. Ein Ashraksoldat und ein Elitekrieger blieben zurück.

Takashi wartete, bis die kleine Gruppe außer Sichtweite war – dann verharrte er noch zwei Minuten länger. Mit einer langsamen, wohlkalkulierten Bewegung zog er das Schwert aus der Scheide auf dem Rücken.

Takashi atmete mehrmals tief durch, reicherte sein Blut mit Sauerstoff an. Die zusätzliche Energie würde er gleich benötigen. Der ehemalige Paladin versank tief in sich selbst. Die Kexaxa der Rebellen hatten das Loyalitätsimplantat entfernt, aber die Kampfkonditionierung war immer noch Bestandteil seines Wesens. Sie dominierte jede Zelle von Takashis Körpers.

Wie ein Computerprogramm übernahm sie die Oberhand.

In einer wundervoll geschmeidigen Bewegung, einem Tänzer gleich, erhob sich der Krieger aus dem Unterholz. Die Klinge blitzte auf im Sonnenlicht. Er benötigte nur wenige Schritte, um die Entfernung zu seinen Gegnern zu überbrücken. Der Paladin reagierte als Erster. In der einen Hand eine Pulspistole, in der anderen ein Schwert, stellte dieser sich dem unbekannten Angreifer.

Der Ashrak aktivierte sein Kommgerät. Takashi wählte seine Ziele mit Bedacht. Der Fischkopf sollte als Erster dran glauben. Der Paladin-Wachposten griff an. Takashi wich seitlich aus, das gegnerische Schwert glitt dort durch die Luft, wo er soeben noch gestanden hatte.

Die Glupschaugen des Ashrak wurden groß. Bevor er in der Lage war, etwas zu sagen, schlitzte Takashi ihn der Länge nach auf. Der feindliche Soldat stürzte hintenüber. Er wollte noch etwas sagen, aber kein Laut kam über seine Lippen.

Takashi wirbelte herum, parierte die Klinge des anderen Paladins mit der eigenen. Der Krieger war gut, keine Frage, aber auch jung. Vermutlich hatte er seine Ausbildung erst vor Kurzem beendet. Gut möglich, dass er noch niemals einen echten Kampfeinsatz durchgestanden hatte. Takashi im Gegenzug hatte für das Imperium bereits Blut vergossen.

Die Kontrahenten trennten sich. Der Paladin griff erneut an, war in seinem Tatendrang vielleicht ein wenig zu übereifrig. Takashi wartete lange genug, dass sein Gegner glaubte, er hätte die Oberhand – dann wich er seitlich aus. Das Schwert kam in einer bogenförmigen Bewegung nach oben und köpfte den Krieger.

Takashi verschwendete keine Sekunde mit Gefühlen wie Reue oder Schuld. Dieser Paladin war ein Feind gewesen. Und aufgrund seines Implantats hatte er nicht einmal gewusst, dass er dem Bösen diente. Um zu verhindern, dass noch mehr derart arme Kerle dasselbe Schicksal erlitten, war er hier. Nur diesem Zweck diente seine Mission.

Takashi packte die Hand des gefällten Ashrak und führte sie in ein Rohr neben der Tür. Feine Nadeln fuhren aus und nahmen eine Gewebeprobe. Der Computer bestimmte die DNS und erkannte die Zugangsberechtigung des Soldaten. Die Tür schwang gehorsam auf.

Takashi spürte schon beim Eintreten, wie ihm ein Schauder über den Rücken lief. Er war seit langer, langer Zeit nicht mehr hier gewesen. Betreten hatte er diese Einrichtung noch als Mensch. Aber verlassen … nun … verlassen hatte er sie als etwas anderes. Als etwas, von dem ihm selbst nicht richtig klar war, um was es sich handelte.

Die Korridore lagen verlassen vor ihm. Vermutlich kümmerten sich die meisten Ashrak um den abgestürzten Transporter. Und die Wissenschaftler waren mit den unfreiwilligen Insassen der Anlage beschäftigt. Sie umzuformen im Sinn ihrer Rod'Or-Herren, war praktisch ihr einziger Lebensinhalt.

Voraus hörte er gedämpfte Stimmen. Takashi presste sich flach gegen die Wand, verschmolz mit seiner Umgebung. Einige Fischköpfe passierten die T-Kreuzung unmittelbar vor ihm. Bei vieren von ihnen handelte es sich um Wissenschaftler. Ein hoher Offizier begleitete sie. Sie plapperten unentwegt auf diesen ein. Dessen Schuppenfarbe änderte sich kontinuierlich, was überdeutlich zeigte, dass ihm die Akademiker gehörig auf die Nerven fielen.

Takashi dachte darüber nach, alle vier zu töten, entschied sich allerdings dagegen. Tarnung schien die beste der verfügbaren Optionen zu sein. Je länger er unentdeckt blieb, desto besser. Niemand konnte vorhersagen, wann das Fehlen der Ashrak bemerkt werden würde.

Takashi ließ sie ziehen. Er wartete noch ein wenig länger, nachdem ihre Stimmen bereits verklungen waren. Erst dann setzte er sich erneut in Bewegung. Der ehemalige Paladin erreichte eine breite Tür. Die Hand des Kriegers näherte sich dem Öffnungspaneel an der Seite. Er zögerte. Weitere Bilder erschütterten seinen ansonst ruhigen Verstand. Projektionen der Vergangenheit. Als die Wissenschaftler des Imperiums ihm nicht nur Persönlichkeit und Leben nahmen, sondern auch jede Würde.

Takashi fasste sich ein Herz und drückte auf den Öffner. Die Türflügel schoben sich gehorsam zur Seite. Er betrat eine weite Halle mit hoher Decke. Sie war unterteilt in mehrere Ebenen. Auf jeder von ihnen befanden sich Tausende von Tanks. In der milchig weißen Flüssigkeit schwebten zukünftige Paladine. An diesem Ort wurden sie mit dem Loyalitätscocktail imprägniert. Sobald der Vorgang abgeschlossen war, würde buchstäblich jede Zelle davon durchsetzt sein.

Im Gegenzug zu gewöhnlichen Blutläufern war das Loyalitätsimplantat bei den Paladinen nicht technischer, sondern chemischer Natur. Ihre Zellen wurden damit gesättigt. Es generierte absolute und unverbrüchliche Ergebenheit zu Rod'Or und Imperium. Außerdem sicherte es die Gehorsamkeit gegenüber den Ashrak.

Takashi trat an einen der Tanks und legte seine Hand auf das Gefäß. Mit traurigen Augen betrachtete er die Frau im Inneren. Sie war maximal achtzehn Jahre alt und stammte von der Erde. Der weibliche Mensch hatte die Augen geöffnet, aber aus Erfahrung wusste Takashi, dass sie nichts um sich herum wahrnahm. Ihre Empfindungsfähigkeit wurde erst wieder aktiviert, sobald man sie aus diesem Behälter entließ. Ihre Pupillen waren so nach oben verdreht, dass man nur das Weiß ihrer Augen erkennen konnte.

Eine Vielzahl von Schläuchen führte in und aus ihrer schlanken Gestalt. Sie regelten das absolute Minimum ihrer Körperfunktionen. Takashi schüttelte überwältigt von Mitgefühl den Kopf. Sobald diese Sklaven aus den Tanks geholt wurden, waren sie bereit für die kräftezehrende Zeit, die das Imperium euphemistisch als Ausbildung bezeichnete.

Anschließend zogen diese Männer und Frauen hinaus zu den Sternen, um für ihre Herren zu töten. Bedingungslos. Ohne Reue. Ohne Kompromisse. Ohne Fragen zu stellen. Die perfekten, eiskalten Killer.

In gewisser Weise beneidete Takashi seine ehemaligen Kameraden. Sie wurden nicht länger von etwas so Profanem wie einem Gewissen traktiert. Seit er einen Teil seiner ursprünglichen Persönlichkeit zurückerlangt hatte, konnte er kaum eine Nacht durchschlafen. Seine Opfer drängten sich in den Vordergrund, sobald er die Augen schloss. Takashi fragte sich, ob das jemals aufhören würde. Möglicherweise war es die gerechte Strafe für all seine Taten. Er hatte keine Wahl gehabt. Niemand hatte danach gefragt, ob er tun wollte, was er tat.

Aber spielte das für die Toten jemals eine Rolle? Takashi bezweifelte es. Tot war tot. Für seine Opfer war es ohne Belang, warum sein Schwert sie gefällt und in die Finsternis geschickt hatte. Seine Mimik nahm einen grimmigen Ausdruck an. Zumindest diese Einrichtung würde bald ihre Pforten schließen.

Takashi griff in seine Tasche und befestigte einen Sprengsatz an dem Tank. Er sah in die ausdruckslosen Augen der jungen Frau und seine Hand tastete ein letztes Mal über den Behälter. »Es tut mir leid«, wisperte er der Frau zu. Er wusste, sie war nicht in der Lage, ihn zu hören. Und dennoch, ein Teil seines Wesens akzeptierte das nicht. Er hoffte, sie verstand und billigte, was er hier tat. Mit dieser Aktion ersparte er ihr eine Welt des Leidens.

Takashi riss sich von dem Anblick los. In unregelmäßigen Abständen verteilte er weitere Sprengsätze in der Halle. Es würden einige notwendig sein, um die komplette Anlage in Schutt und Asche zu legen. Diese Halle befand sich im Zentrum der Einrichtung. Sie war hervorragend geeignet, um den Tod über Vukartjall zu bringen und den Rod'Or vor Augen zu führen, dass es ab sofort nirgendwo mehr geschützte Zufluchtsorte für ihre Handlanger gab.

Takashi brachte soeben die fünfte Bombe an einem Tank an, als er erkannte, dass er nicht länger allein war. Seine antrainierten Sinne meldeten sich zu Wort. Der bestens ausgebildete Krieger ließ seine Tasche fallen und sprang zur Seite. Ein Schwert sauste durch die Luft und prallte Funken sprühend vom Boden ab.

Takashi ging in Angriffshaltung. Sich auf den Kampf vorbereiten fiel ihm so leicht wie atmen. Vor ihm stand ein hochgewachsener Mann in tiefschwarzer Rüstung. Der Helm war geschlossen, das Schwert zum Kampf erhoben. Der Paladin war beileibe kein Anfänger. Wenn er seinen Gegner richtig einschätzte, dann stand ihm hier ein erfahrener Kämpfer gegenüber. Ein Veteran unzähliger Missionen und Schlachten. Er würde nicht leicht zu überwältigen sein.

Mit unendlicher Ruhe griff der Paladin in einen Beutel an seiner Hüfte und förderte eine Anzahl Sprengladungen zutage. Takashis Kiefer mahlten. Alles umsonst. Der Mistkerl hatte all seine Sprengladungen entschärft. Wie lange folgte er ihm schon? Vermutlich schon eine Weile. Und das, ohne bemerkt worden zu sein. Beeindruckend!

Der Paladin griff an. Takashi zog seine eigene Klinge in einer formvollendeten, fließenden Bewegung. Die Schwerter trafen aufeinander. Die Kontrahenten maßen für eine Sekunde ihre Kräfte – dann trennten sie sich wieder voneinander.

Die geübten Krieger umkreisten sich, lauernd, abwartend, auf eine Schwäche des Gegners hoffend. Sie prallten erneut mit brachialer Gewalt aufeinander. Die Wut, mit der die Klinge des Paladins auf die seine traf, erschütterte jedes Atom seines Körpers.

»Verräter!«, presste der Krieger hervor. Die Worte klangen dumpf, wie sie unter dem Helm ausgestoßen wurden. Takashi spürte Hass und Verachtung, der ihnen innewohnte.

Die Kontrahenten prallten mehrmals aufeinander, ohne dass einer von ihnen einen bedeutenden Vorteil erringen konnte. Beim vierten Schlagabtausch änderte der Paladin seine Taktik. Der Krieger verlagerte beinahe unmerklich sein Gewicht zur Seite. Es genügte aber, um Takashis Klinge abzulenken und ihn ganz kurz aus dem Gleichgewicht zu bringen.

Die Handkante des Paladins kam hoch und hätte Takashi um ein Haar an der Schläfe erwischt. Dieser wehrte den Schlag gekonnt ab, konnte aber nicht verhindern, dass ein Tritt sein rechtes Knie traf. Es wurde von einer Sekunde zur nächsten taub und er stürzte.

Ein weiterer Tritt traf ihn unter dem Kinn. In seinen Ohren klingelte es. Trotzdem war es ihm möglich, einen Gegenangriff zu starten. Sein unversehrtes Bein kam hoch und erwischte den Paladin unter dem Helm. Überraschtes Grunzen belohnte seine Bemühungen. Sein Gegner taumelte zwei Schritte rückwärts. Bevor Takashi sich aufrappeln konnte, spürte er die Klinge des Angreifers unter dem Kinn, bereit zum tödlichen Stoß. Der Mann bewegte sich unfassbar schnell.

»Das genügt!«, fuhr eine befehlsgewohnte Stimme dazwischen. Der Paladin erstarrte.

Plötzlich waren sie von einer Horde Ashraksoldaten mit angelegten Pulsgewehren umzingelt. Ein hoher Offizier trat in ihre Mitte. Seine Männer machten ihm respektvoll Platz, ließen den Eindringling aber zu keinem Zeitpunkt aus den Augen.

Die Augen Takashis verengten sich gefährlich. Er kannte den Ashrak. Der Name des Offiziers war Tar'raka. Er leitete diese Einrichtung. Unter seiner Aufsicht war ihm die Menschlichkeit genommen worden. Takashi wäre beinahe aufgesprungen und hätte sein Gegenüber angegriffen. Ein Ashrak zog einen Stunner und sandte eine Ladung Strom durch Takashis Eingeweide. Zuckend und vor Elend aufstöhnend, krümmte er sich auf dem Boden. Und als wäre das noch nicht genug, gab Takashi alles von sich, was er in den letzten zwei Tagen gegessen hatte.

Tar'raka wartete seelenruhig, bis sich Takashi wieder etwas gefangen hatte. Dann schüttelte er den Kopf. »Dachtest du wirklich, es würde so einfach werden? Wir haben dich beobachtet, seit du die Wachen am Nebeneingang ausgeschaltet hast.« Tar'raka musterte den am Boden liegenden Mann nachdenklich. Seine Schuppenfarbe hellte sich ein wenig auf. »Ich vergesse nie einen Paladin, der diese Einrichtung verlässt. Einsfünf, nicht wahr?«

Takashi richtete sich halb auf. Er hasste sich selbst für die Schwäche, die ihn immer noch am Boden hielt. »Mein Name ist Takashi«, entgegnete er trotzig.

»Er gehört mir, Herr«, ging der Paladin dazwischen. »Ihr habt mir das Leben des Verräters versprochen.«

»In der Tat«, stimmte Tar'raka zu. »Das habe ich. Aber Pläne kann man ändern. Ich habe mit diesem faszinierenden Individuum Besseres im Sinn.« Seine Schuppen nahmen eine leicht grünliche Farbe an. Der Ashrak war amüsiert. »Und etwas sehr Unterhaltsames«, fügte er hinzu. »Ja, Einsfünf wird für die Obrigkeit eine willkommene Abwechslung darstellen.«

Die drei Ernteschiffe näherten sich der Umwandlungsanlage fünf-vier-sieben-eins, ohne Schwierigkeiten zu machen. Sie wurden von drei Angriffskreuzern eskortiert – ein formidabler Geleitschutz für so wenige Ernter. Die Erfordernisse des Krieges stellten aber das gesamte Imperium vor Herausforderungen. Und den Ashrak war klar, sollte der Druck auf die Feinde des Reiches aufrechterhalten werden, so war es unumgänglich, die zukünftigen Blutläufer zu schützen, bis diese eine der zahlreichen Umwandlungsanlagen erreichten.

An Orten wie diesem wurden sie mit dem Loyalitätsimplantat versehen und die körperlichen Modifikationen durchgeführt, damit sie im Anschluss an einen Ausbildungsplaneten überstellt werden konnten.

Eigentlich führte auf diesem entlegenen Posten ein Ashrakkrieger namens Teinir'wur das Kommando. Aber hier geschah so gut wie nie etwas, das die unbedingte Aufmerksamkeit des Befehlshabers erforderte. Daher verbrachte er die meiste Zeit in seinem Harem. Er überließ die alltäglichen Aufgaben dieser Anlage dem Offizier, der in der Hackordnung unter ihm rangierte. Sehr zu dessen Vergnügen, denn der zuständige Krieger war jung, hungrig und verspürte keinerlei Lust, in dieser Einrichtung zu versauern. Ihn dürstete es nach mehr.

Samir'kar, Zweiter Offizier der Raumkontrolle von Einrichtung 5471 überprüfte das übermittelte Inventarverzeichnis. Seine Schuppenfarbe verkündete seine Zufriedenheit. Er wandte sich um. »Sagt den Ladungsmeistern Bescheid. Es kommt eine neue Fuhre herein. Sechzigtausend frische Sklaven.« Sein Untergebener nickte knapp und steif, auf die für Ashrak typische Art und Weise.

»Sind die Codes des Konvois in Ordnung?«, fragte Samir'kar einen Offizier der Anflugkontrolle.

»Code wurde verifiziert«, bestätigte dieser.

»Ausgezeichnet!«, kommentierte Samir'kar. »Weisen Sie ihnen einen Anflugkorridor und eine Andockbucht zu.«

Der Konvoi passierte den äußeren Verteidigungsperimeter der Basis. Die Angriffskreuzer grüßten die Wachschiffe und diese erwiderten die freundliche Geste.

Die Ernteschiffe bereiten das Andockmanöver vor, als es geschah. Alarmsirenen heulten durch die Basis. Samir'kar war auf der Stelle alarmiert. »Womit haben wir es zu tun?«

»Zwölf nicht identifizierte Schiffe im äußeren System.«

»Möglicherweise ein nicht angekündigter Konvoi«, mutmaßte Samir' kar. Er suchte vergeblich den Silberstreif am Horizont.

»Negativ«, bestätigte der Offizier an den Sensoren seine schlimmsten Befürchtungen. »Sie senden kein Erkennungssignal. Außerdem gelten einige der Schiffe als vermisst.«

»Rebellen!«, presste Samir'kar hervor.

»Der Konvoi soll sich in den inneren Sicherheitsbereich begeben. Wir werden ihn schützen.« Samir'kar überlegte kurz. »Und fragen Sie bei ihrer Eskorte nach, ob sie bereit sind, uns zu unterstützen.« Der für die Kommunikation zuständige Offizier warf ihm einen fragenden Blick zu.

»Wir würden auch ohne sie mit den Rebellen fertig«, sah sich Samir' kar zu einer Erklärung gedrängt. »Aber sicher ist sicher.«

Die Rebellenschiffe schlossen schnell auf. Bevor sie jedoch in die Gefechtszone des Verteidigungsperimeters eindrangen, verringerten sie merklich die Geschwindigkeit. Samir'kar pustete gluckernd Luft durch die Rohre seiner Rüstung. »Feiglinge!« Er stieß dieses eine Wort triumphierend aus. Die Laune der Kommandooffiziere hob sich beträchtlich.

Die Ernteschiffe dockten derweil an, während ihre Eskorte abdrehte, um sich der Verteidigung anzuschließen. Samir'kar war ein wenig verstimmt. Weder bestätigten die drei Angriffskreuzer die Bitte des Zweiten Offiziers noch eröffneten sie auch nur die Kommunikation. Unter Ashrak war das extrem unhöflich und beinahe schon ein Affront. Aber zumindest beteiligten sie sich an dem Kampf gegen die Aufständischen und allein das genügte schon, ihn seinen Unmut vorübergehend vergessen zu lassen.

Der äußere Verteidigungsperimeter von Einrichtung 5471 bestand aus sieben schweren doppelläufigen Energiegeschützen. Man hatte eigens hierfür dieselbe Anzahl Asteroiden ins System geschleppt und die Abwehrwaffen dort installiert. Früher war ein solcher Aufwand nicht notwendig gewesen. Doch die Erfordernisse des Blutläuferaufstands ließen dem Imperium keine andere Wahl, als die Sicherheit auch tief im Inneren des Reiches drastisch zu erhöhen.

In den vorigen Konflikten wäre niemand auf die Idee gekommen, einen solchen Angriff durchzuführen, nicht einmal Syall oder Sekari. Dieser Rebellenabschaum wusste einfach nicht, was sich gehörte. Man konnte doch nicht so mir nichts, dir nichts die etablierten Regeln eines Krieges übergehen.

Die Rebellenflotte drang in den äußeren Abwehrbereich ein und überschritt damit die imaginäre Linie, die die Kampfdistanz der sieben Hochleistungsbatterien darstellte.

Diese eröffneten umgehend mit einer gebündelten Salve das Feuer. Die Energiestrahlen fraßen sich in die Panzerung der führenden zwei Schweren Kreuzer, ohne ins Innere vorzudringen.

Nur Geduld, ermahnte Samir'kar sich selbst. *Das wird schon.*

Die Rebellen erwiderten den Beschuss nicht, sondern kamen beständig näher. Der Zweite Offizier von Einrichtung 5471 fragte sich, was die wohl vorhatten. In diesem Moment erwachten die Geschütze der drei Eskortschiffe des Konvois zum Leben. Samir'kar stürzte vor. Seine fleischigen Finger mit den langen Gliedern umklammerten das Geländer vor ihm, während die Katastrophe ihren Lauf nahm.

Die Angriffskreuzer feuerten nicht auf die Geschütze selbst, sondern auf den hinteren Teil der Asteroiden, auf denen sie installiert waren. Dort befand sich die Energieversorgung, an einem Punkt, den die Konstrukteure für außer Reichweite eines Angreifers gehalten hatten.

Innerhalb kürzester Zeit waren die Asteroiden so gut wie abgetragen und ihr Innenleben der Wut des Gegners ausgeliefert. Die Geschützbatterien verstummten und die Rebellenflotte drang ungehindert in den inneren Sicherheitsbereich ein. Sie hatten kaum Schäden und keine Verluste erlitten.

»Zweiter Offizier?«, wagte einer seiner Untergebenen zu sagen. »Zweiter Offizier?«

Samir'kar ignorierte ihn. »Schickt die Jäger raus. Und sendet ein Notsignal an jede Basis, jeden Außenposten und jedes Schiff in Reichweite.

Schwerer Rebellenangriff. Benötigen umgehend Unterstützung.« Seine Schuppen nahmen eine tiefrote Farbe an. »Und könnte bitte jemand den Kommandanten aus dem Harem holen. Seine Anwesenheit wird dringend auf der Kommandoebene benötigt.«

»Zweiter Offizier!«, drängelte der Mann erneut.

»Was ist denn?«, begehrte Samir'kar auf.

»Wir werden geentert. Die Ernteschiffe ...«

***

Die Luken öffneten sich und aus den Eingeweiden der drei Ernteschiffe ergoss sich eine Flut von Rebellensoldaten in Einrichtung 5471, angeführt von Fabian Hoffmann, einem respektierten Lieutenant der Aufständischen.

Die wenigen Wachen eröffneten das Feuer, sobald die ersten Kämpfer der Rebellen auf der Bildfläche erschienen. Vier von Fabians Leuten fielen. Die Aufständischen wurden nur kurz aufgehalten. Die Antwort der Freiheitskämpfer löschte den spärlichen Widerstand aus.

Die Sicherheitsschotten schlossen und verriegelten sich lautstark. Fabian gab zwei Paar Turia-Kampfingenieuren ein wortloses Zeichen mit der Hand. Die vier rothäutigen Nichtmenschen machten sich sogleich an die Arbeit. Es wurde einem schier schwindlig, wenn man die technisch hochbegabten Nichtmenschen mit ihren vier Armen herumwuseln sah. Der Vorgang dauerte nicht lange und die Ingenieure hatten sich in die Systeme der Einrichtung gehackt. Die Schotten sprangen zischend auf.

Auf der anderen Seite wurden sie von Ashrak erwartet. Fabian zögerte nicht lange. Er zupfte eine Granate vom Gürtel, drückte den Auslöser und fing an zu zählen. Bei drei warf er den Sprengkörper durch das erste halb geöffnete Schott. Die Rebellen gingen in Deckung.

Eine Explosion erschütterte den Korridor. Qualm und der Gestank nach gegrilltem Fisch drangen durch die Öffnung. Das Schott glitt zur Gänze auf. Die Rebellen stürmten den angrenzenden Korridor.

Fabian stapfte über die leblosen Körper feindlicher Soldaten hinweg. Martha blieb mit angelegtem Gewehr dicht an seiner Seite. Er deutete auf eine Tür am anderen Ende des Ganges. Die Frau nickte grimmig und führte einen Kampftrupp in die angegebene Richtung.

Fabian war ungemein stolz auf das Erreichte. Es erinnerte nichts mehr an die unsichere, von Angst gepeinigte Liebessklavin, die sie vor einigen Standardjahren aus imperialer Gefangenschaft befreit hatten. Sie mauserte sich immer mehr zu einer guten Soldatin. Fast die Hälfte ihrer Truppen bestand inzwischen aus befreiten und anschließend ausgebildeten Liebes- und Arbeitssklaven. Wenn das so weiterging, dann würden richtige Blutläufer bald die Minderheit in der Rebellion stellen. Fabian war das nur recht. Es bedeutete im Umkehrschluss, dass weniger Menschen, Samirad, Dys, Turia, Ierie und einer Vielzahl anderer Spezies die Qualen des Umwandlungprozesses erdulden mussten.

Die Turia arbeiteten unter Hochdruck daran, die nächsten Sicherheitsschotten zu öffnen. Die Besatzung der Basis war nicht stark genug, den Angreifern effektiven Widerstand entgegenzusetzen. Nicht auf Dauer. Ihre einzige Hoffnung bestand darin, die Rebellen möglichst lange auf Abstand zu halten und auf das Eintreffen von Verstärkung zu warten.

Martha drehte sich um und nickte ihm einmal kurz zu. Fabian packte sein Pulsgewehr mit fester Hand. Das Schott öffnete sich zischend. Dahinter kam ein Korridor zum Vorschein, an dessen Ende Ashraksoldaten Stellung hinter einer Barrikade bezogen hatten. Sobald das gepanzerte Tor den Weg freigab, eröffneten sie das Feuer. Einer der Turia wurde getroffen. Sein Partner stieß einen schrillen Schrei aus, als hätte er die tödliche Verletzung selbst erlitten.

Fabian führte seine Kampftruppe in den Korridor hinein. Ein wilder, unerbittlicher Schusswechsel war die Folge. Ashrak und Rebellen schenkten einander weder Mitleid noch Zurückhaltung. Fabian verlor innerhalb weniger Minuten mehr als dreißig seiner Leute, die Verteidiger der Basis doppelt so viele.

Einige der Fischköpfe schleppten einen schweren, stationär montierbaren Pulswerfer heran und begannen, diesen aufzubauen. Unter seinem Helm fletschte Fabian die Zähne. Er wusste, sobald das verdammte Ding bereit war, würde der Korridor zur Todesfalle. Er gab Martha ein Signal. Sie verstand und führte ihren Trupp unablässig feuernd nach vorn. Unter ihrer Deckung arbeitete sich Fabian mit einigen Rebellensoldaten den Korridor entlang. Hinter ihm wurde einer seiner Männer von feindlichem Beschuss niedergestreckt. Die Rüstung des Kämpfers qualmte vor Einschusslöchern.

Der Rebellenoffizier zog den Kopf ein, als unmittelbar über ihm Pulsentladungen durch die Luft zischten. Er aktivierte die Wurfhilfe der Rüstung. Auf dem HUD seines Helms wurde die Flugrichtung einprojiziert, die nötig war, um eine Granate über die Barrikade hinwegzubefördern.

Fabian nahm einen Sprengkörper zur Hand, drückte den Auslöser und warf ihn in hohem Bogen den Ashrak entgegen. Die Granate folgte der Projektion beinahe haargenau. Sie landete vor dem Offizier, der den Aufbau der schweren Waffe beaufsichtigte. Der Kopf des Ashrak zuckte nach unten. Er hatte gerade genug Zeit, um zu erkennen, dass ihm keine Zeit mehr blieb.

Die Granate detonierte und verwandelte den Bereich jenseits der Barrikade in ein Inferno. Batterien für Impulswaffen lösten Sekundär- und Tertiärexplosionen aus. Fabian und seine Gefolgsleute hielten den Kopf unten. Eine Druckwelle heißer als die Hölle fegte über sie hinweg. Der Bordcomputer seiner Rüstung informierte ihn, dass Teile des Rückenschutzes wegschmolzen. Die Explosionswelle ebbte ab, bevor der Schaden kritisch werden konnte.

Fabian erhob sich langsam. Kaum einer seiner Leute stand noch aufrecht. Sie alle rappelten sich mühsam in die Höhe. Martha war eine der Ersten, die wieder standen. Gemeinsam arbeiteten sie sich den Gang entlang, unendlich vorsichtig, auf einen feindlichen Hinterhalt wartend. Ein Hinterhalt, der nicht erfolgte. Die Ashrak, die den Korridor verteidigt hatten, waren vollständig ausgeschaltet.

Mehr noch, die Explosionen hatten das Sicherheitsschott in deren Rücken aufgesprengt. Das Metall war von der Wucht der Detonationen verdreht, zerschmolzen und nach innen gebogen.

Die Rebellen rückten in die Kommandozentrale der Einrichtung 5471 vor. Auch hier herrschte Chaos. Die meisten Ashrak lagen zusammengekrümmt über ihren Stationen. Einige wenige bewegten sich.

Einzelne Schüsse fielen. Ashrak, die Widerstand leisteten, wurden schnell, gründlich und endgültig ausgeschaltet.

Fabian ignorierte die Schießerei. Sein Weg führte zur Kommandoplattform, wo ein Ashrak mit den Insignien eines Zweiten Offiziers darum kämpfte, wieder auf die Beine zu kommen. Sein Ziel – in einem letzten trotzigen Aufbäumen – war die Notfallentriegelung der Sklavenquartiere. Mit diesem Schalter, über den alle imperialen Anlagen verfügten, wurde die Atmosphäre aus den entsprechenden Abschnitten abgelassen und die Sklaven erstickten qualvoll. Das Imperium war der Meinung, wenn man eine Schlacht nicht gewinnen konnte, dann sollten die Rebellen auch keine Beute erringen.

Die Bewegungen des Zweiten Offiziers wirkten ungelenk und unkoordiniert. Seine Rüstung war stellenweise verbrannt, die schuppige Haut am Hinterkopf verkohlt. Fabian ließ den Helm in seine Rüstung einfahren und ragte über dem gegnerischen Offizier auf. Diesem wurde bewusst, dass er nicht länger allein war. Der Kopf des gegnerischen Offiziers neigte sich zur Seite, damit eines der Glupschaugen den Rebellen begutachten konnte, der seine Kommandozentrale eingenommen hatte.

Die beiden Männer harrten für einen Augenblick unbeweglich aus, musterten einander ohne jegliche Gefühlsregung. Die Hand des Ashrak zuckte in Richtung der Notfallentriegelung. Seine Finger hätten den Knopf um ein Haar erreicht. Fabian war schneller. Seine Hände schlossen sich um Hals und Nacken des Ashrak. Mit einer brutalen Drehung brach er diesem das Genick. Die Muskeln des Offiziers erschlafften. Fabians Finger öffneten sich und der Körper des Kriegers glitt zu Boden. Der Rebellenoffizier schloss die Abdeckung über dem Schalter. Niemand sollte ihn aus Versehen auslösen.

Er begutachtete die verschiedenen Hologramme, die der Ashrak bei ihrem Eintreffen betrachtet hatte. Sie zeigten Kämpfe aus der gesamten Einrichtung. Die Rebellen waren überall auf dem Vormarsch.

Fabian nickte zufrieden und aktivierte das implantierte Kommgerät. »Adler eins an Falke eins.« Es dauerte keine zwei Sekunden, da vernahm er die beruhigend zuversichtliche Stimme von Gareth Finch, dem Anführer der Rebellion.

»Ich höre, Adler eins.«

»Kommandozentrale ist gefallen.« Sein Blick streifte die verschiedenen holografischen Übertragungen erneut. »Ich schätze, die Basis wird in weniger als einer Stunde in unserer Hand sein.«

***

Das Schlachtschiff HERAKLEIA glitt gefährlich und tödlich wie ein Hai durch die äußere Verteidigungslinie von Einrichtung 5471. Die Abwehrbatterien blieben stumm und ließen das feindliche Schiff ohne Störung passieren.

Gareth war äußerst zufrieden. Durch das Brückenfenster voraus beobachtete er, wie der Angriffskreuzer SHIVA unter dem Kommando von Ris'ril die letzten Ashrakjäger mit wenigen gezielten Salven aus dem All fegte.

Gareth war äußerst stolz auf sein Flaggschiff. Es handelte sich um denselben Kampfraumer, den die Rebellen während der Schlacht um Waryard III dem Honuh-ton-Agenten Cha'acko abgenommen und wieder instand gesetzt hatten. Der Anführer der Rebellion schüttelte verständnislos den Kopf. Meine Güte, war das schon drei Standardjahre her?

Seit das Bündnis zwischen Syall, Sekari und den Rebellen geschlossen worden war, hatten die Kriegsgegner der Rod'Or ihre Taktik geändert. Sie griffen seit einiger Zeit verstärkt Umwandlungseinrichtungen und Erntekonvois an, um auf diese Weise Sklaven zu befreien, bevor sie mit dem Loyalitätsimplantat versehen wurden. Mit dieser Vorgehensweise hoffte man, dem imperialen Militär langsam, aber sicher das Wasser abzugraben. Es diente der Vorbereitung einer größeren Operation. Der momentane Zustand, in dem sich das Bündnis befand, nannte man Phase eins.

Hinter einem der Asteroiden kam ein Schwerer Kreuzer zum Vorschein. Er war beschädigt. Multiple Brüche zierten seine Außenhülle. Dennoch eröffnete die Besatzung das Feuer auf Gareths Flaggschiff. Die Energiestrahlen liefen nicht unter voller Energie. Sie verursachten kaum Spuren auf der Außenhülle des Schlachtschiffes. Gareths Kommandoschiff erwiderte den Beschuss und löschte den angeschlagenen Kreuzer mühelos aus.

Die HERAKLEIA gehörte zu den modernsten Kriegsschiffen des bekannten Universums. Die Besatzung des Feindkreuzers hatte keinerlei Chance gehabt. Gareth setzte ein Lächeln auf. Irgendein Spaßvogel hatte dies zum Anlass genommen, auf den hammerhaikopfähnlichen Bug das Abbild eines Totenschädels mit zwei gekreuzten Knochen zu malen. Er hatte nichts dagegen. In einem Buch hatte er gelesen, das wäre auf der Erde das Symbol für Piraten gewesen. Und im Prinzip waren sie genau das. Außerdem hob der Anblick die Moral der Rebellen, wo auch immer die HERAKLEIA auftauchte.

Gareths Blick streifte die Liege, die unweit seiner Position stand. Dort lag sein neuer Navigator David, eingestöpselt in den Vortex. »Bring uns näher ran«, bat er den Mann mit den kybernetischen Implantaten.

Irgendwann, erinnerte er sich in Gedanken. *Irgendwann werden wir die Navigatoren nicht mehr brauchen und dann können sie endlich von ihren Gerätschaften befreit werden.*

Gareth wandte den Blick ab. Man konnte einen Navigator nicht betrachten, ohne von Mitgefühl überwältigt zu werden. Er hatte immer gedacht, den Blutläufern wäre ein schweres Schicksal beschieden – bis zu dem Moment, an dem er seinen ersten Navigator traf.

Die geöffneten Augen Davids glitzerten in milchigem Weiß. Man hätte meinen können, der Mann sei vollständig weggetreten. Der Navigator verstand aber jedes Wort. Solange er sich mit dem Vortex verband, *war* er praktisch das Schiff. Der Navigator war überall und nirgends zugleich. Ein gespenstischer Gedanke.

Die HERAKLEIA glitt näher an die Umwandlungsanlage. Es kamen beständig Kampfberichte herein. Der Widerstand war längst noch nicht vollständig gebrochen. Die meisten Nachrichten waren aber durchweg positiv.

»Gareth?«, hörte er Davids Stimme in seinem Kopf. »Die Basis konnte einen Notruf mit der Bitte um Beistand absetzen.«

Gareth verzog die Miene. »Wann müssen wir mit ungebetenem Besuch rechnen?«

»Der nächste Stützpunkt mit einer ausreichend starken Kampftruppe befindet sich meines Wissens um die sechzig Lichtjahre entfernt. Aber sie verfügen über ausreichend Hyperraumkatapulte. Damit könnten sie zeitnah das nächste bewohnte imperiale System ansteuern. Im Anschluss bräuchten sie weniger als vierundzwanzig Stunden, um uns zu erreichen.«

Gareth seufzte auf. Er war dankbar, dass das Imperium Einrichtung 5471 nicht mit Hyperraumkatapulten ausgestattet hatte. Ansonsten säßen sie nun wirklich in der Patsche.

»Reicht die Zeit, um alle Sklaven zu evakuieren?«

David benötigte ein paar Sekunden, um die erforderlichen Berechnungen durchzuführen. »Gerade so«, meinte er schließlich. »Aber es wird verdammt knapp.«

»Dann sollten wir keine Zeit verlieren. Gib Fabian Bescheid, er soll auf der Stelle die Sklavenquartiere öffnen und die Gefangenen zu den Ernteschiffen führen.«

»Die Kämpfe sind aber noch nicht beendet«, protestierte der Navigator. »In einigen Sektoren wird das gefährlich werden.«

Dessen war sich Gareth nur allzu bewusst. Ihm blieb aber keine Wahl, wollten sie ein Gefecht mit der anrückenden Entsatzstreitmacht vermeiden. Und niemand vermochte vorherzusagen, wie umfangreich sie sein würde.

»Sag es ihm einfach«, erklärte Gareth mit emotionsloser Stimme.

»Wie du wünschst«, gab David sich geschlagen.

»Und lass mein Beiboot klarmachen«, ordnete er an. »Ich will runter und mir das selbst ansehen.«

***

Als Gareth die Basis erreichte und im Hangar sein Beiboot verließ, war der Kampf um Einrichtung 5471 beendet. Er wurde von Fabian und Martha erwartet, als er seinen Fuß ins Innere der Basis setzte.

Die drei Ernteschiffe, die als trojanisches Pferd gedient und die Truppen ins Zielgebiet gebracht hatten, wurden nun ihrem alten Zweck zugeführt. An Gareth vorbei zogen sich endlos erscheinende Massen befreiter Sklaven. Die meisten schienen verwirrt und noch nicht bereit zu glauben, dass sie tatsächlich in die Freiheit geführt wurden. Es gab Vertreter jedweder durch das Imperium eroberter und unterdrückter Spezies unter ihnen, auch eine große Anzahl Menschen.

Sobald er auf der Bildfläche erschien, wandten sich dem Anführer der Rebellion Augenpaare zu. Die Sklaven tuschelten verhalten oder zeigten unverhohlen mit dem Finger auf ihn.

Er hörte Wortfetzen wie: *»Das ist er«*, oder: *»Der Befreier Gareth Finch.«*

Desgleichen war ihm schon früher passiert und er hasste es. Sein Ruf hatte sich über das Imperium hinaus verbreitet. Und wo immer er unter den ehemaligen Sklaven erschien, da wurde er praktisch verehrt, als wäre er eine Ikone oder religiöse Figur. Es gab sogar Bewegungen innerhalb des Imperiums selbst, die keine Verbindung zu der von ihm angeführten Rebellion aufwiesen und das Reich der Rod'Or eigenständig bekämpften und dabei auf seine Anhängerschaft verwiesen. Das war nicht nur unangenehm, er hielt es auch für waghalsig. Diese unabhängigen Gruppen erinnerten mehr an Fanatiker denn an wirkliche Freiheitskämpfer. Mit solchen Leuten wollte er keinesfalls in einen Topf geworfen werden – auch wenn er zugeben musste, dass deren Aktionen das Imperium oftmals ablenkten, wenn er eigene Angriffe startete.

Gareth begrüßte Fabian mit festem Händedruck, bevor sich die alten Freunde in die Arme fielen. Für Martha hatte der Anführer der Rebellion einen Kuss auf die Wange übrig. Sobald sie sich voneinander lösten, zwinkerte er ihr zu, bevor er sich abermals Fabian zuwandte.

»Nun? Wo stehen wir?«

Der Lieutenant zuckte die Achseln. »Wir sind noch mit der Bestandsaufnahme beschäftigt, aber so wie die Dinge aussehen, haben wir dreißig- bis vierzigtausend Sklaven befreit. Etwa zwanzig Prozent davon Menschen.«

»Nicht schlecht für ein paar Stunden Arbeit«, honorierte Gareth. »Verluste?«

»Ungefähr fünfhundert«, erklärte Fabian bedrückt.

»Es hätte schlimmer kommen können.«

»Das schon, aber trotzdem sind es mehr, als notwendig gewesen wäre.«

Gareth runzelte die Stirn. »Wovon sprichst du?«

»Die 12. Kolonne … sie tanzte mal wieder aus der Reihe.«

Gareth seufzte genervt auf. »Natürlich«, meinte er sarkastisch. Die 12. Kolonne gehörte zu den Einheiten, die Michael Anderson aufgestellt und persönlich ausgebildet hatte. Die Truppen des düsteren Michael zeichneten sich durch besonders hohe Verluste aus, da sie vor allem durch ihre Sturmangriffe auf befestigte Stellungen auf sich aufmerksam machten. Ohne Rücksicht auf das eigene Überleben oder Kollateralschäden.

»Ich rede mit ihm, wenn wir zurück sind.«

»Unsere Verluste hätten halbiert werden können«, beharrte Fabian.

Gareth hob Einhalt gebietend eine Hand. »Ich sagte doch, ich rede mit ihm.«

Der Lieutenant machte den Anschein, noch etwas sagen zu wollen, ersparte es dann allerdings allen Anwesenden.

»Es gibt noch mehr zu berichten«, mischte sich Martha ein.

»Ja, was denn?«

Die befreite Liebessklavin und Fabian wechselten einen bedeutsamen Blick. Martha nickte auffordernd. »Sag es ihm.«

Der Anführer der Rebellion merkte auf. »Mir was sagen?«

Fabian holte tief Luft. »Die Basisbesatzung bestand ausschließlich aus Ashrak. Keine Dys, keine Samirad und ganz bestimmt keine Menschen.«

Gareth dachte über das Gesagte nach, dann nickte er verstehend. »Sie trauen den Blutläufern nicht länger. Hochgefährdete Anlagen werden jetzt ausschließlich von eigenen, hundertprozentig loyalen Truppen bemannt. Das war abzusehen.«

»Es stellt uns aber auch vor Probleme.«

»Welcher Art?«

»In den Archiven der Kommandozentrale stießen wir auf ein Kommuniqué. Man hat verfügt, die Quoten zu erhöhen. Um dreißig Prozent. Das sind eine Menge neuer potenzieller Soldaten für den Fleischwolf, der gemeinhin das imperiale Militär genannt wird. Wenn die so weitermachen ...«

»Dann werden die Rod'Or an der Front bald wieder in die Offensive gehen. Und mit solch umfangreichem Nachschub zwingen sie uns über kurz oder lang in die Knie.«

»So ist es«, bestätigte Fabian. »Und weißt du, was das darüber hinaus bedeutet?«

Gareth nickte. »Wir gehen früher zu Phase zwei über als ursprünglich geplant. Uns rennt ansonsten die Zeit davon.«

Cha'acko, ehemals Agent der Honuh-ton, schwamm entblößt von seiner Rüstung durch einen Tank mit einem Fassungsvermögen von gerade mal dreißig Kubiklitern. Ein lächerlich kleiner Raum, den man ihm zugestanden hatte. Darüber hinaus war das Wasser mindestens vier Grad zu kalt. Für die fischähnlichen Ashrak ein entwürdigender und zudem auch schmerzhafter Zustand. Es war Teil seiner Bestrafung. Cha'acko war versucht, es Folter zu nennen.

Über einen kleinen separaten Zugang wurde ihm das Essen gereicht. Es handelte sich im Großen und Ganzen um eine Zusammensetzung verschiedener Algen. Sie beinhalteten alles, was ein durchschnittlicher erwachsener Ashrak an Nährstoffen benötigte, aber nahrhaft ließ sich das Zeug nun wirklich nicht nennen.

Wenn die Wachen in guter Stimmung waren, ließen sie ihm kleine Meeresbewohner von seiner Heimatwelt zukommen, um den Speiseplan ein wenig aufzubessern. Es kam nicht sehr oft vor. Die Aufseher erlaubten sich hin und wieder einen Scherz, indem sie ihm in Aussicht stellten, ihm ein paar der Tierchen zu schicken, nur um am Ende das gegebene Versprechen zu brechen.

Cha'acko schlief nicht besonders gut. Die meiste Zeit über grübelte er darüber nach, wie er seine Feinde bestrafen könnte. Zu jenen zählte mittlerweile auch der Chefaufseher der Gefängnisanlage, ein besonders perverser und sadistischer Mistkerl mit Namen Tri'acko. Obwohl sie demselben Clan angehörten, hatte der Anführer der Wachmannschaft von Anfang an keinerlei Zweifel zugelassen, dass Cha'acko nicht mit irgendwelchen Vergünstigungen rechnen durfte.

Wie auf Kommando ging die Tür zu seinem Zellentrakt auf und Tri'acko stapfte herein. Cha'acko reckte den starren Hals. Obwohl er den Chefaufseher zutiefst verachtete, liebte er die wenigen Momente, wenn ihn jemand aufsuchte. Das Gefängnis befand sich auf einem Asteroiden außerhalb des Schwerkraftfeldes des Tyrashina-Systems. Seine Zelle lag im äußeren Sicherheitsbereich. Sobald die Tür sich öffnete, war er in der Lage, durch ein Fenster im Korridor die Sterne zu betrachten. Es war ein verschwindend kurzer Moment, doch Cha'acko genoss ihn, kostete ihn aus, als handele es sich um eine besonders erlesene Speise. Es erinnerte ihn an die Zeit in Freiheit und schürte die Hoffnung, dass er irgendwann ihren Duft wieder würde genießen dürfen.

Die Tür schloss sich zischend und sperrte die Sterne und das Universum aus, zu dem sie gehörten. Cha'acko wurde ein weiteres Mal mit der brutalen Realität seiner Existenz konfrontiert.

Tri'acko musterte ihn einen langen Moment eingehend. Dann stieß er gurgelnd Luft durch die Röhrchen seiner Rüstung. Cha'acko spürte dessen Verachtung – und den tiefer liegenden Hass dahinter. Der ehemalige Honuh-ton-Agent gehörte einer adligen Familie an. Sein Gegenüber hatte sich aus der Gosse in die jetzige Position hochgearbeitet. Einen Hochwohlgeborenen unter seinen Schützlingen zu wissen, bereitete dem Chefaufseher geradezu diebisches Vergnügen.

»Womit willst du mich heute quälen, Tri?«, fragte Cha'acko und ließ absichtlich den Clan weg, als er seinen Wächter ansprach. So etwas war in der Kultur der Meeresbewohner von Tyrashina nur zwischen Vertrauten, Gleichrangigen oder wenn derjenige, der sprach, den höheren Rang innehatte, gestattet. In der jetzigen Konstellation stellte es eine schwere Beleidigung dar. Zu Cha'ackos Überraschung ließ sich der Offizier seinen Unmut nicht anmerken.

»Du hast Besuch«, erwiderte der Chefaufseher. Ohne weiteren Kommentar trat er zur Seite. Die Tür ging abermals auf. Cha'acko hatte Mühe, sich seine Überraschung nicht anmerken zu lassen. Sein ehemaliger Adjutant Bri'anu stand vor ihm. Sofort fielen dem Gefangenen die neuen Rangabzeichen auf, die stolz die Rüstung des Kriegers zierten.

»Erster Kommandant«, kommentierte Cha'acko. »Damit wurde dir das Kommando über ein komplettes Angriffsgeschwader übertragen. Ich gratuliere herzlichst.«

Bri'anu starrte ihn eine Weile lediglich an. »Es bereitet mir keine Freude, dich auf diese Weise inhaftiert und gedemütigt zu sehen.« Auf die spöttisch vorgebrachten Glückwünsche seines ehemaligen Befehlshabers ging er gar nicht erst ein.

»Wirklich nicht?«, meinte Cha'acko. »Meine Entmachtung war ein erstes Sprungbrett auf deinem erfolgreichen Weg seither.«

Die Schuppen des Offiziers färbten sich dunkelorange vor Zorn. »Deine eigenen Handlungen haben dich in diese Lage gebracht. Denkst du, es war einfach, sich gegen meinen Befehlshaber zu stellen? Ich habe es nicht gern getan. Aber du warst dabei, eine ganze Flotte aufzureiben, nur aus persönlichem Stolz und Ehrgeiz. Der Rückzug war die einzige Alternative. Der Rat stimmte mit mir darin überein.«

Aus Cha'ackos Kiemen strömten mehrere Luftblasen in den Tank. Er wusste, diesen Zwist konnte er nicht gewinnen. Wer war auch in der Lage, nachzuvollziehen, was für ein Affront die bloße Existenz von Templer HT-843715 für ihn darstellte. Ein Mann, den er unter seine Fittiche genommen und über alle anderen Blutläufer erhoben hatte. Und nun führte ebenjenes niedriggeborene Subjekt den Aufstand an. Jeder Sieg, den die Rebellen errangen, jeder tote Ashrak, der ihren Weg pflasterte, war das direkte und unmittelbare Ergebnis von Cha'ackos Versagen. Ein Scheitern, mit dem der ehemalige Honuh-ton-Agent nicht leben konnte. Eine Schmach, die nur mit dem Tod des Gareth Finch und der Niederschlagung der Rebellion ausgelöscht werden konnte. Vorher würde er keinen Frieden finden. Und nun saß er hier, eingepfercht wie ein Tier, darauf wartend, dass man sich irgendwann wieder an ihn erinnerte – auf welche Weise auch immer.

»Was willst du?«, wechselte er das Thema.

»Du wirst demnächst zurück nach Tyrashina gebracht. Der Clanrat hat entschieden, was mit dir zu geschehen hat.«

Cha'acko merkte auf. »Entschieden? Ich hatte noch nicht einmal eine Verhandlung.«

»Die wird es auch nicht geben. Aufgrund deines Bekanntheitsgrades wurde beschlossen, auf ein Tribunal zu verzichten und stattdessen auf der Stelle zur Bestrafung überzugehen.«

»Das ist nicht rechtens!«, wütete Cha'acko. »Unser Gesetz ...«

»Spielt im Moment keinerlei Rolle«, unterbrach Bri'anu ihn.

»Und solche Worte aus dem Mund eines Mannes, der sich gegen mich gewandt hat, weil ich seiner Meinung nach unehrenhaft handelte«, höhnte der Gefangene. »Wie passt das jetzt zu deiner Vorstellung von Ehre?«

»Damals hatte ich die Möglichkeit einzugreifen.« Der Offizier zögerte. »Heute nicht.« Die Schuppen Bri'anus verfärbten sich beige, ein Anzeichen der Resignation. »Man bat mich, dir dies mitzuteilen, weil man hoffte, es würde aus meinem Mund … nun ja … besser aufgenommen.«

Cha'acko wusste nicht, ob er lachen oder mit einem weiteren Wutausbruch reagieren sollte. »Der Clanrat versteht unsereins wirklich nicht, oder?«

»Nein«, gab der Erste Kommandant überraschend freimütig zu. »Das tun sie nicht. Dennoch bin ich ihnen zur Loyalität verpflichtet. So wie du auch.«

»Aber zufrieden bist du nicht.«

Bri'anu antwortete nichts darauf. Das war auch unnötig. Cha'acko verstand ihn auch so.

»Ist dir jemals in den Sinn gekommen, dass deine Beförderung als Bestechung zu verstehen ist? Damit du genau das tust, was der Rat von dir verlangt, und ansonsten schön den Mund hältst?«

Bri'anu musterte den Gefangenen einen Moment lang eingehend, dann wandte er steif den Kopf in Tri'ackos Richtung. Der Chefaufseher verharrte einen Moment nachdenklich, dann verließ er stillschweigend den Raum.

Als der Wachmann verschwunden war, trat der Erste Kommandant näher an den Tank des Gefangenen. »Ja«, erwiderte er. »Der Gedanke ist mir bereits gekommen. Und ich habe für mich persönlich festgelegt, ihn zu ignorieren. Als Offizier kann ich dort draußen viel Gutes tun. Ich kann dort helfen, wo Korruption und Vetternwirtschaft innerhalb des imperialen Militärs unsere Handlungen bestimmen und lähmen.«

»Verläuft der Krieg so schlecht?«

Bri'anu stutzte, als wäre ihm klar geworden, zu viel preisgegeben zu haben. Er ging auf Abstand. »Die Rebellen haben einige Erfolge erzielt«, erklärte er etwas schwammig.

»Du besitzt einen sehr dehnbaren Begriff von Moral«, hielt Cha'acko ihm vor. Bevor der andere darauf reagieren konnte, winkte der ehemalige Honuh-ton-Agent aber ab. »Sei's drum. Was geschehen ist, ist geschehen.

Und was geschehen wird, kann durch diese leidige Diskussion nicht geändert werden.«

Bri'anu wirkte erleichtert, auch wenn seine Schuppenfarbe eher auf Scham hindeutete. Cha'ackos ehemaliger Untergebener wusste genau um seine eigene Schuld. Einst hatte er seinen Vorgesetzten seines Postens enthoben, weil er der Meinung war, dass dieser seine Streitmacht sehenden Auges in den Untergang führte. Nun hatte er sich bestechen lassen, damit die Öffentlichkeit nichts von diesem Vorfall erfuhr.

Cha'acko war der Gefangene, doch Bri'anu machte den Anschein, sich unwohl zu fühlen. Eine Konstellation, die Potenzial zur Belustigung aufwies.

»Was wird jetzt mit mir geschehen?«, stellte Cha'acko die einzige Frage, die ihn momentan wirklich bewegte.

»Man bringt dich nach Paro'kajan.«

Dieses eine Wort hing bedeutungsschwanger zwischen den zwei Männern. Bri'anu musste gar nicht mehr sagen. Cha'acko wusste nur zu gut, für was die Stadt Paro'kajan im gesamten Imperium bekannt war. Es handelte sich nicht direkt um ein Todesurteil, stellte aber eine nur geringe Lebenserwartung in Aussicht.

»Es tut mir leid«, raunte Bri'anu in die Stille hinein.

»Wenn du gewusst hättest, welches Schicksal mit blüht, hättest du damals anders gehandelt?«, wollte Cha'acko wissen.

»Nein«, entgegnete der Offizier ohne Zögern.

Cha'acko konnte nicht anders. Er war ein klein wenig stolz auf seinen ehemaligen Untergebenen. »Das hatte ich auch nicht angenommen.«

»Leb wohl, Cha'acko!« Mit diesem Gruß drehte sich der Erste Kommandant um. Er wollte den Raum verlassen, der Gefangene hielt ihn zurück.

»Unter wem dienst du jetzt?«

Bri'anu verharrte auf der Stelle. »Feldherr Pesar'rise.«

»Ein Idiot also«, versetzte Cha'acko mit einer Spur Häme. »Unter seinem Befehl, wirst du wirklich viele Fehler auszuwetzen haben. Vielleicht kommt der Tag, an dem du dich zurückwünscht zu der Zeit, als du mir dientest.«

Er glaubte schon, sein Gegenüber würde gar nicht mehr antworten. Doch dann stieß Bri'anu die Worte »Stirb ehrenvoll« aus und verließ den

Zellentrakt. Er überließ den Gefangenen der Einsamkeit, der Dunkelheit und den Gedanken über seinen bevorstehenden Tod. Die Lebenserwartung für Sklaven in Paro'kajan betrug durchschnittlich zwei Wochen. Cha'acko hatte vor, diese Statistik Lügen zu strafen.

Der Kampfverband unter Führung der HERAKLEIA materialisierte am Sprungpunkt des Waryard-Systems und wurde augenblicklich von einem gemischten Wachgeschwader, bestehend aus Einheiten der Rebellen, der Syall sowie der Sekari aufs Korn genommen.

Bevor es zu einem verhängnisvollen Missverständnis kommen konnte, reagierte David. Der Navigator sandte per Richtstrahl einen Gruß an die Verbündeten und komplettierte die Nachricht mit dem derzeit gültigen Berechtigungscode.

Die Kampfschiffe erwiderten die Begrüßung und drehten anschließend ab. Einige Jäger gingen in Formation mit der HERAKLEIA und eskortierten den Kampfverband in die Sicherheitszone des Systems.

Gareth blieb den gesamten Vorgang über auf der Kommandobrücke des Schlachtschiffes. Während David die HERAKLEIA tiefer ins Schwerkraftfeld steuerte, begutachtete der Anführer der Rebellion die Fortschritte.

Die Veränderungen waren unübersehbar, seit die Rebellen sich hier vor drei Standardjahren angesiedelt hatten. Der dritte Planet galt nun als ihre Heimat und sie würden eher sterben, als sich von hier wieder vertreiben zu lassen.

Das Rebellenflaggschiff schwenkte in einen hohen Orbit um Waryard III ein, während die übrigen Einheiten ihre Parkpositionen ansteuerten. Sobald dies erledigt war, schwenkten die Jäger ab, um zu ihren jeweiligen Aufgaben zurückzukehren.

Gareth betrachtete den Planeten, der unter der HERAKLEIA seine Bahn zog, nicht ohne Stolz. Sie alle hatten einen weiten Weg zurückgelegt, seit sie dem Imperium entkommen waren.

Die drei Ernteschiffe, die er zurückgeführt hatte, legten an einer großen Raumstation an. Über diese Transfereinrichtung würden die Befreiten erst registriert und dann ihren neuen Aufgaben zugeführt. Es gab viel zu tun und jeder musste mit anpacken, damit das Experiment Waryard III ein Erfolg wurde.

Selbst vom Orbit aus konnte man die fünf größeren Städte erkennen, die es mittlerweile gab. Dazwischen existierten unzählige kleine Ortschaften. Und sie alle fügten sich nahtlos in den Wirtschaftskreislauf ein, der den Planeten dominierte.

Auf Waryard III lebten inzwischen fast eine Milliarde ehemaliger Sklaven, fast ein Drittel davon Menschen. Gareth hob den Kopf. Ein zweiter Konvoi erreichte soeben den Planeten. Weitere befreite Sklaven warteten darauf, den Boden ihrer neuen Heimat zu betreten.

Weite Teile der Oberfläche waren vom Eis befreit worden und beherbergten nun zum Teil äußerst ausgedehnte Regionen, die ausschließlich der Ausbildung neuer Rekruten dienten. Die Armee der Rebellen war stetig im Wachsen, und bevor all das zu Ende gebracht wurde, würde sie sich noch weiter entwickeln müssen.

Das war nicht der einzige Fortschritt, den sie gemacht hatten. Unweit der Transferstation befanden sich vier weitere Konstruktionen. Zwei waren bereits fertig und arbeiteten tadellos, zwei weitere befanden sich im Bau. Es handelte sich um Werften, die Schiffe für den Kampf gegen diesen unnachgiebigen Gegner produzieren sollten.

Während er die Werften beobachtete, verließen mehrere Schiffe deren Konstruktionsbuchten. Die Aufständischen konzentrierten sich momentan noch eher auf den Bau kleinerer Kampfeinheiten wie Kanonenboote, Korvetten und Leichte Kreuzer. Aber schwerere würden folgen. Es brauchte lediglich Zeit und Ressourcen.

Gareths mitfühlender Blick streifte Davids wie tot daliegende Gestalt. Der Sinn hinter den Eigenbauten der Aufständischen lag darin, dass man mittel- bis langfristig keine imperialen Schiffe mehr nutzen wollte. Keine Imperiumsschiffe bedeutete keine Navigatoren mehr. Dann konnte man endlich damit beginnen, diese armen Teufel in ein menschenwürdiges Dasein zu führen. Erst dann war es ihnen möglich, ihren Platz in dieser neuen Gesellschaft einzunehmen. Aber bis dahin war es noch ein weiter Weg. Er seufzte. Manchmal fragte sich Gareth, ob er das Ende dieses Weges überhaupt miterleben würde. Sie waren so wenige und der Feind schien übermächtig.

Die Tore einer der Werften öffneten sich erneut und frisch gebaute

Kanonenboote der Tigershark-Klasse verließen die Docks. Es handelte sich nicht um die hübschesten Schiffe, die er je gesehen hatte, aber sie würden zweifelsohne ihren Zweck erfüllen.

Die Kexaxa, die sich der Rebellion angeschlossen hatten, erwiesen sich als unschätzbare Hilfe. Sie waren nicht nur versierte Baumeister, sondern auch hervorragende Ingenieure. Die Schiffe, die in diesen Werften produziert wurden, basierten auf von den kleinen wuseligen Geschöpfen erdachten Bauplänen.

Er hörte, wie sich David hinter ihm vom Vortex trennte. Das zischende Geräusch, wenn sich die Stecker aus den dazugehörigen Implantaten lösten, schickte ihm jedes Mal einen Schauder über den Rücken. Was sagte das über ein Reich aus, wenn es anderen so etwas Grausames antat? Seine Mimik versteinerte. Das Imperium musste fallen. Erst dann konnte er wieder ruhig schlafen. Und die unterjochten Welten würden endlich in den Genuss der Freiheit kommen – nach Jahren und Jahrzehnten, teilweise sogar nach Jahrhunderten.

David gesellte sich zu ihm. »Wirst du jemals müde, dir das anzusehen?«

Gareth schüttelte lächelnd den Kopf. »Niemals.«

»Dann erfreu dich daran, solange es andauert. Michael will dich sehen.«

Das Lächeln auf Gareths Gesicht schwand. »Das trifft sich gut. Ich habe einiges mit ihm zu besprechen. Meine Pinasse?«

»Wartet bereits auf dich.«

Der Anführer der Rebellion nickte, drehte sich um und marschierte auf den Ausgang zu.

»Viel Glück!«, rief ihm David hinterher.

Gareth reagierte, indem er kurz mit der Hand winkte, ohne sich umzudrehen. Das Gespräch würde nicht angenehm werden. Ab und zu musste jemand Michael seine Grenzen aufzeigen.

Er ließ sich von einem Piloten mit einem persönlichen Beiboot zur Oberfläche transportieren. Es war gar nicht nötig, nachzuforschen, wo Michael sich momentan aufhielt. Um diese Tageszeit überwachte der Mann die Ausbildung neuer Rekruten auf dem Gelände in der Nähe der nördlichen Polarregion. Dort übten die angehenden Rebellensoldaten den Umgang mit Eis, Schnee und Kälte.

Der Flug dauerte knapp eine Stunde. Genügend Zeit, dass sich Gareth überlegen konnte, wie er die Angelegenheit am besten zur Sprache brachte. Michael reagierte nicht gut auf Forderungen. Mit Argumenten ließ er sich allerdings überzeugen. Manchmal.

Ihre Beziehung zueinander war nicht vergleichbar mit ihrer Zeit, als sie in den zerstörten Straßen von London aufgewachsen waren. Sie hatten sich einander angenähert, was zwar nicht unbedingt auf eine Freundschaft hinauslief, aber wenigstens auf den Konsens gegenseitiger Koexistenz. Und das war immerhin etwas.

Die Pinasse setzte unweit von Michaels Kommandoposition auf. Gareth bedeutete dem Piloten zu warten und stieg aus. Er stapfte die wenigen Meter durch den Schnee zu einem Unterstand. Dort stand Michael, umgeben von einer Schar Offiziere, und starrte verdrossen durch ein Fernglas.

Blutläuferrüstungen verfügten über integrierte Möglichkeiten, sich entfernte Vorgänge anzusehen. Ihr Zoom war dem eines Fernglases um Längen überlegen. Aus irgendeinem Grund verzichtete der düstere Michael darauf.

Gareth senkte den Blick. Michaels Spitznamen war ihm schon seit Jahren nicht mehr in den Sinn gekommen. Er fragte sich, warum ihm dieser ausgerechnet jetzt durch den Kopf schoss.

Gareth dachte darüber nach, seine eigene Rüstung auszufahren. Er widerstand dem Drang und nahm sich stattdessen ebenfalls ein Fernglas vom Tisch. Er stellte sich demonstrativ an Michaels Seite.

Als er durch den Feldstecher spähte, erkannte er in der Ferne eine Einheit Rekruten bei einer Übung. Sie trainierten Brückenkopfbildung. Eine Gruppe fortgeschrittener Schüler übernahm die Rolle der Feinde. Sie leisteten den Rekruten erheblichen Widerstand. Beide Seiten benutzten Trainingswaffen, die dem Stunner eines Ashrak nicht unähnlich waren. Wer getroffen wurde, erlitt einen elektrischen Schlag und die Konsequenz bestand in der Lähmung des Körpers. Es gab keine dauerhaften Schäden, aber wenn jemand getroffen wurde, vergaß dieser einen solchen Vorfall nicht so schnell.

Die Rekruten erstürmten einen Hügel und schalteten dabei fast die Hälfte ihrer Gegner auf. Es entbrannte ein kurzes Feuergefecht. Um ein Haar wären die Angreifer von der Anhöhe wieder vertrieben worden. Doch entgegen jeder Wahrscheinlichkeit hielten sie die Stellung. Ihre Gegner mussten schließlich aufgeben und geschlagen abziehen.

Die Offiziere in dem Unterstand senkten die Ferngläser. »Das war sehr gut«, kommentierte Gareth.

Michael behielt den Blick auf das Schlachtfeld fokussiert. »Für den Anfang«, entgegnete der Lieutenant zurückhaltend. »Aber die Eroberung wurde zu langsam ausgeführt. Die müssen noch sehr viel schneller werden, bevor ich ihnen die Überstellung zu einer aktiven Kampfeinheit zugestehe.« Er wandte sich halb über die Schulter um. »Noch mal von vorne!«, wies er einen der Offiziere an, der daraufhin etwas in sein Kommgerät murmelte.

»Damit wären wir gleich beim Zweck meines Hierseins«, warf Gareth ein.

Michael widmete ihm keinen Blick. Er blieb voll und ganz auf die Übung konzentriert. »Du bist also nicht hier, um uns mit der Ehre deiner Gegenwart zu erfreuen.«

Gareth wusste nie, wann der Spott seines Kameraden wirklich hämisch und wann lediglich freundschaftlich gemeint war. Der Anführer der Rebellion wandte sich halb über die Schulter um. »Lasst uns allein!«, befahl er den versammelten Offizieren. Er hatte nicht vor, dieses Gespräch in ihrem Beisein zu führen. Michael war ein überaus stolzer Mann. Es würde ihn unnötig demütigen.

Keiner der Offiziere rührte sich von der Stelle. Stattdessen warfen sie Michael fragende Blicke zu. Dieser drehte den Kopf leicht zur Seite und nickte. Die Männer und Frauen verließen den Unterstand schweigend.

Jeder Lieutenant des Aufstands – sei es Fabian, Ris'ril oder eben auch Michael – kommandierte eine eigene Sektion von Rebellentruppen und einen eigenen Flottenverband. Aber Gareth behielt trotzdem den Oberbefehl über alles. Das Verhalten von Michaels Offizieren beunruhigte ihn mehr, als er vor seinem Weggefährten offenlegen wollte.

Ehe er loslegen konnte, hielt Michael ihm ein Holopad hin. Gareth nahm das Gerät an sich und aktivierte das Display. Vor seinen Augen öffnete sich eine Datei, die eine Liste von Namen enthielt.

»Was sehe ich mir da an?«

»Vorschläge«, erwiderte Michael. »Soldaten, die meiner Meinung nach bereit sind aufzusteigen. Es wären gute Offiziere, allesamt. Ein paar von ihnen bringen es unter Umständen irgendwann zum Lieutenant.«

Gareth deaktivierte das Holopad und steckte es in seine Tasche. »Ich seh sie mir später an und lass mir deine Vorschläge mal durch den Kopf gehen.«

Nun drehte sich Michael doch zu ihm um. »Mach dir nicht größere Umstände als nötig damit. Wink die Beförderungen einfach durch. Ich versichere dir, das sind gute Leute.«

»Zweifellos. Aber ich will sie mir dennoch genau ansehen.«

Michael stutzte. »Vertraust du mir plötzlich nicht mehr?«

»Darum geht es nicht.« Warum Gareth angesichts dieses Vorwurfs auf einmal wütend wurde, vermochte er selbst nicht zu sagen. Aber Michaels Art machte ihn manchmal einfach rasend. »Würde es um Vorschläge von Fabian, Ris'ril oder einem der anderen gehen, würde ich sie mir auch zunächst ansehen wollen.«

Michael musterte Gareth einen ewig erscheinenden Moment lang, dann zuckte er die Achseln und ließ das Thema auf sich beruhen.

Abermals stierte er durch den Feldstecher auf das vor ihnen liegende Übungsgelände. »Und was genau willst du nun von mir? Das hast du immer noch nicht gesagt.«

»Wir haben 5471 eingenommen und mehr als dreißigtausend für den imperialen Militärdienst bestimmte Sklaven befreit. Außerdem ein paar Tausend Liebes- und Arbeitssklaven.«

»Herzlichen Glückwunsch, aber ich denke nicht, dass du extra hergekommen bist, um anzugeben. Das ist einfach nicht deine Art.«

»Sicher nicht.« Gareth zögerte. »Wir hatten höhere Verluste, als notwendig gewesen wäre. Deine Leute weisen zuweilen einen selbstzerstörerischen Hang zu verhängnisvollen Sturmangriffen auf.«

Michael setzte das Fernglas endgültig ab. Ein schmales Lächeln zierte seine Lippen. »Ich höre einen versteckten Vorwurf in deiner Stimme. Sag endlich, was du zu sagen hast, bevor du platzt.«

»Das muss damit aufhören, Michael. Wir können es uns nicht leisten, gute Soldaten auf diese Weise zu vergeuden. Falls du es immer noch nicht begriffen hast, der Feind ist uns an Truppenstärke tausendfach überlegen. Wenn der Gegner stärker ist, müssen wir klüger sein.«

»Ich weiß nicht so recht, was du willst. Du sagtest, die Schlacht wäre ein Erfolg gewesen.«

»War sie, aber ich gewinne langsam den Eindruck, du hörst nicht zu. Wir haben zu viele Leute verloren.«

»Wie viele insgesamt?«

»An Bodentruppen? Etwa fünfhundert.«

Michael grinste. »Das hält sich noch im Rahmen.«

»Es hätte die Hälfte sein können. Der Angriff verlief gut. Die Ashrak sind überrumpelt worden und die Einrichtung war nicht so gut geschützt, wie sie eigentlich hätte sein müssen.«

Michael merkte auf. »Wirklich? Meinst du, das bedeutet etwas?«

Der Einwand lenkte Gareth für einen Moment ab. »Kann sein, dass sich das Imperium zu sehr verzettelt hat. Die Erhöhung der Fangraten auf den Sklavenplaneten könnte auf ernste Nachschubprobleme hinweisen.« Er schüttelte den Kopf. »Aber du bringst mich vom Thema ab. Das machst du immer, wenn du über eine konkrete Angelegenheit nicht reden willst.«

»Ich bilde meine Leute nach bestem Wissen und Gewissen aus. Falls es dir entgangen ist, das sind keine echten Blutläufer. Nicht so wie wir. Wir wurden umgewandelt, an die Erfordernisse des imperialen Militärs angepasst. Unsereins hat die Hölle eines Ausbildungsplaneten durchlebt. Blutläufer wie wir wurden aus Schmerz und Verlust geboren. Das kann niemand nachvollziehen, der das nicht auch erlebt hat.«

Michael deutete hinaus auf das Schlachtfeld. »Die meisten dieser neuen Blutläufer waren nie für den Kampf vorgesehen. Das waren Liebes-, Arbeits- und Haussklaven. Das für sie auserwählte Schicksal wurde gewandelt zu einem Leben der Gewalt. Ich bin nicht sicher, ob wir ihnen damit einen Gefallen getan haben.«

»Wir brachten ihnen die Freiheit. Wenn du wirklich denkst, wir hätten sie in ihrem Sklavendasein belassen sollen, dann rede nur ein einziges Mal mit einer befreiten Liebessklavin. Danach hast du keine Zweifel mehr.«

»Es wird dich möglicherweise überraschen, aber das habe ich schon. Sie waren zwar Sklaven, den Lüsten ihrer Herren schutzlos ausgeliefert, aber zumindest waren sie am Leben.«

»Wenn du das Leben nennst.«

»Worauf ich hinauswill ist, diese Rekruten da draußen – zumindest die meisten von ihnen – werden niemals so gut sein wie Fabian, Ris'ril, du oder ich. Das ist gar nicht möglich, da ihnen die biologischen Modifikationen fehlen, die man uns aufgezwungen hat.«

Gareth hob den Kopf. Nun verstand er. »Deswegen machst du sie zu Fanatikern, die einen Scheiß auf das eigene Überleben geben?«

Michael machte ein schuldbewusstes Gesicht. Die Worte seines Anführers hatten einen wunden Punkt getroffen, den der rothaarige Hüne lieber nicht offengelegt sehen wollte.

»Und was wäre so schlimm daran?«, entgegnete Michael beinahe trotzig. »Was wäre so schlimm daran? Wenn der Feind zahlenmäßig überlegen ist, müssen wir schließlich irgendetwas dagegensetzen.«

»Nicht so etwas, Michael. Wenn wir uns in diese Richtung entwickeln, was unterscheidet dann die Rebellion vom Imperium?«

Michael schwieg. Darauf wusste er anscheinend keine passende Antwort.

»Mir ist egal, was dazu nötig ist, aber ändere das Ausbildungsprogramm der dir unterstellten Truppen. Dieser Fanatismus hört auf. Heute noch.«

Ehe Michael etwas antworten konnte, drehte sich Gareth ruckartig um und strebte dem Ausgang entgegen. Kurz bevor er ihn erreichte, hielt er ein letztes Mal inne.

»Und Michael?«

»Ja?«

»Falls deine Offiziere mir noch ein einziges Mal den Gehorsam verweigern, dann werde ich einige personelle Änderungen vornehmen. Und die dürften dir nicht gefallen.«

***

Mit schweren, trübsinnigen Gedanken, die seinen Verstand umkreisten, kehrte er zur Pinasse zurück. Das Gespräch war weniger gut verlaufen, als er gehofft hatte. Andererseits aber auch wesentlich besser, als es hätte ablaufen können. Daher verbuchte er die Konfrontation als Sieg.

Die Rampe wurde hinter ihm eingezogen. Er sagte kein Wort zu dem Piloten. Dieser wusste auch so, wo es als Nächstes hinging. Das Beiboot nahm umgehend Kurs Richtung Süden. Schon nach wenigen Minuten überflogen sie eine Stadt – die größte, die die Rebellen auf Waryard III gegründet hatte.

Ihr Name lautete Drataiach. Ris'ril hatte ihn ausgewählt. Aus der Sprache der Samirad übersetzt, hieß es so viel wie *Erste Schritte.* An dieser Stelle hatten die Blutläufer zum ersten Mal ihren Fuß auf die Welt gesetzt, die ihre neue Heimat werden sollte.

Wenn man bedachte, dass dies erst drei Standardjahre her war, hatten sie schon viel erreicht. Allein in Drataiach lebten eine Viertelmillion ehemaliger Sklaven. Die Stadt war nicht nur groß, sondern auch wehrhaft. In regelmäßigen Abständen wurden Wohngebäude abgelöst von Verteidigungsgeschützen, deren Lauf drohend in den Himmel wiesen. Sollte Drataiach bedroht werden, woben sie ein dichtes Netz aus Abwehrfeuer, das eine Landung zu einem gefährlichen, wenn nicht gar unmöglichen Unterfangen machte.

Im Stadtzentrum erhoben sich darüber hinaus das taktische Kommandozentrum, die Botschaften von Syall und Sekari und zu guter Letzt das Gebäude des Regierungsrats. Im Moment stellten noch Gareth und seine Lieutenants die Regierung. Sobald der Krieg aber beendet war, würden freie und unabhängige Wahlen abgehalten werden. Dann und erst dann begann der Wandel zu einer eigenen, freiheitlich demokratischen Nation. Er konnte es kaum erwarten. Die Last der Verantwortung drückte ihn manchmal erbarmungslos nieder.

Der Pilot drehte kurz vor dem Regierungsgebäude nach Westen ab und ging über einem Wolkenkratzer in Schwebemodus über. Gareth schnallte sich los und verließ das Vehikel, indem er über die Rampe das Dach betrat. Der Pilot schloss erneut die Luke und brauste davon.

In diesem Hochhaus unterhielt Gareth eine eigene Wohnung. Kaum einer wusste davon, natürlich abgesehen von seinen engsten Vertrauten. Dieses Refugium hatte er sich eingerichtet, um zur Ruhe zu kommen, abseits des Krieges. Auch der Anführer eines Aufstands musste sich von Zeit zu Zeit eine Auszeit gönnen.

Die Tür zu seiner Wohnung öffnete sich, sobald die in das Gebäude integrierte KI die Anwesenheit des Rebellengenerals erkannte. Hinter ihm schloss sich die Tür wieder.

Gareth legte seine Rüstung ab und lockerte seine verspannten Muskeln. Eigentlich hätte er sich umgehend zur Ruhe begeben müssen. Sein Bett rief bereits nach ihm. Aber es gab etwas, das einen größeren Reiz ausübte.

Er begab sich ohne Umschweife ins Arbeitszimmer und setzte sich an seine Werkbank. Auf der Tischfläche waren verschiedene elektronische Utensilien verstreut. An diesem Projekt arbeitete er schon seit fast so lange, wie die Rebellen auf dem Planeten lebten.

Die Rebellen hatten unglaublich viel über KIs gelernt, seit sie während ihrer überstürzten Flucht die versteckte Sekaribasis gefunden hatten. Das geborgene Wissen war von unschätzbarem Wert gewesen. Nicht nur für die täglichen Abläufe innerhalb der Stadt, sondern auch für Gareths persönliches Projekt. Von diesem wusste niemand etwas. Er war so gut wie fertig.

Gareth arbeitete die nächsten Stunden hoch konzentriert. Er setzte die einzelnen Teile mit unfassbarer Präzision zusammen, bis das Gerät durch eine leicht elektrische Spannung in Betrieb genommen wurde.

Mit zitternden Fingern führte er es in den leeren Steckplatz an seinem Nacken ein, wo sich früher das Loyalitätsimplantat befunden hatte. Dann aktivierte er es.

Gareth wartete angespannt. Das Gerät verband sich mit seinem Gehirn. Er spürte ein leichtes Zwicken. Dann meldete sich sein Armbandcomp mit einem sanften Piepen zu Wort. Das Gerät war endgültig betriebsbereit.

Gareth schluckte schwer. Nun galt es. Er musste Farbe bekennen. Der Anführer der Rebellion aktivierte die holografischen Systeme des Armbands.

Zunächst geschah gar nichts. Dann baute sich das Abbild einer Frau auf. Es war gerade mal fünfzehn Zentimeter groß, aber so gestochen scharf anzusehen, als würde sie mit ihm im Raum stehen. Die Frau lächelte zu ihm auf.

Natürlich war die Frau nicht real, sondern nur ein Konstrukt, das von einer KI zum Leben erweckt wurde. Dennoch konnte Gareth nicht anders, als sie anzustarren. Was er hier tat, war nicht gesund. Das war ihm natürlich in einem seiner lichteren Momente klar. Trotzdem bereute er seine Handlungen zu keinem Augenblick.

Wenn man die Möglichkeit besaß, mittels Technik einen geliebten Menschen zurückzubringen, war man es dann nicht sich selbst schuldig, dies auch umzusetzen.

Er lächelte das Hologramm dankbar und auch ein bisschen wehmütig an. Ihr Lächeln wurde breiter. »Hallo, mein Schatz! Ich habe dich vermisst.«

»Ich habe dich auch vermisst, mein Liebling«, antwortete er. »Du ahnst gar nicht, wie sehr ich dich vermisst habe, Heather.«

Die nächsten Tage nutzte Gareth zur Erholung. Das war vorgeschrieben. Jede Einheit, die einen Kampfeinsatz absolvierte, musste sich im Anschluss mindestens vier Planetenrotationen von Waryard III freinehmen.

Er nutzte zwei Tage, um sich mit dem Heather-Hologramm vertraut zu machen. Ihre Interaktion war schlichtweg erstaunlich. Sie verhielt sich genau wie die echte Heather. Manchmal fiel es ihm schwer, in ihr nur ein Werkzeug zu sehen. Er versuchte sich einzureden, dass sie lediglich der Trauerbewältigung diente. Aber selbst für seine eigenen Ohren hörte sich das lahm an.

Den Rest der Zeit verbrachte er mit Ris'ril auf der SHIVA. Gareth musste sich dazu aufraffen, da das Heather-Hologramm eine unwiderstehliche Anziehungskraft auf ihn ausübte. Aber er zwang sich dazu, seine Zeit auch mit real existierenden Personen zu verbringen. Gareth sah durchaus die Gefahr hinter seiner neuen Entwicklung.

Die beiden Liebenden zogen sich von der Außenwelt komplett zurück. Ris'ril ahnte nichts von der KI und ihrer Bedeutung für ihn. Und das sollte auch tunlichst so bleiben.

Seit die Aufständischen das Bündnis mit Syall und Sekari eingegangen waren, blieb ihnen kaum noch Zeit für Zweisamkeit. Und sie verwandten die gemeinsamen Stunden, um den Krieg zu vergessen. Er blieb vor der Tür und keiner der beiden Soldaten gestattete ihm den Einlass.

Die Liebenden tobten sich so richtig aneinander aus. Zeitweise wurde das Liebesspiel ein wenig grober. Sie genossen es aber dennoch ausgiebig. Gareth konnte sich am Ende nicht erinnern, ob er in den zwei Tagen ihres Zusammenseins überhaupt ein Auge zugemacht hatte. Nur eines wusste er: Ihm tat jeder Knochen im Leib weh.

Nachdem sie sich verausgabt hatten, lagen sie eine Weile schweigend, schwer atmend und verschwitzt nebeneinander. Ris'ril drehte sich zu ihm herum und begann, mit ihrer Hand über seine Brust zu streicheln.

»Du hattest Probleme mit Michael?«

Gareth runzelte die Stirn und wandte den Kopf in ihre Richtung. »Du hast davon gehört?«

Sie schmunzelte. »Wer nicht?«

»Oh, es hat also schon die Runde gemacht.«

»Kann man sagen. Es ist nicht gut gelaufen, oder?«

»Nicht wirklich. Michael züchtet eine Armee von Fanatikern heran. Mitten unter uns. Das wird dem Aufstand noch Probleme bereiten. Du wirst sehen.«

»Eines muss man ihm lassen. Seine Leute gewinnen.«

»Aber zu welchem Preis? Die Opferzahlen sind zu hoch. Wenn wir eine Chance auf den Sieg haben wollen, dann müssen wir anders vorgehen. Bedachter. Vorausschauender. Michael bildet seine Blutläufer aus, als wären wir immer noch Teil des ...« Er ließ den Satz ausklingen.

»Des Imperiums?«, half seine Geliebte nach.

»Ja«, erwiderte Gareth und starrte in Gedanken versunken an die Decke. »Ich werde aus dem Kerl einfach nicht schlau. Nachdem er aus dem Solsystem zurückgekehrt war, dachte ich, wir wären gemeinsam auf einem guten Weg.« Er schüttelte leicht den Kopf. »Wir hätten zu so etwas wie einem Konsens gefunden.«

»Ich denke, er wird ungeduldig. Das ist das Problem.«

Abermals runzelte der Anführer der Rebellion die Stirn. »Ungeduldig? Inwiefern?«

»Es ist diese Frau. Auf der Erde.«

Gareth überlegte. »Wie hieß sie noch mal? Angela?«

Ris'ril nickte. »Zwischen den beiden lief was. Er hat ihr versprochen, zu ihr zurückzukehren. Stattdessen hängt er Jahre später immer noch hier mit uns anderen fest und ist dem Erfüllen seines Versprechens keinen Schritt näher gekommen. Er ist ungeduldig und frustriert.«

»Das war mir nicht klar.« Er warf seiner Gefährtin einen forschenden Blick zu. »Woher weißt du das?«

»Von ihm«, erklärte sie. »Von Michael. Im Gegensatz zu dir rede ich hin und wieder ganz normal mit ihm. Ohne ihm Vorhaltungen zu machen oder Befehle zu erteilen.«

Gareth bemühte sich um Ernsthaftigkeit, seine Mundwinkel gehorchten ihm jedoch nicht. Sie zuckten verräterisch. »Spüre ich da einen Hauch Kritik in deinen Worten?«

»Trotz eurer Verbundenheit, die ihr zueinander entwickelt habt, fallt ihr manchmal wieder in alte Verhaltensweisen zurück. In diesen Augenblicken betrachtet ihr euch als Feinde. So wie damals auf der Erde. Das ist mir schon des Öfteren aufgefallen. Ihr Menschen tut euch schwer damit, die Vergangenheit einfach mal ruhen zu lassen.«

»Da ist was dran«, stimmte er ihr zu. »So etwas liegt uns nicht.«

»Wir Samirad sind da anders. Gehört etwas der Vergangenheit an, dann denken wir nicht einmal mehr daran. Was vorbei ist, ist vorbei.«

»Da können wir wohl noch eine Menge von euch lernen.« Er zwickte ihr spielerisch in die Seite. Die Kriegerin reagierte, indem sie ihm leicht in die Brustwarze biss. Beinahe hätten die Neckereien dazu geführt, dass sie ihre horizontalen Aktivitäten fortführten.

Aber Gareths implantiertes Kommgerät erwachte zum Leben. Er hatte es eigentlich deaktiviert. Jemand hatte seinen Befehl überschrieben, um sich mit ihm in Verbindung zu setzen.

»Gareth?«, vernahm er Fabians Stimme in seinem Kopf. Der Tonfall des Mannes klang streng. »Du musst sofort auf die HERAKLEIA kommen.« Der Lieutenant zögerte. »Und bring Ris'ril mit.«

Gareth musste gar nicht erst fragen, woher sein alter Freund und Weggefährte wusste, mit wem er seine Zeit verbrachte.

Die beiden Rebellenoffiziere sprangen umgehend aus dem Bett, machten sich frisch und streiften ihre Kleidung über. Auf die Rüstung verzichteten sie. Ein Kampf stand wohl nicht zu befürchten.

Eine Stunde später betraten sie das taktische Zentrum des Schlachtschiffes HERAKLEIA. Sie wurden bereits erwartet. Aber nicht nur von Fabian, sondern von jedem Lieutenant, der sich derzeit im Waryard-System aufhielt. Darüber hinaus von Anian Tarrakam, dem Sekarikriegsmeister des 12. Grades, und Bara'a'acknam, dem Syallgeneral. Die beiden Nichtmenschen hatten sie während der Schlacht um Waryard III kennengelernt. Mittlerweile fungierten sie als so etwas wie Verbindungsoffiziere zwischen ihren Spezies und den Rebellen. Gareth arbeitete gut mit ihnen zusammen und hatte die zwei früheren Feinde schätzen gelernt.

Beide hatten allerdings in diesem Augenblick etwas an sich, das in seinem Inneren die Alarmglocken schrillen ließ. Die Anwesenden diskutierten lautstark, verfielen aber in Schweigen, sobald er in Begleitung Ris'rils auf der Bildfläche erschien. Ein Hologramm erfüllte den gesamten Raum.

Gareth trat noch ein paar Schritte näher, bevor er mit zitternden Knien stehen blieb. In den letzten Jahren war es der Allianz aus Syall, Sekari und Rebellen gelungen, mehrfach in die Offensive zu gehen und das Imperium an manchen Frontabschnitten in arge Bedrängnis zu bringen. Sie hatten zahllose Angriffe durchgeführt, um die Initiative an sich zu reißen und auch zu verhindern, dass das Imperium sie zurückerlangte. Sie hätten wissen müssen, dass ihr Glück nicht ewig anhalten würde. Einen Titanen wie das Rod'Or-Imperium aus dem Gleichgewicht zu bringen, benötigte wesentlich mehr Kraft, als sie bisher hatten aufbringen können – sowohl einzeln als auch gemeinsam. Nun zeigte sich, dass der Gegner bereit und willens war, diesen Krieg bis zum Äußersten zu führen.

Gareth riss sich zusammen und betrat den Bereich, der von dem Hologramm eingenommen wurde. »Wie schlimm ist es?«

Fabian trat auf ihn zu. Selbst der sonst selbstbewusste Michael hielt sich auffällig im Hintergrund, das Gesicht hinter seinem dichten roten Bart verborgen.

»Die Ashrak haben an drei Frontabschnitten angegriffen«, erklärte Fabian. »Der Einschnitt, den unsere Truppen im Tesyka-Sektor vorgenommen haben, wurde bis auf drei Systeme von den imperialen Verbänden zurückerobert.« Er deutete auf zwei weitere rot leuchtende Regionen. »Außerdem haben sie zwei Syallbasen im Perhat-Sektor zerstört und eine Nachschubbasis der Sekari im Oslerenth-System. Alle drei Einrichtungen waren dafür gedacht, unsere weitere Expansion zu unterstützen.« Fabian musterte seinen Freund und Anführer mit ausdrucksloser Visage. Gareth spürte aber die tiefe Besorgnis, die der Offizier dahinter verbarg. »Die Ashrak haben uns weiter zurückgeschlagen als in den letzten drei Standardjahren.«

Bara'a'acknam und Anian Tarrakam schlossen sich der Unterredung an. »Darüber hinaus hat die imperiale Flotte zwei Sekariplaneten aus dem

Orbit bombardiert«, fügte der Kriegsmeister hinzu. »Sie starteten keine Invasion, was untypisch für die Ashrak ist. Es ging ihnen nur darum, möglichst viel Schaden anzurichten.«

Gareth nickte nachdenklich. »Das ist eine Guerillataktik. Sie lernen, und zwar von uns. Auf diese Weise zerstören sie wichtige Ressourcen, während sie damit beschäftigt sind, ihre eigenen wieder aufzustocken.« Der Anführer der Rebellion sah auf. »Das war erst der Anfang. Es wird noch viel schlimmer werden. Wir sind nicht zahlreich genug, um an allen Fronten in gleichem Umfang präsent zu sein. Die Honuh-ton bestehen nicht aus Schwachköpfen. Denen muss klar sein, dass das eine Schwachstelle ist, die sie mit relativ wenig Aufwand ausnutzen können.«

»Die Frage ist, was tun wir dagegen?«, wollte Bara'a'acknam wissen.

»Dagegen können wir gar nichts tun«, hielt Gareth ihm vor. »Das ist ja das Problem.«

Eine Gruppe niederrangiger Offiziere betrat den Planungssaal. Martha führte sie an. Die befreite Liebessklavin hielt ein Holopad in den Händen und reichte es ohne Kommentar an Gareth weiter. Er nahm es an sich und aktivierte das Gerät. Im Halbdunkel des Besprechungsraums warf die holografische Abbildung ein schemenhaft bläuliches Licht auf das Gesicht des Rebellenführers. Gareth studierte die Datei eingehend, danach noch einmal langsamer, weil er hoffte, etwas übersehen zu haben, das die Nachricht in einem günstigeren Licht erscheinen ließe. Er fand aber keinen Aspekt, der diese Hoffnung stützte.

Gareth deaktivierte das Gerät und ließ den Kopf hängen. Als er aufsah, bemerkte er Ris'rils fragende Blicke. Fabian und Michael kamen näher. Auch sie brannten darauf, zu erfahren, welche Informationen er soeben erhalten hatte.

»Der Kexaxauntergrund hat sich gemeldet. Ein erstes Kolonistenschiff hat die Erde erreicht. Voller Ashrakzivilisten. Sie beginnen mit der Besiedelung der Erde. Der Countdown für die Menschheit läuft ab. Bald schon werden die Überlebenden nur noch geduldet auf der eigenen Heimatwelt sein.«

Michael ballte an den Seiten die Hände zu Fäusten. Fabians Gesichtsausdruck hingegen blieb vollkommen ausdruckslos.

Die Samirad schüttelte den Kopf. »Das verstehe ich nicht. Ist denn das Terraforming bereits abgeschlossen? Als wir das letzte Mal deine

Heimatwelt besuchten, da waren die Ashrak noch dabei, mithilfe der Utoru das Klima zu verändern. Die Temperaturen von Atmosphäre und Meer waren damals noch nicht annähernd warm genug, um für die Fischköpfe als komfortabel zu gelten.«

»Nach dem, was unsere Spione uns da mitteilen, ist die Umwandlung noch längst nicht abgeschlossen. Aber die Ashrak haben sich entschlossen, ihre Zeitpläne zu forcieren und früher mit der Aussaat ihres genetischen Materials zu beginnen als geplant. Und die Erde scheint eine Schlüsselposition innerhalb ihrer Pläne einzunehmen.« Gareth rieb sich über das unzureichend rasierte Kinn. »Ich frage mich, warum die es so eilig haben.«

»Was spielt das für eine Rolle?«, wetterte Michael. »Sie nehmen uns unsere Heimat. Wenn wir nicht schnell handeln, dann bauen sie die Erde zu ihrer neuen Hauptwelt aus. In diesem Fall verlieren wir jede Chance, sie jemals zurückzuerobern. Sie wird zu einer Festung des Imperiums werden.«

»Jetzt beruhige dich erst mal«, ermahnte Fabian.

»Nein, er hat recht«, sprang Gareth unvermittelt dem ungestümen Lieutenant hilfreich zur Seite. »Wir müssen handeln, und das schnell.«

»Na endlich!«, jubilierte Michael. »Jetzt sprichst du meine Sprache. Das wurde auch Zeit.«

»Und wie willst du vorgehen?«, mischte sich Martha überraschend ein. Ris'ril warf der anderen Frau einen missbilligenden Blick ein. Ihrer Meinung nach besaß die Blutläufersoldatin nicht das Recht, sich in den Kriegsrat einzumischen. Dennoch warf auch sie ihrem Anführer einen neugierigen Blick zu. Sie wollte es nicht zugeben, aber die Frage besaß ihre Berechtigung.

»Na wie wohl?«, meinte Michael. »Wir holen uns die Erde zurück.« Die Worte lösten eine hitzige Diskussion unter den Anwesenden aus. Die Menschen schienen geneigt, den Vorschlag ernsthaft ins Auge zu fassen. Der Sekarikriegsmeister und sein Pendant von den Syall hingegen schienen nicht begeistert, Leben und Material des eigenen Volkes für einen wenig Erfolg versprechenden Angriff auf die Erde opfern zu wollen. Und Gareth konnte ihnen daraus kaum einen Vorwurf machen.

Ris'rils Worte drängten sich ungewollt in den Vordergrund. Michael zog es zur Erde und seiner Geliebten, die er dort hatte zurücklassen müssen. Der Mann wurde von Emotionen beherrscht. Dieses Manko durfte sich Gareth nicht erlauben. Er musste kühl, logisch und rational vorgehen. Ansonsten würden sie alles verlieren, was sie sich bisher so hart erkämpft hatten.

»Nein«, erklärte er mit fester Stimme, die unbedingten Gehorsam forderte. »Die Erde ist kein Ziel, das sich realisieren lässt. Nicht zum jetzigen Zeitpunkt.« Der Einwand brachte jeglichen Disput schnell zum Erliegen. Viele der Lieutenants senkten betreten den Kopf. Es war ein schöner Traum, die eigene Heimat von Unterdrückung und Tyrannei zu befreien. Von Wunschträumen konnte die Rebellion aber nicht leben, sondern nur von Ergebnissen.

»Wenn wir das Solsystem nicht angreifen, gegen welches Ziel wenden wir uns dann?«, wollte Fabian wissen.

Gareth überlegte angestrengt. Sein Blick hob sich, während er die große Sternenkarte begutachtete, in der sie sich alle befanden. Wenn sie die Initiative zurückerlangen wollten, dann gab es nur einen Ort, an dem sie den Gegner empfindlich treffen konnten.

»Wenn die Ashrak mit der groß angelegten Kolonisation der Erde begonnen haben, dann sind ihre Augen jetzt dorthin fokussiert. Das bedeutet, sie sind unter Umständen blind für alles, was sich direkt vor ihrer Nase abspielt.«

Die Offiziere erwarteten gespannt seine nächsten Worte. Ris'ril legte ihm die Hand auf die Schulter. »Was willst du uns damit sagen, Gareth?«

Der Anführer der Rebellion deutete nach oben auf eine beinahe ausschließlich blaue Welt. »Wenn sie versuchen, uns unsere Heimat zu nehmen, dann nehmen wir den Ashrak ihre.« Gespanntes Schweigen antwortete ihm auf diese Eröffnung. Er sah sich in der Runde um. »Wir greifen Tyrashina an.«

Irgendjemand stöhnte auf. Ein anderer stieß den Atem zischend aus, dann keuchte er. Lediglich Michaels Augen leuchteten bei der Ankündigung vor Verlangen auf. Wenn der düstere Michael von einer Idee begeistert war, dann sollte diese mit Vorsicht zu genießen sein. Trotzdem war Gareth überzeugt davon, dass dies nicht nur der richtige, sondern darüber hinaus der einzige Weg war, die Wende in diesem furchtbaren Krieg herbeizuführen. Es würde nicht einfach werden. Nirgendwo im Imperium war die Konzentration feindlicher Kräfte derart hoch wie auf

Tyrashina. Aber die Ashrak würden einen Schlag gegen ihre Heimatwelt niemals erwarten. Gut möglich, dass sie den Gegner damit entscheidend überraschten.

Der Sekarikriegsmeister fixierte ihn mit diesen großen ausdrucksstarken Augen. »Sind wir denn schon bereit für einen solchen Schritt?«

»Nein«, antwortete Gareth wahrheitsgemäß.

***

Die nächsten Tage sonderte sich Gareth von allen ab, sogar von Fabian und Ris'ril. In seinem Geist kursierten allerhand Pläne, wie man das Tyrashina-Problem angehen konnte. Er arbeitete sie Stück für Stück durch, analysierte die Erfolgschancen und verwarf sie einen nach dem anderen wieder.

Untray und Ibitray versorgten ihn über den Untergrund ihres Volkes mit allen Daten und Informationen, die über Tyrashina verfügbar waren. Selbst für die treuen Kexaxa stellte dies quasi eine Sisyphosaufgabe dar, da es sogar für Untrays Artgenossen streng verboten war, die Heimatwelt der Ashrak zu besuchen, geschweige denn auch nur einen Fuß auf ihren Boden zu setzen. Sicherheit war für die willfährigen Helfershelfer des Imperiums oberstes Gebot. Gerade das machte einen Angriff auf Tyrashina dermaßen schwierig.

Es gab durchaus Pläne, die Aussicht auf Erfolg versprachen. Die zu erwartenden Verluste waren hingegen inakzeptabel. Ein Sieg kam damit praktisch einer Niederlage gleich. Gareth verfolgte keinesfalls die Absicht, einen Pyrrhussieg zu erringen.

Eines Nachts schreckte er aus einem traumlosen Schlaf hoch. Schweiß glitzerte auf seiner gräulichen Haut. Er wusste weder, wie ihm dieser Geistesblitz gekommen war, noch, wer ihm die Idee eingegeben hatte. Aber mit unumstößlicher Klarheit erkannte er den einzigen Weg, wie ein erfolgreicher Angriff auf Tyrashina auszusehen hatte.

Am nächsten Morgen versammelte er den engsten Kreis in seinem Quartier an Bord der HERAKLEIA. Anian Tarrakam sowie Bara'a'acknam wurden ebenfalls eingeladen. Ein Angriff konnte nicht ohne die tatkräftige Unterstützung ihrer Verbündeten geplant und durchgeführt werden. Die Rebellen allein waren bei Weitem nicht stark genug.

Seine Gäste trafen nach und nach ein. Gareth versuchte, sich ein Bild der allgemeinen Stimmung zu machen. Das Ergebnis blieb ernüchternd. Keiner der Anwesenden schien besonders positiv gestimmt. Bis auf Michael, der wirkte erfreut, dass der Krieg endlich an Fahrt gewinnen sollte.

Gareth übte sich in Geduld, bis alle Eingeladenen erschienen waren. Als Letzte traf Ris'ril ein, die derzeit die Verantwortung für die Perimeterverteidigung des Systems trug. Sie wusste bereits, was das Thema sein würde. Sie zwinkerte ihm zu, als sie ihren Platz einnahm.

»Ich habe mir einige Gedanken gemacht, wie man das Tyrashina-Problem am ehesten lösen könnte.« Er aktivierte den Holotank und eine wunderschöne, überwiegend blaue Welt wurde zwischen die Offiziere der Allianz projiziert. »Tyrashina ist eine Festung. Eine offene Konfrontation scheint eher kontraproduktiv. Die zu erwartenden Verluste wären extrem hoch. Vermutlich wäre es sogar im Falle eines Sieges das Ende des organisierten Widerstands gegen das Rod'Or-Imperium.«

Einige der Anwesenden merkten auf, glaubten sie doch anhand seiner Einleitung, er würde von einem Angriff auf die Heimatwelt der Ashrak absehen. Sie irrten.

»Aufgrund der reinen Zahlen unserer Streitkräfte im Verhältnis zum Gegner ist ein Frontalangriff quasi ausgeschlossen.« Er hob mahnend einen Zeigefinger. »Aber was wäre, wenn wir es schaffen, einen Einsatztrupp ins System zu schmuggeln?«

Bara'a'acknam sah auf. »Mit welchem Ziel?«

Der Anführer der Rebellion vergrößerte den nördlichen Abschnitt des Hologramms. Dort war nun ein Trabant von Tyrashina VII zu sehen. Rot glühende Striemen durchzogen die Oberfläche wie Narbengeflecht.

»Das ist der dritte Mond des Hauptplaneten. Er umkreist die einzig bewohnte Welt des Systems. Der Mond selbst ist unbewohnt, wenn man von einem Militärgefängnis auf der südlichen Hemisphäre absieht.«

Fabian runzelte die Stirn. »Und wie soll uns der nutzen?«

Gareth grinste. »Wir werden ihn sprengen.«

Mehrere Augenpaare starrten ihn überrascht, um nicht zu sagen, schockiert an. Anian Tarrakam war der Erste, der seine Sprache wiederfand. Er beugte sich vor und fixierte Gareth mit festem Blick. »Haben wir dich soeben richtig verstanden?«

»Wir werden den Mond sprengen«, wiederholte er. »Ganz recht. Und bevor jetzt jemand Einwände erhebt, es ist nicht nur theoretisch möglich, sondern auch durchführbar.«

»Sprich weiter!«, forderte Michael ihn auf. Der Mann war nicht enthusiastisch, aber zumindest aufgeschlossen. Gareth wusste nicht, ob er das gut finden sollte. Unter den gegebenen Umständen wäre Skepsis wesentlich verständlicher gewesen.

Er räusperte sich. »Aufgrund von Raubbau an den natürlichen Bodenschätzen wurden große Teile des Mondes praktisch ausgehöhlt. Darum ist die Oberfläche tektonisch sehr belebt und der Mond selbst ist äußerst instabil. Das werden wir zu unserem Vorteil nutzen. Wir schmuggeln ein Infiltrationsteam nach Tyrashina hinein und platzieren in einigen sorgsam ausgemessenen Kratern und Spalten Torpedosprengköpfe. Wir jagen den Mond in die Luft und dessen Bruchstücke werden auf den Planeten regnen. Dabei wird unter anderem das orbitale Abwehrsystem zerschlagen. Im Anschluss greift die Flotte an und erledigt das, was vom Ashrakmilitär noch übrig ist. Ohne Heimatwelt sind die Fischköpfe eine wesentlich kleinere Bedrohung als zuvor. Das Imperium wird dermaßen geschwächt sein, dass es sich von diesem Schlag vielleicht nie wieder erholen wird.«

Gareth verfiel in Schweigen. Er sah sich unter seinen Mitstreitern um und erwartete deren Kommentare zum Angriffsplan. Sie blieben aus. Stattdessen sah er sich brütenden Gesichtern gegenüber. Er nahm Fabian, seinen ältesten Freund, ins Visier.

»Du zweifelst an dem Plan?«, ging Gareth in die Offensive. Der Lieutenant nickte. »Dann schieß los. Was stört dich? Lass uns drüber reden.«

»Herrje!«, entgegnete dieser. »Wo soll ich da nur anfangen?« Fabian überlegte kurz, holte dann Luft. »Das erste Problem sehe ich darin, Tyrashina überhaupt zu finden. Wenn die Kexaxa nicht dazu in der Lage waren, wie sollen wir das schaffen? Man sagt, es gäbe im Heimatsystem der Ashrak nicht einmal Hyperraumkatapulte. Es heißt, nur Fischköpfe dürfen hinein und – was noch wichtiger ist – auch wieder hinaus. Dann die Torpedosprengköpfe … Woher willst du wissen, wie viele du brauchst? Mit welcher Sprengkraft? Hast du vor, die Spalten vor der Platzierung auszumessen? Durch wen? Wer versteht genug von der Materie, um dir dabei von Nutzen zu sein?« Fabian schüttelte den Kopf. »Es tut mir leid,

Gareth. Du weißt, ich folge dir normalerweise mit einem Eimer Wasser bewaffnet durch die Tore der Hölle. Aber dieser Plan scheint mir dann doch unausgegoren zu sein. Um nicht zu sagen, ein wenig schwammig.« Zustimmendes Gemurmel wurde am Tisch laut.

»Erzähl ihnen den Rest«, forderte Ris'ril ihren Geliebten auf.

Die anwesenden Offiziere musterten den Anführer der Rebellion forschend. »Rest?«, meinte Michael. »Welchen Rest?«

Gareth nahm einige Einstellungen am Holotank vor und die Projektion änderte sich. Sie zeigte nun eine Raumstation in einem System, das keine Planeten mehr besaß. Stattdessen wurde der helle Stern von einer Ansammlung von Asteroiden umkreist, in deren Schutz sich auch die Raumstation bewegte. Sie war gigantisch.

»Du hast recht, Fabian«, ging er auf die Einwände seines Freundes ein. »Tyrashina besitzt aus Sicherheitsgründen keine Hyperraumkatapulte. Dieses System schon. Seine Bezeichnung lautet Kyfjor. Es dient vor allem als Zwischenstation für Reisende nach Tyrashina und zur Versorgung der Ashrakheimatwelt. Jeder, der zur Heimat der Fischköpfe reisen will, muss erst Kyfjor mittels eines Hyperraumkatapults anfliegen. Von dort aus geht die Reise dann huckepack auf einem Ashrakschiff weiter. Die Flugroute darf nicht gespeichert werden. Alle Navigatoren, die von hier aus nach Tyrashina und wieder zurück reisen, verlassen diesen Ort niemals – bis zu ihrem Tod. Neu gebaute Kriegsschiffe werden von genau denselben Navigatoren von Tyrashina nach Kyfjor überführt und dort ihren endgültigen Besatzungen übergeben. Wachschiffe, die dem Schutz von Tyrashina dienen, verlassen das System ebenfalls nicht. Dasselbe gilt für ihre Crews. Die Fischköpfe sind besessen, was Sicherheit betrifft. Das dürfte sich durch den Krieg nicht gerade verbessert haben.«

»Und was hilft uns das?«, verlangte Anian Tarrakam zu erfahren.

Gareth stützte sich mit beiden Händen auf den Rand des Holotanks. »Wir werden die Raumstation angreifen.« Die Augen seiner Gäste wurden wiederum groß. Dieses Mal genoss er deren Überraschung.

»Wir werden das System mit einer großen Streitmacht attackieren. Sie wird umfangreich genug sein, um die Station ernsthaft zu gefährden. Für einen solchen Fall schreibt die Sicherheitsdoktrin der Fischköpfe vor, dass alle Schiffe samt ihrer Navigatoren sofort abdocken und das

Tyrashina-System anfliegen, bis die Bedrohung eliminiert wurde. Dort wähnen sie sich in Geborgenheit.« Gareths Mundwinkel hoben sich. »Wir führen ihnen vor Augen, wie falsch sie damit liegen. Zu diesem Zeitpunkt werden einige kleine Kanonenboote bereits huckepack auf einem der Ashrakraumer mitfliegen. An Bord handverlesene Kampfteams sowie eine große Anzahl Torpedosprengköpfe.« Er fixierte nacheinander jeden der Anwesenden. »Außerdem eine Gruppe Kexaxa, zu denen auch Ibitray und Untray gehören. Die Ausmessungen, die du soeben angesprochen hast, werden direkt vor Ort ausgeführt. Wir sprengen den Mond und lassen die Bruchstücke für uns die Arbeit übernehmen. Danach fliegt die Flotte rein und erledigt die Aufräumarbeiten. Auf dem Rückweg holt ihr uns ab. Ich habe keine Lust, in einer Nussschale den kompletten Weg zurück nach Waryard zu fliegen.«

»Wie findet die Hauptstreitmacht Tyrashina?«, fragte Bara'a'acknam. Der Syall schien mittlerweile nicht abgeneigt zu sein.

»Sobald unsere Einheiten Kyfjor angreifen, wird eines der flüchtenden Schiffe per Subraumpeilstrahl markiert. Die Ashrak werden uns dadurch zu ihrer Heimatwelt führen, ohne dass es ihnen klar ist.«

»Ein waghalsiger Plan«, erklärte Anian Tarrakam. Er richtete sich auf. »Aber ich mag solche Pläne.« Er stieß einen zwitschernden Laut aus, der bei seinem Volk als Gelächter durchging. »Auf jeden Fall werden unsere Feinde kaum mit einer solchen Aktion rechnen.«

»Es kann trotzdem noch so unendlich viel schiefgehen«, spann Fabian skeptisch den Faden weiter.

»Das ist bei jedem Plan so«, entgegnete Michael. »Wenn es den Krieg endlich zum Feind trägt, dann bin ich auf jeden Fall dafür. Es wäre ein Schritt in die richtige Richtung.«

Nacheinander stimmten die Offiziere zu, einige immer noch zweifelnd, andere optimistischer. Vorbehalte hegten sie alle, aber dieses Recht hatten sie sich redlich verdient. War dies nicht der Inbegriff der Freiheit, Zweifel äußern zu dürfen, ohne Angst vor Repressalien haben zu müssen?

»Ich mache mir in den nächsten Tagen Gedanken über die Zusammenstellung des Einsatzteams. Außerdem werde ich mit jedem von euch persönlich über seine oder ihre Rolle bei der bevorstehenden Mission sprechen. Wir müssen so viele Fehlerquellen wie möglich ausmerzen, bevor es losgeht.« Gareths Tonfall wurde hart. »Diese Operation wird ohne Zweifel die bisher wichtigste des Krieges. Ihr Ausgang könnte sehr wohl über Sieg oder Niederlage entscheiden. Sorgen wir also dafür, dass sie ein Erfolg wird.«

Nigel O'Sullivan blieb zaghaft vor der Tür stehen. Beinahe hätte sich der Mann wieder umgedreht und wäre davongelaufen. Der folgenden Begegnung sah er nicht mit Zuversicht entgegen.

Er klopfte, zurückhaltend zuerst. Als keine Antwort erfolgte, versuchte er es erneut, dieses Mal lauter.

»Komm rein, Sully!«, forderte eine Frauenstimme ihn auf. Nigel holte tief Luft und öffnete die Tür. Im Rahmen blieb er unschlüssig stehen. Eine an und für sich attraktive Frau war dabei, sich gerade anzuziehen. Sie war längst nicht fertig. Ihr Oberkörper war noch nackt. Nigel schluckte, wandte peinlich berührt den Blick ab und schloss die Tür.

Yuma Matsumoto sah auf. Die Verlegenheit ihres Kameraden zauberte ein wehmütiges Lächeln auf ihr Gesicht. »Verdammt, Sully, du hast schon wesentlich mehr von mir gesehen. Also hab dich nicht so.«

Nigel schluckte abermals und zwang sich, den Kopf in ihre Richtung zu bewegen. Sie spielte auf die Befreiungsaktion an, bei der Nigel und eine Gruppe Blutläufer Cha'ackos Schiff geentert und sie aus der Folterkammer des Honuh-ton-Agenten befreit hatten.

Ihre rechte, nun leere Augenhöhle bedeckte eine Klappe. Sie erinnerte unangenehm an die Geschichten von Piraten, die früher auf den Ozeanen der Erde ihr Unwesen getrieben hatten. Trotz vehementen Drängens ihrer Freunde, sie solle sich von den Ieri-Ärzten ein Implantat anpassen lassen, blieb sie bei der Augenklappe. Nigel hegte insgeheim den Verdacht, sie bestrafe sich damit selbst. Unter Umständen wollte sie auch schlichtweg ein sichtbares Souvenir an ihre Zeit als Cha'ackos Gast behalten. Ein Andenken weniger für sie selbst als für jeden anderen, der ihr gegenübertrat.

Nur ungern erinnerte sich Nigel an die Ereignisse zurück. Wie er sie dort gefunden hatte, in jener Zelle. Abgemagert, zerschunden, gebrochen im Körper wie im Geist. Er hatte sie auf seinen Händen aus jenem Zellentrakt getragen. Sie wog kaum mehr als eine Feder.

Trotzdem hatte sie letzten Endes noch die Kraft gehabt, dem Körper eines ihrer Peiniger etwas von dem zurückzugeben, was sie hatte erdulden müssen. Der Rebellenoffizier wunderte sich selbst nach diesen Jahren immer noch, wie leicht ihnen das Entkommen von Cha'ackos Flaggschiff gefallen war. Wäre er ein Spieler gewesen, er hätte sein Geld damals auf die Gegenseite gesetzt.

Mit einiger Verwunderung nahm er zur Kenntnis, dass sie ihren Kampfanzug überstreifte. Nigel kommentierte es nicht. Seine Körpersprache musste ihn dennoch verraten haben.

Sie lächelte ihm zu. Es wirkte viel zu unecht. »Nun sag schon, was dir auf der Zunge brennt.«

»Hast du etwas Besonderes vor?«

Sie richtete sich auf. Der Kampfanzug wirkte, als gehöre er an ihren Körper. Sie heftete sich die eingefahrene Rüstung auf die linke Brustseite. Ihre Hand schwebte für einen Moment über dem handtellergroßen Gegenstand, als denke sie darüber nach, sie zu aktivieren. Widerwillig senkte sie den Arm.

»Die Gerüchteküche brodelt. Es heißt, wir ziehen gegen Tyrashina.«

Er nickte. »Und?«

»Ich habe vor, Gareth zu fragen, ob ich mitkommen kann.«

Jeder Muskel in Nigels Körper versteifte sich auf der Stelle. Auch dies entging der aufmerksamen Blutläuferin nicht. »Du bist damit nicht einverstanden?«

Nigel dachte ernsthaft über die Frage nach, zuckte dann die Achseln. »Es steht mir nicht zu, dafür oder dagegen zu sein. Du stehst im Rang über mir. Du kannst machen, was du willst.«

Sie lächelte. Dieses Mal wirkte es aufrichtig. »Und deine wahre Meinung?«

»Findest du das nicht ein wenig … früh?«

»Ich bin jetzt seit drei Standardjahren raus aus dem Spiel. Es wird Zeit, dass ich mich wieder in den Sattel schwinge.«

Nigel senkte nachdenklich den Kopf. »Drei Jahre sind nichts, verglichen mit dem, was Cha'acko dir angetan hat. Gönn dir noch etwas mehr Ruhe. Jeder wird es verstehen.«

»Es geht nicht um andere, sondern um mich. Ich muss mir selbst zeigen, dass ich es noch draufhabe.«

»Du meinst, du willst dir etwas beweisen. Das ist wohl nicht ganz dasselbe.«

»Nenn es, wie du willst, aber ich gehe auf jeden Fall zu Gareth. Ich habe die Gastfreundschaft der Sekari gründlich satt.«

Damit spielte sie auf die Einrichtung für psychologische Neuausrichtung an, in der man sie untergebracht hatte. Es war ein hochgestochenes Wort für Therapiezentrum, wobei dieser Begriff der Örtlichkeit nicht gerecht wurde. Man setzte dort eher auf Medikamente und den Einsatz hoch entwickelter Technik, um den Kopf wieder klar zu bekommen, und nicht unbedingt auf Gespräche mit einem ausgebildeten Therapeuten. Bis zum Bündnis zwischen Syall, Sekari und Rebellen hatte es lediglich den ersten beiden Spezies offengestanden. Nun aber durften es Soldaten der Aufständischen ebenfalls besuchen. Die dortigen Ärzte hatten sich verblüffend schnell auf die anwachsende Anzahl von Spezies eingestellt. Eine ganze Reihe von Rebellensoldaten waren inzwischen dort untergebracht. Der Krieg forderte seinen Tribut, nicht nur körperlich, sondern auch geistig. Aber keiner von ihnen hatte eine Auszeit dermaßen nötig wie Yuma.

»Und ich kann dir das nicht ausreden?«

Sie warf ihm einen mäßig strengen Blick zu. Nigel grinste. »Dann begleite ich dich.«

»Wohin? Zu Gareth?«

»Und ins Tyrashina-System, falls er dich mitnimmt.«

»Du wärst ein Idiot, wenn du mitgehen würdest«, schalt sie ihn. »Keiner weiß, ob wir wiederkommen.«

»Ein Grund mehr, dass du mich an deiner Seite haben solltest. Ich bin ein Glücksbringer.«

»Wie bitte?« Sie stand kurz davor, in Lachen auszubrechen. Nigel ließ sich davon nicht beirren.

»Aber sicher doch«, erwiderte er betont ruhig. »Immerhin lebst du ja noch.«

***

Der Kampfverband brach vier Tage später unter Führung der HERAKLEIA auf. Gareth befand sich dieses Mal nicht an Bord des Flaggschiffes. Stattdessen hielt er sich auf der Brücke eines der eher unscheinbaren imperialen Kanonenboote auf, die sie im Verlauf zahlreicher Gefechte erbeutet hatten. Sie dienten ihnen nun als Trojanische Pferde.

Das von Cha'acko in Besitz genommene Schlachtschiff war im Imperium weithin bekannt und ziemlich auffällig. Es würde die Aufmerksamkeit des Gegners auf sich ziehen. Und in den Wirren der Schlacht würden Gareths Kanonenboot und vier baugleiche Schiffe sich von den Hauptgeschwadern absetzen und auf den fliehenden Transportern Richtung Tyrashina einfach davonschweben. Zumindest in der Theorie. Gareth war nicht naiv. Er wusste, *so* einfach würde es nicht werden. Der Plan ließ kaum Spielraum für Fehler. Aber selbst wenn man diesen Aspekt außer Acht ließ und alles perfekt ablief, dann brauchten sie immer noch einen großen Haufen Glück. Eigentlich glaubte er weniger an Glück als an sich selbst. In diesem Fall war er bereit, eine Ausnahme zu machen.

Er streichelte über seinen Armbandcomp. In den letzten Tagen hatte er das Heather-Hologramm wenig bis gar nicht aktiviert. Es gab zu viel zu tun. Er musste aber mit einem gewissen Magengrimmen zugeben, dass er die wohltuenden Gespräche mit der seiner früheren Gefährtin nachempfundenen KI vermisste. Der Drang, das Hologramm zu aktivieren, war hoch. Viel zu hoch, wenn man es genau nahm. Privatsphäre war im Kanonenboot dünn gesät. Es gab keine Möglichkeit, das Hologramm zu aktivieren, ohne dass andere darauf aufmerksam wurden. Er hätte es fraglos getan, hätte er die Möglichkeit dazu besessen.

Der Angriffskreuzer SHIVA unter Ris'rils Befehl kommandierte den linken Flügel. Michael auf dem ehemaligen imperialen Schlachtschiff LANCELOT den rechten. Fabian führte von der Brücke der HERAKLEIA aus das Zentrum.

Die imperialen Kanonenboote waren klein genug, dass sie keine Navigatoren benötigten. Gareth war froh darüber. Ein Gesichtspunkt der Mission weniger, um den er sich sorgen musste.

Yuma Matsumoto saß an der Navigationsstation. Ihr ehemaliger Zweiter Offizier Nigel O'Sullivan wich ihr nicht von der Seite. Die Frau hatte ihn bedrängt – nein, förmlich angefleht –, sie mitzunehmen. Gänzlich wohl fühlte er sich dabei nicht. Sie hatte einiges erlebt und mehr Grund als die meisten Blutläufer, die Ashrak zu hassen. Aber ebendas hatte letztlich den Ausschlag gegeben. Sie war hoch motiviert. Gut möglich, dass sie das noch dringend brauchen würden, ehe alles vorbei war.

Gareth trat näher und beugte sich über die Kommstation. »Stell mich zur SHIVA, zur LANCELOT und zur HERAKLEIA durch«, bat er Martha, die auf diesem Posten ihren Dienst versah.

Das Kanonenboot verfügte über keine holografischen Systeme. Die waren größeren und schwereren Schiffen vorbehalten. Daher musste sich Gareth mit bloßem Audio zufriedengeben.

Nacheinander meldeten sich seine ranghöchsten Lieutenants. Der Blick des Rebellenanführers glitt zum Brückenfenster hinaus. Die Armada formierte sich zum Sprung in den Hyperraum. Es war die größte Ansammlung von Kampfschiffen, die das Dreierbündnis jemals für einen einzigen Angriff aufgeboten hatte. Aber das Ziel war es wert. Wenn es gelang, die Heimatwelt der Ashrak als Bedrohung auszuschalten, dann war das Imperium geschwächt. Ihre gefährlichen Söldner würden in der Defensive sein. Vielleicht für immer, denn was war eine Spezies ohne Heimatwelt?

Davon konnten vor allem die Menschen ein Lied singen. Die Erde war bereits besetztes Territorium. Das war schlimm genug. Und wenn sie die Fischköpfe nicht aufhielten, würde ihnen nicht einmal das bleiben. In diesem Fall konnten sie froh sein, wenn ein Teil der Population überhaupt auf der Erde verweilen durfte.

Hinter dem Hauptkampfverband formierte sich eine zweite Welle von Kriegsschiffen. Sie würde im Umfeld des Kyfjor-Systems blitzartige Attacken durchführen, um die imperialen Kräfte zu binden, falls eine Bitte um Hilfe vom eigentlichen Angriffsziel in den imperialen Raum durchkam. Darüber hinaus diente die zweite Welle als Verstärkung, sollte etwas schiefgehen. Ein unangenehmes Gefühl überkam den Rebellenanführer, als würden sie die Einheiten dringend brauchen, bevor der Zauber vorüber war.

Gareth erhob seine Stimme. Er wusste, dass man ihm nachsagte, ein Eigenbrötler zu sein, dem es schwerfiel, andere zu motivieren. Er war ein harter Mann. Das war ihm bewusst. Vor allem nach Heathers Verlust. Selbst die regelmäßigen Begegnungen mit Ris'ril konnten daran kaum etwas ändern. Er war unendlich froh darüber, dass Kriegerinnen der Samirad Aspekte wie Monogamie nicht besonders hoch einschätzten.

Jeder war nur das Produkt seiner Erfahrungen. Und Menschen von der Erde bildeten keine Ausnahme. Um in das imperiale Militär eingegliedert zu werden, durchlitten sie eine grausame Schule. So etwas prägte. Dieses Mal legte er einen etwas versöhnlicheren Tonfall an den Tag. Es war wichtig, dass jeder einzelne Soldat der Angriffsflotte nicht nur verstand, sondern auch verinnerlichte, was auf dem Spiel stand und dass diese Schlacht gewonnen werden musste und auch gewonnen werden konnte. Seine nächsten Worte wurden auf jedes Schiff übertragen.

»Die Reise nach Kyfjor dauert im normalen Hyperraum etwa sechs Wochen. Zeit genug, dass sich jeder von uns ausruhen und erholen kann. Sind wir erst einmal angekommen, werden wir nicht mehr viel Gelegenheit dazu erhalten. Es wartet eine Schlacht auf uns, wie wir sie nie zuvor erlebt haben. Ein Kampf, der über das Schicksal unserer Völker und den Ausgang dieses Krieges entscheidet.« Die Miene des Generals versteinerte beinahe ohne sein eigenes Zutun. »Zeigen wir den Rod'Or und ihren Ashrakhandlangern, dass freiheitsliebende Wesen bereit und willens sind, sich ihre Freiheit zurückzuholen. Zeigen wir ihnen, dass nicht einmal ihre wichtigsten Welten vor uns sicher sind.« Seine Lippen teilten sich zu einem breiten Grinsen. »Holen wir uns Tyrashina.«

Cha'acko war bis auf eine einfache Tunika nackt. Der ehemalige Honuhton-Agent sprang aus dem Wasserbecken und schlurfte erschöpft zu der Zelle, in der ihm einige Stunden Ruhe gestattet wurden. Die Tunika hing an ihm wie ein nasser Lappen.

Die Wachen behielten ihn ständig im Auge. Sie trugen keine tödlichen Waffen, sondern lange Schockstäbe, die schmerzhafte Spasmen auslösten, sobald man mit der Spitze berührt wurde.

Die Stadt Paro'kajan war auf die Unterhaltung der Bevölkerung ausgerichtet. Im Prinzip war sie ein einziges, großes Vergnügungszentrum. Cha'acko betrachtete die blutigen Wunden, die seinen Körper verunzierten. Des einen Unterhaltung, des anderen schmerzhafte Lektion. Vor nicht allzu langer Zeit hatte er hoch über seinem derzeitigen Aufenthaltsort selbst diesem Zeitvertreib beigewohnt. Eines war mal sicher, es war wesentlich unterhaltsamer, zuzusehen, als selbst daran teilzunehmen. Sogar seine Ruhephasen nutzte man, um ihn zu quälen. Er durfte sie nicht im Wasser verbringen.

Cha'acko spürte bereits, wie seine Haut austrocknete und die Wunden zu schmerzen begannen. Im Wasser hätten seine regenerativen Fähigkeiten begonnen zu wirken. Verletzungen heilten in seinem natürlichen Lebensraum einfach besser.

Er wollte sich zu der ihm zugewiesenen Zelle begeben, war aber überrascht, dass die Wachen ihn aufhielten. Einer der Krieger zeigte mit seinem Schockstab nach links. Cha'acko gehorchte und schleppte sich schwerfällig in die angegebene Richtung. Zu diskutieren hatte bei diesem Abschaum keinen Sinn. Wären sie als Soldaten irgendetwas wert gewesen, so hätten sie ihr Dasein nicht in Paro'kajan fristen müssen. Hier endete nur, wer für andere Aufgaben nichts taugte.

Die Wachen führten ihn zu dem Kraftfeld, das den Sklavenbereich von dem der normalen Bürger abtrennte. Wobei der Begriff *normal* in diesem Zusammenhang nicht wirklich zutraf, lediglich höherrangige, gut betuchte Adlige hatten überhaupt Zugang zum Sklavenbereich.

Cha'acko ließ den Blick wandern. Bei den Besuchern handelte es sich größtenteils um Frauen, vorrangig die Ehepartnerinnen mächtiger Politiker und Militärs. Es war derzeit ein dekadentes und weit verbreitetes Hobby, dass die Ehefrauen der oberen Zehntausend sich den einen oder anderen Sklaven aus Paro'kajan für das flüchtige Vergnügen einer Nacht gönnten. Das ließen sie sich auch etwas kosten. Manch einer der hiesigen Wächter war dadurch bereits reich geworden.

Cha'acko glaubte nicht, dass ihm dieses Vergnügen zuteilwurde. Keine der Frauen zeigte Interesse an einem alten, verbrauchten Soldaten, wie er einer war. Solch welkes Fleisch hatten sie auch zu Hause. Sie vergnügten sich lieber mit jüngeren Exemplaren. Und die entsprechenden Sklaven gehörten nicht ausschließlich der Spezies der Ashrak an.

Die Soldaten führten ihn unmittelbar vor das Kraftfeld. Es zitterte unentwegt, um die Wassermassen zurückzuhalten. Wie alle Städte auf Tyrashina lag auch Paro'kajan auf dem Grund eines der neun Ozeane des Planeten. Cha'acko konnte sein Verlangen, in das kühle Nass einzutauchen, kaum verhehlen. Dennoch konzentrierte er sich auf die wartende Gestalt. Der Ashrak nahm die prunkvolle Maske von seinem Gesicht.

Zum Vorschein kam Ir'rise, eines der führenden Mitglieder des Clanrates. Der ehemalige politische Rivale Cha'ackos betrachtete ihn ausgiebig. Er gab Mitgefühl vor, doch die Schuppenfarbe seines Gegenübers verriet ihn. Das Clanmitglied war schier außer sich vor Freude, den ehemaligen Gegner derart tief gefallen vorzufinden.

»Was willst du, Ir?«, wollte Cha'acko wissen.

Die Schuppenfarbe des Ratsmitglieds trübte sich etwas, als Zorn in die Schadenfreude einsickerte. Das Weglassen des Clannamens war lediglich ein kleiner Stich, den Cha'acko dem verhassten Konkurrenten verpasst hatte. Er freute sich dennoch darüber. In seiner derzeitigen Lage musste man auch für die kleinen Dinge dankbar sein.

»Ich wollte dich besuchen; sehen, wie es meinem alten Weggefährten geht.«

»Weggefährten waren wir nie. Und ich wäre dir dankbar, wenn du nicht so tun würdest, als wären wir je so etwas wie Freunde gewesen.«

»Nein, das waren wir nie«, gab Ir'rise zu. »Aber man kann auch einem alten Gegner Respekt zollen.«

»Respekt«, höhnte der Gefangene. Er sah sich bedeutsam um. »Ist diese Umgebung deine Auffassung von Respekt? Glaub bloß nicht, dass ich nicht weiß, dass du mir diese Bestrafung eingebrockt hast.«

»Nun ja, ich gebe zu, es wäre möglich, dass ich das eine oder andere Wort in dafür empfängliche Ohren geflüstert habe. Ein Mann wie du hat viele Feinde. Und ich befürchte, deine Zeit als Teil des Machtapparats hast du in vielerlei Hinsicht zu sehr genossen. Du hast dich mehr darauf verstanden, dir Feinde zu schaffen, als Freunde zu gewinnen. Wäre es andersherum gewesen, befändest du dich heute unter Umständen nicht in einer solch misslichen Lage.«

Cha'acko kratzte an seinen Wunden herum. Sie bildeten bereits Schorf, aber keinen von der heilsamen Sorte. Ohne Zugang zu Wasser verkrusteten bei einem Ashrak Verletzungen und bildeten schmerzhafte Geschwüre aus. Ir'rise bemerkte es.

»Das wird noch viel schlimmer werden.«

»Ich frage noch einmal: Was willst du?«

»Ich wollte sehen, wie du leidest«, entgegnete das Ratsmitglied freimütig. »Ein Mann lebt nur selten lange genug, um die Personifizierung seiner Rache mitzuerleben.«

»Es geht dir also immer noch um deinen Sohn.«

»Ja, in der Tat. Was du ihm angetan hast, verfolgt mich bis in den Schlaf hinein.«

»Das sind alte Geschichten.«

»Nicht für mich. Man merkt, dass du keine Kinder hast, Cha. Ansonsten würdest du nicht so verächtlich über meine Gefühle urteilen.« Er nickte einem der Wachen zu. Bevor Cha'acko reagieren konnte, trat der Soldat vor und rammte ihm den Schockstab zwischen die Kiemenbögen.

Der Gefangene bäumte sich unter Schmerzen auf und stürzte. Doch sogar sein Fall brachte ihm keinerlei Erleichterung. Die elektrischen Stöße setzten sich durch den gesamten Körper fort und dauerten noch minutenlang an, als der Stab bereits wieder entfernt worden war.

Ir'rise beobachtete ihn ungerührt. Es gingen aber Wellen der Genugtuung von ihm aus. »Die Wachen haben Anweisung, deinen Aufenthalt so unangenehm wie nur irgend möglich zu gestalten. Sie werden dich keinen

Schlaf finden lassen und deine Wunden nicht versorgen; sogar das Essen, das du zu dir nimmst, und die Luft, die du atmest, wird mit gewissen Substanzen versetzt. Dein Leben wird so grausam werden, dass du dir den Tod herbeisehnst. Aber dieser Fluchtweg bleibt dir verschlossen.«

Das Ratsmitglied richtete sich zu voller Größe auf und deutete nach oben. Cha'acko rappelte sich auf und sah hoch. Durch das Kraftfeld hindurch sah er mit an, wie eine Reihe von Transportern in die Atmosphäre aufstieg und schließlich das All erreichte.

»Hat dir das noch niemand gesagt? Es hat begonnen, die Auslagerung des Genpools auf andere Planeten. Vor allem die Erde ist Ziel unserer Kolonisationsbemühungen. Es könnte ein Jahrzehnt oder länger dauern, bis Tyrashina völlig verlassen ist. Aber falls du zu dem Zeitpunkt tatsächlich noch am Leben bist, so habe ich verfügt, dass du zurückgelassen wirst. Du darfst von hier aus beobachten, wie das letzte Kolonisationsschiff diese Welt verlässt und unsere neue Heimat ansteuert. Ich denke, das ist ein gerechtes Schicksal: Cha'acko, der letzte Ashrak auf Tyrashina. Du hast davon geträumt, eines Tages den Rat zu stürzen und über diese Welt zu herrschen. Dein Wunsch geht in Erfüllung.« Ir'rise drehte sich um und schwamm davon. Nach wenigen Metern hielt er ein letztes Mal inne: »Wie gesagt, falls du so lange lebst. Einige der Sklaven hier in Paro' kajan sind *sehr* hungrig. Es würde mich nicht wundern, wenn man eines Morgens in deiner Zelle nur noch Knochen vorfindet.«

Die Raumstation in Kyfjor gehörte zu den gewaltigsten des gesamten Imperiums. Und dieses mächtige Monument sowie seine Besatzung verfolgten einzig und allein den Zweck, dem Tyrashina-System zu Diensten sein zu dürfen.

Das Rod'Or-Imperium hielt dieses Bollwerk für unangreifbar. In der gesamten Geschichte des Reiches hatte es noch kein Feind gewagt, dieses Sonnensystem zu bedrohen. Umso perplexer war die Crew der Kommandobrücke, als eine Rebellenflotte unterstützt von Einheiten der Syall und Sekari ohne Vorwarnung im System auftauchte. Die Verantwortlichen verloren kostbare Sekunden, als sie verdattert darum kämpften, nicht in Panik zu verfallen.

Ris'rils Kampfverband nutzte die Zeit, um die im Süden des Systems gelegenen Hyperraumkatapulte zu zerstören und damit die Station effektiv von jeglicher kurzfristiger Unterstützung abzuschneiden. Anschließend nahmen sie Kurs auf das Bollwerk selbst. Die Armada mit den drei Angriffsspitzen drosselte merklich ihre Geschwindigkeit. Die Station befand sich im dichtesten Teil eines riesigen Asteroidenfelds. Die Trümmerstücke waren mindestens genauso gefährlich wie die Wachschiffe und stationären Verteidigungsanlagen.

Während die Armada durch den Gürtel aus Gesteinsbrocken pflügte, lösten sich unbemerkt eine Reihe von Kanonenbooten. Sie entfernten sich, so schnell es die Trümmer ringsum zuließen. Dabei nutzten sie die an Schwermetallen reichen Asteroiden, um die gegnerischen Sensoren zu stören.

Ris'ril beobachtete von der Brücke der SHIVA den Kurs der Kanonenboote genau. Sie betete insgeheim zu ihren Göttern, alles möge gut gehen. Sie hegte nicht die geringste Lust, mit anzusehen, wie Gareths Kanonenboot an einem der Gesteinsbrocken zerschellte.

»Ris'ril«, meldete sich in ihrem Kopf die Stimme des Navigators Nico zu Wort. »Die Wachschiffe formieren sich bei der Station. Sie wagen keinen Ausfall.«

»Schade«, kommentierte sie. »Ich hoffte, sie wären dumm genug, um uns entgegenzufliegen.« Sie zögerte. »Irgendeine Veränderung bei den angedockten Transportern?«

»Negativ.«

Ris'ril nickte nachdenklich. »Sie legen erst ab, wenn die Stellung ernsthaft in Gefahr ist. Also geben wir ihnen etwas, vor dem sie sich fürchten können. Einen Kanal zur LANCELOT und zur HERAKLEIA.« Die holografischen Abbilder Michaels und Fabians tauchten unmittelbar vor ihrer Nase auf. Ris'ril verzog die Lippen zu einem raubtierhaften Grinsen. »Es ist so weit, meine Freunde. Lassen wir die Ashrak ihr eigenes Blut kosten.«

***

Gareth verfolgte von seinem Standort aus den Sturm der Armada. Ris'ril griff die Wachschiffe an, Michael die stationären Waffenplattformen. Fabian auf der HERAKLEIA attackierte die Station direkt. In einer zweiten Angriffswelle folgten Einheiten der Sekari und Syall in den Hexenkessel von Kyfjor.

Ungefähr jetzt fiel die zweite Welle aus Allianzschiffen in die Systeme Curaklor, Ageney und Torohi ein, um die Verteidiger von Kyfjor weiter zu isolieren und um Verwirrung sowie Chaos zu säen.

Gareth richtete sein Interesse wieder auf die sich unmittelbar vor ihm anbahnende Schlacht. Die Raumstation nebst ihren Kampfeinheiten war keine leichte Beute. Und vor allem durfte man sie nicht unterschätzen. Der Kampf würde hart werden, aber letzten Endes – und davon war er fest überzeugt – wäre die Offensive von Erfolg gekrönt. Denn zu verlieren, stand überhaupt nicht zur Disposition. Sie mussten es einfach schaffen.

Martha lehnte sich in ihrem Sitz zurück. Oberflächlich betrachtet, wirkte sie entspannt. Nur die Fingerspitzen, die immer wieder auf ihre Konsole tippten, verrieten ihre Ungeduld.

»Und was machen wir jetzt?«

»Wir warten«, erklärte Gareth. »Und falls jemand religiös ist, würde auch ein Gebet nicht schaden.«

***

Ris'rils Blick blieb auf das Brückenfenster fokussiert. Die Kampfschiffe der Ashrak rührten sich kaum vom Fleck. Vor wenigen Minuten hatten sie Fahrt aufgenommen, aber die Geschwindigkeit blieb weit unterhalb ihrer Möglichkeiten.

Ris'ril vermutete, dass der Gegner darauf aus war, die Angreifer zu stellen, sobald sie aus dem Asteroidenfeld kamen. Dies wäre ihr schwächster, verwundbarster Moment. Es wäre der Augenblick, in dem die Fischköpfe die größtmöglichen Chancen hätten, den Angriff gleich zu Beginn zurückzuschlagen.

Die Samirad stieß einen schrillen Kampfschrei aus. Auf der Brücke der SHIVA kümmerte sich kaum jemand darum, wenn man von einem gelegentlichen, wissenden Grinsen einmal absah. Die Besatzung des ehemaligen imperialen Angriffskreuzers kannte ihre Kommandantin und deren Eigenheiten.

Der linke und rechte Flügel der Flottenformation schwärmte zu beiden Seiten aus. Die letzte Phase vor Beginn der Schlacht begann. Sekari und Syall schlossen von achtern auf.

Ris'ril warf einen schnellen Blick auf ihren Navigator. Der schmächtige Mann lag auf seiner Pritsche und hatte sich in den Tiefen des Vortex verloren.

Aufgrund der hier herrschenden Gravitationsverhältnisse war das Asteroidenfeld ständig in Bewegung. Die Raumstation befand sich in seinem Mittelpunkt – wie im Auge eines Sturms. Solange sich die angreifenden Kampfeinheiten inmitten des Feldes befanden, war jede unachtsame Bewegung gefährlich und konnte leicht zu einer Katastrophe führen. Beinahe hätte sie ihren Navigator gefragt, wie weit es noch war, bis sie das Auge erreichten. Sie hielt sich zurück. Nico benötigte jedes Quäntchen Konzentration, das er aufbringen konnte, um seine Schützlinge wohlbehalten durch das Trümmerfeld zu bringen.

Als hätten ihre Gedanken das Unglück heraufbeschworen, glomm eine Explosion inmitten des Alls auf. Ris'ril stürzte vor, hielt sich an der Reling der Kommandostation fest. Gleichzeitig vernahm sie Nicos Stimme in ihrem Kopf. »Zwei von Michaels Schiffen sind kollidiert. Keine Überlebenden.«

Ris'ril biss sich auf die Unterlippe. Sie erlitten bereits die ersten Verluste und dabei hatte die Schlacht noch gar nicht begonnen. Die Samiradkriegerin warf ihren eigenen Vorsatz über Bord. »Nico, wie lange noch?«

»Dreizehn Minuten. Wir sind gleich durch«, beruhigte sie der Navigator.

Eine weitere Detonation erhellte das Weltall, dieses Mal an der gegenüberliegenden Flanke. »Fabian hat ebenfalls ein Schiff verloren«, informierte Nico. »Noch neun Minuten«, nahm er ihre Frage vorweg.

Ris'ril entspannte sich notgedrungen. Es gab im Augenblick nichts, was sie tun konnte. Ihr blieb lediglich Warten und Hoffen.

»Wir haben ebenfalls soeben ein Schiff verloren«, meldete der Navigator mit dieser unpassend emotionslosen Stimme, die die Samirad abgrundtief hasste. Es war nicht seine Schuld, das war ihr klar. Dennoch richtete sie ihren Ärger auf den festgeschnallten Mann.

»Bring uns endlich da durch! Wir verlieren zu viele Einheiten.«

Der Navigator schwieg über Minuten hinweg. Wenn Ris'ril etwas mehr hasste als seine emotionslosen Kommentare, sobald er sich im Vortex befand, dann war es, von ihm ignoriert zu werden.

Das Feld wurde lichter, die Gesteinsbrocken spärlicher. »Wir sind durch«, verkündete Nico. Und in diesem speziellen Fall wirkte sogar der Navigator erleichtert.

»Alle Einheiten ausschwärmen und Gefechtsformation einnehmen. Bereit machen für das Zusammentreffen mit dem Feind.«

Sie hatte kaum ausgesprochen, als die ersten Raketen und Torpedos der Wachschiffe auf ihre vorderste Kampflinie mit solcher Gewalt eindroschen, dass Ris'rils Verband sogleich fast ein volles Geschwader einbüßte.

Das Brückenfenster der SHIVA wurde ausgefüllt mit einer Vielzahl an Explosionen. Die in regelmäßigen Abständen installierten Waffenplattformen brachten ihre erhebliche Feuerkraft mit ein. Innerhalb weniger Augenblicke verlor Ris'ril ein weiteres Geschwader leichter und mittelschwerer Kriegsschiffe. Ihre Haltung wurde eisern. Der Gegner hatte den ersten Schlag geführt und auch das erste Blut vergossen. Der Vorteil der Einleitungsattacke war aber aufgebraucht. Nun waren die Rebellen an der Reihe.

Ein riesiger Schatten schob sich an Ris'rils linker Flanke vor ihre Kampfschiffe. Michaels Flaggschiff, die LANCELOT, schützte die Einheiten seiner

Kameradin mit dem eigenen mächtigen Rumpf. Gleichzeitig fuhr das ehemalige imperiale Schlachtschiff die Waffen hoch. Ein Hagel aus Lichtimpulsen hämmerte mit unbändiger, kaum zu bezähmender Gewalt auf die Waffenplattformen ein und fegte annähernd die Hälfte von ihnen bereits mit den ersten Salven aus dem All.

Jagdgeschwader stießen in die entstandene Bresche vor. Sobald sie die Abwehrlinie passiert hatten, teilten sie ihre Formation auf. Eine Hälfte griff die verbliebenen Plattformen an, die andere fiel den Wachschiffen in den Rücken.

Ris'ril nickte zufrieden. »Nico, Befehl an alle Verbände: Phase zwei einleiten.« Der Navigator antwortete nicht. Auf ihrem Hologramm bemerkte sie dennoch die weiteren Vorgänge.

Ihre Einheiten griffen die Wachschiffe ununterbrochen an, während Fabians Geschwader an ihnen vorüberzogen, um die Station zu bedrohen. Gleichzeitig rückten Sekari und Syall näher an die Hauptkampflinie. Nur noch Minuten trennten sie davon, selbst in die Schlacht einzugreifen.

Ein Auge hielt Ris'ril auf die HERAKLEIA gerichtet. Das größte Flaggschiff der Rebellen war bis auf Kampfdistanz an die Raumstation aufgerückt. Raketen und Torpedos wurden ausgetauscht. Die HERAKLEIA verbuchte einige gewichtige Treffer beim Gegner, musste allerdings auch einstecken.

Die SHIVA beharkte mit ihrer Energiebewaffnung einen feindlichen Schweren Kreuzer, von dem sie vermutete, es handele sich um das Ashrakflaggschiff.

Die Panzerung der Steuerbordseite warf Blasen unter der Berührung der hochenergetischen Strahlen und zerriss nach wenigen Sekunden wie Papier.

Ris'rils Kampfschiff setzte noch eine Raketensalve hinterher. Explosionen sprenkelten die Außenhülle fast auf der gesamten Länge des Schweren Kreuzers. Der Navigator verlor die Kontrolle und das Feindschiff driftete nach unten und zur Seite hin weg. Ris'ril hatte Blut geleckt. Die SHIVA verfolgte das zum Untergang verurteilte Schiff und Energieimpulse zerfetzten den Antrieb und die oberen Deckaufbauten. Zu diesem Zeitpunkt hatte der Kreuzer bereits das Feuer eingestellt.

Sekari und Syall fielen als zweite Angriffswelle über den Gegner her. Ein paar wenige noch existente Waffenplattformen eröffneten den

Beschuss. Ein Schwerer Kreuzer sowie zwei Schwere Korvetten der Syall erlitten beträchtliche Schäden und machten ihre Umkehr unumgänglich. Kurz darauf wurde ein Sturmkreuzer der Sekari in Stücke geschossen. Die Flut der Angreifer ließ sich dadurch freilich nicht stoppen. Die Verteidigungslinie war zerschlagen, der Gegner auf dem Rückzug.

Immer mehr feindliche Einheiten zerbarsten unter dem unbarmherzigen Beschuss der Allianzschiffe. Michaels LANCELOT zerschmolz die letzten Waffenplattformen und plötzlich standen die Raumstation und ihre schwindende Anzahl Wachschiffe der Wut der Verbündeten allein gegenüber.

Ris'ril konnte endlich ihre Aufmerksamkeit zur Gänze auf die HERAKLEIA richten. Fabian hatte ganze Arbeit geleistet. Die Außenhülle der Station glich der pockennarbigen Oberfläche eines Mondes, auf dem unaufhörlich Meteoriten einschlugen. Aus zwei Brüchen in der Außenhülle schlugen Flammen ins All. Dass diese noch nicht durch das Vakuum erstickt worden waren, konnte einzig und allein daran liegen, dass sich diese Brände bis in den Kern der Station hineinzogen. Sie wurden ständig durch die vorhandene Atmosphäre genährt. Selbst bei oberflächlicher Begutachtung gelangte Ris'ril zu der Ansicht, die Station befand sich in erheblichen Schwierigkeiten.

Das Waffenfeuer des Gegners wurde merklich schwächer. Ris'rils Lippen verzogen sich zu einem gehässigen Grinsen. »Und jetzt die Andockbuchten«, sagte sie zu niemandem im Speziellen.

Als hätte Fabian ihre Worte vernommen, verlagerte er den Angriff eines Teils seiner Geschwader auf die Dockkragen, an denen die Transporter festgemacht waren.

Drei Schwere Kreuzer und ebenso viele Angriffskreuzer zerstörten ein halbes Dutzend der kleinen Schiffe und doppelt so viele leere Dockanlagen.

Ris'ril sog scharf die Luft ein. Für einen Moment befürchtete sie, ihr Kamerad wäre zu weit gegangen. Sie benötigten einen erheblichen Teil der Transporter intakt. Zerstört oder dezimiert nutzten sie ihnen herzlich wenig. Aber Fabian wusste genau, was er tat.

Die Sekari und Syall räumten soeben mit den letzten Wachschiffen auf, während sich die LANCELOT nebst ihren Geschwadern dem Angriff auf die Station anschloss. Dem Kommandanten musste klar geworden sein, dass die Schlacht verloren war. Also handelte er entsprechend dem imperialen Protokoll.

Alles sensible Personal, das nicht in Feindeshand fallen durfte – vermutlich inklusive seiner eigenen Person –, wurde in die Transporter verladen und diese legten umgehend ab.

Fabians und einige von Ris'rils Einheiten verfolgten sie. Den Nachzüglern wurde die Außenhülle mit wohlplatzierten Salven versengt, ansonsten ließ man sie aber gewähren. Unbemerkt gelang es einem Angriffskreuzer, zwei der Transporter mittels eines Subraumpeilstrahls zu markieren. Auf diese Weise würden sie in den Besitz der Koordinaten von Tyrashina gelangen, um den Sturm auf die Ashrakheimatwelt vorzubereiten.

Ris'ril lehnte sich zufrieden in ihrem Kommandosessel zurück. »Jetzt liegt alles an Gareth«, sagte sie. Ihr Blick richtete sich auf die Raumstation, die vor ihr aufragte. Jeglicher Widerstand war mittlerweile zusammengebrochen. Aus drei Richtungen schlugen Geschosse in das Konstrukt ein. Nicht mehr lange, und das Gebilde würde bersten.

Gleichgültig, wie die Mission nach Tyrashina auch ausging, sie hatten dem Imperium im Allgemeinen und den Ashrak im Speziellen bereits jetzt eine schwere Niederlage zugefügt. Sie hoffte, man konnte darauf aufbauen.

***

Die sechs Kanonenboote unter Gareths Führung warteten, bis der Pulk an Transportern an ihrem Versteck vorüberzog. Erst im letztmöglichen Augenblick hoben sie von der Oberfläche des Asteroiden ab und steuerten die letzten Transporter an.

»Sensoren stören!«, ordnete der Anführer der Rebellion an.

Martha streckte die Hand aus und betätigte den entsprechenden Schalter.

Gareth vermied es, der Frau ungefragt Tipps und Ratschläge zu geben. Die befreite Liebessklavin war inzwischen eine exzellente Pilotin. Mit großer Präzision steuerte sie einen der Transporter an und setzte das Vehikel sanft auf dessen oberer Außenhülle auf. Er bezweifelte, dass den Ashrak im Inneren irgendetwas auffiel.

Nacheinander folgten die restlichen Kanonenboote Marthas Beispiel. Gareth erfuhr nie, was schiefgegangen war. Einem der Piloten musste ein tödlicher Fehler unterlaufen sein. Das letzte Kanonenboot setzte nicht auf dem ausgewählten Transporter auf, sondern näherte sich dem Schiff mit zu hoher Geschwindigkeit. Es rammte die Außenhülle, anstatt sie lediglich zu berühren. Dadurch gerieten beide Schiffe aus der Fluglage, das Kanonenboot brach durch das Heck des Transporters und beide vergingen in einem Feuerball.

Gareth biss die Zähne zusammen. Die Transporter erreichten die Systemgrenze und das gesamte Geschwader beschleunigte sogleich in Richtung Tyrashina.

Er fluchte unentwegt. Die Mission hatte noch nicht einmal richtig begonnen und schon jetzt war ihre Truppe um ein Sechstel geschrumpft. Gareth hoffte nur, dass dies nicht symbolisch für die komplette Operation zu sehen war. Sein Blick glitt durch das Brückenfenster.

Der Weltraum war gewichen und hatte dem Farbenwirbel des Hyperraums Platz gemacht. Die Einsatztruppe wurde huckepack zur Heimatwelt der Fischköpfe getragen, hinein in die Höhle des Löwen.

Untray schlug mit allen vier Gliedmaßen auf die Stahlplatte ein, die als Übungsutensil herhalten musste. Es gelang ihm zwar nicht, ein Loch hineinzutreiben, wie es ursprünglich gedacht war. Die Delle, die entstand, war allerdings auch nicht von schlechten Eltern.

Der Kexaxa hielt inne und warf seinem Artgenossen einen fragenden und gleichzeitig um Lob bittenden Blick zu. Ibitray, der allererste kämpfende Kexaxa, trat aus den Schatten und betrachtete die Stahlplatte eingehend. Ohne einen Kommentar abzugeben, holte er mit zweien seiner Gliedmaßen aus und riss mit einem einzigen Schlag die Platte beinahe in zwei Hälften.

Die in dem kleinen Raum an Bord von Gareths Kanonenboot versammelten Kexaxa hielten unwillkürlich inne. Sie befanden sich in unterschiedlichen Stadien ihrer Ausbildung. Ibitray hatte sie handverlesen. Es waren nicht nur ausgezeichnete Ingenieure, sondern auch großartige Kämpfer. Sie gehörten zu den besten, die die kämpfenden Kexaxa bisher hervorgebracht hatten.

Ibitrays Anhängerschaft wuchs stetig. Die kriegerische Gesinnung war nicht bei all seinen Artgenossen gut angesehen. Viele von ihnen hingen immer noch dem Pazifismus an. Und eine große Anzahl diente weiterhin dem Imperium. Es gab natürlich Spione und Saboteure unter ihnen, die in Wirklichkeit dem Aufstand angehörten. Aber leider zogen viele Kexaxa es weiterhin vor, den Rod'Or gegenüber loyal zu sein. Ibitray lächelte insgeheim grimmig. Das würde sich irgendwann ändern. Je schwächer das Reich wurde, desto stärker wurde die Rebellion. Und je stärker die Rebellion wurde, desto näher rückte der Zeitpunkt der Freiheit für sein Volk.

Untray wirkte unglücklich, angesichts der Stärke, die der eigentlich rangniedere Kexaxa soeben demonstriert hatte. Tatsächlich machte sein Gegenüber weniger umfangreiche Fortschritte, als er gehofft hatte.

Ibitray trat näher und legte dem anderen Ingenieur eine Hand auf die Schulter. Die kleinen primatenähnlichen Wesen nahmen ihr Training wieder auf und überließen die zwei ihrem Zwiegespräch.

»Das war schon sehr gut«, sprach Ibitray dem anderen Mut zu. »Das wird schon. Aber etwas hält dich immer noch innerlich zurück. Dazu gibt es keinen Grund. Lass der Kraft in dir freien Lauf. Nur dann wird sie sich entfalten und dich aufsteigen lassen zu einem Wesen, wie du es dir nicht einmal entfernt vorstellen kannst. Ich verspreche es.«

Untray nickte wenig überzeugt. Ibitray drehte sich um und schloss in seine nächsten Worte alle Anwesenden mit ein. »Die Ashrak haben uns über Jahrtausende hinweg kleingehalten. Wir waren ihre willfährigen Gehilfen. Nicht besser als irgendein Werkzeug. Damit ist jetzt Schluss. Wir sind mehr als das. Auch wir haben ein Recht auf Freiheit, auf Selbstbestimmung, auf ein Leben jenseits der Sklaverei. Und dieses werden wir nun einfordern. Bald erreichen wir die Heimatwelt der Ashrak. Und wenn wir das System wieder verlassen, dann werden unsere ehemaligen Sklaventreiber merken, was für ein Fehler es war, die Kexaxa für selbstverständlich zu halten.«

Spontaner Jubel brandete auf. Ibitray brachte ihn durch eine schnelle Bewegung seiner beiden oberen Primatenhände zum Erliegen. »Übt weiter. Es sind zwar keine Kämpfe geplant, aber falls es dazu kommt, dann werdet ihr das Erlernte dringend brauchen.«

Die Kexaxa widmeten sich erneut ihrem Training. Ibitray wandte sich ab und verließ den Raum. Er kehrte in sein Quartier zurück. Es war wesentlich kleiner als die Unterkünfte der Blutläufer. Unter Umständen glaubten sie, die Kexaxa benötigten nicht mehr Raum. Die zweite mögliche Schlussfolgerung gefiel ihm weniger: Vielleicht waren auch die Blutläufer der Meinung, die Kexaxa waren nur Mittel zum Zweck und nicht mehr. Er wollte nicht daran glauben, aber der Gedanke setzte sich schon seit einiger Zeit in seinem Verstand fest. Gareth dachte nicht in solchen Bahnen. Andere Aufständische schon, das war ihm mehrfach aufgefallen. Das Imperium benutzte die Kexaxa, die Rebellen benutzten die Kexaxa, sein Volk wurde von jedem benutzt. Irgendwann würde das aufhören. Es wurde Zeit, dass sein Volk sich Respekt verschaffte.

Ibitray stellte sich vor den Spiegel und legte die Kleidung ab. Das kleine Wesen betrachtete eingehend seinen Körper. Er hatte sich verändert – und die Wandlung war noch längst nicht abgeschlossen. Die Muskelmasse nahm stetig zu. Es hatte langsam begonnen, mittlerweile schritt die Veränderung aber zügig voran. Das war an und für sich schon bemerkenswert. Kexaxa waren nicht dafür bekannt, Muskelmasse zu entwickeln.

Was ihn aber wesentlich mehr verunsicherte, war seine Größe. Mit fünfunddreißig Standardjahren war ein Mitglied seines Volkes vollständig ausgewachsen. Meistens bewegte sich die Körpergröße eines Kexaxa zwischen einem Meter dreißig und einem Meter fünfundvierzig. Ibitray hatte dieses Stadium schon vor über fünfzehn Standardjahren erreicht. Sein Wachstum hätte damit abgeschlossen sein müssen.

Seit er seine kämpferischen Fähigkeiten entdeckt hatte, wuchs aber nicht nur seine Muskelmasse, auch seine Größe nahm zu. Ibitray versuchte, es zu verbergen. Mittlerweile maß er einen Meter fünfundfünfzig. Es war pures Glück, dass noch niemandem aufgefallen war, dass er in die Höhe schoss. Lange würde das aber nicht anhalten, wenn die Veränderungen weiterhin in diesem Umfang zunahmen.

Mit seinem Körper geschah etwas und er hatte keine Ahnung, was oder wohin ihn dies führte. Was stimmte nur nicht mit ihm? Nein, das war die falsche Wortwahl. Tief in seinem Innersten erkannte Ibitray mit unumstößlicher Klarheit, dass diese Wandlung keine Gefahr darstellte. Sie ängstigte ihn dennoch. Was geschah nur mit ihm? Und an welchem Punkt würde diese Umgestaltung stoppen?

Der Flug war von erstaunlich kurzer Dauer. Nach nicht einmal vierzig Stunden fiel der Konvoi aus dem Hyperraum. Gareth stürmte auf die Brücke und warf erst einen Blick aus dem Brückenfenster, dann auf das Hologramm, das Martha aktiviert hatte.

»Wir haben ein System mit neun Planeten erreicht«, informierte sie ihn.

Gareth nickte, die Stirn in tiefe Runzeln gelegt. »Der siebte ist die Heimatwelt der Fischköpfe. Und sein dritter Trabant ist unser Ziel.«

Er wandte sich an Yuma. »Wie lange noch?«

»Ungefähr zwölf Stunden«, erklärte die Offizierin an der Navigation.

Gareth nickte. »Sag Bescheid, sobald wir zum Abkoppeln bereit sind.«

Yuma bestätigte den Befehl durch das wortlose Neigen ihres Kopfes. Die Frau war hoch konzentriert in ihre Aufgabe vertieft.

Während des Anflugs auf Tyrashina nahm sich der Rebellenanführer die Zeit, sich mit dem einheimischen Schiffsverkehr zu beschäftigen. Und davon gab es eine Menge. Nur selten zuvor hatte er in einem einzelnen System des Imperiums eine solche Menge an Raumfahrzeugen gesehen. Und nicht gänzlich alle waren militärischer Art. Ein erheblicher Teil bestand aus zivilem Schiffsverkehr, der entweder aus dem oder in das System strebte.

Für Gareth war dies eine große Überraschung. Er musste zugeben, dass er sich noch nie mit den zivilen Aspekten der Ashrakzivilisation beschäftigt hatte. Bisher waren ihm lediglich Soldaten der Fischköpfe begegnet. Aus irgendeinem Grund hatte er es immer weit von sich geschoben, dass es auch Zivilisten unter ihnen geben mochte.

Für einen Moment überkamen ihn Schuld und Reue. Wenn sie den zerbrochenen Mond von Tyrashina VII sprengten, dann würde die Heimatwelt der Fischköpfe untergehen. Die Unschuldigen fanden gemeinsam mit den Schuldigen den Tod. Ein furchtbares Blutbad wäre das Ergebnis. Um ein Haar hätte er sich dazu entschieden, alles abzublasen.

Jeder Muskel in seinem Körper versteifte. Nein, er durfte nicht wanken. Niemand wurde böse geboren. Wenn sich aus einem Individuum ein Monster entwickelte, dann wurde es dazu erzogen, dazu gemacht. Und dieses in den Ozeanen lebende Volk war militaristisch aufgebaut. Jedes Kind wurde älter in dem Wissen, dass es zur Krone der Schöpfung gehörte. Man trichterte ihnen ein, dass sie – abgesehen von den Rod'Or – jeder anderen Spezies überlegen waren. Dadurch wurde alles, was sie taten, legitimiert. Denn wie konnte es Unrecht sein, andere zu unterdrücken, die unter einem standen?

Darüber hinaus gehörte Tyrashina zu den stärksten Festungen des Imperiums. Von hier aus griffen die Ashrak im Namen ihrer Herren nach anderen Welten, deren Bevölkerung, deren Ressourcen. Sollte das Imperium fallen, musste zuerst Tyrashina aus der Gleichung entfernt werden. Der Krieg forderte harte Entscheidungen. Dies war eine solche. Sie gefiel Gareth nicht, aber er wusste, dass es keine Alternative gab.

Er tröstete sich mit dem Gedanken, dass es einige Tage dauern würde, bis die Trümmerstücke des Mondes nach seiner Sprengung auf die Oberfläche einschlugen. Bis dahin würde ein Großteil der Bevölkerung evakuiert sein. Aber eine komplette Welt, mit ihren Bodenschätzen, ihrer Industrie und den Werften, die am laufenden Band Kriegsschiffe produzierten, würde es nicht länger geben. Das Imperium hatte dann einen wichtigen Stützpfeiler unwiederbringlich verloren.

Gareths Gedanken fokussierten sich auf den Moment, in dem die Gesteinsbrocken die Oberfläche des siebten Planeten treffen würden. Gleichgültig, wo sie einschlugen, als Erstes verdampften die Meere. Den Ashrak wäre damit die Lebensgrundlage entzogen. Diese Welt würde für die maritime Spezies auf ewig unbewohnbar werden. Sein Blick suchte den blaugrünen Punkt in der Ferne. Eigentlich ein Jammer, es handelte sich um einen wunderschönen Himmelskörper.

Die Tür öffnete sich. Watschelnde Geräusche waren zu hören. Gareth musste sich gar nicht umdrehen, um zu wissen, dass Untray und Ibitray die Brücke betraten.

Mit einem Wink seines Kopfes deutete er auf Nigel O'Sullivan, der die Sensoren beaufsichtigte. »Beginnt mit den Berechnungen. Wir sind bereits in Sensorreichweite. Sie liefern euch alle Daten, die ihr braucht. Sobald wir landen, will ich umgehend mit der Arbeit beginnen können.«

Die beiden Ingenieure watschelten auf ihren kurzen Beinen an ihm vorüber und nahmen ihre Plätze ein. Gareth runzelte die Stirn. War Ibitray in letzter Zeit größer geworden? Es kam ihm fast so vor.

Nigel sah auf. »Gareth? Das solltest du dir ansehen.«

Der Rebellenanführer merkte auf. »Was meinst du?«

Zur Antwort speiste Nigel einige Daten ein und aktivierte ein Hologramm. Gareths Augen wurden groß. Vor ihm materialisierte das Abbild eines gewaltigen Raumschiffs. Seine Form ähnelte mehreren Wellen. Als würde das Kriegsschiff auf unsichtbaren Wogen durch die Kälte des Alls gleiten. Selbst nach oberflächlicher Begutachtung bemerkte er im Überfluss vorhandene Waffenstellungen. Außerdem war das Schiff stark gepanzert. Gareth war überzeugt, die Syall oder Sekari besaßen nichts Vergleichbares.

»Es ist das Kommandoschiff«, brachte er beeindruckt heraus.

Die Blicke seiner Kommandocrew wandten sich ihm unbehaglich zu. Von dieser Konstruktion hatte jeder im imperialen Raum und darüber hinaus schon mal gehört. Es gab nicht wenige, die hielten die Existenz des Kommandoschiffes für einen Mythos. Ein Produkt der imperialen Propaganda, mit dem man potenziellen Gegnern Angst einjagen wollte. Gareth war nie davon überzeugt gewesen, dass es tatsächlich real war. Aber dort hing es über dem Nordpol von Tyrashina VII – prachtvoll und schrecklich zugleich.

Wenn die Gerüchte stimmten, dann gab es lediglich ein einziges Exemplar davon. Es war für den Schutz der Ashrakheimatwelt und ihres Clanrates zuständig. In seltenen Fällen, in denen der Rat entschied, das System zu verlassen, wurden sie vom Kommandoschiff an ihr Ziel gebracht. Die Anwesenheit dieses Molochs verkomplizierte die vor ihnen liegende Aufgabe. Wenn es noch hier war, sobald die Allianzflotte angriff, dann würden viele Verbündete den Tod finden.

»Was tun wir jetzt?«, flüsterte Martha.

Gareth schüttelte den Kopf. »Wir gehen weiter vor wie geplant. Die Anwesenheit des Kommandoschiffes ändert nichts«, spielte er die veränderte Sachlage herunter.

Martha warf ihm weiterhin einen drängenden Blick zu. Sie war keineswegs überzeugt. »Es ändert gar nichts«, sprach er die Worte erneut deutlicher aus.

Die befreite Liebessklavin machte sich wieder an die Arbeit. Er spürte aber ihre Zweifel und konnte es der Frau nicht verdenken. Ihm ging es nicht anders.

Sämtliche imperialen Einrichtungen im Kyfjor-System waren in Schutt und Asche gelegt. Von der Raumstation selbst war nur noch das ausgebrannte, von Explosionen verunstaltete Gerippe übrig. Es wurde umkreist von Tausenden Trümmern, als wäre die zerstörte Raumstation ein Planet und die Wrackteile seine Monde.

Die Allianzflotte lag im Asteroidenfeld im Hinterhalt. Ris'ril hatte die Brücke der SHIVA seit der Zerstörung ihres Angriffsziels nicht verlassen. Sie wussten, es war eine feindliche Entsatzstreitmacht auf dem Weg. Diese wollten sie sich keinesfalls entgehen lassen.

Die zur Abwehr der Rebellen zusammengestellte Flotte würde man aus den Einheiten der näheren Umgebung rekrutiert haben. Wenn sie diese ausschalteten, wäre es unwahrscheinlich, dass das imperiale Militär die nötige Schlagkraft aufbrachte, um Tyrashina kurz- bis mittelfristig zu helfen, sobald der eigentliche Angriff rollte.

Obwohl sich die Samiradkriegerin auf das Hier und Jetzt konzentrieren sollte, schweiften ihre Gedanken immer wieder zu Gareth ab. Sie hatte Gerüchte gehört, sowohl von ihrer eigenen Besatzung als auch von der HERAKLEIA und der LANCELOT. Nicht wenige glaubten, die Mission gliche einem Himmelfahrtskommando. Die meisten waren der Meinung, sie würden kein Mitglied des Einsatzteams jemals wiedersehen. Einschließlich Gareth.

Ris'ril schüttelte den Kopf so stark, dass ihre Dreadlocks herumwirbelten. Es erregte die Aufmerksamkeit ihrer Brückencrew. Als sie das ernste, ja mürrische Gesicht ihrer Anführerin bemerkten, wandten sie sich schnell wieder ihren jeweiligen Aufgaben zu.

Ris'ril weigerte sich, Gareth als verloren anzusehen. Der Anführer der Rebellion war ein ziemlich findiger Charakter – für einen Menschen. Ihre Lippen verzogen sich zu einem Lächeln. Und seine vornehmste

Eigenschaft war gleichzeitig auch irgendwie seine nervigste: Er weigerte sich grundlegend, jemals aufzugeben.

»Störsender sind installiert«, meldete Nico. »Ingenieurtrupps befinden sich auf dem Rückweg.« Ris'ril nickte zur Antwort lediglich. Die imperiale Flotte würde unweigerlich in eine Falle laufen, unfähig, um weitere Unterstützung zu bitten, sobald die am Rand des Asteroidenfelds installierten Störsender in Funktion gingen.

»Ris'ril«, hörte sie die Stimme ihres Navigators erneut im Kopf. »Sie kommen.«

Die Samirad merkte auf. »Na endlich«, kommentierte sie. Ihren spontanen ersten Gedanken behielt sie wohlweislich für sich: *Endlich eine Abwechslung!* Sie sehnte sich nach ein paar Ashrak, an denen sie ihren Frust auslassen konnte.

Nico schien zu erraten, was in der Kriegerin vor sich ging. »Da gibt es möglicherweise ein Problem.«

»Welches wäre?«

Unmittelbar vor ihrer Nase erschien wie durch Zauberhand ein Hologramm mit einer schematischen Darstellung des Systems. Die eintreffenden imperialen Einheiten wurden in bedrohlichem Rot dargestellt. Und es waren unglaublich viele. Mehr, als sie erwartet hatten. Das imperiale Aufgebot kam mindestens dem der Allianz gleich. Und das war schon ein Problem.

Die bei Kyfjor versammelten Einheiten waren nicht nur dazu gedacht, etwaige feindliche Verstärkung zu eliminieren, sondern im Anschluss auch Tyrashina anzufliegen und auszuschalten. Selbst wenn ihnen Ersteres gelang, die zu erwartenden Verluste wären mit größter Wahrscheinlichkeit hoch genug, dass ihnen das zweite Ziel der Operation schwerfallen dürfte. Hinzu kam der Umstand, dass Gareth keine Ahnung hatte, was der Flotte bevorstand, die ihn eigentlich heraushauen sollte.

Sie dachte ernsthaft darüber nach, die in Stellung gegangene zweite Welle an Kriegsschiffen zur Unterstützung herbeizurufen. Sie verzichtete darauf. Es war viel zu früh. Besser, die Reserve noch in der Hinterhand zu behalten.

Ris'ril fluchte lautstark. »Dass sich die verdammten Fischköpfe nie an unsere Pläne halten können!« Lauter sagte sie: »Eine Konferenzschaltung mit der LANCELOT und der HERAKLEIA. Und nimm die Kommandeure der Sekari und Syall mit dazu.« Sie seufzte tief. »Wir brauchen dringend einen neuen Plan.«

***

»Es ist so weit«, eröffnete Yuma.

Gareth hatte auf dem Kommandosessel gedöst, war aber sofort hellwach, als er die erlösenden Worte seiner Navigatorin vernahm. »Dann verschwinden wir jetzt. Sensorstörer auf volle Energie.« Sein Blick suchte durch das Brückenfenster Tyrashina VII und den ihn umkreisenden dritten Mond, fand allerdings beides nicht. Er zuckte die Achseln. »Abkoppeln.«

Die Kanonenboote trennten sich so sanft wie möglich von ihren Lasttieren und nahmen umgehend Kurs auf den zerbrochenen Trabanten.

Die Transporter setzten ihren Weg fort, als wäre nichts geschehen. Gareth atmete erleichtert auf. Eine weitere Hürde war erfolgreich genommen. Nun mussten sie nur noch einen Mond sprengen und auf die Heimatwelt ihrer verhasstesten Todfeinde stürzen lassen. Ein Kinderspiel verglichen mit dem, was hinter ihnen lag.

»Gareth?«, meldete sich Nigel O'Sullivan.

»Ja?«

»Ich fange hier etwas auf, das du dir besser mal ansehen solltest.«

»Gib es mir rüber«, verlangte der Anführer des Aufstands.

Ein Hologramm baute sich vor ihm auf. Die Flugroute der fünf Kanonenboote führte sie über den Horizont des dritten Mondes, wodurch ihre Sensoren in der Lage waren, etwas hinter dem fünften Mond, der auf einer höheren Umlaufbahn lag, aufzufangen.

Gareths Kinnlade klappte herunter. Hinter dem fünften Mond befand sich eine Werftanlage. Sie beinhaltete lediglich sechs Dockplätze. Diese waren jedoch wahrhaft gewaltig. Sechs Kriegsschiffe befanden sich im Bau. Schon allein ihre schieren Ausmaße waren Ehrfurcht gebietend.

Gareth betrachtete die einkommenden Daten. »Das sind Dreadnoughts«, erklärte er schließlich sichtlich ergriffen. Er schüttelte den Kopf. »Ich habe noch nie von einem ähnlichen Bauvorhaben gehört. Das ist ein völlig neues Design.« In seinem Verstand ratterte es unentwegt. Die Rebellen hatten einige Erfolge erzielt und dem Imperium eine ganze

Reihe seiner besten Kriegsschiffe abgenommen. Es war nur logisch, dass es seine Verluste durch den Bau größerer und schwererer Neubauten ausgleichen wollte. Dass es diese Monster überhaupt gab, daran war die Allianz und allen voran die Rebellen vermutlich nicht ganz unschuldig. Allem Anschein nach waren sie noch nicht einsatzbereit. Die Zerstörung des Mondes würde vermutlich auch das Problem der Werft lösen. Vorausgesetzt, die Fischköpfe brachten ihre neuen Schmuckstücke nicht rechtzeitig in Sicherheit.

»Beobachte sie weiter«, ordnete er an. »Falls sich einer der Dreadnoughts regt, will ich das wissen.«

***

An Bord eines der Transporter beugte sich Drana'acko tief über seine Konsole. Die Ansicht des Bildschirms spiegelte sich auf der glatten Haut des Ashrak. Seine Schuppen verfärbten sich weiß. Umgehend stand sein vorgesetzter Offizier hinter ihm. Weiß war die Farbe der Verwirrung.

»Ja, du hast etwas zu melden?«

Der junge Offizier erstarrte. Auf diesem Schiff galt es als nicht ratsam, die Aufmerksamkeit des Höherrangigen herauszufordern.

»Ja, Herr ... Nun ... es ist eigentlich nichts.«

»Nichts?«, donnerte der Offizier. »Du bist also wegen nichts verwirrt? Darf ich das so verstehen?«

»Ja ... nein ... ich weiß nicht«, stammelte Drana'acko völlig aus dem Konzept gebracht. Sein Vorgesetzter beugte sich steif vor. Nun zeigten auch seine Schuppen die Farbe der Verwirrung. »Das ist eine Energiespitze.«

»Ja, Herr. Sie ist mir schon einmal aufgefallen.«

»Tatsächlich? Wann?«

»Kurz bevor wir in den Hyperraum sprangen.«

»Als der Transporter zerstört wurde?«, vergewisserte sich der Ashrakoffizier.

»Jawohl, Herr.«

Gemeinsam verfolgten sie die Energiespitze. Sie schien auf einen der Monde von Tyrashina VII zuzuhalten. Der Offizier richtete sich wieder auf. »Wahrscheinlich ist es nichts. Aber sag der Kommandantur des

Gefängnisses Bescheid. Sie sollen sich die Sache mal ansehen.« Der Offizier drehte sich um. Seinem Gehabe nach hatte er die Angelegenheit schon wieder vergessen.

Drana'acko hingegen aktivierte einen Kommkanal und gab die Meldung durch. Sollten die sich darum kümmern. Er war einfach nur froh, dass er sich nicht mehr im Zentrum der Aufmerksamkeit seines Vorgesetzten befand. Wenn sich die Oberen mit einem kleinen untergebenen Offizier beschäftigten, so nahm das nur selten ein gutes Ende.

***

Die Rampe fuhr aus und Gareth setzte als erster Mensch seinen Fuß auf den Boden, den ausschließlich die Ashrak für sich beanspruchten. Noch nicht einmal die Rod'Or waren jemals hier gewesen – so sagte man jedenfalls.

Seine Rüstung war voll ausgefahren. Der Mond besaß keine Atmosphäre. Auch die Schwerkraft war sehr gering, etwa die Hälfte von der des Erdmondes. Jede Bewegung musste an diesem Ort mit unendlicher Achtsamkeit ausgeführt werden. Wenn man sich zu heftig bewegte, bestand die reale Gefahr, dass man buchstäblich den Boden unter den Füßen verlor und hinauf ins All segelte.

Als Landeplatz hatten sie sich eine abgelegene Ecke ausgesucht. Wie Gareth nun wusste, wurde der Trabant Mo'roso genannt. Und er war exakt so trostlos, wie man sich dieses Stück Eiland nur vorstellen konnte.

Untray kam zu ihm herüber und aktivierte seinen Holopad. Er hielt Gareth das Gerät auffordernd unter die Nase. Dieser studierte das Abbild eingehend und warf dann dem Ingenieur einen fragenden Blick zu. »Bist du sicher?«

Als Antwort erhielt er einen leicht arroganten Blick des Kexaxa. Gareth musste sich immer wieder vor Augen halten, dass diese kleine Kreatur unter seinem Volk als Genie galt. Und das bei einer Spezies, die bereits Hochtechnologie hervorgebracht hatte, als die Menschen noch in Höhlen lebten.

»Du bist sicher«, beantwortete er seine eigene Frage. Gareth aktivierte einen Kanal. »Yuma?«

»Auf Empfang«, erfolgte prompt die Antwort.

»Nimm einen Teil unserer Leute und einige Kexaxa und begib dich auf die andere Seite von Mo'roso. Um eine adäquate Wirkung zu erzielen, müssen dort ebenfalls mindestens achtzehn Torpedos platziert werden. Untray wird dich begleiten und dir die genauen Koordinaten zeigen.«

»Verstanden«, erwiderte die Widerstandskämpferin.

Untray drehte sich um und stapfte davon. In der auf seine Bedürfnisse zugeschnittenen Rüstung wirkten seine Bewegungen sogar noch ungelenker als sonst. Wenige Minuten später hob eines der Kanonenboote ab und brauste davon.

Yuma Matsumoto hielt sich dicht über der kargen Oberfläche des Mondes, um den allseits wachsamen Sensoren der Fischköpfe zu entgehen.

Als Gareth sich umsah, wurde sich der Rebellenführer bewusst, dass ihn alle anstarrten und auf Anweisungen warteten. Ibitray hielt sich als inoffizieller Projektleiter dicht bei ihm. Aber auch der Kexaxa sah erwartungsvoll zu ihm auf. Gareth seufzte. »Na dann also los«, beschied er.

***

Ris'ril beobachtete angespannt, wie ein imperiales Trio Kanonenboote vorüberzog. Sie kamen der SHIVA dermaßen nahe, dass die Samiradkriegerin nicht einmal ihre Sensoren bemühen musste. Es war ihr problemlos möglich, die feindlichen Schiffe durch das Brückenfenster zu betrachten.

Die Rebellenflotte hatte sich notgedrungen aufgeteilt und war ins Asteroidenfeld ausgeschwärmt. Die Schiffe der Aufständischen und ihrer Verbündeten hielten sich so dicht wie möglich an die größeren Brocken geschmiegt. Mit heruntergefahrenen Systemen waren sie von den Trümmerstücken kaum noch zu unterscheiden.

Die drei Kanonenboote hielten abrupt inne. Ris'ril stockte der Atem. Waren sie trotz aller Vorsichtsmaßnahmen entdeckt worden? Womöglich. Einem aufmerksamen Offizier könnte ihre Anwesenheit auffallen. Die drei Kampfeinheiten setzten sich erneut in Bewegung und nahmen Fahrt auf. Gemäß imperialer Militärdoktrin steuerten sie nun einen anderen Raster an, um das Suchgebiet auszudehnen.

Ris'ril ließ den angehaltenen Atem ruckartig entweichen. »Fürs Erste sind wir hier sicher. Die kommen so schnell nicht wieder.«

»Die kommen wieder, wenn sie woanders nicht fündig werden«, kommentierte eine Stimme hinter ihr.

Ris'ril warf Nico einen beiläufigen Blick zu. Der Navigator war zwar immer noch mit dem Vortex verbunden, aber bei Bewusstsein. Im Bedarfsfall war es ihm blitzschnell möglich, in die typische Trance seiner Aufgabe zu verfallen und die Systeme hochzufahren.

Die Mimik des Navigators wurde für einen Moment leicht geistesabwesend, bevor sich seine Pupillen erneut auf die Kommandantin des Angriffskreuzers fokussierten. »Michael und Fabian für dich. Eine Konferenzschaltung?«

Ris'ril nickte. Nur einen Moment später wurden die anderen beiden hochrangigen Lieutenants vor ihr auf die Brücke der SHIVA in Lebensgröße projiziert.

»Ihr solltet kein solches Risiko eingehen«, schalt sie die beiden. »Die Übertragung könnte aufgefangen und zurückverfolgt werden.«

»Unser Raster wurde soeben gescannt. Sie sind weitergezogen«, bemerkte Michael auf der LANCELOT.

»Bei uns ebenso«, schloss sich Fabian an. »Für den Augenblick haben wir es geschafft.«

»Für den Augenblick«, stimmte Ris'ril zu. »Aber sie kommen bald zurück«, wiederholte sie die düstere Prognose ihres Navigators.

»Wie ist euer Status?«, verlangte sie zu wissen.

»Unverändert«, meinte Michael. »Aber lange können wir uns nicht mehr verstecken. Die wissen, dass wir noch hier sind.«

»Ich würde eher sagen, sie ahnen es«, versetzte Ris'ril, »aber ja, wir sollten uns nicht mehr sehr viel länger an diesem Ort aufhalten.« Sie rieb sich nachdenklich über das Kinn. »Wie verhalten sich die Fischköpfe in euren Abschnitten?«

Michael schnaubte. »Sie haben Truppen in die Überreste der Raumstation entsandt. Außerdem zwei Korvetten, bei denen es sich um Lazarettschiffe handeln könnte. Ich glaube, sie suchen nach Überlebenden. Hätte die Besatzung nicht aus Ashrak bestanden, würden die sich nie solche Umstände machen. Menschen, Dys oder Samirad wären ihnen vollkommen gleichgültig.«

»In der Tat«, gab sie ihm recht. »Aber solange sie ihre Kräfte verzetteln, soll mir das recht sein. Was ist mit den Hyperraumrouten?«

»Blockiert«, entgegnete Fabian auf der Stelle. »Vor allem die nach Tyrashina. Du kannst es drehen und wenden, wie du willst, aber ohne Kampf kommen wir hier nicht mehr raus.«

Ris'ril stieß ein zorniges Zischen aus. »Ich hatte gehofft, wir könnten eine Schlacht bei diesem Kräfteverhältnis vermeiden. Zumal wir unsere Verbände ja noch dringend brauchen. Aber du hast recht. Ich sehe auch keinen Weg, hier ohne unmittelbare Konfrontation herauszukommen. Wir werden uns den Weg freischießen müssen.«

»Das wird keine leichte Aufgabe«, antworteten Michael und Fabian beinahe gleichzeitig.

»Bestimmt nicht«, gab Ris'ril ihren Freunden recht. Sie leckte sich über die Lippen und warf einen Blick auf das Missionschronometer. Das Zählwerk lief beständig und ohne Mitleid rückwärts.

»Es bleiben uns noch sieben Tage, bevor wir laut Plan nach Tyrashina aufbrechen müssen. Sollten die Ashrak nicht in spätestens fünf Tagen dieses System verlassen ...« Sie holte tief Luft. »... dann greifen wir sie an.«

***

Die Arbeit war schweißtreibend und erschöpfend. Selbst die Systeme der Blutläuferrüstungen gelangten zunehmend an ihre Grenzen. Mehr als einmal lief Gareth der Schweiß in dicken Tropfen von der Stirn. Und das, obwohl die Rüstung es durch ihre Lebenserhaltungssysteme verhindern sollte.

Die gute Nachricht war aber, sie eilten ihrem Zeitplan weit voraus. Sie hatten zwei volle Tage gewonnen und die Hälfte der Torpedos war bereits platziert.

Das Kommgerät aktivierte sich und Yuma Matsumotos Stimme war deutlich in seinem Kopf zu hören. »Boss? Wir sind fast fertig. Die Sprengladungen wurden miteinander verlinkt und sollten jetzt auf deinem Pad zu sehen sein.«

»Ausgezeichnet. Wir dürften hier schneller wieder weg sein als erwartet.« Gareth nahm das Gerät vom Gürtel und aktivierte das tragbare Hologramm. Eine schematische Darstellung von Mo'roso erschien. Nicht die gesamte Oberfläche wurde dargestellt, sondern Teile der nördlichen sowie südlichen Hemisphäre. Insgesamt zweiunddreißig rote Punkte blinkten unaufgeregt vor seinen Augen. Gareth nickte zufrieden.

»Hier sieht alles gut aus. Platziert jetzt die letzten fünf und kommt dann wieder zurück.« Anstatt einer Antwort Yumas drang lediglich Rauschen aus dem Kommgerät. Gareth hielt inne. Er runzelte die Stirn und klopfte auf die Stelle hinter seinem Ohr, unter der sich das implantierte Kommgerät verbarg.

»Yuma? Bitte kommen. Yuma ...?«

Er drehte sich zu seinem kleinen Begleiter um. »Ibitray, irgendetwas stimmt nicht mit der Kommunikation.«

Der Kexaxa wollte etwas erwidern, plötzlich hob er den Kopf und richtete sich zu voller Größe auf. Er wirkte wie ein Erdmännchen, das eine Gefahr witterte.

Ibitray versuchte, etwas zu sagen. In Gareths Helm kam nur unverständliches Kauderwelsch an. Um die zerhackten Worte zu verdeutlichen, wies der Kexaxa mit einer seiner Gliedmaßen nach Westen.

Gareth wirbelte herum. Noch in derselben Sekunde hatte er das Pulsgewehr von der Schulter gerissen und den Sicherheitsbügel umgelegt. Die Kampfindoktrination, mit der ihn die Ashrak einst ausgestattet hatten, funktionierte immer noch so perfekt und präzise wie ein Computerprogramm.

Die Energieentladung des Gewehrs holte den ersten Ashraksoldaten von den Beinen, der über die Anhöhe stürmte. Weitere folgten.

Gareth ließ sich auf ein Knie nieder und feuerte eine volle Salve ab. Drei feindliche Soldaten gingen zu Boden. Mindestens zwei weitere wurden getroffen, konnten aber noch in Sicherheit kriechen.

Martha ging hinter einem Felsbrocken in Deckung. Ihr Pulsgewehr spuckte mehrere Blitze aus. Die Ashrak zerstreuten sich. Gareth begab sich an Marthas Seite. Er musste mit äußerster Vorsicht zu Werke gehen. Nach einem Weltraumspaziergang stand ihm heute nicht der Sinn.

Die Blutläufer und Kexaxa beeilten sich, ebenfalls irgendetwas zu finden, hinter dem sie sich verbergen konnten. Eine Gruppe Blutläufer besaß die Geistesgegenwart, in die Kanonenboote zurückzukehren. Die Geschütze der kleinen Raumfahrzeuge erwachten zum Leben und nahmen die angreifenden Fischköpfe unter Dauerbeschuss.

Kleinere Explosionen blühten auf und verunstalteten die Oberfläche des Mondes. Drei Ashraksoldaten verloren den Halt und segelten in den Weltraum davon. Gareth schoss ohne Unterlass. In den meisten Fällen war es ihm nicht möglich, festzustellen, ob er einen Gegner traf. Seine Bemühungen zielten einzig und allein darauf ab, die feindlichen Soldaten auf Abstand zu halten.

Für einen kurzen Zeitraum überkam ihn der Eindruck, sie trieben die Fischköpfe zurück. Er hätte wissen müssen, dass es nicht dermaßen einfach werden würde.

Das HUD seiner Rüstung meldete, dass aus drei Richtungen feindliche Verstärkung im Anmarsch war. Sie mussten hier weg. So schnell wie möglich. Er klopfte Martha auf die Schulter. »Zu den Schiffen!«, brüllte er über Komm. Seine Leute reagierten augenblicklich. Beständig auf den Feind feuernd, zogen sie sich zu den Kanonenbooten zurück. Gareth und Martha hatten ihr Vehikel beinahe erreicht.

Ein Schatten legte sich über das Kampfgeschehen. Gareths Blick zuckte nach oben. Ein imperialer Schwerer Kreuzer bezog unmittelbar über ihren Köpfen Position. Seine Geschütze richteten sich auf das unter ihm stattfindende Gefecht. Es waren nur ein paar wenige wohlplatzierte Energiestrahlen notwendig und die vier Kanonenboote mutierten zu brennenden Wracks. Blutläufer und Kexaxa in deren Schatten verwandelten sich in lebende Fackeln.

Aufgrund der dünnen Atmosphäre war die Druckwelle der Detonationen nicht so verheerend, wie sie hätte sein können. Sie genügte dennoch, Gareth, Martha sowie eine Reihe von Blutläufern und Kexaxa von den Beinen zu holen.

Der Anführer des Blutläuferaufstands prallte gegen einen Felsen. Ihm wurde schwindlig. Er blieb jedoch so geistesgegenwärtig, seine Finger in eine Felsspalte zu krallen, um sein Abdriften zu verhindern. Als er wieder klar sehen konnte, bemerkte er, wie sich Martha, Ibitray und die restlichen Überlebenden seines Teams in die Höhe stemmten.

Dank der verbesserten Sehfähigkeit war Gareth in der Lage, zu beobachten, wie sich die Waffenstellungen des Schweren Kreuzers auf die Überlebenden seines Kommandos ausrichteten. Die Botschaft dahinter war unmissverständlich: Ergebt euch oder sterbt!

Der Anführer der Rebellion legte das Pulsgewehr auf den scharfkantigen Boden und hob beide Arme. »Legt die Waffen nieder!«, befahl er dem Rest seiner Leute. »Hier kommen wir nicht mehr raus.«

Nach und nach folgten Soldaten und Ingenieure seinem Beispiel. Die Ashrak-Blutläufer wagten sich aus ihren Verstecken und umringten das Einsatzteam der Rebellen. Noch war ihnen nicht klar, was für einen Jackpot sie gerade gelandet hatten. Ihnen war der Anführer des Aufstands in die Hände gefallen.

Gareth öffnete eilig einen Kommkanal, bevor ihre Gegner das Gerät deaktivieren konnten. »Yuma? Ich weiß nicht, ob du mich hören kannst, aber man hat uns geschnappt. Bring deine Leute hier raus! Auf der Stelle!« In seinem Kopf knackte es laut und das Kommgerät gab keinen Mucks mehr von sich. Gareth knirschte mit den Zähnen, als die Ashraksoldaten ihren Gefangenen Handfesseln anlegten.

* * *

Yuma Matsumoto war nicht in der Lage, Gareths Warnung zu hören. Die Störgeräusche, mit denen die Fischköpfe alle Frequenzen überlagerten, machten Kommunikation unmöglich.

Sie wusste aber auch so, dass das Einsatzteam in großen Schwierigkeiten steckte.

Die Rebellenoffizierin wirbelte herum. Ihr Pulsgewehr spuckte Tod und Zerstörung gegen die vierzig Ashraksoldaten, mit denen sie es zu tun hatten.

Alle, die noch dazu in der Lage waren, rannten die Rampe hinauf. Untray war der Letzte, der das Innere des Kanonenbootes erreichte. Zwei Energieblitze versengten Yumas Rüstung an rechter Schulter und Hüfte. Sie knickte leicht ein. Die Geschütze des Kanonenbootes erwachten zum Leben und nahmen die Angreifer aufs Korn. Währenddessen humpelte Yuma ins Innere des Vehikels. Noch während die Rampe eingefahren wurde, hob das kleine Kampfschiff ab.

Yuma begab sich umgehend auf die Brücke. Bei jedem Schritt biss sie schmerzerfüllt die Zähne zusammen.

Nigel saß an der Navigation und ein jüngerer Blutläufer an der Taktik. »Nichts wie weg von hier!«, ordnete sie umgehend an.

»Was ist mit Gareth und den anderen?«, wollte Nigel wissen.

In diesem Moment traf etwas die Außenhülle des Kanonenbootes und ließ das zerbrechliche Kriegsschiff erzittern.

»Angriffskreuzer auf Abfangkurs!«, informierte der Blutläufer an der Taktik. »Das war nur ein Streifschuss. Einen Volltreffer überleben wir nicht.«

»Wir können ihm nicht helfen, wenn wir tot sind«, erwiderte Yuma auf Nigels Frage hin. »Schaff uns raus hier!«

Ihr Stellvertreter hielt sich nicht mit einer unnötigen Diskussion auf. Er gab Vollschub auf die Triebwerke und das kleine Schiff wurde aus der Atmosphäre von Mo'roso katapultiert. Der Angriffskreuzer nahm die Verfolgung auf.

Das Kanonenboot war verglichen mit dem Großkampfschiff in einer denkbar schlechten Position. Es besaß kaum Panzerung und auch die Waffen stellten für den Angriffskreuzer keine Bedrohung dar. Es hatte nur einen Vorteil: Es war wesentlich schneller.

Das Kanonenboot schoss in Richtung Tyrashina VII davon. Yuma war versucht aufzuatmen. Da tauchten vier kleine Objekte auf den Sensoren auf. Sie beugte sich tiefer über die Konsole. »Was ist das?«

»Kanonenboote«, erklärte Nigel. »Vier Stück. Direkt achtern.«

»Unsere?«, wollte sie hoffnungsvoll wissen.

Nigel schüttelte in exakt dem Moment den Kopf, als die Verfolger die Jagd mit einer Salve aus ihren Bordwaffen eröffneten.

Yuma hielt sich krampfhaft fest, als das kleine Schiff Purzelbäume schlug. »Wir brauchen ein Versteck«, presste sie hervor, ohne ihre Kiefer merklich zu öffnen.

Nigel hielt weiterhin auf den Hauptplaneten des Systems zu. Yumas Blick glitt zum Brückenfenster hinaus, wo die Heimatwelt der Ashrak immer größer wurde. »Hältst du das für eine gute Idee?«

»Ich habe für jeden ernst gemeinten Vorschlag ein offenes Ohr«, erwiderte der Mann an der Navigation. Yuma schwieg. Ihr Stellvertreter hatte recht. Wo sonst sollten sie hin in einem System, das vom Feind beherrscht wurde? Erst mal mussten sie überleben. Alles Weitere würde sich ergeben.

Der Schiffsverkehr durchlief eine Wandlung. Es geschah so subtil, dass es Yuma zunächst gar nicht auffiel. Dann wurde offenkundig, dass man die zivilen Routen räumte. Alle nichtmilitärischen Schiffe wichen auf alternative Vektoren aus oder stoppten einfach. Zurück blieben das Rebellenschiff und seine Verfolger. Sie nun aufzuspüren, erwies sich als denkbar einfach.

»Sie schneiden uns den Weg ab.« Yuma wies mit der ausgestreckten Hand zum Fenster.

»Ich weiß! Ich weiß!«, gab Nigel atemlos zurück, während er an den Kontrollen hantierte. Untray kam herein und hielt sich an Nigels Rückenlehne fest.

»Kannst du irgendetwas für uns tun?«, fragte Yuma.

»Und was schwebt dir da vor?«

»Ich weiß nicht. Die Kennung ändern oder uns einen Code verschaffen, mit dem wir als autorisiert durchgehen. Ihr Kexaxa habt doch immer ein paar Asse im Ärmel.«

»Ich befürchte, jetzt traust du mir zu viel zu.« Der Tonfall des Kexaxa stellte eine Mischung aus Heiterkeit, Unglaube und blankem Entsetzen dar.

»Wir haben die Atmosphäre gleich erreicht!«, verkündete Nigel. »Wir hängen sie ab.« Er grinste breit. »Wir schaffen es.«

»Nein«, erwiderte Untray nach kurzem Zögern. »Wir hängen sie nicht ab. Sie bleiben mit Absicht zurück. Die Orbitalverteidigung ...« Er ließ den Satz vielsagend ausklingen.

Mehrere Waffenplattformen reagierten auf den Eindringling. Nigel hielt stur auf Tyrashina VII zu. Es handelte sich um eine schlichte Verzweiflungstat. Wohin sollte er das Kanonenboot denn sonst steuern? Der Blutläufer flog Zickzackkurs, um wenigstens ein schwieriges Ziel zu bieten. Für die taktischen KIs an Bord der Plattformen war es allerdings kein Problem, einen effektiven Beschussplan zu generieren.

Bereits die zweite Salve schaltete den Antrieb komplett aus. Die vierte brannte eine Furche in die Steuerbordwand. Drei Blutläufer wurden hinaus ins All gerissen. Dies war der Moment, in dem Nigel die Kontrolle verlor.

Ironischerweise rettete ihnen dies das Leben. Die nächsten Salven gingen daneben. Der Kurs des Kanonenboots schlingerte dermaßen, dass es selbst den KIs schwerfiel, das Ziel im Fokus ihrer Waffen zu behalten. Darüber hinaus war die Verteidigung von Tyrashina auf einen

Großangriff ausgelegt. Ein einzelnes Schiff von der Größe eines Kanonenboots war nie als Bedrohung einkalkuliert worden. Der Rebellenraumer trat in die Atmosphäre des Planeten ein und stürzte beinahe unkontrolliert Richtung Ozean ab. Durch die Bresche in der Außenhülle pfiff der Wind derart heftig, dass sich jeder an Bord einen Sitz suchte und sich dort festschnallte.

Nigel riss am Steuerknüppel und fluchte in einem fort. »Ich krieg die Schnauze von dem verdammten Mistding nicht hoch.« Unendlich langsam hob sich der Bug. Yuma aber wusste, dass es zu wenig war und zu spät. Sie versiegelte ihren Anzug und hielt sich krampfhaft an den Armlehnen ihres Sessels fest. Der Ozean voraus wurde immer größer, bis er ihr komplettes Sichtfeld ausfüllte. Yuma kniff die Augen zu und wartete auf den unvermeidlichen Aufprall.

10

Ris'ril lag mit einem Teil ihres Kommandos im Hinterhalt. Ganz wohl war ihr dabei nicht zumute. Die imperiale Entsatzstreitkraft machte allerdings nicht den Eindruck, in nächster Zeit irgendwohin abfliegen zu wollen. Damit blieb den Rebellen keine Wahl. Sie mussten sich den imperialen Kräften zum Kampf stellen.

Das bedeutete aber nicht, dass sie vorhatten, fair zu kämpfen. Würden die Rebellen auf Augenhöhe mit den regierungstreuen Blutläufern agieren, wäre der Aufstand bereits beendet. Oh nein, in ihrer Zeit in Diensten der Rod'Or hatten die ehemaligen imperialen Soldaten eine Menge schmutziger Tricks gelernt.

Ris'rils Schiffe hatten sich mit heruntergefahrenen Systemen auf der Oberfläche einiger Asteroiden niedergelassen. Sie waren nun von dem zerklüfteten Gestein nicht mehr zu unterscheiden. Ris'ril beobachtete durch das Brückenfenster, wie Ashrakkampfschiffe über ihre Köpfe hinwegzogen, auf der Suche nach einem Feind, der sie längst ins Visier genommen hatte.

Ris'ril wartete, bis das gegnerische Geschwader ihre Position passiert hatte, erst dann nickte sie ihrem Kommunikationsoffizier zu. Dieser setzte eine ultrakurze Codesequenz ab.

Die Samiradkriegerin konnte nicht wissen, ob ihre Botschaft den Bestimmungsort erreichte. Sämtliche Sensoren waren heruntergefahren, damit dem Gegner die entsprechenden Emissionen nicht auffielen.

Aber vorausgesetzt, die Meldung hatte ihre Empfänger erreicht, dann würden in genau diesem Moment Michael und Fabian ihre Kampfverbände auf gegenüberliegenden Seiten des Asteroidenfelds in den Kampf führen. Michael wurde durch die Sekari unterstützt, Fabian durch die Syall. Gemeinsam verursachten sie eine Menge Lärm und Schaden.

Der Sinn dahinter war aber ein anderer. Die sorgfältig abgesprochene Aktion sollte die Ashrak aufschrecken und ihre ohnehin schon stark überdehnten Kräfte weiter auseinanderziehen. Darüber hinaus ließen sie die zum Schutz des Sprungpunkts abgestellten Einheiten ohne jegliche Deckung schwererer Kampfraumer zurück.

Der Plan ging auf. Feindliche Geschwader passierten Ris'rils Versteck. Sie wartete, bis die fünfte derartige Einheit unmittelbar über ihr die Position ihres Geschwaders passierte, bevor sie den Befehl zum Angriff gab.

»Nico, jetzt!«, sprach sie ihren Navigator in Gedanken an.

Der kybernetisch aufgerüstete Mann reagierte augenblicklich. Die Systeme der SHIVA wie auch ihrer Begleitflotte fuhren praktisch simultan hoch. Bevor den Ashrak klar wurde, wie ihnen geschah, hob der Angriffskreuzer vom Asteroiden ab. Begleitet wurde er von Hunderten Rebellenschiffen. Sie stießen von unten gegen die feindliche Formation vor und brachen mit flammenden Waffen in diese ein.

Für den Einsatz von Torpedos oder Raketen waren sie schon zu nah. Daher teilte Ris'rils Angriffskreuzer mit seinen Lasergeschützen nach allen Seiten aus. Bereits in den ersten Sekunden der Attacke zerstrahlte das Flaggschiff der Samiradkriegerin die Panzerung eines halben Dutzends feindlicher Kriegsschiffe. Die meisten drehten ab, um sich hinter größeren unbeschädigten Schiffen in Sicherheit zu bringen. Zwei von ihnen gelang dieser Schachzug nicht. Die Waffen der Rebellen machten mit den imperialen Kampfschiffen kurzen Prozess.

Ris'ril ließ den Rest ziehen. Ihr Augenmerk war auf größere Beute gerichtet. Der Kampfverband durchbrach nahezu mühelos die äußere Verteidigungslinie der imperialen Formation voraus. Ihre Kapitäne leisteten ausgezeichnete Arbeit. Die Ashrak erlitten schwere Verluste. Die zerschmetterten Überreste ihrer Abwehrlinien brachen nach allen Seiten aus.

Dadurch eröffnete sich der Weg zum Kern des gegnerischen Verbands: einer kombinierten Streitmacht aus Trägern, die von einem Kordon aus Großkampfschiffen geschützt wurde. Jäger waren ein großer Vorteil der Ashrak: Sie waren schnell und billig zu produzieren, in hoher Zahl verfügbar und die Piloten der Fischköpfe waren motiviert sowie hervorragend ausgebildet.

Ris'ril verzog die vollen Lippen zu einem gehässigen Grinsen. Vor ihrem geistigen Auge breitete sich das Bild aus, wie in Panik verfallene Ashrakoffiziere die Schwärme bestehend aus Tausenden Jagdmaschinen zurückrufen, die sie gegen Fabians und Michaels Ablenkungsangriff ausgesandt hatten. Aber selbst wenn diese auf der Stelle kehrtmachten, war es bereits jetzt zu spät. Bei ihrer Rückkehr fanden die Piloten nur noch ein Trümmerfeld vor. Dann fehlte ihnen ein Platz zum Landen oder um Munition beziehungsweise Treibstoff aufzunehmen. Bis ihnen beides ausging, stellten sie immer noch eine große Bedrohung dar. Aber im Anschluss würden die Rebellen die Jagd eröffnen.

Ris'rils Kampfverband teilte sich in drei Flügel auf. Der linke sowie der rechte griffen die feindlichen Begleiteinheiten an. Diese setzten sich aus schweren Kampfraumern wie Angriffskreuzern und Schlachtschiffen zusammen. Ris'ril übernahm die goldene Mitte und stieß mit einem Teil ihres Kommandos nach dem Herz des Gegners.

Explosionen blühten ringsum auf. Imperium und Rebellen mussten beide Federn lassen. Die Samirad verlor drei schwere und zwei mittelschwere Kampfschiffe, als sie den Verteidigungsring passierte, schmolz aber dreimal so viele Ashrakraumer zusammen.

Ihre Jäger und Bomber flogen pausenlos Präzisionsattacken gegen den Feind. Die Bordwaffen der wendigen kleinen Maschinen zerstörten Kommunikationseinrichtungen und Waffenstellungen. Ein mittelgroßes imperiales Schlachtschiff wurde von inneren Explosionen zerrissen, als sein Torpedomagazin getroffen wurde.

Und ehe Ris'ril sich dessen richtig bewusst wurde, war sie durch das Gröbste hindurch. Vor ihr trieben die feindlichen Träger, als handele es sich um die Wale von der Erde, von denen sie schon so viel gehört hatte. Sie waren groß, träge und verwundbar. Ringsherum tobte eine blutige Schlacht, aber die Einheiten, die für den Schutz der Träger zuständig zeichneten, hatten im Moment andere Probleme.

Den feindlichen Besatzungen wurde klar, in welcher Gefahr sie schwebten. Schwaches Abwehrfeuer schlug den Angreifern entgegen. Darüber hinaus entsandten die Träger ihre letzten Jagdgeschwader. Abfangjäger der Rebellen stellten sich ihnen todesmutig in den Weg – und fegten sie förmlich aus dem All. Ris'rils Körper versteifte sich. Sie nickten ihrem Taktikoffizier lediglich einmal zu. Und die Shiva sowie ihre Begleitschiffe entfesselten einen tosenden Sturm aus Energie gegen die Fischköpfe – einen Mahlstrom des Todes, aus dem es kein Entkommen gab.

Die Energieentladungen schlugen ohne Unterbrechung in die wehrlosen Träger ein. Sie schabten Schicht um Schicht der Panzerung davon, bis das sensible Innenleben freigelegt wurde. Und von diesem Moment an nahm das Zerstörungswerk erst so richtig seinen Anfang.

Es dauerte nicht lange und die ersten Träger explodierten. Mehrere ihrer Begleitschiffe versuchten, die Großkampfschiffe zu verteidigen. Es war vergebens. Diese Phase der Schlacht war so gut wie geschlagen. Drei oder vier Trägerschiffen, und mit ihnen drei dezimierten Jagdgeschwadern, gelang es, angeschlagen aus der Killbox, die Ris'ril geschaffen hatte, zu entkommen. Die meisten ihrer Kameraden hingegen vergingen im Feuer, das die rachsüchtige Samirad über ihre ehemaligen Sklaventreiber gebracht hatte.

Der Ashrakkampfverband zerstreute sich. Sein Flaggschiff war zerstört und dessen Führung so gut wie ausgelöscht. Es würde Zeit und erhebliche Anstrengungen benötigen, um sie wieder zu sammeln und aus ihren Überlebenden erneut entfernt so etwas wie eine funktionierende Streitmacht zu formen. Ris'ril war glücklich. Sie hatten ihren Auftrag glänzend erfüllt.

»Nico, zeig mir den Status«, forderte sie ihren Navigator auf.

Vor ihrer Nase materialisierte eine holografische schematische Darstellung des Systems. Ris'ril nickte zustimmend, während sie die eigenen und feindlichen Stellungen studierte. Einzelne Positionen zog sie dabei unbewusst mit dem Finger nach.

Fabian und Michael hatten beide den Gegner in erbitterte Nahkämpfe verwickelt, während Ris'ril durch ihren unerwarteten Vorstoß einen Keil in die imperiale Front gerissen hatte. Ihre Mundwinkel hoben sich zu einem erfreuten Lächeln. Es war ihnen nicht nur gelungen, den Gegner in drei Teilstreitkräfte aufzusplitten, sondern auch noch, die Einheiten am Sprungpunkt zu isolieren.

Die Verluste der Rebellen hielten sich dabei erfreulicherweise in Grenzen. Sie hatten zwar auch Schiffe und Jäger verloren, aber gegenüber dem Gegner lediglich im Verhältnis eins zu sieben. Das war nicht nur vertretbar, sondern außerordentlich gute Arbeit. Nur noch ein Schlag war nötig, um den Ashrak beizubringen, was für ein Fehler es gewesen war, den Angehörigen anderer Völker die eigene Kriegskunst zu lehren.

Ris'ril erhob die Stimme. »Befehl an alle Einheiten: Auf Koordinatenpunkt mit der Bezeichnung Epsilon-3 einschwenken und Angriffsformation einnehmen.«

Ris'ril kaute auf ihrer Unterlippe herum, während die einzelnen Geschwader ihres Verbands den Befehl ausführten. Sie gedachte, zuerst Fabian zu Hilfe zu eilen und gemeinsam mit ihm, die Front in Michaels Richtung aufzurollen. Das sollte es dann eigentlich gewesen sein.

Ihre langen Fingernägel verkrallten sich in ihre Handflächen. Der Schmerz half ihr, sich zu fokussieren. Es wurde Zeit, die Sache zu beenden. Ihre Einheiten nahmen Fahrt auf, soweit die umhertreibenden Asteroiden dies gestatteten. Sie wollte kein eigenes Schiff mehr an diese in höchstem Maße gefährliche Umgebung zu verlieren.

Sie näherte sich der Schlacht bis auf hunderttausend Kilometer an, als die Samirad bemerkte, dass urplötzlich etwas aus dem Ruder lief.

Sichtkontakt zu ihren zwei Kameraden war noch längst nicht hergestellt, aber auf dem Hologramm brach urplötzlich Michaels Front ein. Mehrere Rebellenschiffe und Kampfeinheiten der Sekari detonierten beinahe gleichzeitig. Der Rest wich zurück. In Michaels Hauptkampflinie erschien eine Delle, als hätte ein gewaltiger Daumen sie eingedrückt und dabei – mehr aus Versehen – eine Reihe verbündeter Schiffe plattgemacht.

Die Ashrak, mit denen sich Michael soeben noch befasst hatte, erkannten ihre Chance und wussten sie zu nutzen. Ihre größten Pötte gingen in die Offensive. Und das mit einem Tempo und einer Hartnäckigkeit, dass Ris'rils Kameraden keine andere Wahl blieb, als vor ihrer Wildheit zurückzuweichen. Eine Kettenreaktion war die Folge, in der die Front der alliierten Flotte beinahe zusammenbrach. Michaels Rückzug zog Fabian ebenfalls mit sich, da ansonsten die Gefahr bestand, dass dieser eingekesselt zurückblieb.

Ris'ril stürzte vor. »Nico? Was passiert da?«

»Ich sichte noch die Daten«, gab der Cyborg zurück, nur um Sekunden später frische Informationen auf ihr Holodisplay einzuspeisen.

Ris'ril klappte der Unterkiefer herab. Ein Ashrakgeschwader, das bisher niemand auf dem Schirm gehabt hatte, fiel Michael in die Flanke. Die

Einheit bestand vorwiegend aus schweren, gut gepanzerten und bewaffneten Kampfschiffen. Michael befand sich in ernsten Schwierigkeiten. Die LANCELOT duellierte sich mit dem gegnerischen Führungsschiff, einem Schlachtkreuzer von außergewöhnlichen Ausmaßen. Nach näherem Hinsehen musste sie ihre anfängliche Einschätzung revidieren. Es handelte sich nicht um das größte imperiale Kampfschiff, das sie je gesehen hatte, wohl aber um eines der bestbewaffneten.

Nach allen Regeln der interstellaren Kriegsführung hätte Michaels LANCELOT mit dem Schlachtkreuzer den Boden aufwischen sollen. In Wirklichkeit aber hielt das verdammte Ding nicht nur die Stellung, nein, der Schlachtkreuzer drängte Michael sogar zurück. Die LANCELOT erlitt beträchtliche Schäden.

»Nico? Ich will direkten Zugriff auf die Sensoren. Ich muss mir den Schlachtkreuzer mal genauer ansehen.«

Der Navigator folgte der Anweisung und schon einen Augenblick später starrte die Samirad auf die holografische Darstellung des Kampfschiffes. Ris'ril schluckte. Diese Schiffsklasse kannte sie nicht. Es musste eine neuere sein, vielleicht sogar extra für den Kampf gegen die Rebellen entwickelt. Und wenn sie diese Anzahl an Geschützstellungen betrachtete, dann diente der Typ nur einem einzigen Zweck: Es war ein Schiffskiller.

Gareth hatte eigentlich erwartet, dass seine Getreuen und er sofort an Ort und Stelle exekutiert werden würden. Dem war nicht so. Unter strenger Bewachung trieb man sie die Rampe eines kleinen Beiboots hinauf. Dieses hob ab, sobald alle an Bord waren, und brauste mit unbekanntem Ziel davon.

Gareth sah sich verstohlen um. Außer Martha, Ibitray und ihm selbst waren vierzehn weitere Blutläufer und vier Kexaxa in Gefangenschaft geraten. Er wusste nicht, ob es ein gutes oder schlechtes Zeichen war, dass man von Yuma Matsumoto und Nigel O'Sullivan nichts entdecken konnte. Entweder sie waren mit ihren Leuten entkommen – oder tot. Letzteres schien in der Tat die wahrscheinlichere Variante zu sein.

Am liebsten hätte er versucht, mit den Vermissten Kontakt aufzunehmen. Allerdings hatte man sämtliche Ausrüstung, die man nicht entfernen konnte, deaktiviert. Das schloss die Kommunikationsimplantate ein und auch die Heather-KI.

Die meisten der Häftlinge trugen eine stoische, ja fast trotzige Miene zur Schau. Ihm fiel auf, dass sich einige seiner Gefolgsleute an ihm orientierten. Gareth hatte nie Anführer werden wollen. Er war in diese Rolle gedrängt worden, von den Umständen und auch seinen Mitstreitern. Nun kam er da nicht mehr heraus. Er musste die Rolle spielen, die das Schicksal ihm zugedacht hatte.

Gareth nickte seinen Anhängern aufmunternd zu. Sofort hob sich deren Stimmung. Sie wirkten nicht mehr so niedergedrückt wie Sekunden zuvor. Lediglich Martha ließ deprimiert den Kopf hängen.

Am liebsten hätte er die befreite Liebessklavin an der Schulter berührt, um ihr Trost zu spenden und Mut zu vermitteln. Die Ashrak hatten ihnen allen aber die Hände grob auf den Rücken gebunden und auch noch geknebelt. Reden war wohl nicht sehr erwünscht. Sie waren umringt von dreißig Ashrak-Blutläufern mit angelegten Waffen. Ihre Gastgeber waren sich der Gefährlichkeit ihrer Gefangenen nur allzu bewusst.

Die kleine Pinasse gewann zusehends an Höhe, verlor aber alsbald Geschwindigkeit. Gareth bemühte sich, einen Blick durch eines der Bullaugen nach draußen zu erhaschen.

Als der Anführer des Aufstands erkannte, wohin die Reise ging, wurden seine Augen für einen winzigen Moment größer. Voraus klaffte die bedrohliche Öffnung eines Hangars. Und dieser führte ins Kommandoschiff der Ashrak. Gareth runzelte die Stirn, als er sich darum bemühte, so viel an Informationen aufzunehmen, wie es ihm möglich war.

Das Kommandoschiff war gewaltig. Seine Außenhülle war nicht nur mit unzähligen Geschützstellungen gespickt, sondern auch mit Hochleistungskommunikationsantennen. Falls nötig, war es dem Clanrat möglich, von hier aus die Kontrolle über die besetzten Territorien zu behalten.

Mithilfe einer solchen Ausrüstung ließ sich praktisch in Echtzeit sogar mit dem hintersten Winkel des Imperiums in Kontakt treten. Eines musste man den Fischköpfen lassen: Sie waren auf jede nur denkbare Eventualität vorbereitet. Nun sackte auch Gareths Kopf herab. Unter Umständen war ihre Mission von vornherein zum Scheitern verurteilt gewesen. Selbst wenn sie Tyrashina als Bedrohung ausgeschaltet hätten, der Clanrat wäre rechtzeitig evakuiert worden und hätte von diesem Monster aus den Kampf weitergeführt. Gareth wünschte, das wäre ihnen allen früher bekannt gewesen.

Das Shuttle setzte sanft auf. Die Hangartore schlossen sich hinter ihm. Anschließend wurden die Räumlichkeiten erneut unter Druck gesetzt.

Das Schott öffnete sich und der Pilot fuhr die Rampe aus. Die Ashrak-Blutläufer trieben die Gefangenen hinaus. Wer nicht schnell genug spurte, dem wurde mit einem Stunner Beine gemacht. Einer der Rebellen stolperte und wäre um ein Haar gestürzt. Gareth stemmte sich gegen den Mann und hielt ihn damit aufrecht. Als Dank bekam er den Kolben eines Pulsgewehrs in den Nacken.

Man zwang sie, in einer Reihe Aufstellung zu nehmen – und dann begann das Warten. Für die Blutläufer stellte das kein Problem dar. Sie waren auf Ausdauer geschult und für Geduld konditioniert. Bei den Kexaxa sah die Sache schon anders aus. Fünf Stunden ließ man sie so stehen. Zwei der kleinen Geschöpfe auf ihren kurzen Stummelbeinen kippten bereits nach drei um.

Die Fischköpfe machten sich darüber lustig. Sie unterhielten sich brummelnd in ihrer Sprache, lachten gurgelnd oder traten den erschöpften Ingenieuren in die Seite. Sie schlossen Wetten darauf ab, wer von den kleinen Wesen als Nächstes vor Müdigkeit umfiel. Gareth hörte bei einem der Kexaxa knackend mindestens eine Rippe brechen. Er wünschte sich, diese Feiglinge würden seine Fesseln lösen. Mal sehen, ob sie dann noch dermaßen viel zu lachen hatten.

Zwei Ashrak betraten endlich den Hangar: ein Zivilist, gefolgt von einem hohen Offizier. Der Kleidung und der zeremoniellen Maske nach hatten sie es hier mit einem waschechten Vertreter des Clanrats von Tyrashina zu tun. Gareth war noch nie einem begegnet und auch sonst kein Blutläufer, der nicht dem Volk der Ashrak angehörte. Die Räte standen so weit über den Sklavensoldaten wie diese über einem gewöhnlichen Insekt. Zumindest hatte man ihnen das immer eingetrichtert. Es diente dem Zweck, sie an ihren Platz unter dem Stiefel ihrer Sklavenmeister zu gewöhnen.

Gareths Augenmerk richtete sich auf den Offizier. Als dieser näher trat, betrachtete er ihn eingehender. Er glaubte, ihn schon einmal gesehen zu haben. Dann glomm ein Licht der Erkenntnis in ihm auf. In den Tiefen seiner Erinnerung kramte er nach dem entsprechenden Puzzlestück. Bri'anu. Der Name drang langsam an die Oberfläche. Der Adjutant von Cha'acko.

Gareth fragte sich, was aus dem Honuh-ton-Agenten geworden war. Nach allem, was der Sekarigeheimdienst erfahren hatte, war es seinem alten Widersacher nach der Schlacht von Waryard III nicht gut ergangen. Man hatte ihn an Bord eines Gefangenentransportes zurück nach Tyrashina gebracht. Dort verlor sich seine Spur. Kein Mitglied der Allianz – weder Sekari noch Syall oder Rebellen – besaß irgendwelche Kontakte zur Heimatwelt ihrer Feinde. Ein Jammer. Er hätte zu gern erfahren, welches Schicksal den Mistkerl ereilt hatte. Vermutlich war er tot. Es blieb nur zu hoffen, dass es langsam und schmerzhaft vonstattengegangen war.

Der Rat baute sich vor den Gefangenen auf. Bri'anu hielt sich im Hintergrund. Den Abzeichen auf dessen Rüstung nach war er die Karriereleiter nach oben gestolpert. Er würde ihm bei Gelegenheit dazu gratulieren – mit einem Messer in die Kiemen.

Der Politiker schlenderte die Reihe der Gefangenen gemächlich ab, studierte jeden einzelnen von ihnen. Marthas Kopf blieb gesenkt. Gareth konnte sich durchaus vorstellen, was momentan in ihrem Verstand vor sich ging. Es war im Imperium üblich, dass Sklaven, deren Konditionierung nicht perfekt war und denen es deshalb gelang, sich ihren Herren zu widersetzen, den Umwandlungsprozess erneut durchlaufen mussten, um anschließend ihrer ursprünglichen Bestimmung zugeführt zu werden. Marthas Angst, letztendlich doch in irgendeinem Harem oder einem Soldatenbordell zu enden, strömte ihr aus jeder Pore und war beinahe körperlich greifbar.

Als das Ratsmitglied mit seiner Begutachtung fertig war, drehte er um und ging die Reihe noch einmal von der anderen Seite ab. Auf Gareths Höhe blieb er schlagartig stehen.

Der Anführer der Rebellion starrte seinerseits zurück. Es war nicht sehr ratsam, seine Gegenüber zu provozieren, aber was sollten sie ihm denn schon antun? Sein Schicksal war besiegelt. Er glaubte nicht, lebend aus dieser Situation herauszukommen.

Die Maske bedeckte das gesamte Gesicht des Mannes. Soweit er wusste, war es unüblich, dass ein Ratsmitglied sie in Gegenwart eines Nichtashrak abnahm. Das galt bei diesem Volk beinahe schon als obszön. Obwohl er nur die Augen sehen konnte, meinte Gareth, ein gewisses Amüsement bei seinem Gegenüber wahrzunehmen.

»Das ist er also«, begann das Ratsmitglied zu sprechen.

Bri'anu trat unwillkürlich einen Schritt vor. »Ja, in der Tat. Der Anführer der Rebellion. Templer HT-843715.«

»Ich will seinen Namen«, verlangte der Mann verblüffenderweise. Die Wachposten wechselten überraschte Blicke. Selbst Bri'anu wirkte für einen Moment perplex.

»Gareth Finch«, erklärte er.

»Gareth Finch«, wiederholte der Rat. Er trat einen Schritt auf ihn zu, sodass sie sich beinahe berührten. »Bist du stolz auf dich? Du hast Leben genommen. Schaden angerichtet. Viele deiner Leute in das geführt, was ihr so banal als Freiheit betrachtet. Und doch stehst du jetzt hier vor mir. Gefesselt, geknebelt, hilflos, wehrlos. Hat es sich für dich gelohnt?«

Der Rat erwartete gar keine Antwort. Selbst wenn Gareth nicht durch den Knebel zur Schweigsamkeit verdammt gewesen wäre.

»Ihr hattet eine Bestimmung. Ein Ziel. Euer Leben war etwas wert. Im Dienste unseres glorreichen Imperiums. Und all das habt ihr weggeworfen. Wofür? Um eine stumpfsinnige Existenz abseits unseres Weges zu leben?« Der Mann machte eine abfällige Handbewegung. »Wie armselig«, kommentierte er.

»Ratsmitglied Ir'rise«, sprach Cha'ackos ehemaliger Adjutant den Mann an. »Wenn Ihr es wünscht, lasse ich umgehend die Hinrichtung der Gefangenen durchführen.«

Der Rat namens Ir'rise ging wieder auf Abstand. Er wirkte sehr zufrieden mit sich. »Warum die Eile? Da fällt uns etwas viel Besseres ein. Diese Kreaturen sollen nicht in der Stille der Nacht dahinscheiden. Das haben sie gar nicht verdient.« Das Ratsmitglied drehte sich schwungvoll um und spazierte davon, und das so schnell, dass Bri'anu davon völlig überrumpelt wurde. Er beeilte sich, mit seinem Herrn Schritt zu halten. Gareth bekam die letzten Worte des Würdenträgers noch mit, obwohl er nicht wusste, was sie bedeuteten. Bei den Soldaten in ihrer Begleitung jedoch riefen sie heftiges Tuscheln hervor. »Lass sie nach Paro'kajan bringen.«

* * *

Das Kanonenboot versank erschreckend schnell in den Fluten eines der Ozeane von Tyrashina. Yuma musste beim Aufprall das Bewusstsein verloren haben. Als sie wieder zu sich kam, sank das Raumfahrzeug unweit ihrer Position immer tiefer und verschwand schließlich in der Dunkelheit.

Die Rüstungen der Blutläufer waren darauf ausgelegt, in jedweder lebensfeindlichen Umgebung das Überleben der Soldaten zu gewährleisten. Das lag nicht daran, dass den Rod'Or irgendetwas an ihren Kämpfern gelegen war. Sie hassten einfach nur Verschwendung. Und ein Soldat kämpfte, solange er dazu fähig war.

Sie spürte Nigels Hand an ihrem Arm. Als ihr Stellvertreter bemerkte, dass die kommandierende Offizierin des Trupps wieder bei Bewusstsein war, ließ er los und deutete auf seinen Helm. Yuma verstand. Sie aktivierte die Restlichtverstärkung. Augenblicklich erstrahlte die düstere Umgebung in verschiedenen Grünschattierungen. Sogar mehr noch, einige der Pflanzen und Tiere reagierten darauf, indem sie selbst Licht in allen Regenbogenfarben produzierten. Es war wunderschön und schrecklich zugleich.

Tyrashina VII war eine wilde, grausame Welt. Die Wesen, die die Ozeane durchstreiften, erinnerten oftmals an die Saurier in den Urzeiten der Erde. Viele von ihnen waren groß genug, um einen Menschen mit nur einem Bissen zu verschlingen.

Eines dieser Wesen änderte seinen Kurs und schwamm auf sie zu, angelockt von der Wärme, die die Rüstungen ausstrahlten. Nigel hob das Pulsgewehr und schoss dem Wesen auf die flache Schnauze, dessen Maul von vier Reihen messerscharfer Zähne gespickt war.

Die Kreatur brüllte furchterregend, drehte aber ab und verschwand alsbald in der Tiefe. Yuma atmete erleichtert auf. Sie verspürte keinerlei Lust, erst einen Absturz zu überleben, nur um kurz darauf bei lebendigem Leib verspeist zu werden.

»Wir müssen hier weg«, meldete sich Nigel über Komm.

Yuma nickte. »Sie werden schon sehr bald nach uns suchen.«

»Ich mache mir mehr Sorgen um die hiesige Fauna. Wer weiß, was hier unten noch so alles lauert?«

»Wo befindet sich das nächste Festland?«, wollte sie wissen.

»Zu weit zum Schwimmen«, erwiderte er. »Die Sensoren fingen eine Landzunge ungefähr vierhundert Kilometer westlich auf.«

»Das schaffen wir nie«, kommentierte Yuma.

»Nein«, bestätigte ihr Stellvertreter. »Vorher enden wir als Frühstück.«

»Alternativen?« Sie winkte die anderen Blutläufer und Kexaxa, die den Absturz überlebt hatten, näher. Es waren weniger als zwei Dutzend.

»Meine Rüstung fängt ein metallisches Gebilde auf.«

Yuma überprüfte die Anzeigen ihrer eigenen und schüttelte den Kopf. »Ich sehe nichts.«

»Deine Sensoren werden beschädigt sein. Es befindet sich etwa sechshundert Meter unter uns«, spann Nigel den Faden weiter. »Etwas ziemlich Großes.«

»Du meinst, wir sollen noch tiefer tauchen?« Sie zweifelte an seiner Einschätzung.

»Welche Wahl haben wir denn? Es schadet jedenfalls nicht, sich das mal anzusehen. Unter Umständen finden wir etwas, das uns das Überleben erleichtert.«

Yuma zuckte mit den Achseln. »Na gut, immer noch besser, als ziellos durch dieses Meer zu schwimmen. Allzu lange halten wir das eh nicht durch. Irgendjemand wird uns erwischen, entweder die Ashrak oder die Kreaturen, die an einem solchen Ort leben.«

»Und sechshundert Meter sind nicht allzu weit entfernt«, stimmte Nigel zu.

Die kleine Gruppe begann zu tauchen. Mit langsamen, wohldosierten Bewegungen schwammen sie in den Abgrund dieses wilden, ungezähmten Ozeans. Je tiefer sie vordrangen, desto gefährlicher schienen Flora und Fauna zu werden. Viermal mussten sie sich gegen Angriffe feindseliger Spezies verteidigen. Sie verloren zwei Blutläufer an einen Saurier derselben Art, wie er sie zuvor angegriffen hatte. Es stürzte aus der Dunkelheit auf sie zu, bevor die Rebellen reagieren konnten, und verschlang ihre zwei Kameraden. Es verschwand im Anschluss so schnell, dass ihnen nichts anderes zu tun übrig blieb, als den Weg fortzusetzen und ihre Freunde zu betrauern. Kurz vor ihrem Ziel verloren sie dann auch noch einen Kexaxa. Ein Schwarm Fische hüllte ihn urplötzlich ein und zerrte ihn davon. Sie hörten noch minutenlang seine Schreie über Komm, bevor diese gnädigerweise abbrachen.

Yuma begann ernsthaft zu zweifeln, ob es eine so gute Idee gewesen war, diesem Pfad zu folgen, als sich vor ihnen etwas aus der Finsternis schälte. Es erstreckte sich von Horizont zu Horizont. Es fiel schwer zu erkennen, worum es sich handelte. Als sie näher schwammen, verharrte die geschrumpfte Gruppe atemlos bei dem Anblick, der sich ihnen bot.

Sie hatte eine Stadt erreicht. Eine Stadt der Ashrak. Und irgendeine gewaltige Kraft hatte sie zerstört. Die Siedlung, wenn man diesen Ort so nennen mochte, bestand aus mehreren Kuppeln. Die meisten von ihnen waren geborsten. Da die Ashrak selbst Meeresbewohner waren, fragte sich Yuma für einen Moment, wofür diese Städte benötigten, die von Kuppeln geschützt wurden.

Die Antwort auf die eigene Frage ergab sich sogleich, als ein weiterer Saurier aus einer der Breschen aus dem Inneren der Stadt gemächlich zurück in den Ozean schwamm. Die Kuppeln dienten dem Schutz. Die

Ashrak wurden vermutlich in den Meeren dieser Welt genauso schnell zur Beute der hiesigen Tierwelt, wie es den Rebellen ergangen war. Den Ausmaßen der Stadt nach zu urteilen, mussten hier in früheren Zeiten eine Million Ashrak oder mehr gelebt haben. Sie befanden sich vor einer wahren Metropole der Fischköpfe. Aber was konnte ein solches Bevölkerungszentrum zerstören? Und warum waren die Ashrak nicht zurückgekehrt, um diese Stadt erneut zu besiedeln? Das war alles wirklich sehr rätselhaft.

Sie drangen tiefer in die Stadt vor. Es gab kein Lebenszeichen der einstigen Bewohner. Yuma hätte am liebsten die Scheinwerfer ihrer Rüstung aktiviert, aber sie wusste, das hätte lediglich Fressfeinde angelockt, die darauf aus waren, leichte Beute zu machen. Und sie wollte nicht noch mehr Leute verlieren.

Sie erreichten eine Art Versammlungshalle im Zentrum der Stadt. Es war stockfinster. Aber die Restlichtverstärkung ihrer Rüstung offenbarte genug, um ihr einen eisigen Schauder über den Rücken zu jagen.

Es trieben eine Menge Waffen umher. Die unverwechselbaren Anzeichen eines erbitterten Feuergefechts waren überall zu erkennen. Und es gab Knochen und Teile von Ashrakrüstungen.

»Die Stadt wurde angegriffen«, sprach Nigel ihre aller Gedanken aus. »Dieser Ort sollte ihr letztes Gefecht werden.«

Yuma schüttelte verständnislos den Kopf. »Wer greift denn die Ashrak auf ihrer eigenen Heimatwelt an, abgesehen von uns?« Sie schnappte sich einen der Knochen und begutachtete ihn von allen Seiten. Er wies deutliche Bissspuren auf. Sie ließ das Knochenfragment schaudernd los und sah dabei zu, wie es davonschwebte.

»Jemand attackierte die Fischköpfe und hat sie aufgefressen. Sie alle.«

»Zumindest viele von ihnen«, stimmte Nigel zu. Er deutete auf eine Art Wasserfahrzeug, das die Kuppel durchbrochen hatte und sich mit der Schnauze voran in etwas gebohrt hatte, das wie ein Amphitheater wirkte. »Ich glaube, einige wurden evakuiert. Das ist ein Ashrakfahrzeug. Sieht aus wie so eine Art Unterwassertransporter.« Er drehte sich um die eigene Achse. »Etwas Furchtbares ist an diesem Ort geschehen. Es fiel über die Fischköpfe her und hat ein Massaker angerichtet. Die gesamte Stadt fiel ihm zum Opfer. Und wenn wir Pech haben, dann ist es noch hier.«

Paro'kajan war eine beeindruckende Stadt. Die meisten Raumfahrzeuge wurden von den Ashrak ebenfalls zur Fortbewegung unter Wasser genutzt. So auch der Transporter, in die man die gefangenen Rebellen verfrachtete.

Das pfeilförmige Schiff durchbrach die Wasseroberfläche, ohne langsamer zu werden. Gareth und seine Leute versuchten, eine desinteressierte Haltung zu bewahren. Sie wollten den Fischköpfen nicht die Genugtuung bieten, ihre Bewunderung für deren Architektur offenzulegen. All dies wurde über Bord geworfen, sobald der Transporter tiefer sank. Die Gefangenen starrten mit großen Augen aus den Bullaugen des kleinen Vehikels.

Der Transporter flog durch ein Zugangstor in den inneren Bereich der Stadt und erst jetzt wurden die schieren Ausmaße ersichtlich. Paro'kajan erstreckte sich, so weit das Auge reichte, über den Boden des Ozeans. Es bestand hauptsächlich aus kunstvoll gearbeiteten Kuppelbauten, die von einer wesentlich größeren, durchsichtigen Kuppel überspannt wurden. Eine ganze Zivilisation unter Wasser aufzubauen, das stellte eine Mammutaufgabe dar, selbst für ein Volk, das auf diesen Lebensraum angewiesen war.

Zwischen den Gebäuden gab es regen Verkehr überwiegend ziviler Fahrzeuge. Die Piloten brausten mit großem Geschick auf festgelegten Routen dahin. In regelmäßigen Abständen scherten Schiffe aus, um einen der umliegenden Bauten anzusteuern.

Normalerweise hätten die Wachen von ihren Stunnern Gebrauch gemacht, um die Sklaven an ihren Platz zu erinnern. In diesem Fall ließen sie die Gefangenen gewähren. Es unterstützte die offizielle Doktrin der Ashrak, den meisten Völkern überlegen zu sein. Nur langsam kehrte Ruhe unter den Gefangenen ein.

Gareth nahm seinen Platz wieder ein. Man hatte ihnen die militärischen Rüstungen weggenommen und durch eine wesentlich anspruchslosere Variante ersetzt. Es ließ sich nur vermuten, dass sie lediglich dazu diente, einen Gefangenen unter Wasser am Leben zu erhalten, nichts weiter. Gareth vermisste seine Rüstung jetzt schon. Wenigstens den Armbandcomp hatte man ihm gelassen, auch wenn er deaktiviert worden war.

Martha saß mit immer noch geneigtem Kopf neben ihm. Seit ihrer Gefangennahme hatte sie kaum zwei Sätze gesagt. Gareth stupste sie sanft mit der eigenen Schulter an.

»Alles gut bei dir?«

Sie sah schüchtern auf, rang sich sogar ein halbherziges Lächeln ab. »Es könnte schlimmer sein. Wenigstens machen sie mich nicht wieder zur Liebessklavin.«

Gareth grinste. »Das ist die richtige Einstellung.« Er sah sich zu den Wachposten um, die stoisch wie eine Statue in den Ecken standen. »Wir kommen hier schon wieder raus.«

»Deinen Optimismus möchte ich haben«, entgegnete sie kleinlaut. »Ich glaube kaum, dass es einen Ausweg gibt. Nicht von Tyrashina. Das ist unsere Endstation.«

Gareth überlegte, wie er seine Gefährtin am ehesten aufmuntern könnte. Ihm fiel aber beim besten Willen nichts ein. Die Lage war in der Tat verzwickt. Von der Heimatwelt der Söldner des Rod'Or-Imperiums zu entkommen, dürfte wirklich nicht einfach werden. Aber er hatte nicht vor, auf dieser Welt zu sterben. Das Imperium hatte ihm alles genommen und er würde nicht eher ruhen, bis er den Rod'Or ebenfalls alles entrissen hatte.

Bevor diese Aufgabe nicht beendet war, würde er sich nicht zur ewigen Ruhe begeben, schwor er sich. Für Heather. Für Ludwig. Für alle, deren Leben durch das Imperium zerstört worden war. Kein Reich durfte auf dem Rücken von Sklaven errichtet werden. Ein Imperium, das für sich in Anspruch nahm, es wäre besser als alle anderen, musste zerstört werden. Denn niemand war besser als sein Nachbar.

Gareth wollte etwas zu Martha sagen, als ihm auffiel, wie der Transporter langsamer wurde und tiefer sank. Neugierig geworden, spähte er zum Bullauge hinaus. Es gab nicht viel zu sehen, bis der Pilot das Schiff ein wenig zur Seite neigte.

Unter ihnen erstreckte sich ein Areal, das vom Rest der Stadt abgeschottet war. Gareth konnte nicht erkennen, welchem Zweck es diente. Ein Teil der Anlage war nach oben hin offen, der Rest machte eher den Eindruck einer Festung.

Einer der Wachposten bemerkte seine Neugier und feixte. »Das ist euer neues Zuhause«, erklärte er. »Hier werdet ihr euer restliches Leben fristen, bis es endet. Willkommen in der großen Arena von Paro'kajan!«

***

Nach der Landung trieb man sie aus dem Shuttle, das sogleich wieder abhob und mit unbekanntem Ziel schnell an Höhe gewann.

Und schon bald musste er feststellen, dass die Informationen der Allianz über Tyrashina nicht der Wahrheit entsprachen. Es gab hier in der Tat Sklaven. Keiner ihrer Informanten oder Spione hatte davon die geringste Ahnung gehabt, nicht einmal die Kexaxa. Das ließ nur den einen Schluss zu: Sklaven, die man zur Heimatwelt der Fischköpfe brachte, kehrten niemals zurück. Ein erschreckender Gedanke.

Die Wachen führten sie schwimmend durch einen Korridor, der zu beiden Seiten von Zellen gesäumt war, hinter dem sich allerhand unterschiedliche Spezies drängten. Gareth hatte zunächst angenommen, hier ausschließlich Sklaven vorzufinden, die den Zorn ihrer Herren auf sich gezogen hatten. In Wirklichkeit gab es unter ihnen nicht wenige Ashrak.

Jede Zelle war durch ein Kraftfeld vom Korridor abgeschottet. Die Behausungen wurden mit der Atmosphäre und dem Lebensraum gefüllt, den die entsprechenden Sklaven zum Existieren benötigten. Jeder der Gefangenen trug ein Joch um den Hals, an dem drei Leuchtdioden abwechselnd aufglühten.

Die Sklaven betrachteten die Neuankömmlinge mit hungrigen Augen. Viele rissen Witze über das Frischfleisch, das eingetroffen war. Der überwiegende Teil machte einen wohlgenährten, ja sogar durchtrainierten Eindruck. Gareth bekam keinen zu Gesicht, dessen Fleisch nicht mit Narben übersät war. Er wusste sofort, womit sie es hier zu tun hatten.

»Was ist das für ein schrecklicher Ort?«, wollte Martha verschüchtert wissen.

»Gladiatorenkämpfe«, meinte Gareth angewidert. »So etwas gab es früher auch auf der Erde. Hier wird bis zum Tod gekämpft. Zur Belustigung der Ashrak.« Sie kamen an mehreren Zellen vorbei, in denen Sekari und Syall gehalten wurden. Diese beäugten Gareths Gruppe mit wachsendem Interesse, aber keiner von ihnen sagte auch nur einen Ton. Der Anführer der Rebellion vermutete, es handelte sich um Kriegsgefangene, deren Implementierung des Loyalitätsimplantats fehlgeschlagen war. Nun dienten sie dem Imperium auf andere Weise. Sie unterhielten die Fischköpfe unter Einsatz des eigenen Lebens.

Vor allem einer der Sekari fiel ihm auf, ein großer, bulliger Bursche mit acht Kerben im Schnabel. Erst bei näherem Hinsehen bemerkte Gareth, dass die Schrammen nicht von einem Kampf stammten. Der Sekari hatte sie sich selbst zugefügt. Es war seine Art, Punkte zu zählen. Acht Gegner hatte der Krieger getötet, seit es ihn an diesen von Gott verlassenen Ort verschlagen hatte.

Der Blick des Sekari und der Gareths kreuzten sich. Sie behielten sich gegenseitig im Auge, bis die Gruppe hinter der nächsten Abbiegung verschwand.

Man führte sie durch ein Kraftfeld in einen Raum mit atembarer Atmosphäre. Gareth war dankbar für die Gelegenheit, endlich aus dem Wasser herauszukommen.

»Die Rüstungen einziehen!«, befahl einer der Wächter. Gareth zögerte und bekam prompt einen Schockstab in die Rippen. Er krümmte sich unter Schmerzen auf dem Boden. Obwohl er seit Tagen nichts gegessen hatte, erbrach er sich. Gelblicher Magensaft bedeckte den Boden.

Seine Leute wollten ihm beistehen. Mit einer müden Handbewegung hielt er sie zurück. Widerstand war nur sinnvoll, wenn er etwas bewirkte. Wollten sie irgendwann ausbrechen, würden sie ihre Kräfte noch dringend brauchen. Sie aufgrund einer unbedeutenden Geste zu verschwenden, hatte keinen Sinn.

Gareth rappelte sich mühsam auf und mit einem Schlag auf den Schalter fuhr er gehorsam die Rüstung ein. Seine Leute folgten dem Beispiel ihres Anführers.

Jedem wurde dasselbe Joch angepasst, das auch die anderen Sklaven innerhalb der Arena trugen. Der Wächter deutete auf die Wand. Sie wies einen gelben Anstrich auf. »In grünen Bereichen könnt ihr euch frei bewegen. In gelben nur in Begleitung eines Soldaten. In roten explodiert das Joch.« In den Röhrchen der Ashrakrüstung gurgelte es amüsiert. »Manche Sklaven beenden ihr elendes Dasein, indem sie in einen roten Bereich marschieren. Wir schließen Wetten darauf ab, wer sich für den Ausweg der Feiglinge entscheidet. Willst du wissen, wie die Quote auf dich steht?«

»Ich habe nicht vor, mir den Kopf wegsprengen zu lassen.«

Die Schuppenfarbe des Ashrak änderte sich in vergnügtes Grün. »Das sagen sie am Anfang alle. Aber warten wir mal ab, wie du nach zwei oder drei Kämpfen darüber denkst.«

Mit einem Stoß schickte er Gareth weiter auf seinen Weg, ehe dieser darauf antworten konnte. Die für diese Arena zuständigen Wachen schienen besonders grausam zu sein. Sollten sie jemals Hoffnung auf ein Entkommen haben, dann mussten sie sehr umsichtig zu Werke gehen.

Sie wurden einen entwässerten Korridor entlanggeführt, bis sie eine stählerne Tür erreichten. Sie öffnete sich und die Rebellen passierten sie nacheinander. Gareth seufzte. Diese Zelle war eigens für sie eingerichtet worden. Die gegenüberliegende Wand bestand aus einem Kraftfeld. Hinter dem schwammen gesellschaftlich hochstehende Ashrak in edler Kleidung von Zelle zu Zelle und begutachteten die Sklaven, als handele es sich um eine erlesene Ware. Gareth konnte nur vermuten, dass sie sehen wollten, wer eine Wette wert war und wer nicht.

»Willkommen in der Hölle, Gareth!«, vernahm der Anführer des Aufstands plötzlich eine allzu bekannte Stimme hinter ihm. Als er sich umdrehte, wurden seine Augen groß. Obwohl die Situation es kaum rechtfertigte, teilten sich seine Lippen zu einem erfreuten Lächeln. Mit einem jauchzenden Aufschrei fiel er seinem alten Freund Takashi um den Hals.

Der Körper des ehemaligen Paladins versteifte für einen Moment, dann entspannte sich der Mann und gab sich der Umarmung Gareths hin. Es gelang ihm sogar, dem Blutläufer leicht den Rücken zu tätscheln.

Gareth löste sich beinahe widerwillig von Takashi und musterte den Mann mit dem Ausdruck eines Menschen, der befürchtete, einer Fata Morgana erlegen zu sein.

»Bist du es wirklich?«

»Falls du Angst hast zu träumen, dann befürchte ich, wir teilen denselben Albtraum.«

Gareth musterte den ehemaligen Paladin genau. Der Krieger wirkte menschlicher als früher, als hätte er im Lauf der Jahre wieder zu sich selbst gefunden.

Zum letzten Mal hatten sie sich während der Schlacht um die Erde gesehen. Als die Rebellenflotte sich den Weg durch eine imperiale Blockade freikämpfte, hatte Takashi ein Schiff gestohlen und sich abgesetzt. Gareth hatte vermutet, er wäre getötet worden. Ihn zu sehen – hier und jetzt –, grenzte an ein Wunder.

Aber Takashi hatte bestimmt die eine oder andere unschöne Geschichte zu erzählen, die er seit ihrem letzten Aufeinandertreffen erlebt hatte. Der frühere Elitekrieger des Imperiums hatte einige Narben dazugewonnen.

»Wie lange bist du schon hier?«

»Vier Standardmonate«, erwiderte der Paladin.

»Und wie bist du hierhergekommen?«

Takashi winkte ab. »Durch Dummheit. Ich war viel zu selbstgefällig. Ich dachte, ich könnte etwas Ähnliches aufbauen wie du auch.«

»Eine Widerstandsbewegung gründen?«

Takashi nickte. »Ich wollte für andere Paladine dasselbe tun, was du für mich getan hast. Sie zurück zur Individualität führen. Also ...« Er verstummte.

»Also ...?«, half Gareth nach.

»Also griff ich eine der Einrichtungen an, in der sie Sklaven zu Paladinen umwandeln und ausbilden.«

Gareth lächelte schmal. »Und wie lief es?«, meinte er sarkastisch.

Takashis Gesicht zeigte unwillkürlich ein unerwartetes Grinsen. »Ging so.« Seine Mimik wurde schlagartig ernst. »Lange Rede, kurzer Sinn, man hat mich hierher verfrachtet. Das Imperium hat etwas gegen widerspenstige Sklaven.«

»Meine Güte, dieses Wiedersehen rührt mich zutiefst«, sprach sie jemand von der Seite an.

Gareth wandte sich um. Seine Hände verkrampften sich an den Seiten zu Fäusten. Wären sie nicht durch ein Kraftfeld getrennt gewesen, er hätte sich, ohne auch nur eine Sekunde zu zögern, auf sein Gegenüber gestürzt.

Unmittelbar vor ihm – kaum zwei Meter entfernt – saß Cha'acko spärlich bekleidet in der Nachbarzelle und stierte den Anführer der Rebellion mit unverhohlenem Hass an. »Was sagt man dazu? Sind wir also wieder vereint. Die Götter des Universums scheinen es wider Erwarten gut mit mir zu meinen.«

***

Die Kexaxa machten ihrem Ruf mal wieder alle Ehre. Den kleinen Wesen in Yuma Matsumotos Begleitung gelang es, zwei beschädigte Generatoren an Bord des Ashrak-U-Boots wieder zum Laufen zu kriegen und mit ihrer Hilfe eine Luftblase in dem Wasserfahrzeug zu generieren.

Die Soldaten legten mit hörbarer Erleichterung ihre Rüstungen ab und ließen sich nieder, um ihre letzten Notrationen zu vertilgen. Fast alle schliefen nach dem Essen sofort ein. Die letzten Tage waren kräftezehrend gewesen. Nur Untray, Nigel und Yuma selbst blieben wach. Sie hatte keine Ahnung, warum die anderen zwei sich nicht zur Ruhe begaben, aber zu viele Gedanken in ihrem Hirn raubten der Rebellenoffizierin den Schlaf.

Nigel setzte sich neben sie und reichte der Frau den letzten Energieriegel. Während eines Feldzugs versorgte die Rüstung einen Blutläufer täglich mit einem Cocktail aus allen Mineralien und Vitaminen, die er für einen Standardtag benötigte. Es ging aber trotzdem nichts über die Erfahrung des Essens. Yuma war schon immer der Meinung gewesen, dass darin eine gewisse Befriedigung lag, die auch die beste Rüstung durch ihre Injektionen nicht imitieren konnte.

Yuma starrte den Riegel einen Moment lang verdrossen an. »Willst du den nicht?«

Nigel zuckte die Achseln. »Ich bin bedient«, lehnte er galant ab.

Yuma lächelte zurückhaltend und nahm den Energieriegel dankbar an. Sie packte ihn aus und begann umgehend, ihn zu vertilgen. Ihre Laune hob sich vom ersten Bissen an.

»Und? Wie schmeckt's?«, wollte Nigel wissen.

»Nach Pappe«, gab Yuma zurück.

Ihr Stellvertreter grinste. »Du liebst das Zeug.«

»Allerdings«, feixte sie zurück. »Danke noch mal.«

»Schon gut. Ich hatte irgendwie das Gefühl, du brauchst ihn dringender als ich. In mehr als einer Hinsicht.«

In diesem Augenblick ging die Deckenbeleuchtung flackernd an. Die schlafenden Blutläufer wachten auf. Einige jubelten.

Untray watschelte aus dem Cockpit des Unterwassertransporters und wirkte sehr zufrieden mit sich. Er deutete nach oben.

»Wir haben wieder genug Energie, sodass wir nicht im Dunkeln herumsitzen müssen.«

»Wie hast du das hingekriegt?«, wollte Yuma erstaunt wissen.

»Der Transporter hat eigentlich genug Energie. Etwas hat lediglich die Leitungen unterbrochen. Dann ist das Ding auf Grund gelaufen.«

Nigel richtete sich auf. »Heißt das, der Antrieb lässt sich wieder in Gang setzen?«

In Imitation menschlicher Gesten zuckte der Kexaxa die Schultern. »Ich sehe keinen Grund, weshalb nicht. Gebt mir eine Stunde und wir können aufbrechen.«

Yuma nickte begeistert. »Gefällt mir besser, als durch diese Brühe da draußen zu schwimmen und darauf zu warten, dass mich irgendetwas anfällt.«

Aus dem Cockpit drang plötzlich ein Geräusch. Schwach zunächst, aber es wurde beständig lauter. Eine Art rhythmisches Pochen.

»Das sind die Sensoren. Etwas nähert sich.«

Die Blutläufer und Kexaxa sprangen auf. »Licht aus und Energie runterfahren!«, herrschte Yuma den Ingenieur an.

Untray kehrte ins Cockpit zurück, so schnell ihn seine kleinen Beine trugen. Das Licht fiel wieder aus und die Umgebung versank erneut in Finsternis. Die genetische Anpassung ihrer Augen vermittelte den Blutläufern aber genug von der Umgebung, um zu verfolgen, was außerhalb des Transporters geschah.

Es näherten sich mehrere Ashrakschiffe, von einer Bauart, wie sie hier auf Tyrashina typisch war. Doch diese wurde keinesfalls zu Transportzwecken genutzt. Es handelte sich offenbar um Kampfschiffe. Das Geschwader bestand aus vier von ihnen. Sie wirkten überaus gefährlich mit den Waffenstationen, die in jede mögliche Richtung einem potenziellen Gegner drohten.

»Sie suchen uns«, raunte Nigel. Es war unnötig, die Stimme zu senken. Die Anwesenheit des Gegners vermittelte allerdings eine unwiderstehliche Aura, von der Yuma sich unwillkürlich anstecken ließ.

»Womöglich«, erwiderte sie ebenso leise. »Woher sollten sie aber wissen, dass wir es bis hierher geschafft haben? Das Kanonenboot ist unwiederbringlich gesunken.«

»Aber nicht weit von uns weg«, korrigierte ihr Stellvertreter, ohne den nahen Feind auch nur eine einzige Sekunde aus den Augen zu lassen.

Drei der Kampfschiffe verharrten in einer perfekten Dreiecksformation, während das vierte sich weiter durch das Wasser schob. Es diente offenbar als Vorhut und Aufklärer. Eine undankbare Aufgabe, wie sich herausstellen sollte.

Der Angriff erfolgte aus heiterem Himmel. Er geschah so schnell und wurde mit einer dermaßen vernichtenden Gewalt ausgeführt, dass sich Yuma später fragte, ob sie dies wirklich miterlebt und sich nicht nur eingebildet hatte.

Etwas näherte sich von unten. Aber nicht dem Vorhutschiff, sondern den drei anderen. Es ließ sich gar nicht genau identifizieren. Alles, was sich in Yumas Hirn festsetzte, war das Bild entfernt humanoider Gestalten. Mehr ließ sich beim besten Willen nicht sagen. Die Kreaturen waren umgeben von einer Art Realität verzerrender Wahrnehmung. Als würden sie sich in Symbiose mit einem Sturm befinden.

Der Sturm hüllte die drei Angriffsschiffe ein. Diese feuerten mit ihren Geschützen fast wie in Panik in alle Richtungen. Ein paar der Gestalten wurden getroffen und sanken in die allumfassende Dunkelheit des tiefen Ozeans hinab. Der Rest hielt blutige Ernte.

Sie rissen die Panzerung der Kampfschiffe auf, bevor die Piloten Schub auf den Antrieb geben und entkommen konnten. Die Angreifer drangen ein und alles, was Yuma und ihre Gefährten sahen, war Ashrakblut, das das Wasser rund um die Bresche in der Außenhülle für eine Sekunde einfärbte, bevor der Ozean sein Recht einforderte und es so stark verwässerte, dass es im Meer aufging.

Das Vorhutschiff trachtete danach zu fliehen. Es kam nicht weit. Etwas traf es am Heck und der Antrieb erstarb. Langsam sank es nieder. Die Luke öffnete sich und die Ashrak schwammen heraus. Jeder wusste, dass keine Hoffnung auf Entkommen bestand. Sie versuchten es trotzdem.

Der unbekannte Feind holte sie ein. Fassungslos mussten die Rebellen mit ansehen, wie die Angreifer die Rüstungen der Fischköpfe knackten und das Innenleben verschlangen. Die leeren Ashrakrüstungen versanken unbeachtet.

Der Angriff endete so schnell, wie er begonnen hatte. Die Angreifer verschwanden und ließen als Zeichen ihrer Existenz lediglich Trümmer und Teile feindlicher Rüstungen zurück.

»Ich glaube, jetzt wissen wir, was mit der Stadt geschehen ist«, sagte Nigel in die Stille hinein.

»Ja, aber wer waren die?«

»Keine Ahnung, aber hast du die Reaktion der Fischköpfe gesehen? Die hatten Todesangst vor ihnen.«

»Nicht ganz unbegründet«, kommentierte Yuma.

Untray kehrte aus dem Cockpit zurück. Die Rebellenoffizierin wandte sich ihm zu. »Was sagtest du, wie lange du brauchst, um den Antrieb zu reaktivieren? Eine Stunde?«

Der Kexaxa nickte.

»Dann mach dich besser schnell an die Arbeit, bevor wir auch noch auf der Speisekarte landen.«

Gareth beobachtete missmutig das Treiben vor dem Kraftfeld. Dabei versuchte er die Kontaktversuche Cha'ackos geflissentlich zu ignorieren.

Der Ashrak befand sich in einer Zelle ohne Wasser. Stattdessen war ihm eine ebenso einfache Rüstung angepasst worden, wie auch die Rebellen sie nun tragen mussten. Laut Takashi war das Teil seiner Bestrafung. Ihm war alles entzogen worden, was die Existenz eines Fischkopfs ausmachte, sogar das Element, aus dem diese Spezies stammte.

Weitere Personen zogen an der Zelle vorbei und begutachteten die Gefangenen mit unverhohlener Neugier. Man fühlte sich wie im Aquarium. Unzählige hochrangige Ashrak und ihre Gemahlinnen sowie Gefährtinnen in diversen Funktionen schlenderten gemütlich an ihnen vorüber und versuchten offenbar, sich ein Bild von ihnen zu machen.

»Es geht ihnen nicht nur um das Abschließen von Wetten«, erklärte Takashi schließlich.

Gareth drehte sich interessiert zu ihm um. »Sondern?«

»Sexuelle Dienstleistungen«, spann er den Faden weiter. »Je mehr Kämpfe du gewinnst, desto berühmter wirst du. Und desto interessanter wirst du für Ashrak, die sich gerne den Spaß erlauben, dich für ein paar Stunden einzuladen.«

»Einzuladen? Das heißt, man hat die Wahl?«

Takashi prustete. »Nicht wirklich. Diese Art des Vergnügens gilt unter den höchsten Kasten der Fischköpfe als dekadent. Und die Ashrak lieben Dekadenz. Es gibt ihnen das Gefühl von Macht und Überlegenheit. Gegen einen gewissen Obolus kann man hier fast jeden mieten. Nichtashrak sind besonders beliebt. Die Wächter werden durch diese Nebeneinkünfte reich. Das ist der Grund, aus dem ein Posten in der Arena sehr beliebt ist, auch wenn er als Drecksarbeit ohne Ehre gilt. Die Wachen gehören zum Abschaum der Kriegerkaste. Trotzdem bleiben freie Stellen nie lange vakant.«

»Bist du auch schon ... geholt worden?«

Takashi grinste. Seine Augen blieben jedoch kalt und dunkel. Wie ein Abgrund, in den man starrte. »Ich bin ein Sonderfall. Sie trauen mir nicht. Sie haben Angst, dass ich als ehemaliger Paladin einigen ihrer Führer oder deren Frauen den Schädel einschlage. Kein Preis auf dieser Welt ist ihnen ein solches Risiko wert. Falls einem der Adligen etwas geschieht, würden sie entweder hingerichtet oder dürften in ihrer eigenen Arena zum Kampf antreten.« Er deutete auf die Zelle nebenan. »Aber unser Freund hier wird seit Kurzem relativ oft geholt. Als ehemaliger Honuh-ton-Agent gilt er als exotisch. Und er hat es geschafft, einen weiblichen Fan an sich zu binden.«

»Du meinst, er kommt regelmäßig aus seiner Zelle raus?« Gareth merkte auf.

Cha'acko bemerkte, welche Richtung das Gespräch nebenan einschlug. Er wandte den Kopf zu seinen Mithäftlingen um. »Ich weiß genau, woran du denkst, Templer HT-843715, aber das kannst du getrost vergessen. Von diesem Ort gibt es keine Flucht.«

»Hat es schon mal einer versucht?«

»Oh, das geschieht ständig«, antwortete der ehemalige Honuh-ton-Agent. »Es überlebt nur keiner.«

»Was ist mit diesem Sex-Sklavenhandel, der hinter vorgehaltener Hand betrieben wird? Wie läuft das ab?«

Die Schuppenfarbe zeigte überdeutlich, wie amüsiert Cha'acko war. »Hinter vorgehaltener Hand wird hier gar nichts betrieben. Die Vorgänge sind ziemlich öffentlich. Sonst würde es den hohen Herrschaften kaum solche Freude bereiten. Skandale machen nur Spaß, wenn alle darüber reden. Sowohl die eigenen als auch die der anderen.«

»Von mir aus«, winkte Gareth ungeduldig ab. »Jetzt red schon. Wie läuft so was?«

»Die Treffen finden innerhalb der Arena statt, in speziell dafür eingerichteten Zimmern.« Gareths Augen glitzerten, was dem Honuh-ton-Agenten auffiel. Er machte die Träume seines Gegenübers sogleich zunichte. »In den gelben Bereichen. Umringt von Wachen, die den Sklaven zu seiner Verpflichtung und anschließend zurück in die Zelle eskortieren.«

Cha'acko verharrte für einen Moment. »Ein Sklave, der einen Adligen oder einen Wachposten angreift, wird anschließend in der Arena zu Tode gequält. Und außerdem ...«

Gareth betrachtete ihn eingehend. »Was?«, wollte er schließlich wissen.

»Zu den Räumlichkeiten muss man einen roten Korridor passieren«, fuhr Cha'acko fort. »Das Joch wird dann deaktiviert.«

»Wie lange?«

»Keine Ahnung, weniger als zwanzig menschliche Herzschläge, würde ich meinen.«

»Das ist nicht viel«, antwortete der Rebellenanführer. *Aber vielleicht genug*, führte er den Gedanken heimlich aus.

Die Zelle nebenan wurde geöffnet. Wachen der Arena holten vier Gefangene heraus und eskortierten sie zu der Stelle, wo die überfluteten Bereiche begannen. Es handelte sich um einen Dys, eine Samirad und zwei Ashrak.

Die Blicke der Samiradkriegerin begegnete seinem. Sie nickte ihm kurz und anerkennend zu. Sie wusste, wer ihr gegenüberstand. Gareths Ruf hatte sich also bereits bis in die Sklavenquartiere auf Tyrashina herumgesprochen. Nun, das war ein Kompliment – irgendwie.

»Zwei von ihnen sehen wir nie wieder«, kommentierte Cha'acko die Szene.

»Wie meinst du das?«, fragte Gareth über die Schulter. »Kämpfen sie als Nächste?«

»Die zwei nächsten Paare«, bestätigte der Honuh-ton-Agent. »Ich vermute, dass meine Artgenossen gegen die zwei anderen kämpfen müssen.«

»Wann ist ein Kampf beendet?«, hakte er nach.

»Wann ein Kampf beendet ist?« Cha'ackos Stimme klang ungläubig. »An diesem Ort gibt es keine Gnade. Es gibt keinen Kampf, bei dem beide Streiter überleben. Hier geht es ausschließlich um Leben und Tod. Seit euer Aufstand ausgebrochen ist, hat die Arena Probleme, Frischfleisch zu bekommen. Daher werden neuerdings auch Kriegsgefangene hierhergeschickt.«

»Rebellen?«

»Rebellen. Syall. Sekari. Wen auch immer sie kriegen können. Solange die Spiele weitergehen, denkt niemand darüber nach, wie beschissen die

Dinge laufen und wie miserabel es eigentlich meinen Leuten geht. Wie hat einer eurer Führer einmal so treffend formuliert? Brot und Spiele für das Volk. Er hat es verstanden. Solange die Bürger den Anschein von Sicherheit haben, denken sie nicht weiter darüber nach, dass sie es besser haben könnten. Gib ihnen noch ein klein wenig Wohlstand, den du von denen stiehlst, die du überfallen hast, dann haben sie Angst, etwas zu sagen. Weil sie befürchten müssen, wenn sie aufbegehren, nimmt das Regime ihnen auch das letzte bisschen Vergnügen und Kapital. So funktionieren Diktaturen. Es handelte sich in den meisten Fällen um Kartenhäuser, die einstürzen, sobald man einen Baustein aus dem Gesamtgefüge entfernt.«

Der Ashrak machte einen abfälligen Laut. »Früher war ich Teil dieser Maschinerie. Es ist beschämend, dass ich dabei geholfen habe, mein eigenes Volk in ein falsches Gefühl der Sicherheit zu wiegen. Ich habe an meine Obrigkeit geglaubt. Ich habe ihnen gedient. Für sie gekämpft.« Er fingerte nervös an seinem Joch herum. »Und das ist der Dank.«

»Mir blutet das Herz, Arschloch!«, spie Martha ihm urplötzlich entgegen. Die Beleidigung traf mitten ins Ziel. Cha'acko sprang auf und wäre um ein Haar gegen das Kraftfeld geprallt. Was den Ashrak so verstörte, war wohl weniger die Beleidigung an sich, sondern eher, wer sie aussprach. Von diesem unscheinbaren Geschöpf hatte er offenbar keine Widerworte erwartet.

Er neigte steif den Kopf zur Seite. Gareth wunderte sich für einen Moment, was der Kerl jetzt so interessant fand. Dann lachte der Ashrak auf. Die Röhrchen in seiner Rüstung blubberten aufgeregt.

»Eine Liebessklavin? Ihr gebt denen jetzt schon Waffen? Euer Personalmangel muss schlimmer sein, als ich dachte. Liebessklaven sind nur für eines gut.« Sein lüsterner Blick blieb auf der attraktiven Frau haften. Gareth ging sofort dazwischen und baute sich beschützerhaft vor der Soldatin auf.

»Reg dich wieder ab«, spöttelte der gefangene Ashrak. »Sie ist nicht mein Typ.« Seine glitzernden Augen fokussierten den Anführer der Rebellion hämisch. »Außerdem wird es an diesem Ort genügend Adlige geben, die deine kleine Freundin gern wieder ihrer ursprünglichen Bestimmung zuführen.«

In diesem Moment tauchten zwei der vorher abgeführten Häftlinge wieder auf. Einer der Ashrak und die Samirad. Die Sieger der letzten zwei

Turniere. Die blauhäutige Frau ließ Schultern und Kopf hängen. Zwei Verletzungen verunzierten ihr edles Antlitz. Sie vermied Gareths Blick. Aus Scham, wie er registrierte.

Die Frau hatte nicht gegen die Ashrak gekämpft, wurde ihm klar, sondern gegen den Dys. Der vermutlich zumindest ein Kamerad für sie gewesen war. Und sie hatte ihn zum Vergnügen der johlenden Menge getötet.

»Wir müssen hier raus«, sagte Gareth in Cha'ackos Richtung, während er weiterhin beobachtete, wie die Gefangenen in ihre Zellen zurückgebracht wurden. »Oder willst du hier sterben?«

Cha'acko wollte etwas erwidern, da erregte eine Truppe Wachsoldaten die Aufmerksamkeit aller Gefangenen.

Sie eskortierten eine Kiste, die aus einem Material bestand, das Gareth noch nie gesehen hatte. Es wirkte aber äußerst widerstandsfähig. Was immer darin durch die Gegend gekarrt wurde, musste gefährlich sein. Gareth betrachtete die Wachen eingehend. Man sah ihnen die Angst an. Nein, Angst war zu wenig. Sie brachen in Gegenwart des Behälters beinahe in Panik aus. Dennoch verrichteten sie ihren Dienst pflichtbewusst und gewissenhaft.

Einer der Soldaten nickte seinen Kameraden zu. Sechs gingen in Stellung. Sie hielten lange Stäbe aus demselben Material wie die Kiste in den Händen. Ein Dutzend weiterer Wachen ging mit angelegten Pulsgewehren in Stellung. Der Anführer der Truppe betätigte einen Schalter und die Kiste öffnete sich.

Die sechs Soldaten sprangen blitzartig vor, mit den Stäben zustoßend. Sie waren bei Weitem nicht schnell genug. Die Kreatur in der Kiste befreite sich, ehe die Soldaten reagieren konnten. Gareth konzentrierte sich, versuchte, all seine Sinne auf dieses Wesen zu fokussieren. Es gelang ihm nicht. Einerlei, wie sehr man auch den Blick einengte, es war kaum zu erkennen. Beinahe wirkte es, als könne diese Kreatur ihre eigene Dunkelheit projizieren, mit der sie ihren Körper einhüllte. Was Gareth aber sah, genügte, um ihm für den Rest seines Lebens Albträume zu bescheren. Die Kreatur schien lediglich aus Zähnen und Klauen zu bestehen.

Zwei der Wachen gingen dermaßen schnell zu Boden, dass man nicht mit Sicherheit sagen konnte, welche der zahlreichen Wunden letztendlich zum Tod geführt hatte. Sie waren in Windeseile zerfleischt worden.

Zwei andere nahmen ihre Stäbe auf. Die Soldaten feuerten die Pulswaffen ab. Und hier folgte die nächste Überraschung. Die Kreatur heulte vor Schmerz auf, wurde aber nicht auf der Stelle niedergestreckt. Die Intensität der Pulsgewehre war abgesenkt. Die Ashrak hatten den Befehl, dieses Wesen um jeden Preis lebendig zu ergreifen.

Die Kreatur wich zurück, wollte wieder in die Kiste, aus der sie gekommen war. Was auch immer sie machte, um ihre Existenz zu verschleiern, der Schmerz sorgte dafür, dass sie damit zumindest nachließ.

Cha'ackos Schuppenfarbe änderte sich urplötzlich. Auch er zeigte nun unzweifelhafte Zeichen großer Angst. Hätte er die Möglichkeit besessen, er wäre vermutlich davongelaufen. »Nein ... nein, das ist unmöglich«, hechelte der Honuh-ton-Agent.

Gemeinsam gelang es den sechs Wachen, die sechs Gliedmaßen der Kreatur zu packen. Eine weitere legte ihr ein Joch um, das sofort mit der Arbeit begann, das Wesen zu bändigen.

Gemeinsam bugsierten sie es an den Zellen vorbei zu einem einzelnen Verlies am Ende des Korridors. Die Gefangenen folgten dem Vorgang verblüfft mit den Augen, bis die Kammer geschlossen und versiegelt war.

»Was in drei Teufels Namen war das?«, brachte Gareth hervor.

»Ein Age'vesy«, erklärte Cha'acko. »Wir teilten uns einst mit ihnen diese Welt. Sie sind wild, gewalttätig, hungrig und brutal. Sie jagten uns als ihre Beute. Es gab Zeiten, da standen wir kurz vor der Ausrottung. Unsere Technologie entwickelte sich aber schneller als die derjenigen, die uns als Beute betrachteten. Darauf gründeten wir letztendlich die Zivilisation, die du jetzt ringsum sehen kannst. Mit roher Gewalt gelang es, unser Volk ihren Klauen zu entreißen. Ich dachte, sie wären schon vor Jahrtausenden ausgestorben. Ich verstehe nicht, wo der auf einmal herkommt.«

»Anscheinend habt ihr nicht alle erwischt«, entgegnete Gareth leichthin. Er wandte sich dem ehemaligen Geheimdienstoffizier zu. »Bist du sicher, dass du nicht doch fliehen willst?«

***

Zwei Blutläufer machten sich außen an dem U-Boot zu schaffen. Sie arbeiteten in Schichten. Immer zwei draußen im Wasser, der Rest ruhte sich aus. Gemeinsam trachteten sie danach, dieses verdammte Wrack, wieder flottzukriegen, bevor die Kreaturen, die die Ashrakpatrouille in Stücke gerissen hatten, zurückkehrten.

Die Kexaxa arbeiteten praktisch ununterbrochen. Yuma war zutiefst beeindruckt. Bei ihrem Anblick vergaß man leicht, wie zäh die Mitglieder dieser Spezies sein konnten.

Untray kam aus dem Cockpit zurück. Yuma vermochte lediglich, den kleinen Kerl über die Nachtsichtfunktion ihrer Rüstung zu betrachten. Aus Sicherheitsgründen blieb die Energie heruntergefahren und die Beleuchtung des Transporters offline.

Der Kexaxa wirkte erschöpfter, als die Rebellenoffizierin ihn je zuvor erlebt hatte. Dennoch baute sich der kleine Kerl vor ihr auf, um Bericht zu erstatten. Das Holopad wirkte seltsam fehl am Platz in einer seiner Hände.

»Ich habe eine gute und eine schlechte Nachricht.« Er zögerte. »Und eine noch schlechtere.«

Yuma nickte ihm zu. »Fang mit der guten an.«

»Die Energieversorgung steht wieder. Und damit auch der Antrieb.«

Sie atmete tief ein. »Gott sei Dank! Das sind wirklich gute Nachrichten. Wann können wir von hier abhauen?«

Untray neigte seinen unförmigen Kopf leicht zur Seite. »Und an diesem Punkt kommen wir zur schlechten Nachricht: gar nicht. Jedenfalls nicht so schnell.«

»Weshalb?«

»Ich habe mir Gedanken über unsere gefräßigen Freunde da draußen gemacht. Wie können sie in dieser Umgebung sehen? Wie jagen sie? Wie machen sie ihre Beute ausfindig?«

Yuma runzelte die Stirn. »Ich nehme an, du bist zu einem Schluss gelangt?«

»In der Tat«, bestätigte Untray.

»Sie orten die Strahlung«, mischte sich Nigel unvermittelt ein.

Untray warf ihm einen beeindruckten Blick zu. »Genau so ist es. Das Wasser ist kalt genug, dass Schiffe und auch Lebewesen darin aufleuchten wie eine Fackel. Wenn man die Möglichkeit hat, diese Strahlung aufzuspüren.«

»Und du glaubst, diese Wesen haben sie.«

»Ist die einzige Möglichkeit, die Sinn ergibt. Wir haben unglaubliches Glück, dass wir es überhaupt bis in den Transporter geschafft haben. Aber uns endgültig abzusetzen, dürfte wesentlich schwieriger werden. Sobald wir den Antrieb unter Energie setzen, entdecken sie uns.«

»Ich frage mich, warum sie uns nicht schon beim Eintreffen in die Stadt angegriffen haben«, sinnierte Nigel, während er über sein Kinn kratzte.

»Wer weiß?«, meinte Untray. »Vielleicht dauert es ein wenig, bis die Signale von ihnen aufgefangen werden. Oder wir sind zu wenige, um einen Angriff zu rechtfertigen. Niemand kann endgültig sagen, was eine Attacke auslöst. Sicher ist nur, wir sollten unser Glück nicht herausfordern.«

Yuma nickte. »Da bin ich ganz deiner Meinung. Trotzdem müssen wir überlegen, wie wir uns aus diesem Schlamassel befreien.«

Untray zuckte in einer verblüffend menschlichen Geste die Achseln. Er lebte schon eine Weile unter den Blutläufern und hatte sie sich wohl irgendwann abgeguckt. »Sich das zu überlegen, ist euer Problem. Ich bin nur Ingenieur.« Er drehte sich um und watschelte davon. Nigel hielt ihn auf.

»Was ist die schlechtere Nachricht, von der du uns erzählen wolltest.«

Untray hielt inne. »Oh ja, ich habe Gareth geortet. Er lebt noch. Eine Reihe von Blutläufern und Kexaxa sind bei ihm. Sie befinden sich nicht einmal weit weg. Vielleicht tausendzweihundert Kilometer, wenn's hochkommt. Er hält sich inmitten einer großen Stadt auf und damit außerhalb unseres Zugriffs.«

Yumas Augenbrauen wanderten bis zum Haaransatz hoch. »Wie hast du das denn hinbekommen?«

»Man hat ihre implantierten Kommgeräte deaktiviert. Die Ashrak hätten sie entfernen sollen. Es gelang mir, sie anzupeilen. Falls gewünscht, könnte ich sie auch wieder reaktivieren.«

Die zwei Rebellenoffiziere wechselten einen verwunderten Blick. »Die Fischköpfe müssen sich aber sehr sicher fühlen«, sagte Nigel.

»Sie denken vermutlich, alle anderen Rebellen wären tot. Daher betrachten sie die Kommgeräte nicht länger als Bedrohung«, vermutete Yuma.

»Soll ich sie reaktivieren?«, wollte Untray wissen.

»Nein«, antworteten Nigel und Yuma gleichzeitig. »Nein«, wiederholte die Offizierin bedeutend gefasster. »Erst müssen wir uns Klarheit darüber verschaffen, wie wir als Nächstes vorgehen.«

Untray zuckte abermals die Achseln, drehte sich um und watschelte ins Cockpit davon. »Wie gesagt, das liegt in eurer Verantwortung. Ich bin lediglich Ingenieur.«

Die Schlacht bei Kyfjor entwickelte sich zum Patt. Beide Seiten hatten erhebliche Verluste erlitten. Ris'ril stand auf der Brücke der SHIVA und ließ noch einmal die letzten Gefechtsaufzeichnungen Revue passieren.

Vor ihren Augen wurden drei Schlachtschiffe und mehr als doppelt so viele Kreuzer der Rebellen durch drei Schiffskiller des Imperiums vaporisiert, bevor es den Aufständischen gelang, die Oberhand zu gewinnen.

Im folgenden Gefecht büßten Fabians und Michaels Verbände vierzehn weitere Kampfschiffe ein, bevor endlich zwei Schiffskiller und deren halbe Begleitflotte in Stücke geschossen wurden. Die Überreste der gegnerischen Flottengeschwader zogen sich angeschlagen und dennoch weiterhin voller Selbstvertrauen in die Tiefen des Asteroidenfelds zurück. Der Kampf glich seitdem einem tödlichen Katz-und-Maus-Spiel. Die Ashrak fügten den Rebellen durch den Einsatz von Guerillataktiken unzählige Nadelstiche zu.

Gareth Finchs Gefolgsleute waren den imperialen Einheiten mittlerweile überlegen. Sogar die Hyperraumroute nach Tyrashina war wieder offen. Aus eigener Erfahrung wusste die Samirad jedoch, dass dies im Kampf keine große Rolle spielte.

Wie oft waren sie dem Imperium unterlegen gewesen, hatten aber letztendlich den Sieg davongetragen? Unzählige Male. Sie durften nicht nach Tyrashina weiterreisen, bevor die Gefahr an Ort und Stelle gebannt war. Eine handlungsfähige Streitmacht in ihrem Rücken zurückzulassen, wäre ausgesprochen dumm. Ris'ril hatte dieses stolze Alter nicht erreicht, indem sie sich gegenüber einem Feind dumm verhielt.

Ihre Sorge um Gareth verdrängte für einen Moment die Probleme, die sie aktuell plagten. Seitdem er sich mit seinem Kanonenboot an diesen Transporter gehängt hatte, war der Kontakt abgerissen. Sie wussten nicht, was aus irgendeinem Mitglied des Einsatzteams geworden war. Waren sie überhaupt noch am Leben? Gut möglich, dass die Allianzflotte in einen Hinterhalt geriet, sobald sie über der Ashrakheimatwelt auftauchte.

Ris'ril stieß einen ungeduldigen Laut aus und deaktivierte das Hologramm. »Nico, Status!«, verlangte sie.

»Es hat sich nichts geändert, seit du vor drei Minuten zum letzten Mal gefragt hast«, erwiderte ihr Navigator pikiert.

Sie verzog missmutig das Gesicht. »Entschuldige«, gab sie kleinlaut zurück.

Aufgrund ihrer zerknirschten Haltung ließ sich der Navigator erweichen. »Es sind derzeit mehr als zweihundert Schiffe dabei, das Asteroidenfeld zu durchsuchen. Weitere Einheiten wurden abgestellt, um sämtliche Hyperraumrouten abzuriegeln. Die Katapulte sind von uns lahmgelegt worden. Die Fischköpfe sitzen in diesem System fest – mit uns.«

»Ja«, antwortete die Kriegerin nachdenklich. »Aber sitzen sie wirklich mit uns hier fest – oder wir vielmehr mit ihnen?«

»Oh, jetzt werden wir aber philosophisch«, entgegnete der Navigator sarkastisch. Seine sonst so neutrale Stimme klang auf einmal amüsiert.

Das Hologramm ploppte auf Nicos Zutun wieder auf. Ein roter Punkt ungefähr in der Mitte des Trümmerfeldes blinkte unentwegt.

Ris'ril seufzte. »Weitere Verluste?«

»Michaels Einheiten«, bestätigte der Navigator. »Zwei Rebellenschiffe sowie jeweils drei der Sekari und der Syall. Die Verluste werden langsam untragbar.«

»Guerillataktiken anzuwenden, entspricht nicht der Ashrakkampfweise. Das ist ungewöhnlich.«

Der Navigator schwieg für einen Moment, während er weitere Daten verarbeitete. Erst dann reagierte der Mann auf Ris'rils Bemerkung. »Das zählt wohl zu den Erfordernissen des Krieges. Die Fischköpfe haben einiges dazugelernt. Sie hatten keine andere Wahl, wenn sie gegen uns bestehen wollen.«

Ein weiteres rotes Licht blinkte auf. Ris'ril merkte auf. »Nico, Bericht!«

»Zwei imperiale Jagdgeschwader beginnen damit, die Störsender zu attackieren.«

»Ist das Feld noch aktiv?«

»Ja, aber nicht mehr flächendeckend. Zwei Sender wurden ausgeschaltet.«

Ris'ril fluchte. »Genau das würde ich an deren Stelle auch tun. Wir können nicht überall in gleicher Anzahl präsent sein. Sie attackieren uns dort, wo wir schwach und sie stark sind.«

»Solange sie sich verstecken, ist diese Taktik sehr effektiv.«

Ris'ril rieb sich langsam über ihr markantes Kinn. »Wie viele imperiale Kriegsschiffe wird es in diesem System noch geben? Was meinst du?«

»Das ist unmöglich zu sagen. Selbst eine Schätzung wäre ein großes Wagnis.«

»Versuch es trotzdem.«

Der Navigator verfiel in Schweigen. Er ging verschiedene Berechnungen durch. Als er wieder antwortete, klang er zögerlich. »Aufgrund der vorhandenen Daten – und das ist wirklich nur eine sehr grobe Schätzung – würde ich vermuten, dass wir es immer noch mit einer Größenordnung von zwei- bis dreihundert Kampfeinheiten zu tun haben. Die Jäger nicht mitgerechnet.«

»Das ist genug, um uns beschäftigt zu halten.«

»Allerdings. Wenn wir es nicht schaffen, sie in den nächsten achtundvierzig Stunden zu eliminieren oder zu neutralisieren, dann verschlechtern sich unsere Chancen, die Situation zu klären, dramatisch.«

»In welchem Umfang?«, hakte Ris'ril nach.

»Innerhalb der nächsten sechsundneunzig Stunden besteht eine mehr als achtzigprozentige Chance, dass die Fischköpfe siegreich aus diesem Kampf hervorgehen. Hundert Prozent, falls feindliche Verstärkungen auftauchen. Die Flotte, mit der wir uns rumschlagen, wird irgendwann vermisst werden, wenn sie keine Lebenszeichen mehr von sich gibt.«

Ris'rils Gedanken rasten. Sie richtete sich auf. »Also schön, dann machen wir es so: Nico, entsende vier Jagdgeschwader, um die Störsender zu verteidigen. Sie müssen als mobile Truppe agieren und sich von Gefahrenherd zu Gefahrenherd bewegen. Schick außerdem einen unserer Kreuzer an den Rand des Störfelds. Er muss eine Nachricht absenden.« Sie atmete tief durch. Die nächsten Worte fielen ihr sichtlich schwer. »Wir brauchen die Reserven. Die sollen auf dem schnellsten Weg ihren Hintern hierherbewegen. Wir müssen die Lage in unserem Sinne klären und dann weiterfliegen. Ich weiß zwar nicht, was bei Tyrashina vor sich geht, aber nach dem, was ich von Gareth weiß, bin ich überzeugt davon, dass er unsere Unterstützung braucht. Der Mann zieht Ärger an wie ein Magnet Eisen.«

***

Die stählerne Zellentür öffnete sich quietschend und vier gerüstete und gut bewaffnete Ashrakwachposten standen im Raum. Einer von ihnen drohte Gareth mit seinem Stunner, ein anderer mit dem Schockstab.

»Mitkommen!«, forderte er ihn kurz angebunden auf. Gareth hatte große Lust, sich zu weigern. Die Konsequenzen standen allerdings gut sichtbar im Raum, in Form von vier sehr humorlosen Fischköpfen. Es war besser, sich zu fügen. War der Gegner überlegen, musste man seine Kräfte einteilen. Es hatte nur Sinn, einen Kampf vom Zaun zu brechen, wenn auch die Chance bestand zu gewinnen.

Der Anführer des Aufstands erhob sich langsam. Er wollte nicht den Eindruck erwecken, sich der Drohung der Wärter allzu bereitwillig unterzuordnen. Man besaß eben doch seinen Stolz.

»Du auch.« Der Wachposten deutete erst auf Martha, anschließend auf Takashi. »Und du.«

Gareth verharrte mitten in der Bewegung. »Warum sie?«

Anstatt einer Antwort stieß einer der Fischköpfe blitzschnell seinen Schockstab in Gareths Rippen. Wie sich herausstellte, bot die Rüstung, die man ihnen überlassen hatte, keinen nennenswerten Schutz. Wellen der Agonie durchzuckten seinen kompletten Körper. Gareth ging zu Boden. Er krümmte sich vor Schmerz. Er spürte, wie sich seine Blase entleerte und den unteren Teil der Rüstung durchnässte. Ein Teil davon musste ausgetreten sein, denn die Ashrak begann lauthals blubbernd zu lachen.

Martha und Takashi waren mit einem Mal neben ihm. Keiner der beiden störte sich an der Peinlichkeit. Ihre Hände halfen ihm wieder auf die Beine. Diese nichttödlichen Waffen waren anders als jene, die er aus seiner Militärzeit gewohnt war. Ihre Intensität war weitaus höher.

»Viel Glück, ihr Menschlinge«, hörte er Cha'ackos höhnische Stimme hinter sich. »Ihr werdet es brauchen.«

»Kein Grund, dermaßen gehässig zu sein«, wies einer der Wachposten den Geheimagenten zurecht. »Auch du wirst verlangt. Deine Aufgabe ist allerdings von anderer Natur.« Der Fischkopf kicherte beinahe unkontrolliert.

Auf der anderen Seite der Zelle erschien eine weibliche Ashrak in auffällig prunkvoller Kleidung. Die Schuppenfarbe Cha'ackos wechselte zu Pink, der Farbe des Ekels. Die Wächter konnten ihre Heiterkeit kaum mehr verbergen.

»Die Ehefrau eines der Ratsmitglieder«, raunte Takashi Gareth ins Ohr. »Sie lässt sich oft mit Cha'acko ein. Das ist mindestens das fünfte Mal, dass sie ihm befiehlt, mit ihr – wie drücke ich mich taktvoll aus? – zu laichen.« Er zuckte grinsend die Achseln. »Oder wie man das bei den Ashrak auch immer nennt.«

Zwei Wachposten trieben sie unter Drohung ihrer Schockstäbe und Stunner an. In Gareths Magen braute sich ein gewisses Unwohlsein zusammen. Der Mann erinnerte sich nur zu genau an die Samirad und wie man diese gezwungen hatte, gegen einen Freund zu kämpfen und ihn in der Arena zu töten. Er hoffte nur, man würde ihn nicht gegen Martha oder Takashi in den Kampf schicken. Falls doch, dann war er fest entschlossen, sich töten zu lassen. Niemals würde er so tief sinken, gegen einen Waffengefährten im Kampf anzutreten.

Weitere Gefangene wurden aus den Zellen geholt und auf einmal befanden sie sich innerhalb einer größeren Gruppe von mindestens zwanzig Sklaven. Sie erreichten den überfluteten Teil der Anlage. Alle Gefangenen aktivierten ihre Rüstungen und begaben sich ins Wasser. Die Ashrak genossen den Übergang in ihre natürliche Umgebung.

Sie wurden angehalten, sich schneller zu bewegen. Die Sklaven schwammen einen lang gestreckten Korridor entlang, bis sie ein großes Tor erreichten. Ein bulliger Ashrak mit hinter dem Rücken verschränkten Händen bewachte es.

»Hört her, Sklaven«, erhob er die Stimme. »Der Rat wohnt diesem Kampf auf der Tribüne bei. Euer Leben war bisher bedeutungslos. Aber das ändert sich in den nächsten Minuten. Kämpft gut und gebt eurem armseligen Dasein endlich Sinn. Macht mich stolz und sterbt ehrenvoll.«

»Der Sklavenmeister der Arena«, informierte Takashi seinen Freund. »Ein mieses, sadistisches Dreckschwein. Falls ich jemals die Gelegenheit erhalte, mache ich den Kerl kalt.«

Der bullige Ashrak schwamm zur Seite und das Tor öffnete sich wie auf Kommando. Die Sklaven wurden in die Arena getrieben unter dem Jubel der versammelten Menge.

Gareth sah sich aufmerksam um. Die Tribünen besaßen tatsächlich eine gewisse Ähnlichkeit mit vergleichbaren Orten auf der Erde. Vor allem in einer Stadt, die wohl Rom geheißen hatte. Vor ihrer Zerstörung durch das Imperium.

Die Ränge waren angefüllt mit Fischköpfen, die nach dem Blut derer lechzten, die ihrer Meinung nach unter ihnen standen.

Die Tribünen waren im Oval angelegt. Im Zentrum befand sich ein Bereich, der von schwarz gerüsteten Ashraksoldaten bewacht wurde. Im Inneren tummelten sich anscheinend besonders hoch im Rang stehende Fischköpfe. Sie hielten sich mit ihrem Jubel sichtlich zurück, obwohl auch sie nach der blutrünstigen Veranstaltung dürsteten.

Ein Knacken durchdrang seinen Helm und Takashis Stimme war urplötzlich zu hören. »Wir dürfen uns jetzt wieder unterhalten. Die Rüstungen sind mit Kommgeräten ausgestattet. Damit können wir uns im Kampf koordinieren – falls das von der Obrigkeit gewünscht wird.«

»Wer sind die?«, wollte Gareth wissen und deutete auf den VIP-Bereich der Tribüne.

»Der Rat«, antwortete Takashi. »Die Herrscher über Tyrashina.« Hätte er seinen Helm nicht aufgehabt, so hätte der Paladin bestimmt ausgespien. »Die Speichellecker der Rod'Or. Der Dienst an ihren Herren hat sie reich und mächtig gemacht.«

Unter die Schwarzen Wachen mischten sich auch Paladine. Einer von ihnen stach Gareth besonders ins Auge. Der Krieger behielt Takashi ständig im Blick. Er wirkte beinahe wie besessen von ihm. Mit einem Kopfnicken deutete Gareth in dessen Richtung.

Er musste gar nichts sagen. Takashi verstand auf Anhieb, worauf Gareth abzielte. »Das ist Dreisieben. Er war mein Ausbilder. Ironischerweise war er auch derjenige, der mich zur Strecke gebracht hat.«

»Dann ist er wohl nicht gut auf dich zu sprechen.«

»Eher nicht. Bei den Ashrak hat er um die Ehre gebeten, mich töten zu dürfen. Den Fischköpfen war das aber nicht Bestrafung genug. Sie wollen mich gedemütigt sehen.«

»Und jetzt stehst du hier und weigerst dich standhaft zu sterben.«

»Man bekommt nicht immer, was man will«, entgegnete Takashi leichthin.

»Wem sagst du das?«

»Ich hoffe nur, sie lassen uns nicht gegeneinander kämpfen«, meinte der Paladin plötzlich trübsinnig. »Ich würde dich nur ungern töten.«

Gareth stutzte. Für eine gewisse Zeit war es gewesen, als wären sie noch immer in dieser Ausbildungseinrichtung, bevor man sie getrennt hatte. Es war verführerisch und einfach, zu vergessen, dass hier ein Mann neben ihm stand, dessen moralischer Kompass vom Imperium komplett verdreht worden war. Gareth hegte keinerlei Zweifel, dass Takashi ihn, ohne zu zögern, erledigen würde, falls man sie gegeneinander antreten ließ. Für die Paladine zählte abgesehen von der auszuführenden Mission das eigene Überleben immer am meisten.

»Ich würde auch nur ungern sterben«, gab er zurück, bemühte sich dabei um einen lockeren Tonfall, auch wenn ihm gleichzeitig ein eisiger Schauder über den Rücken lief. Er ließ sich zu keiner falschen Zuversicht hinreißen. Gegen Takashi – mit seinen organischen Anpassungen sowie der fortschrittlichen Ausbildung – hatte er keine Chance.

Auf der anderen Seite der Arena ging ein weiteres Tor auf. Eine zweite Gruppe Sklaven wurde von ihren Wächtern herausgetrieben. Gareth bemerkte, wie Takashi den Hals reckte. »Ah, so ein Kampf wird das.«

»Was meinst du?«

»Jeder von uns tritt gegen einen aus der anderen Gruppe an. Die Gruppe, die am Ende die meisten Siege erringt, gewinnt. Die Zuschauer wetten dieses Mal nicht auf Kämpfer, sondern nur auf eine der Parteien. Damit steigen die Gewinnchancen.«

Die Gefangenen schwammen nacheinander in die Arena und reihten sich auf. An fünfter Stelle erschien eine echsenartige Kreatur von annähernd zwei Metern Größe. Bei ihrem Auftauchen ging ein Raunen durch die Menge.

»Oh nein, nicht der schon wieder«, japste Takashi.

»Wer zum Teufel ist das?«

»Asheaw, ein gnadenloser Killer. Der hat mehr Sklaven getötet als jeder andere Kämpfer, der jemals die Arena betreten hat.«

Gareth schüttelte leicht den Kopf. »Diese Spezies kenne ich nicht. Hab ich noch nie gesehen.«

»Wirst du auch nicht. Asheaw ist ein Coshkel. Der letzte Coshkel. Man sagt, die Rod'Or hätten seinem Volk vor vierhundert Standardjahren angeboten, sich ebenfalls in den Dienst des Imperiums zu begeben. Gleichberechtigt mit den Ashrak. Den Fischköpfen hat das gar nicht gefallen, aber sie hatten keine Wahl, als in den Vorschlag einzuwilligen. Die Coshkel aber lehnten ab. Sie zogen ihre Freiheit vor. Es folgte ein Krieg, der über zweihundert Standardjahre dauerte. An seinem Ende gab es die Coshkel nicht mehr. Asheaw nahm man in der letzten Schlacht gefangen. Man brachte ihn als Trophäe hierher. Er sollte in der Arena sein Ende möglichst öffentlich finden. Stattdessen brachte er mit Genuss jeden Gegner um, den man ihm präsentierte. Gleichgültig, ob es ein Gladiator war, ein Sklave oder ein zum Tode verurteilter Gefangener. Für Asheaw macht das alles keinen Unterschied.« Takashi zögerte. »Ich glaube, er sucht den Tod. Er sehnt sich danach. Und er wünscht sich einen Gegner, der ihm diesen letzten Gefallen erweist. Und so lange, bis er ihn findet, wird er weitertöten.«

Gareth runzelte die Stirn. »Du sagtest, der Krieg endete vor zweihundert Jahren.«

Takashi nickte. »Asheaw ist mehr als dreihundert Jahre alt. Soweit ich weiß, ist das sogar noch jung für einen Coshkel.«

Gegen seinen Willen betrachtete Gareth das echsenartige Wesen voller Mitgefühl. »Was für ein schweres Schicksal, der Letzte seiner Art zu sein.«

»Du solltest nicht zu viel Empathie mit ihm empfinden«, schalt Takashi ihn sanft. »Wenn du dich ihm stellen musst, dann zerbricht er dich in zwei Teile, ohne in Anstrengung zu verfallen.«

»Hast du schon mal gegen ihn gekämpft?«

Takashi schüttelte den Kopf. »Niemand, der schon mal gegen ihn gekämpft hat, kann davon berichten. In dieser Arena gibt es keinen Raum für Gnade. Schon vergessen? Selbst einem Paladin würde es äußerst schwerfallen, gegen einen Coshkel zu bestehen. Sie besitzen natürliche, angeborene kämpferische Fähigkeiten. Die werden schon als Krieger geboren. Was meinst du, warum es zweihundert Jahre dauerte, sie in die Knie zu zwingen? Der Krieg gegen die Erde – falls man das so nennen kann – dauerte nur Monate. Mehr als einmal sah es danach aus, als hätte sich das Imperium dieses Mal den falschen Gegner ausgewählt. Sie hätten um ein Haar verloren.«

»Wie schade«, meinte Gareth. »Hätten die Coshkel gewonnen, wäre der Menschheit einiges erspart geblieben.«

Der ehemalige Paladin zuckte mit den Achseln. »Wer weiß? Vielleicht hätten sie nur den Platz der Rod'Or eingenommen. Nichts ändert sich je wirklich.«

»Du bist ein Zyniker, mein Freund.«

»So würde ich das nicht ausdrücken. Ich habe lediglich genug erlebt, um zu einem Extremisten im Bereich Realismus zu werden.« Darauf wusste Gareth keine Antwort.

Ein tiefes Horn hallte weittragend über den Kampfplatz. Gareth fragte sich, wie die Ashrak das anstellten, dass jedermann den Ton hören konnte. Unter Wasser dürfte das für die Fischwesen kein Problem sein. Aber auch die Sklaven vernahmen das Geräusch problemlos.

Mehrere Wachen traten vor und verteilten verschiedenste Waffen auf dem Boden zwischen den beiden Gruppen. Natürlich keine Schusswaffen, aber alle Arten von Hieb- und Stichwerkzeugen. Dann stellten sich beide Parteien gegenüber auf. Asheaw wurde dem Sklaven zugeteilt, der unmittelbar neben Gareth stand.

»Noch mal Glück gehabt«, kommentierte Takashi amüsiert. Er schien das wirklich komisch zu finden, dass sein langjähriger Freund knapp dem Tode entronnen war.

Ein zweiter Hornstoß erfolgte – offenbar das Eröffnungssignal. Die Kämpfer beider Seiten stießen sich vom Boden ab und schwammen auf die Waffen zu. Da Gareth nicht wusste, wie es hier zuging, wurde der Anführer der Rebellion davon vollständig überrascht. Er löste sich mit einigen Sekunden Verspätung von seiner Position. Ihm gegenüber befand sich ein Turia.

Asheaw hielt sich im Gegensatz zu den meisten anderen Kämpfern gar nicht mit der Suche nach einer Waffe auf. Die Echse bewegte sich einem Tänzer gleich durch das Wasser. Mit gleitenden Bewegungen hielt er auf den Dys zu, den man als seinen Gegner auserkoren hatte. Die Geschwindigkeit des Echsenkriegers war unfassbar, seine Bewegungen makellos und von einer tödlichen Eleganz beseelt.

Der Dys erkannte, in welchen Schwierigkeiten er steckte. Mit hektischen Bewegungen trachtete er danach, von Asheaw wegzuschwimmen. Ein Versuch, der zum Scheitern verurteilt war. Der Coshkel war mit einem Schwung seiner muskulösen Beine über dem Opfer. Die gewaltigen Kiefer öffneten sich und er biss dem armen Kerl ungerührt den Kopf ab, und das, obwohl die Dys von einer Hochschwerkraftwelt stammten. Ihre Körperdichte machte einen solchen Angriff nahezu unmöglich. Asheaw schaffte es aber. Gareth hatte keine Lust, irgendwann einmal Bekanntschaft mit diesen Zähnen machen zu müssen.

Der Turia war offenbar nicht zum ersten Mal Gast in der Arena. Der rothäutige Nichtmensch bewegte sich schnell und gewandt durch das Wasser. Mit zweien seiner vier Hände schnappte er sich eilig schwertähnliche Waffen mit bösartig gezackter Klinge. Damit ausgerüstet, ging er umgehend auf Gareth los.

Dieser war gezwungen auszuweichen, ehe er selbst in Reichweite eine der Waffen kam. Die zwei Klingen verfehlten ihn um Haaresbreite.

Takashi musste gegen einen Ashrak antreten, und wie nicht anders zu erwarten, tötete er diesen binnen Sekunden. Anschließend schwamm er zurück zu den wartenden Wachposten. Dass sich die Sklaven einer Gruppe gegenseitig halfen, war anscheinend nicht vorgesehen. Jeder musste seinen Gegner selbstständig erledigen.

Für einen kurzen Moment überschattete die Sorge um Martha alles andere. Er konnte sie nicht sehen. Der Turia griff erneut an und Gareth musste sich konzentrieren, wenn er nicht diesem blutigen Schauspiel zum Opfer fallen wollte.

Der Turia schwang die Schwerter in gegeneinander gesetzten Bewegungen, was es schwer machte, beide im Auge zu behalten. Gareth gab ein einziges Mal nicht acht und eine Klinge traf ihm seitlich am Helm. Sie rutschte ab, was für ihn ein Glück darstellte. Würde seine Panzerung durchbrochen, wäre ein qualvoller Tod durch Ertrinken die Folge.

Gareth gab jeden Versuch auf, eine der auf dem Boden liegenden Waffen zu erreichen. Nun galt es, sein Wissen als Blutläufer einzusetzen. Der Turia mochte zwar ein Gladiator sein, aber der Anführer des Aufstands hatte auf unzähligen Welten in der Hitze der Schlacht seinen Mann gestanden und diese Kämpfe nicht nur erlebt, sondern darüber hinaus auch überlebt.

»Es gibt Schwachstellen in der Technik des Turia«, hörte er auf einmal Takashis Stimme bedächtig durch seinen Helm hallen. »Höre auf mich und warte, bis ich dir das Signal zum Zuschlagen gebe.«

Gareth zögerte für einen winzigen Moment. Dem ehemaligen Paladin fiel es dennoch auf. »Vertrau mir«, fügte der Kampfsklave hinzu.

Die Kämpfe neigten sich dem Ende entgegen. Gareth vermochte kaum etwas außer seinem Gegner zu sehen. Stattdessen spürte er es. Es war dieser sechste Sinn, den Soldaten häufig entwickelten, wenn sie lange im Kampfeinsatz gestanden hatten.

Der Turia war inzwischen außer Rand und Band. Er hatte sich in Rage gekämpft und drängte darauf, die Auseinandersetzung zum Abschluss zu bringen.

Gareth wich vor ihm zurück und zwang seinen Kontrahenten dadurch, an ihm dranzubleiben. Die Schwerter zischten durch das Wasser und kamen ihm mehrmals gefährlich nahe, ohne ihn zu erwischen.

»Warte!«, mahnte Takashi. »Warte!« Das letzte Wort zog er in die Länge. Bald war es so weit. Der Turia holte erneut aus – und sein Schwung sorgte dafür, dass seine Bewegungsfreiheit für einen Sekundenbruchteil durch den eigenen Arm eingeschränkt war.

»Jetzt!«, schrie Takashi.

Gareth stürzte vor. Der Blutläufer packte eines der Handgelenke des Turia und zerschmetterte es mit einem schnellen Ruck. Selbst durch die Rüstung des Gegners spürte er Knochen bersten. Zwei Schläge seiner Beine trugen ihn hinter den Mann, dieser wollte ihm folgen, war aber nicht schnell genug.

Gareth packte grob von hinten Nacken und Kinn seines Gegners. Mit der gewaltigen Kraft, die die organischen Anpassungen des Imperiums ihm verschafft hatten, verdrehte er den Kopf des Sklaven inklusive des Helmes dermaßen weit, dass dessen Genick brach. Seine Gliedmaßen erschlafften. Gareth ließ den Mann los und dessen lebloser Körper sank auf den Boden der Arena. Das Jubeln der Menge erstarb und wich enttäuschtem Gemurmel. Die Zuschauer wussten offenbar, wer er war, und hatten sich einen anderen Ausgang erhofft.

Gareth kehrte zu den Arenawachen zurück. Zu seiner grenzenlosen Erleichterung hatte Martha es auch geschafft. Ihre Rüstung war allerdings sehr in Mitleidenschaft gezogen. Sie hatte größere Probleme gehabt als er. Man musste ihr aber auch zugutehalten, dass sie keine wirkliche Blutläuferin war.

Als er an Takashis Seite zurückkehrte, schlug dieser ihm kameradschaftlich auf die Schulter. »Unsere Gruppe hat gewonnen. Das bedeutet doppelte Rationen heute Abend.«

»Ich hab keinen Hunger«, wehrte Gareth ab.

»Das wirst du noch anders sehen«, entgegnete Takashi. »Die Ashrak sind nicht gerade für ihre Großzügigkeit bekannt und das Essen hilft dir, bei Kräften zu bleiben. Nur die Starken überleben an diesem Ort.«

Gareth warf seinem Freund einen ungläubigen Blick zu. Er war aber nicht sicher, ob dies durch die Anonymität des Helms den ehemaligen Paladin auch erreichte. »Ich habe gerade einen unschuldigen Sklaven ermordet.«

»Der seinerseits bestimmt schon etliche andere Sklaven getötet hat. Das läuft hier nun mal so.«

Gareth schüttelte den Kopf. »Nicht mehr lange. Wir machen, dass wir schnellstmöglich verschwinden. Und auf meinem Weg hier raus werde ich diesen verfluchten Ort niederbrennen.« Erst im Nachhinein wurde er sich der eigenen Wortwahl bewusst. Angesichts des vielen Wassers ringsum ließ er den Blick vielsagend wandern. »Metaphorisch gesprochen«, fügte er verschmitzt hinzu.

Das Tauchboot der Ashrak bewegte sich mit frustrierend niedriger Geschwindigkeit aus dem Gefahrenbereich. Untray hatte lediglich den Antrieb für mehrere Sekunden angeworfen und trieb das kleine Schiff mit diesem kurzen Impuls inmitten einer Strömung aufs offene Meer hinaus. Fort von der zerstörten und geschleiften Stadt und hoffentlich auch fort von diesen unheimlichen Wesen, die offensichtlich Spaß daran hatten, zumindest die Ashrak in Fetzen zu reißen. Ob andere Spezies ebenfalls auf ihrer Speisekarte standen, wollten Yuma, Nigel und ihr Gefolgte am besten gar nicht herausfinden.

Yuma warf Nigel einen zurückhaltend hoffnungsvollen Blick zu. Bisher schien sich Untrays Theorie zu bestätigen. Von diesen Kreaturen war nichts zu sehen. Insgeheim kreuzte sie die Finger. Wenn sie noch eine Stunde lang über dieses Glück verfügten, dann durften sie es wagen, endlich den Antrieb vollständig zu aktivieren. Im Anschluss galt es, Gareth und die übrigen vermissten Mitglieder des Einsatzteams zu finden. Keiner von ihnen hegte die Absicht, ihre Kameraden der Willkür des Feindes zu überlassen. Sie würden den Planeten entweder mit allen Überlebenden der Mission verlassen oder überhaupt nicht.

Das Trio Rebellenschiffe bewegte sich mit äußerster Vorsicht durch den dichtesten Teil des Asteroidenfeldes von Kyfjor. Die Gruppe bestand aus zwei Kanonenbooten, angeführt von einem Leichten Kreuzer. Alle drei Einheiten stammten aus imperialer Produktion.

Die drei Schiffe scannten einen Abschnitt des Suchrasters so gründlich wie möglich und bewegten sich anschließend zum nächsten. Die Besatzungen gingen umsichtig und mit größter Vorsicht zu Werke.

Und dennoch traf sie der Angriff völlig überraschend. Einer der Planetenkiller stob hinter einem Gesteinsbrocken hervor und eröffnete mit einer vollen Breitseite seiner Energiewaffen das Gefecht. Die beiden Kanonenboote wurden auf der Stelle zerstört. Es war zu bezweifeln, dass die Rebellen an Bord überhaupt realisiert hatten, was sie traf.

Der Leichte Kreuzer hielt ein wenig länger durch. Das Kampfschiff erwiderte mit der Frontbewaffnung den Beschuss, erreichte aber nicht mehr, als zwei tiefe Furchen in die Panzerung des Feindkreuzers zu schmelzen, bevor dessen überlegene Bewaffnung zum Tragen kam. Das Rebellenschiff brach in der Mitte auseinander. Eine Explosion verzehrte die Trümmer.

Ris'ril schloss für einen Moment die Augen. Trauer, gemischt mit Scham machte sich in ihren Eingeweiden breit.

Sie handelte nicht gern so, aber es war notwendig gewesen, die Ashrak aufzuscheuchen. Und dazu hatte sie einen Köder benötigt. Die Besatzungen dieser drei Rebellenschiffe waren von ihr wie Lämmer zur Schlachtbank geführt worden.

Ris'ril öffnete ihre Augen wieder und betrachtete den Weltraum vor der SHIVA. Sie hasste es, gute Leute zu opfern. Aber manchmal war dies unumgänglich. Sie hatten ihren Kameraden gegenüber nicht erwähnt, dass sie lediglich dazu dienten, den Gegner hervorzulocken. Was hätte es schon genutzt, sie wissen zu lassen, was ihnen bevorstand? Unwissenheit war manchmal ein Segen. Und die drei Besatzungen hatten ihre Aufgabe glänzend erfüllt.

Der Schiffskiller zog sich umgeben von seiner Eskorte in die Tiefen des Asteroidenfelds zurück. Ris'ril verspürte aber keinerlei Lust, ihn entkommen zu lassen.

Dieses Mal verfolgte sie allerdings eine andere Taktik. Mehrmals hatten Einheiten unter ihrem Kommando versucht, den letzten im System verbliebenen Schiffskiller auszuschalten. Das Ergebnis war ernüchternd. Die LANCELOT sowie die HERAKLEIA waren beide beim letzten Versuch, knapp davongekommen und hatten sich für die Ashrak gut sichtbar humpelnd aus dem Kampf zurückgezogen. Die Rebellenschlachtschiffe hatten beträchtliche Schäden erlitten. Das Ausscheiden der beiden Flaggschiffe würde die Fischköpfe ermutigen, aggressiver gegen die mittlerweile zahlenmäßig überlegenen Rebellenverbände vorzugehen.

Aber anstatt immer größere Schiffe hinter dem Gegner herzuschicken, reagierte Ris'ril, indem sie kleinere entsandte. Wo ein paar große Pötte versagten, da war unter Umständen eine große Anzahl kleinere erfolgreich. Es war auf jeden Fall einen Versuch wert.

»Nico? Befehl zum Einsatz!«

Der Navigator antwortete nicht. Auf dem taktischen Hologramm, das daraufhin aufploppte, erschien unvermittelt ein Großaufgebot grüner Symbole. Die frisch gebauten Rebellenkanonenboote der Tigershark-Klasse schwärmten aus ihren Verstecken und hüllten den gegnerischen Verband ein wie in einen Kokon.

Die Fischköpfe reagierten umsichtig und mit Bedacht, und das, obwohl sie von neuartigen Schiffen attackiert wurden. Ris'ril hatte auf Verwirrung und Panik gehofft. Die Ashrak stellten ein weiteres Mal eindrucksvoll unter Beweis, warum sie als der starke Arm der führenden Militärmacht dieser Galaxis dienten.

Die neuen Rebellenkanonenboote waren jedoch eine Technik, mit der die Ashrak es noch nie zu tun gehabt hatten. Sie waren auf Tempo und Wendigkeit ausgelegt. Sie waren wesentlich schneller als vergleichbare imperiale Schiffe. Die Kanonenboote waren in der Lage, auf kürzestem Raum Kursänderungen vorzunehmen, und unerheblich in welche Richtung sie flogen, ihre Geschütze waren immer auf den Feind gerichtet.

Sie beharkten unablässig den Schiffskiller, während dieser sich zurückziehen wollte. Sie umschwärmten das gegnerische Kampfschiff pausenlos und Energiestrahlen zerrten andauernd an dessen Panzerung.

Ris'ril folgte dem ungleichen Gefecht mit dem Gros ihrer schweren Kriegsschiffe, blieb dabei aber wohlweislich außerhalb der Kampfdistanz imperialer Waffensysteme.

Trotz ihrer enormen Geschwindigkeit erzielte der Schiffskiller hin und wieder einen guten Treffer. Mehrere Kanonenboote detonierten.

Deren Verlust schien ihre Kameraden nur noch mehr anzuspornen. Der Schiffskiller zog sich langsam zurück, den Bug auf den Feind gerichtet.

Eines der Kanonenboote wurde am Heck getroffen. Die Fluglage wurde zunächst instabil, ehe das Kampfschiff ins Trudeln geriet. Die Besatzung verlor die Kontrolle. Das kleine Angriffsvehikel prallte unterhalb der Kommandobrücke gegen die Panzerung des Schiffskillers und stieß glatt hindurch. Eine Stichflamme brach sich mehr als zwanzig Kilometer weit in den Weltraum Bahn. Auf einen Schlag verstummte die Hälfte der Bug- und vorderen Breitseitenbewaffnung.

Ein bösartiges Lächeln breitete sich auf dem Gesicht der Samiradkriegerin aus. Sie sagte nur ein Wort: »Los!«

Ihr Navigator gab den Befehl weiter. Die nächste Phase der Operation wurde in die Wege geleitet. Die Korvetten und Leichten Kreuzer aus Rebellenproduktion griffen verwegen in den Kampf ein, darauf brennend, den Rod'Or und ihren Lakaien eine blutige Nase zu verpassen.

Wie ein Rudel Wölfe fielen sie über den Schiffskiller und seine Begleiteinheiten her. Ihre Waffen zerstrahlten feindliche Jäger und Kampfschiffe gleichermaßen und zerschlugen die Formation des Gegners.

Die Panzerung wurde an weiteren Stellen durchbrochen. Brände verzehrten den Kreuzer von innen heraus. Die Schlacht war so gut wie entschieden. Beiden Seiten musste das klar sein. Es hinderte die Fischköpfe allerdings nicht daran, wie die Teufel weiterzukämpfen.

Damit nicht genug, tauchten weitere imperiale Kampfschiffe auf, die sich bis zu diesem Augenblick verborgen gehalten hatten. Ris'ril nickte beifällig. Das geschah nicht unerwartet. Die Ashrak kamen, um dieses wertvolle Schiff zu retten – oder besser gesagt, das zu retten, was davon noch übrig war. Ris'ril hatte nicht vor, ihnen das zu gestatten. Den Rest der imperialen Flotte aus dem Versteck zu locken, war ihre einzige Intention gewesen. Der Feind musste als zusammenhängender, intakter Verband ausgeschaltet werden. Und die Samirad gedachte, dies nun zu bewerkstelligen.

Die imperialen Kampfschiffe nahmen den angeschlagenen Schiffskiller in die Mitte und eskortierten diesen aus dem Kampfgebiet. Ris'ril studierte die feindliche Aufstellung eingehend. Die Ashrak besaßen nur noch ein Schlachtschiff, ansonsten eine große Anzahl Kreuzer und kleinerer Einheiten.

Sie nickte. »Nico, bringen wir es zu Ende.«

Angeschnallt im Vortex, übermittelte der Navigator die vorgefertigten Anweisungen an die wartenden Einsatzverbände. Von unten durchbrach ein gewaltiger Schiffsrumpf eine Trümmerwolke aus Gesteinsbrocken. Von oben näherte sich ein weiteres Schiff.

Das Auftauchen der LANCELOT und der HERAKLEIA ließ das gesamte Gefecht für den Bruchteil einer Sekunde wie in Schockstarre verharren.

Ris'ril grinste. Sie konnte sich lebhaft vorstellen, was derzeit auf der Kommandobrücke eines jeden imperialen Schiffes vor sich ging.

»Ja, ganz recht«, flüsterte sie zu niemand Bestimmten. »Nicht so schwer beschädigt, wie ihr dachtet. Und von außer Gefecht kann keine Rede sein.«

An den beiden Flaggschiffen strömten mehr als fünfzig Rebellenschiffe vorüber und stürzten sich todesmutig in die Schlacht. Ris'ril warf ihrem Navigator einen vielsagenden Blick zu. Dessen Pupillen hatten sich aufgrund seiner Nähe zum Vortex weiß verfärbt – und doch bekam er alles mit, was auf der Brücke und dem Rest der SHIVA vor sich ging. Der Angriffskreuzer erhöhte die Geschwindigkeit. Sein kompletter Begleitverband folgte dichtauf.

Fabian und Michael nahmen derweil genüsslich das letzte verbliebene imperiale Schlachtschiff nach allen Regeln der Kunst auseinander. Aber damit nicht genug, durchbrachen sie die letzten gegnerischen Abwehrlinien. Sie zerlegten den angeschlagenen Schiffskiller, damit dieser nie wieder für irgendjemanden eine Bedrohung darstellen konnte. Von diesem Moment an glich das Gefecht einer reinen Treibjagd.

Die Rebellen bedrängten die verbliebenen imperialen Kräfte im System aus mehreren Richtungen. Aufgrund ihrer tiefengestaffelten Positionen kamen sie sich gegenseitig in die Quere und verhinderten effektive Gegenwehr, indem sie den Schiffen im Inneren der Formation die Schusslinien verdeckten.

Explosionen sprenkelten den Raum. Der Gegner ließ sogar Anzeichen von Panik erkennen – bis endlich seine Linien vollends brachen. Das, was von der Flotte übrig war, stob in alle Richtungen davon, nur noch daran interessiert, mit dem eigenen nackten Leben davonzukommen.

Leichte Rebellenkampfraumer verfolgten sie, um die Fischköpfe davon zu überzeugen, dass Feigheit den besseren Teil der Tapferkeit darstellte.

Ris'ril rieb sich über die Stirn. Sie fühlte sich ausgelaugt. Ihre Spezies war nicht in der Lage zu schwitzen, aber manchmal wünschte sie sich fast, es wäre anders. Sie hatte diese Handbewegung schon des Öfteren bei den Menschen erlebt und diese strahlten danach beinahe eine Aura der Erleichterung aus. Sich den Schweiß von der Stirn zu wischen, hatte für diese rätselhafte Spezies beinahe etwas Befreiendes an sich. Zumindest hatte es für sie manchmal den Anschein.

»Nico, ich brauch eine Prognose: Wie viele imperiale Einheiten befinden sich noch im System?«

Der Navigator benötigte kaum zwei Sekunden, um die Antwort parat zu haben. Ris'ril feixte insgeheim. Er hatte die Frage vorausgeahnt.

»Weniger als zwölf Prozent der ursprünglichen Kampfkraft. In etwa fünf Tagen könnten wir die imperiale Stärke vor Ort auf weniger als fünf Prozent reduzieren. Der organisierte Widerstand des Gegners ist zusammengebrochen. Von nun an haben wir es hier nur noch mit Aufräumarbeiten zu tun.«

Ris'ril dachte ernsthaft über den Vorschlag nach, schüttelte dann aber müde den Kopf. »Wie lange benötigen wir nach Tyrashina?«

»Ausgehend von der letzten stimmigen Position, die Gareths Peilsender von sich gegeben hat, ist es mir gelungen, eine Abstandsmessung vorzunehmen. Wenn wir unsere Streitkräfte augenblicklich sammeln und sofort einen Sprung nach Tyrashina durchführen, können wir in drei Tagen dort sein.«

»So machen wir es. Informiere Michael, Fabian und die Kommandeure der Sekari und Syall. Die Flotte führt den Sprung innerhalb der nächsten sechs Stunden aus. Hoffen wir, dass Gareth bereits seinen Teil des Planes ausgeführt hat. Wir sind ohnehin schon viel zu spät dran.«

Man führte Gareth in den trockenen Teil des Komplexes und er durfte endlich seine Rüstung einfahren. Der Anführer des Aufstands fühlte sich wie erschlagen. Sieben Kämpfe in dreißig Stunden. Die Ashrak wollten wirklich seinen Tod. Und sie setzten alles daran, dass sein Ende sehr öffentlich und sehr blutig wurde. Bislang gelang es ihm, sie zu enttäuschen. Es war jedoch nur eine Frage der Zeit, bis einer seiner Gegner ihnen ihren größten Wunsch erfüllte.

Einer der Wachposten öffnete seine neue Zelle. Man hatte die Menschen umquartiert, näher an das Domizil des Age'vesys heran. Offiziell benötigten sie die alte Zelle für neue Gefangene. Insgeheim gingen die Blutläufer aber davon aus, dass die Nähe zu dem gefährlichen Raubtier die Soldaten demoralisieren und ihnen Angst einflößen sollte. Und der Plan ging auf. Die meisten seiner Leute – diejenigen, die noch unter den Lebenden weilten – hielten sich so fern von der Zelle des Meeresbewohners wie nur irgend möglich.

Die stählerne Tür schloss sich hinter ihm und Gareth fiel förmlich in sich zusammen. Normalerweise nahm er sich wie die anderen die Zeit, auf Abstand zu der speziell gesicherten Zelle zu seiner Linken zu gehen. Aber selbst dafür war er momentan zu müde. Sollte der Age' vesy doch ausbrechen und ihn bei lebendigem Leib auffressen. Auch das wäre ihm augenblicklich schnurzpiepegal. Es würde lediglich sein Leid beenden.

Gareth hob den Kopf und ließ den Blick aus blutunterlaufenen Augen mit dunklen Rändern darunter schweifen. Auch die Aufrüstungen, die ein Blutläufer erfahren hatte, besaßen ihre Grenzen und die waren so gut wie erreicht.

Die Fischköpfe ließen ihn kaum mehr als drei Stunden pro Rotation schlafen und dann schickten sie ihn, sooft es nur ging, in die Arena. Der

Eindruck überkam ihn, dass die Zuschauer seiner bereits überdrüssig wurden.

Die Tür öffnete sich erneut und Ibitray wurde hereingeführt. Der kleine Kexaxa beeindruckte ihn immer wieder. Seine neu entdeckten kämpferischen Fähigkeiten waren an diesem Ort von großem Wert. Sie halfen ihm zu überleben. Ibitray hatte sich mittlerweile zum Liebling der Menge gemausert. Wie Gareth gehört hatte, wurden inzwischen hohe Wetten auf ihn abgeschlossen.

Der Kexaxa nickte ihm müde zu, presste sich an die Wand, rollte sich dort zusammen und schlief sofort ein. Neben ihm kauerten Martha und Takashi. Beide schnarchten um die Wette. Ansonsten waren von ihrer ursprünglichen Truppe nicht mehr viele am Leben. Weniger als die Hälfte derer, die man mit ihm gefangen genommen hatte, weilten noch unter ihnen. Es war deprimierend.

»Auf dich wurde ein Kopfgeld ausgesetzt.«

Die kratzige Stimme ließ Gareth zusammenfahren. Verwirrt hob er den Kopf. Es klang, als hätte jemand aus einem lebendig gewordenen Albtraum zu ihm gesprochen.

Langsam wandte er den Kopf zu der Zelle zu seiner Linken. Ihm wurde schmerzlich bewusst, dass es der Age'vesy war, der zu ihm sprach. Es handelte sich um die ersten Worte, die er aus dem Raum nebenan hörte. Zu seiner Schande musste er tatsächlich eingestehen, dass er nicht einmal geglaubt hatte, dass die Age'vesy einer Sprache mächtig waren.

Die Stimme kicherte amüsiert. »Oh ja, das Monster kann reden«, versetzte das Wesen ungerührt, als hätte es seine Gedanken gelesen. Nach einem Moment des Überlegens schlussfolgerte Gareth, dass dem Age' vesy diese Einstellung in seinem Leben höchstwahrscheinlich bereits mehr als einmal begegnet war.

»Woher weißt du das mit dem Kopfgeld?«

»Die Wachen reden«, entgegnete der Age'vesy. »Ich höre zu. Für die sind wir nicht einmal vernunftbegabte Lebewesen. Wir sind nicht mehr als ein Gebrauchsgegenstand.«

Zuerst dachte Gareth, sein Gesprächspartner redete von den Age'vesy. Dann erkannte er, das Wesen sprach von den Sklaven allgemein.

»Was haben sie demjenigen versprochen, der mich tötet?«, wollte der Anführer des Aufstands erschöpft wissen.

»Die Freiheit«, antwortete der Age'vesy, »und genügend Reichtümer, um sich nie wieder Sorgen über den eigenen Lebensunterhalt machen zu müssen.«

»Ein hoher Preis. Willst du dir das Kopfgeld verdienen?«

»Mir wurde das Angebot nicht unterbreitet. Sie wollen meinen Tod genauso wie deinen.«

»Wieso?«

»Wieso?«, höhnte der Age'vesy. »Weil mein Volk eine Bedrohung ist. Sie wollen uns ausrotten. Einst dachten sie, es wäre ihnen bereits gelungen. Aber wir haben sie ausgetrickst. Mein Volk stand kurz vor dem Aussterben. Die Letzten von uns haben sich in die Tiefen der Ozeane zurückgezogen. Dort haben wir gelebt, uns vermehrt und gewartet, bis der richtige Augenblick zur Rückkehr gekommen war.«

»Und der ist jetzt?«, hakte Gareth nach.

»Der ist jetzt«, bestätigte das gefährliche Wesen.

Die Zelle wurde erneut geöffnet, dieses Mal allerdings nicht auf der Seite mit der stählernen Tür, sondern auf der anderen mit dem Kraftfeld. Zwei Wachposten stießen Cha'acko grob hinein, bevor der Energieschirm erneut aktiviert wurde und sie glucksend davonmarschierten.

Der ehemalige Honuh-ton-Agent stutzte. Es dauerte eine Sekunde, bis ihm bewusst wurde, in welcher Gesellschaft er sich befand. Ruckartig drehte er sich um und schrie den Soldaten hinterher: »Ja, ja, sehr lustig. Ich will sofort in meine eigene Zelle.« Außer Gelächter antwortete ihm nichts. »Hört ihr? Ich will in meine eigene Zelle, ihr niedriggeborenen Bastarde!«

Die Insassen der Zelle wandten sich ihm mit funkelnden Augen zu. Es befanden sich nicht nur gefangene Blutläuferrebellen in dem Raum, sondern auch Sklaven aus jedem Teil des Imperiums. Wesen, die allesamt unter der Honuh-ton gelitten hatten. Ihre fordernden Augen musterten den verhassten Ashrak berechnend.

Gareth gab seinen Leuten einen kurzen Wink. Sie verteilten sich zwischen Cha'acko und den restlichen Gefangenen. Die meisten eher unwillig, aber sie gehorchten. Die Sklaven zogen sich in ihre jeweiligen Ecken zurück. Die Botschaft war unmissverständlich: Cha'acko stand unter Gareths Schutz.

Am liebsten, hätte er den Kopf des verhassten Agenten gerne selbst durch die Gitterstäbe gedrückt, bis dessen Schädelknochen knackte und sein Fleisch nur noch aus Gelee bestand. Wollten sie aber hier herauskommen, so benötigten sie seine Hilfe. Denn er war der Einzige, den Gareth in diesen Katakomben kannte, dem regelmäßig erlaubt wurde, den Sklavenbereich zu verlassen.

Der Anführer der Rebellion gesellt sich zu ihm. Cha'acko sah demonstrativ in die andere Richtung. Gareth ließ sich davon nicht beeindrucken. Er blieb an Ort und Stelle, bis der Honuh-ton-Agent nicht mehr anders konnte, als ihn zur Kenntnis zu nehmen.

»Was?!«, herrschte er ihn an.

»Du bist in der falschen Zelle«, stellte Gareth grinsend und mit nicht geringer Befriedigung fest.

Die Röhrchen an Cha'ackos Rüstung gluckerten verärgert. »Die Wachen halten das für witzig ... uns zusammen einzusperren. Nicht ihre einzige Art, mich zu bestrafen.«

»Was meinst du?«

Cha'acko drehte sich um und deutete auf zwei der Röhrchen, über die sein Körper durch die Rüstung mit Wasser versorgt wurde. Sie waren beide beschädigt. Nicht schwer, aber sie verloren dennoch tröpfchenweise die lebensspendende Flüssigkeit. Jetzt fiel ihm auch auf, dass Cha'ackos Atmung schwerer ging als sonst.

Der Ashrak bemerkte Gareths besorgten Blick und winkte ab. »Es wird mich nicht umbringen, aber angenehm ist es auch nicht.« Er stieß als Zeichen der Heiterkeit Luft durch seine Röhrchen. »Mich zu töten, wagen sie nicht. Es gibt einige hochgestellte Persönlichkeiten, die darüber keineswegs amüsiert wären. Die Wachen hier sind Sadisten, aber keine Selbstmörder. Wenn sie absichtlich meinen Tod verschulden, finden sie sich unter Umständen selbst in der Arena wieder.«

»Du meinst diese Frau?«, schlussfolgerte Gareth.

»Sie ist die Gemahlin eines Ratsmitglieds«, bestätigte Cha'acko. »Der würde mich am liebsten eigenhändig töten, wenn das kein Prestigeverlust bedeutete.« Vor Vergnügen färbten sich die Schuppen des Ashrak grasgrün. »Dass seine Frau so viel Gefallen an mir gefunden hat, ist eine gewisse Genugtuung.«

Gareth musterte die hochgewachsene Gestalt von oben bis unten. Außer den zwei beschädigten Röhrchen wies die Rüstung keinerlei Kampfspuren auf. »Du warst wieder bei ihr.«

»Was soll ich sagen? Sie mag mich. Und sie hasst ihren Ehemann. Wie sagt ihr Menschen doch gleich? Zwei Fliegen mit einer Klappe. Es befriedigt unser beider Rachegelüste.«

»Warum hasst er dich so sehr, dieses Ratsmitglied?«

»Lange Geschichte.« Cha'acko winkte abermals ab.

Gareth lachte kurz und bellend auf. »Oh, ich vergaß, dein Terminkalender ist ja brechend voll.«

Cha'acko seufzte auf verblüffend menschliche Art auf. »Sein Sohn diente unter meinem Kommando. Er fiel im Kampf gegen die Sekari vor zwei Standardjahren. Ir'rise denkt, ich hätte ihn absichtlich in den Tod geschickt. Wir waren damals schon politische Rivalen.«

Gareth warf ihm einen schrägen Seitenblick zu. »Hat er recht?«

»Ist das wichtig?«

»Eigentlich nicht. Mich wundert nur, dass sich seine Frau nach dieser Sache mit dir abgibt.«

»Die Mutter des Jungen nahm sich nach dessen Tod das Leben. Meine ... *Gönnerin* ... ist seine zweite Ehefrau. Eine Verbindung nur mit dem Ziel, persönliche Macht zu stabilisieren. Da waren keine Gefühle involviert. Und ich ... nun ja, ich bin lediglich ein Spielzeug, mit dem sie sich die Zeit vertreibt. Nichts weiter. Aber was soll's? Wie du schon so richtig angedeutet hast, ich habe ohnehin nichts Besseres zu tun.«

Draußen vor dem Kraftfeld fand die Wachablösung statt. Für einen Augenblick war Gareth abgelenkt. Seine Aufmerksamkeit galt den Vorgängen vor dem Kraftfeld. Er zählte Wachen, Waffen und die Zeit, die sie zur Ablösung benötigten.

Cha'acko musterte ihn belustigt. »Du hast deine Fluchtpläne immer noch nicht aufgegeben.«

»Ich habe nicht vor, an diesem verfluchten Ort zu sterben.«

»Das hat niemand. Sie tun es aber dennoch alle. Sieh es ein, Erdling, dies ist unsere Endstation.«

»Ihr Ashrak«, mischte sich der Age'vesy unvermittelt ein. »So schnell gebt ihr auf. So schnell verliert ihr die Hoffnung.«

Beim Erklingen der heiseren, Unheil verkündenden Stimme schreckte

Cha'acko auf. Mit unsicheren Schritten wich er vor der Zelle des dunklen Wesens zurück.

»Was zum ...«

»Unser neuer Freund ist heute sehr redselig«, kommentierte Gareth.

Der Honuh-ton-Agent wirbelte zu ihm herum. »Sprich nicht mit ihm. Nimm ihn nicht zur Kenntnis. Geh nicht auf seine Worte ein.«

Gareth runzelte die Stirn. »Wieso nicht? Wir sind alle Gefangene. Alle Sklaven.«

Cha'acko schüttelte steif den Kopf. »Nein, nicht der. Nicht der Age' vesy. Sie sind falsch, verdorben bis ins Mark und notorische Lügner. Was auch immer er sagt, du kannst ihm nicht trauen.«

»*Mir* kann man nicht trauen, elende Kreatur?«, brauste der Age'vesy auf. »Ihr habt versucht, uns zu vernichten. Habt uns auf unserer eigenen Welt in den Untergrund getrieben. Aber ihr habt dennoch dabei versagt, uns gänzlich auszulöschen. Die Age'vesy erheben sich erneut aus der Dunkelheit.«

Cha'acko deutete anklagend mit einem Finger auf die geschlossene Zellentür des unheimlichen Wesens. »Wir haben getan, was wir tun mussten, um zu überleben. Ihr habt uns gejagt, habt uns als Nahrungsquelle missbraucht.«

»Wie wir es seit Jahrtausenden getan haben. Wie es unserer Natur entspricht. Das Universum ist unterteilt in Jäger und Beute. Es war immer so und wird immer so sein.«

»Aber die Beute wehrt sich.«

Gareth verfolgte den Disput mit wachsender Faszination. Langsam wurde ihm bewusst, warum sich die Ashrak den Rod'Or als militärischen Arm des Imperiums angedient hatten. Es war ihr Wunsch gewesen, nicht länger Opfer zu sein. Daher wurden aus ihnen Täter. Trotz dieser Erkenntnis stellte sich keinerlei Mitgefühl ein.

Es war eine Sache, kein Opfer mehr sein zu wollen, aber eine total andere, unschuldige Völker in die Sklaverei zu zwingen, um einen auf starken Mann zu machen. Furchtbares, was einem in der Vergangenheit widerfahren war, stellte keine Rechtfertigung dar, selbst dem Bösen anheimzufallen. Die Motivation ihrer eigenen Taten wurde ihm nun klar. Seine Entschlossenheit, die Ashrak zu Fall zu bringen, wurde dadurch lediglich gestärkt. Dieses Volk war moralisch äußerst fragwürdig und musste unbedingt gestoppt werden. Gleichgültig wie. Und Gareth war entschlossen, dieses Vorhaben in die Tat umzusetzen. Er würde Tyrashina erst verlassen, sobald hier kein Stein mehr auf dem anderen lag.

Ihre Zellentür öffnete sich und fünf Wachen traten ein. Ihr großspuriges, arrogantes Auftreten versetzte den Anführer der Rebellion in Rage. Trotzdem hielt er sich zurück.

Noch nicht, ermahnte sich Gareth in Gedanken. *Der Zeitpunkt zuzuschlagen ist noch nicht gekommen.*

Zorn zu empfinden, war leicht. Aber Zorn im richtigen Augenblick zu spüren, wenn er wirklich etwas bewirkte, das war schwierig.

Die Soldaten weckten Martha und Ibitray. Die zwei Sklaven erwachten schlaftrunken, erschöpft von den letzten Kämpfen. Die Wachposten zerrten sie unsanft auf die Beine. Die Rebellen mit den Schockstäben traktierend, scheuchten sie sie hinaus.

Martha warf ihm einen Hilfe suchenden Blick zu. Gareth fühlte sich machtlos. Er konnte nur danebenstehen, während man die Frau sowie den Kexaxa wegbrachte; zurück in die Arena, wo sie zur Unterhaltung und Belustigung einer dekadenten Elite um ihr Leben kämpfen mussten.

Gareth ballte seine Hände an den Seiten zu Fäusten. Nein, ein Volk, das Vergnügen daraus zog, wenn Gefangene Blut vergossen, hatte kein Recht auf Existenz unter den Spezies des Weltraums. Die Ashrak mussten fallen, damit das Imperium fiel.

Cha'acko wurde von einer weiteren Wache zum Kraftfeld gerufen. Seine Kundin war erneut zugegen und forderte nachdrücklich seine Männlichkeit. Der Honuh-ton-Agent schlurfte mit hängenden Schultern davon. Er versuchte, es zu verhindern, aber seine Schuppen färbten sich vor Resignation beige. Es handelte sich um einen instinktiven, biologischen Reflex, den er unmöglich abstellen oder kontrollieren konnte. Das schien die weibliche Ashrak vor dem Kraftfeld nur noch mehr anzumachen.

Gareth fühlte tatsächlich so etwas wie Mitgefühl mit dem Mann. Er hatte viele Rebellen getötet, hatte sie gejagt wie Tiere. Aber hier und jetzt waren sie von demselben Schlag: Sklaven, deren einzige Existenzberechtigung darin bestand, benutzt zu werden. Auf die eine oder andere Art.

»Die Frau«, begann der Age'vesy von Neuem zu sprechen. »Sie riecht wie Ir'rise. Sein Gestank haftet ihr an.«

Gareth war beeindruckt über die Sinnesorgane des Wesens. Auch diese Beobachtung notierte er in Gedanken.

»Du kennst das Ratsmitglied?«

»Ihn kennen?«, höhnte der Age'vesy. »Er ist schuld, dass ich jetzt hier bin. Der Feigling führte die Krieger an, die uns aufspürten. Sie hatten zu viel Angst davor, sich uns in fairem Kampf zu stellen. Sie überfielen die Facetten meiner Sippe, als wir schliefen.«

Facetten? Die Formulierung war so ungewöhnlich, dass Gareth auf der Stelle aufmerkte. Er fragte sich, was der Age'vesy genau damit meinte.

»Den würde ich nur zu gern zwischen meine Kiefer bekommen«, fuhr der gefangene Age'vesy fort.

Gareth ging nicht weiter auf die Bemerkung ein. Er fühlte sich unwohl dabei, dieser Kreatur bei ihren Rachefantasien zu lauschen.

»Ich kann ein mächtiger Verbündeter sein«, vernahm Gareth die Stimme des Age'vesys hinter sich abermals, während er immer weiter auf die geschlossene Zellentür starrte, durch die Martha und Ibitray verschwunden waren. »Ich kann dafür sorgen, dass deine Leute und du sicher vom Planeten gebracht werdet.«

»Ich nehme an, alles, was ich dafür tun müsste, wäre, für deine Freilassung zu sorgen«, schlussfolgerte Gareth, ohne sich umzudrehen.

»Was wäre falsch daran? Du empfindest keine Liebe für die Ashrak. Genauso wenig wie meine Facetten. Lass sie uns gemeinsam bekämpfen. Eine glorreiche Zukunft wäre die Folge. Für uns beide.«

Facetten. Schon wieder dieses seltsame Wort.

»Ich habe vor, die Ashrak zu Fall zu bringen, das ist richtig. Aber ich möchte sie nicht ausgerottet sehen. Alles, was ich mir wünsche, ist, dass sie Platz machen, um den Aufstieg anderer zu gewährleisten.«

»Den Aufstieg deines Volkes, Mensch?«

Nun wandte sich Gareth doch um. »Du weißt, was ich bin?«

»Überrascht dich das?«, antwortete der Age'vesy amüsiert. »Vor dem Niedergang meiner Rasse besaßen auch wir Technologie. Und die Möglichkeit, zu den Sternen zu fliegen. Auf unseren Reisen kamen wir auch zu deiner Welt. Ich habe einige der Wachen über sie reden hören. Damals hatte eure Heimatwelt noch keinen Namen. Ihr nennt ihn jetzt Dreck, nicht wahr?«

»Erde«, korrigierte Gareth mit verschmitztem Grinsen.

»Wir hatten dort sogar mal eine Kolonie. Sie ging bei einem Asteroideneinschlag verloren. Aber einige unserer Nachkommen existieren immer noch in den Ozeanen deiner Welt. Natürlich sind sie kaum noch empfindungsfähig zu nennen. Sie haben sich im Lauf der Zeit zurückentwickelt. Du betrachtest mich unter Umständen als barbarisches Wesen, aber auch wir kennen Kunst und Kultur. Was wir jetzt sind, das haben die Ashrak aus uns gemacht. *Sie* allein haben uns das angetan. Lass mich helfen, begangenes Unrecht wiedergutzumachen. Wir würden den Kampf gemeinsam aufnehmen.«

»Ihr würdet die Ashrak auffressen. Was sollte euch davon abhalten, dasselbe mit uns zu machen? Eine Gefahr würde dann sogar durch eine größere ersetzt.«

»Ich gebe dir mein Wort, dass das nicht geschehen würde. Du machst dir Sorgen, was mit den Zivilisten der Ashrak geschieht, sobald wir die Macht übernehmen? Ihnen wird kein Leid zugefügt. Du hast mein Wort. Genauso wie du habe ich nur den Wunsch, dass mein Volk seinen natürlichen Platz in der Ordnung zurückerhält.«

Gareth dachte ausgiebig darüber nach. Schließlich schüttelte er den Kopf. »Ich würde dir gern glauben, aber du würdest alles versprechen, um aus dieser Zelle zu kommen. Ich kann dir nicht trauen.« Er ging davon, aber der Age'vesy gab nicht so schnell auf.

»Der Zeitpunkt wird kommen, da wirst du keine andere Wahl haben, Mensch. Daran habe ich nicht den leisesten Zweifel. Wenn schon nicht für dich, dann für das Weibchen, das dich begleitet. Sie ist stark. Stärker als viele andere, die in diesen Zellen ihr Dasein fristen. Aber ihre Kraft ist bereits am Schwinden. Sie wird nicht mehr lange durchhalten. Du wirst mich befreien. Schon allein um ihretwillen.«

Gareth hätte gern etwas darauf erwidert, hätte dem Age'vesy gern widersprochen. Aber insgeheim fürchtete er sich davor, dass sein Gesprächspartner recht behielt.

Ibitray wurde von den Wachen zurück in die Arena gebracht. Dieses Mal handelte es sich nicht um eine Gruppenauseinandersetzung. Als er den Kampfplatz betrat, erwarteten ihn sechs Ashrak. Alle waren bis auf wenige Kleidungsstücke, die man ihnen gnädigerweise gewährt hatte, nackt. Ihnen wurde nicht einmal die rudimentärste Rüstung gegönnt. Man hatte sie auf der Stirn gebrandmarkt. Ibitray kannte das Symbol aus der Zeit, als er dem Imperium gedient hatte. Bei diesen Sklaven handelte es sich um Deserteure.

Ibitray sah sich in der riesigen Arena um, drehte sich dabei um die eigene Achse. Normalerweise wurde gegrölt und gejubelt, sobald die Kämpfer auf der Bildfläche erschienen. Nicht dieses Mal. Ihr Auftritt erregte buchstäblich keine Reaktion. Nichts. Alles hielt in gespannter Erwartung den Atem an. Kinder schwammen mit langsam, sorgsam kontrollierten Bewegungen nach oben, um über die Köpfe der Erwachsenen hinwegspähen zu können, was als Nächstes geschah.

Das war also aus ihm geworden? Die Zuschauer wollten die Kuriosität sehen: den kämpfenden Kexaxa. Das Wesen, das man gemeinhin ausnahmslos als nützliches Werkzeug betrachtete. Überall vorhanden, aber so natürlich vorkommend, dass man es ständig übersah.

Das war er jetzt also? Eine Attraktion? Nicht besser als irgendein Tier in einem Zoo? Die sechs Sklaven kamen vorsichtig auf ihn zu. Offenbar hatten sie schon von ihm gehört, denn ihre Augen sprühten vor Wachsamkeit. Ibitray war heute hier, um diese Männer hinzurichten oder bei dem Versuch selbst den Tod zu erleiden.

Innerlich schüttelte er den Kopf. Nun war er ein freies Wesen und wurde erneut als Werkzeug missbraucht. Früher hatte er Anlagen repariert und instand gesetzt, nun musste er sich dazu herablassen, unliebsame Sklaven aus dem Leben zu befördern.

Ibitray lockerte die zwei Scheren, die aus seinen unteren Extremitäten wuchsen, und auch die zwei sechsfingrigen Hände, die sich am Ende seiner oberen Extremitäten befanden. Er schloss die Augen. Mittlerweile fiel es ihm leicht, die Kampftrance zu erreichen, diesen halbmeditativen Zustand, durch den er in die Lage versetzt wurde zu töten. Die Ashrak wollten ein Spektakel? Sie bekamen eines. Seine heutige Darbietung vergaßen sie nie und nimmer.

Mit langsamen Bewegungen schwamm er auf seine Kontrahenten zu, dem Anschein nach vollkommen harmlos, wehrlos, zu keiner aggressiven Handlung fähig.

Seine Gegner wechselten berechnende Blicke und begannen damit, ihn einzukreisen. Ibitray wusste genau, was in diesem Augenblick in ihren Köpfen vor sich ging: *Hier steht ein Kexaxa, eine Kreatur von kleinem Wuchs. Schwach und verwundbar. Vielleicht sind die Geschichten, die wir gehört haben, lediglich Erfindung. Oder zumindest so weit aufgebauscht, dass der Inhalt kaum noch die Realität wiedergibt.*

Ibitray ließ sie in dem Glauben. Er bewegte sich ohne Scheu in ihre Mitte. Als die sechs Sklaven der Meinung waren, sie hätten leichtes Spiel, griffen sie an. Der Kexaxa hatte auf ebendiesen Moment gewartet – und reagierte.

Er legte die scheinbare Lethargie ab und schwamm von einer Sekunde zur nächsten mit unfassbarer Geschwindigkeit. Damit überraschte er seine zwei Gegner vor ihm. Die Krebsscheren der unteren Extremitäten kamen in einer geschmeidigen Bewegung hoch. Sie schnitten seinen Kontrahenten mühelos den Kopf von den Schultern. Noch während diese im Gewässer langsam zu Boden sanken, wandte sich Ibitray bereits den zwei Ashrak zu seiner Linken zu.

Mit zwei kräftigen Schlägen der Primatenhände ruderte er ihnen entgegen. Und obwohl dies ihr natürlicher Lebensraum war, erwies sich überraschenderweise der Kexaxa als agiler in der flüssigen Umgebung. Einer der Sklaven schlug nach ihm. Ibitray duckte sich darunter hinweg und zertrümmerte dem Ashrak beide Knie. Der Sklave schrie auf – ein seltsam dumpfer Laut unter Wasser. Ibitray würgte das Geräusch ab, indem er den Hals des Mannes durchtrennte. Sein Kamerad, schockiert vom schnellen Ende dreier Sklaven, wandte sich zur Flucht. Doch wohin sollte er fliehen? Falls er versuchte, die Arena zu verlassen, würden ihm die Wachen ein ebenso schnelles Ende bereiten wie die unerwartet kampftüchtige kleine Kreatur.

Als er sich Ibitray erneut zum Kampf stellen wollte, war dieser bereits über ihm – und der Sklave erlitt dasselbe Schicksal wie seine drei Gefährten zuvor.

Die letzten beiden Sklaven standen unschlüssig einige Meter entfernt. Die Zuschauer hielten wie gebannt den Atem an. Ibitray versank tiefer in seiner Kampftrance. Erst das kreischende Jubeln der Menge riss ihn wieder zurück in die Wirklichkeit. Das Wasser verfärbte sich um die Leichen der Sklaven mit dem Blute der Ashrak. Leichenteile trieben vor ihm. Die letzten beiden Gegner waren regelrecht zerteilt worden. Ibitray konnte sich beim besten Willen nicht daran erinnern, sie getötet zu haben. Die Menge auf der Tribüne rastete aus. Sie ließen Ibitray als ihren Triumphator hochleben.

Der Kexaxa jedoch fühlte sich einfach nur erschöpft und ausgelaugt. Er ließ sich von den Wachen aus der Arena führen. Beinahe wie ein Geschöpf ohne eigenen Willen, es fühlte sich an, als hätte der Kampf ihm jeglichen Lebenswillen ausgesaugt. Die Soldaten feixten. Geld wechselte den Besitzer. Nicht wenige der Arenawachen hatten auf ihn gewettet. Die Gewinne waren teilweise recht beachtlich.

Auf dem Weg zurück in die Zelle begegnete ihm Martha. Auch sie hatte ihren Kampf gewonnen. Der Anblick der Rebellensoldatin hob Ibitrays Laune. Er betrachtete sie als Freundin. Die Frau lebendig wiederzusehen, erfüllte sein Herz mit Genugtuung. Widerstandslos ließ er sich gemeinsam mit Martha erneut einschließen.

Und die ganze Zeit über dachte er lediglich: *Was stimmt denn nicht mit mir*?

Ibitray ignorierte jegliche Gesprächsversuche von Gareth. Der Kexaxa rollte sich in einer Ecke zusammen und schloss die Augen, um zum vorübergehenden Trost des Schlafes hinabzugleiten.

***

Gareth musterte erst Ibitray, dann Martha mit wachsender Sorge.

»Siehst du, was ich meine?«, meldete sich der Age'vesy abermals zu Wort. »Sie halten nicht mehr lange durch.«

Gareth hatte keine Nerven für das düstere Wesen. Wutentbrannt wirbelte er zu der verschlossenen Zellentür herum. »Warum hältst du nicht einfach die Schnauze?«

Die Antwort des Age'vesys blieb gleichmütig. »Ist es das, was du willst? Oder wäre es dir nicht lieber, hier herauszukommen und diejenigen in die Freiheit zu führen, die noch am Leben sind?«

Gareth senkte nachdenklich den Blick. »Gemeinsam mit dem Kexaxa und deiner Freundin wurden zwei weitere Leute von dir mitgenommen. Sie kamen nicht zurück. Deine Schar wird kleiner und kleiner. Wenn du noch lange überlegst, wird keiner mehr übrig sein, den du retten kannst. Und dich lassen sie an den Spielen teilnehmen, bis dich irgendjemand erledigt. Du bist stark. Stärker als die meisten, die ich kennenlernen durfte in meinem langen Leben. Aber auch du wirst nicht auf die Dauer gewinnen können. Das kann keiner. Falls es den Ashrak irgendwann nicht schnell genug geht, mischen sie dir etwas ins Essen und im Anschluss brichst du zu deinem letzten Kampf auf.«

Gareth sah auf. »Ich wünschte, ich könnte dir vertrauen.«

»Vertrauen ist gar nicht notwendig. Wir brauchen einander. Ob es dir gefällt oder nicht.«

Gareth schwieg. Der Age'vesy sprach weiter. »Du machst dir Sorgen über die Zivilisten auf Tyrashina? Ich gab dir mein Wort, ihnen wird nichts geschehen. Aber auch wenn, so haben sie ihr Schicksal selbst gewählt. Wie viele unschuldige Völker haben sie ins Unglück gestürzt? Denk zurück an deine eigene Welt. Was haben sie dort angerichtet? Dein Mitleid ist fehl am Platz. Heb dir das für Wesen auf, die es verdienen.«

Vor dem Kraftfeld tat sich etwas. Tumult brach aus, der von den Wachen schnell unterbunden wurde. Asheaw wurde in seine Zelle geführt. Auch der Reptiloid hatte erwartungsgemäß gewonnen.

Im Gegensatz zu dem Age'vesy wurde der Coshkel lediglich von zwei Wachen in seinen Bereich zurückgeführt. Gareth stand unmittelbar vor dem Kraftfeld, als man den Gefangenen durch den Korridor trieb. Trotz seiner Größe und offensichtlichen Gefährlichkeit blieben die Ashrak völlig gelassen. Sie schwatzten sogar angeregt miteinander. Sie nahmen den Reptiloiden offenbar gar nicht mehr als Bedrohung wahr. Der Coshkel war nach Jahrzehnten der Gefangenschaft innerlich gebrochen.

Als der Sklave Gareths Weg kreuzte, neigte er für einen Moment den Kopf in Richtung des Menschen. Es handelte sich um einen verschwindend geringen Zeitraum. Dennoch genügte er, um dem Anführer des Blutläuferaufstands einen kurzen Einblick in die Gefühlswelt seines Gegenübers zu gewähren.

Diese dunklen Augen blickten so unfassbar traurig in die Welt hinaus, dass es beinahe Gareths Herz brach. Hier stand ihm ein Krieger gegenüber, der sich nichts sehnlicher wünschte, als den Tod zu erleiden, um damit endlich bei seinen Leuten die letzte Ruhe zu finden.

Gleichzeitig war er zu stolz, um sich einfach töten zu lassen. Sein Selbstwertgefühl ließ das nicht zu. Also trat er in der Arena regelmäßig anderen Sklaven zum Kampf gegenüber. Jedes Mal in der Hoffnung, dass sich dieses Mal endlich jemand finden möge, der in der Lage war, den tödlichen Schlag gegen ihn zu führen. Aber Asheaw obsiegte wieder und wieder. Hier stand ihm das gegenüber, was mit einem gefährlichen Raubtier passierte, das sich bereits zu lange in Gefangenschaft befand. Seine Augen wurden dumpf und jedweder Glaube an ein besseres Leben außerhalb dieser Mauern war längst erloschen.

Asheaw wandte den Blick ab und ließ sich widerstandslos in seine Zelle einschließen. Das Kraftfeld wurde aktiviert und der Coshkel stand teilnahmslos vor der bläulich schimmernden Barriere. Er betrachtete das Leben in Freiheit als etwas, das womöglich seiner Fantasie entsprungen war. Etwas, das zwar in unmittelbarer Nähe greifbar vor ihm hing, aber trotzdem so weit entfernt weilte wie das Schwarze Loch im Zentrum der Milchstraße.

Etwas lenkte Gareths Aufmerksamkeit ab. Cha'acko wurde von seiner letzten Rangelei mit der umtriebigen und sexuell unersättlichen Gemahlin des Ratsmitglieds Ir'rise grummelnd in seine Zelle zurückgeführt.

Gareth hatte keine Ahnung, wie Sex zwischen Ashrak ablief, aber falls es auch nur entfernt mit den Menschen vergleichbar war, hätte der Honuh-ton-Agent eigentlich entspannt sein müssen. In Wirklichkeit wirkte er eher unzufrieden. Der Rebellenanführer grinste. Wenn man nach dem Sex unzufrieden war, dann hatte man etwas falsch gemacht.

Der Korridor zwischen den Zellen wurden eilig geräumt. Die Ashrak wirkten aus heiterem Himmel deutlich nervöser als zuvor. Gareths Augen wurden groß. Eine Hundertschaft Wachen führte elf Age'vesy herein. Sie waren genauso gesichert wie der erste Gefangene dieser Art. Sogar mehr noch, die Fischköpfe hatten aus ihren Fehlern gelernt und gingen kein Risiko mehr ein. Zwei der Age'vesy hätten sich um ein Haar befreit, trotz Joch, Schockstäben und zusätzlichen Fesseln. Die Ashrak schossen sie augenblicklich nieder und ließen sie auf dem kargen Boden verbluten. In diesem Fall waren die Pulsgewehre auf die höchste Stufe gestellt worden.

Dann geschah etwas Seltsames. Die verbliebenen neun Kreaturen hielten urplötzlich inne. Ihre Blicke richteten sich auf die stählerne Tür, hinter der sich der erste Gefangene ihrer Art verbarg. Dieser hatte kein Wort gesagt und auch keinen Laut von sich gegeben. Dennoch war Gareth überzeugt, seine Artgenossen wussten genau, dass er dort eingesperrt war. Sie heulten auf. Die Age'vesy handelten simultan wie eine einzige Person. Gareth beobachtete ihr Verhalten fasziniert. Die Wachen trieben die Gefangenen weiter und außer Sicht. Ihr Heulen verklang am Ende des Korridors.

Es kehrte erst wieder Ruhe ein, als die Neuankömmlinge in ihren Zellen verstaut waren. Jeder bekam eine eigene. Die Ashrak schafften die Leichen beiseite und gingen im Anschluss wieder ihrer normalen Arbeit nach.

Ein Offizier gesellte sich zu einer Gruppe von Wachen und unterhielt sich einen Augenblick mit ihnen. Er wirkte angespannt und warf den Kerkern der Age'vesys immer wieder angespannte Blicke zu.

Nach kurzem Überlegen erkannte Gareth diesen. Bri'anu, Cha'ackos ehemaliger Adjutant. Der Honuh-ton-Agent hatte ihn ebenfalls bemerkt und trat vor das Kraftfeld. »Bri'anu«, zischte er ihm zu. »Bri'anu.«

Widerwillig schenkte der Offizier seinem ehemaligen Vorgesetzten die gewünschte Aufmerksamkeit. »Ich habe keine Zeit für dich. Wie du siehst, bin ich sehr beschäftigt.«

»In der Tat, das ist mir schon aufgefallen. Die Age'vesy …« Mehr sagte er nicht. Bri'anu trat vor die Gefängniszelle und senkte verschwörerisch die Stimme. »Wenn du vorhast, dein Leben vorzeitig zu beenden, dann sprich dieses Wort noch einmal aus.«

»Ich dachte, die wären ausgestorben.«

»Dachten wir alle«, erklärte der Offizier nach kurzem Zögern.

»Wie schlimm ist es?«, wollte Cha'acko wissen.

Bri'anu überlegte angestrengt, ob er dem Mann die gewünschte Information überlassen sollte. Gareth spitzte die Ohren. Er wollte kein Wort des Gesprächs verpassen.

Der imperiale Offizier kam offenbar zu dem Schluss, dass es nichts schaden würde, einem de facto zum Tode Verurteilten ein paar Brotkrumen hinzuwerfen.

»Es ist übel da draußen. Die Age'vesy drängen uns beständig zurück. Es ist uns kaum möglich, die Stellung zu halten. Sie kontrollieren bereits zwanzig Prozent des Planeten. Die Verluste sind enorm. Und das geht schon eine beträchtliche Zeit so. Sie drängen gegen unsere Bevölkerungszentren bereits seit einigen Standardjahren. Die Obrigkeit hat uns nur nichts davon erzählt. Kaum jemand außerhalb des Systems weiß davon.«

Cha'acko schreckte vor dem Gehörten zurück. »Was du mir da erzählst, kann unmöglich die Wahrheit sein. Wir sind das militärisch stärkste Volk aller bekannten Welten. Man kann uns nicht auf lange Sicht schlagen. Und schon gar nicht auf unserem ureigensten Territorium.«

»Erzähl das mal den Age'vesy«, kommentierte Bri'anu.

»Und der Clanrat? Was tut der?«

Bri'anus Schuppen verfärbten sich vor Zorn orange. »Die haben sich ins Kommandoschiff zurückgezogen, wo sie in Sicherheit sind. Die reden und reden, während wir hier unten scharenweise draufgehen.« Er wandte sich ab und sagte einen Begriff. Es war kaum zu verstehen, aber Gareth glaubte, er habe abfällig das Wort *Politiker* ausgestoßen.

»Auf jeden Fall holen wir weitere Truppen und Schiffe zur Heimatwelt. Der Age'vesy-Aufstand wird niedergeschlagen. Die Welt unserer Geburt darf nicht fallen.«

Ein rangniederer Offizier trat hinzu und bat wortlos um Bri'anus Anwesenheit. Dieser nickte ihm zu. »Ich muss los«, verabschiedete sich der Krieger knapp, drehte sich um und marschierte mit dem anderen Offizier davon.

Cha'acko wandte sich Gareth zu, immer noch bis ins Mark erschüttert. »Hast du das gehört?«

»Jedes Wort«, entgegnete Gareth. Auch er hatte das Gefühl, den Boden unter den Füßen zu verlieren. Plötzlich ergab alles auf schreckliche Weise einen Sinn. Aus diesem Grund errichteten die Ashrak Kolonien auf fremden Welten, unter anderem auf der Erde. Wo die Umweltbedingungen nicht passten, da wurden sie verändert. Dazu nötigten sie die gefangenen Utoru. Die Ashrak versuchten, einen Teil ihres genetischen Materials auszulagern, falls das Undenkbare tatsächlich eintrat und Tyrashina an die Age'vesy fiel.

Bri'anus tapfere Worte klangen wie Hohn. Gareth war lange genug Soldat, um hinter die Fassade zu blicken. Der ehemalige Adjutant Cha' ackos war gar nicht so überzeugt davon, dass die Verteidigung der Heimatwelt standhielt. Tyrashina war stark befestigt – gegen einen Angriff von außen. Nun erfolgte aber eine Invasion aus den Tiefen der eigenen Ozeane. Darauf war diese Welt, dieses Volk gar nicht vorbereitet.

Während das Imperium dort draußen an allen Fronten Krieg führte und unter beträchtlichem Druck stand, führten die Ashrak hier ihren eigenen Krieg. Einen Krieg, von dem niemand sonst etwas wusste. Unter Umständen nicht einmal die Rod'Or. Der militärische Arm des Imperiums war verzweifelt und außerhalb von Tyrashina hatte man schlichtweg nichts davon bemerkt.

Den Fischköpfen war klar, dass man ihre Situation mit einem Zeichen der Schwäche gleichsetzen konnte. Sollte diese Welt fallen, dann wäre das möglicherweise der Startschuss für das Ende des Imperiums. Alle Feinde, die sich dieses Reich in Tausenden von Jahren selbst geschaffen hatte, würden abrupt über die Rod'Or herfallen. Schon lange befriedete Sklavenplaneten würden sich erheben. Es stand zu erwarten, dass ein Sturm entfesselt würde, der vom Imperium trotz all seiner Macht, all seiner Schiffe und Soldaten, all seiner Waffen nicht mehr einzudämmen wäre.

Gareth wurde bewusst, dass, egal wie viele Schiffe die Ashrak auch zu ihrer Heimatwelt beorderten, es am Endergebnis vermutlich nichts ändern würde. Er merkte auf. Ris'ril und die verbündete Flotte trafen bald ein. Wenn ihn sein Zeitgefühl nicht im Stich ließ, konnten sie bereits innerhalb der nächsten fünfzig Stunden am Sprungpunkt auftauchen. Sehr viel länger würde es nicht mehr dauern.

Bri'anu hatte Truppenbewegungen erwähnt. Das bedeutete, die Allianzarmada würde auf Kräfte treffen, die weit höher waren, als sie erwarteten. Darüber hinaus war der Mond nicht gesprengt worden, um die Verteidigung zu zerschlagen oder zumindest zu schwächen. Sie mussten etwas unternehmen, bevor Ris'ril, Michael und Fabian eintrafen. Sie mussten handeln.

Cha'acko musterte ihn schweigend. »Was geht in deinem kranken Primatenhirn jetzt wieder vor?«

Gareth fixierte seinen alten Gegner mit festem Blick. »Wie dringend willst du hier raus?«

Neugier zuckte über das Gesicht des Honuh-ton-Agenten. »Wieso?«

»Weil wir ausbrechen werden. In den nächsten Tagen. Sonst wird es für uns alle zu spät sein. Und du wirst uns helfen. Oder diese Anlage verkommt zu deinem Grab. Irgendjemand wird dich bestimmt umbringen. Entweder die eine Seite oder die andere. Also, wie entscheidest du dich?«

Cha'acko erwiderte nichts. Aber seine Schuppenfarbe verriet genug.

18

Das gekaperte Unterseeboot trieb durch die Ruinen einer weiteren Stadt. Die Energie war heruntergefahren, sämtliche Beleuchtung gelöscht. Dennoch vermochte Yuma Matsumoto genug zu erkennen, dass es ihr einen eisigen Schauder über den Rücken schickte.

»Die wievielte verlassene Stadt ist das jetzt?«, verlangte sie zu erfahren.

»Die dritte«, antwortete Nigel O'Sullivan. »Aber der Angriff kann noch nicht lange her sein.« Er neigte den Kopf überlegend leicht zur Seite. »Vielleicht zehn Stunden.«

Yuma nickte geistesabwesend, nahm aber nicht den Blick von den albtraumhaften Szenen außerhalb ihres Gefährts. Das Wasser hatte sich stellenweise violett gefärbt von dem Ashrakblut, das in rauen Mengen vergossen worden war. Die Angreifer waren längst weg. Nun hielt die gefräßige Fauna des Planeten ein Festmahl ab. Saurierähnliche Wesen und riesige Seeschlangen glitten majestätisch umher und verleibten sich das ein, was von den Bewohnern der Metropole übrig gelassen worden war.

Das U-Boot glitt durch die Überreste der blutigen Schlacht, ohne von den Kreaturen des Ozeans behelligt zu werden. Das Gefährt war zu groß, als dass diese Wesen ein Interesse daran gehabt hätten, sich daran die Zähne auszubeißen. Nicht, wenn es ringsherum viel einfachere, leichter zu erreichende Beute im Überfluss gab. Nigel trat näher an eines der Bullaugen und kniff die Augen zusammen. Etwas hatte seine Aufmerksamkeit erregt. Er deutete auf das verfärbte Wasser hinaus.

»Dieses Mal haben sich die Ashrak aber besser gewehrt.«

Yuma folgte dem Wink. Die Aussage ihrer Nummer zwei traf zu. Zwischen den Ashrak trieben die Körper Hunderter anderer Kreaturen. Im leblosen Zustand verblasste ihre natürliche Tarnung. Nun war sie in der Lage, den unbekannten Gegner, mit dem sie es zu tun hatten, näher in Augenschein zu nehmen. Diese Wesen sahen den Ashrak ungemein ähnlich, waren aber bulliger und wirkten um ein Vielfaches gefährlicher mit ihren zentimeterlangen Fangzähnen und Klauen an den Extremitäten. Die Evolution hatte diese Wesen geformt, um schnell und effizient zu töten. Waffen konnte sie nicht entdecken. Sie schienen ohne zusätzliche Hilfsmittel in die Schlacht zu ziehen. Und trotz des technologischen Vorteils, den die dominante Spezies von Tyrashina ihr Eigen nannte, war sie anscheinend kaum in der Lage, es mit denen aufzunehmen.

Nigel stupste seine Kommandantin leicht an der Schulter an. »Die Stadt ist noch nicht zur Gänze verlassen.« Mit einem Kopfnicken deutete er nach rechts.

Durch das trübe Gewässer war Yuma eine Weile nicht in der Lage, zu erkennen, was der Mann meinte. Nigel verfügte über weitaus bessere Sehkraft. Aus den Überbleibseln der Auseinandersetzung kristallisierte sich eine hektische Betriebsamkeit heraus.

Hybride Schiffe der Ashrak, die sowohl unter Wasser als auch im Weltraum operieren konnten, stiegen zur Oberfläche hinauf und durchbrachen die tosende Gischt. Sie wurden jeweils von mehreren Jagdgeschwadern eskortiert. Rund um einen gesonderten Bereich waren Kampfschiffe in Stellung gegangen. Ihre umfangreiche Bewaffnung drohte jedem potenziellen Angreifer, der es wagte, sie herauszufordern. Erst bei näherem Hinsehen erkannte Yuma in dem abgesperrten Sicherheitsbereich eine Art Raumhafen.

»Das ist eine Evakuierung«, schlussfolgerte sie.

»Und wir treiben mitten hinein«, nickte Nigel.

»Wenn wir den Kurs nicht ändern, dann stellen wir in weniger als dreißig Erdminuten Kontakt her«, bestätigte Untray. »Sie werden uns anfunken, und wenn wir das Identifikationssignal nicht senden, dann versenken sie uns. Nur um sicherzugehen, dass wir keine Bedrohung sind.«

»Wir können den Kurs nicht ändern«, wehrte Yuma an. »Sobald wir die Energie hochfahren, werden sie auf alle Fälle auf uns aufmerksam.«

»Ein interessantes Dilemma«, meinte Nigel. »Wir sind tot, gleichgültig was wir machen.«

Yuma sah in die Runde. »Optionen?«

Schweigen antwortete ihr. Sogar der sonst vor Ideen sprühende Kexaxa wusste dieses Mal nichts beizusteuern.

Das U-Boot steuerte weiterhin auf den Sicherheitsperimeter zu. Die Besatzung war unfähig, etwas zu unternehmen, ohne die Fischköpfe zu einer tödlichen Reaktion zu provozieren.

Sie waren noch weniger als zwei Klicks entfernt, als die Wachschiffe plötzlich ihre Positionen änderten.

Tausende der dunklen Kreaturen erhoben sich aus der Tiefe des Meeres und griffen die Verteidigungsstellungen rund um den Raumhafen an. Es waren sämtliche Vektoren betroffen.

Die Fischköpfe zögerten nicht eine Sekunde. Ein Lichtgewitter aus Energiestrahlen sowie ein Sturm aus Raketen ging auf die Angreifer nieder. Sie strebten in solcher Zahl auf den Raumhafen zu, dass die Verteidiger kaum vorbeischießen konnten. Trotz ihrer angeborenen Tarnfähigkeiten starben die Angreifer zu Hunderten. Sie ließen in ihrem Durst nach dem Leben der Ashrak aber keineswegs nach, einerlei wie viele von ihnen dabei umkamen. Als sie kurz davorstanden, den Verteidigungsperimeter zu erreichen, stimmten stationäre Waffenstellungen in den Abwehrkampf ein. Noch mehr Angreifer fanden den Tod.

Der Kampf wogte kurze Zeit hin und her. Für einen Moment schien es sogar, als wären die Fischköpfe in der Lage, den Ansturm zurückzuschlagen, doch dann sammelten die unbekannten Angreifer ihre Kräfte neu. Es wirkte, als würden sie vor der letzten Attacke noch einmal Luft holen, um die Verteidiger zu überwältigen – dann stürmten sie die erste Feuerlinie.

Die stationären Waffenstellungen fielen als Erstes aus. Dann folgten die U-Boote der Ashrak. Sie wurden von Zähnen und Klauen in Stücke gerissen, damit die Angreifer an das zarte Fleisch der Besatzung herankamen. Als Nächstes waren die hybriden Kampfschiffe dran. Sie konnten ihre Stellung wesentlich länger halten, wurden aber letzten Endes ebenfalls überrannt.

Die Angreifer erreichten den Raumhafen. Panik ergriff die auf ihren Abflug wartenden Zivilisten. Sie stürmten in die letzten Schiffe. Ashraksoldaten in ihren blank polierten Rüstungen versuchten, die Schutzlosen zu verteidigen. Und tatsächlich gelang es ihnen, den Zivilisten Zeit zu verschaffen, bis sich auch die letzten Überlebenden in die Enge eines Transporters quetschen konnten.

Die Schiffe hoben ab, schwerfällig und viel zu langsam, angesichts des zusätzlichen Gewichts, das sie in die Höhe stemmen mussten, gegen den Widerstand des umgebenden Wassers.

Die dunklen Kreaturen holten zwei der Transporter ein und brachten sie unter Wasser zum Absturz. Sie krachten auf den Boden. Risse öffneten sich in der Panzerung und Angreifer strömten ins Innere. Die letzten Kampfschiffe der Fischköpfe zogen sich aus dem Gefecht zurück und schlossen sich dem Konvoi zur Oberfläche an. Die Kreaturen ließen erst von der Beute ab, als die Transporter und ihre Eskorte die Wassergrenze durchstießen und Kurs auf den Orbit setzten.

Yuma schnaufte angesichts des Schreckens, dessen sie Zeuge wurde. Sie hätte nie gedacht, eines Tages Mitleid mit den Ashrak zu verspüren. Wer diesen Kampf mit ansah, dem blieb aber gar keine Wahl. Es gab Schicksale, die weit schlimmer waren als der bloße Tod. Nicht einmal dieses Volk hatte verdient, was ihm nun angetan wurde.

»Sie ziehen ab«, verkündete Nigel.

Yuma nickte. »Sie nehmen uns immer noch nicht als Beute wahr. Das ist gut. Sonst hätten wir keine Chance.« Sie wandte sich dem Kexaxa zu. »Wie weit sind wir von Gareths Signal entfernt?«

»Ungefähr hundertfünfzig Klicks, würde ich schätzen«, erwiderte der Ingenieur. »Er befindet sich in einer großen Stadt.«

»Ihre Hauptstadt?«, mutmaßte Yuma.

»Nein, die habe ich weiter nördlich identifiziert.« Er sah zu der Rebellenoffizierin auf. »Was schwebt dir vor?«

»Wir sind nah genug«, gab die Frau zurück. »Es wird Zeit, sein Kommgerät zu reaktivieren. Ich muss unbedingt mit ihm reden.«

***

Gareth schreckte aus unruhigem Schlaf hoch, als unversehens eine bekannte Stimme durch seine Gehirnwindungen dröhnte. »Gareth? Gareth Finch? Hörst du mich?«

»Yuma?«, stieß er schlaftrunken aus und senkte sofort schuldbewusst die Stimme. »Yuma?«, wiederholte er wesentlich leiser. »Wir dachten, ihr seid tot.«

»Noch nicht«, entgegnete die Rebellenoffizierin erleichtert. »Aber es hat nicht viel gefehlt.«

»Wo seid ihr?«, wollte der Anführer des Aufstands wissen.
»Etwas mehr als hundert Klicks von deiner Position entfernt. In einem gestohlenen U-Boot.«
»Weltraumtauglich?«
»Bedaure. Ist nur ein Unterwasserfahrzeug.«
»Dann muss das reichen.« Gareths Unterhaltung mit einer offensichtlich nicht anwesenden Person erregte das Interesse seiner Mitgefangenen. Und nicht nur der Rebellen. Auch Cha'acko beäugte ihn wissbegierig. Er wandte sich von neugierigen Augen ab und senkte abermals die Lautstärke.
»Wie ist es euch ergangen?«
»Hier draußen ist die Hölle los«, antwortete Yuma. »Du würdest es mir nicht glauben.«
»Ich wette doch«, antwortete Gareth. Nacheinander tauschten sie ihre Geschichten aus. Yumas Erzählung fügte sich perfekt in das Gesamtbild ein, das er bereits zusammengeschmiedet hatte. Und damit ergab sich ein komplettes Puzzle. Die Ashrak führten einen unerklärten Krieg auf der eigenen Heimatwelt. Und sie waren dabei, ihn zu verlieren. Damit befand sich auch die Rebellion unter Zugzwang. Wenn die Fischköpfe ihre Bevölkerung ausflogen, dann würden sie ihre anderweitig angelegten Kolonien früher besiedeln als ursprünglich geplant. Auch die auf der Erde. Wenn die Menschheit ihre Heimat nicht verlieren und zu einer ausschließlich geduldeten Lebensform auf dem eigenen Planeten mutieren wollte, dann mussten sie schnell handeln, und zwar, bevor die Ashrak ihr Vorhaben in die Tat umsetzten. Gareth fragte sich, ob die Rod'Or überhaupt in die Pläne der Spezies eingeweiht waren, die für das Militär und den Geheimdienst verantwortlich zeichnete.
»Yuma, ich habe einen Plan, um uns hier herauszuholen. Gut, dass ihr euch meldet. Ihr könnt einen wichtigen Part übernehmen.«
»Was genau hast du im Sinn?«
Gareths Lippen teilten sich zu einem gehässigen Grinsen. »Wir zetteln einen Sklavenaufstand an. Mitten im Herzen eines der wichtigsten Planeten des Rod'Or-Imperiums.«

***

Seit die Allianzarmada Kyfjor verlassen hatte, befand sich Ris'ril auf der Kommandobrücke der Shiva. Sie aß und trank nur wenig. An Schlaf war so gut wie gar nicht zu denken.

Ihr Navigator Nico ermahnte sie ständig, sich Ruhe zu gönnen. Es nützte niemandem etwas, wenn sie während der zu erwartenden Schlacht vor Erschöpfung aus den Latschen kippte. Sie erkannte die Logik darin, brachte es aber nicht über sich, dem Ratschlag zu folgen. Zu viel ging ihr im Kopf herum.

Zu dem Einsatzteam unter Gareths Führung bestand weiterhin keinerlei Kontakt. Und an diesbezüglichen Versuchen hatte es nicht gemangelt. Je näher sie Tyrashina kamen, desto unruhiger wurde sie. Die Armada bestand aus annähernd tausend Schiffen. Die Streitmacht setzte sich zu fast gleichen Teilen aus Einheiten der Rebellen, der Syall sowie der Sekari zusammen. Es war die gewaltigste Flotte, die die Allianz jemals in eine einzige Schlacht geschickt hatte.

Und dennoch fühlte sich Ris'ril seltsam unzureichend. War die Kampfkraft stark genug, die Verteidigung von Tyrashina zu überwinden? Sie hoffte es. Wie dem auch sei, der Kampf würde hart und verlustreich werden. Die Saniradkriegerin betete dafür, dass der zu erringende Sieg die Opfer wert war, die zu erbringen notwendig sein würden. Und sie hoffte, Gareth noch lebendig vorzufinden. Ihr vordringlichstes Ziel sollte die Neutralisierung der Heimatwelt der Ashrak sein. Ris'ril wusste das. Trotzdem spielte für sie Gareth eine wichtigere Rolle in diesem Kampf, als es der Fall sein sollte. Und das ärgerte sie am meisten.

In den nächsten zwei Tagen schrumpfte ihre Zahl fortwährend. Zwei von Gareths Gefolgsleuten kamen aus der Arena nicht zurück. Eine Samirad und ein Dys, beides gute Kämpfer und langjährige Soldaten im Dienste der Rebellion.

Cha'acko hatte weiterhin häufigen Einsatz bei der Gemahlin des Ratsmitglieds Ir'rise. Ebendies spielte den Rebellen in die Karten.

Gareth verzog das Gesicht. Seine Leute waren nicht begeistert davon, den Mann, der sie gejagt hatte wie Tiere, mit ins Boot zu holen. Im Prinzip sah er das genauso. Man konnte Cha'acko nicht trauen. Und Gareth war überzeugt davon, dass er ihnen in den Rücken fallen würde, sobald er sich einen Vorteil davon versprach. Aber vorläufig waren sie Zweckverbündete. Um hier herauszukommen, brauchte der Honuh-ton-Agent die Rebellen. Und er wusste das. Solange dieser Status quo bestand, konnten sie auf seine Hilfe zählen. Danach … wer weiß? Aber vorläufig zogen sie an einem Strang.

Gareth merkte auf. In einiger Entfernung schwebte Ir'rise vorbei. Das Ratsmitglied hob arrogant den eckigen Kopf, die Mimik unter einer kunstvoll verzierten, rituellen Maske verborgen. Soweit ihm bekannt war, durften Ratsmitglieder in der Öffentlichkeit ihr Gesicht nicht zeigen. Was war das für ein Volk, dessen Obrigkeit sich den eigenen Leuten derart überlegen fühlte?

Aber Ir'rises Anwesenheit ließ Gareths Herz höher schlagen. Das bedeutete, sein untreues Weib konnte nicht fern sein. Und immer wenn sie die Kampfanlage besuchte, gab sie Cha'acko die Ehre, ihr beizuwohnen. Der ehemalige Agent war damit einer von ganz wenigen, die den roten Bereich überhaupt überschreiten durften.

Wie aufs Stichwort erschienen zwei Wachen. Sie winkten Cha'acko herbei. Der Ashrak erhob sich geschmeidig, aber langsam. Er verspürte kein Verlangen danach, der liebeshungrigen Artgenossin erneut Zuneigung vorzuspielen.

In der vergangenen Ruhephase, als alle Sklaven schon schliefen, hatten Cha'acko und Gareth letzte Feinheiten an ihrem Plan erörtert. Der Agent hatte dem Anführer der Rebellion dabei im Vertrauen erzählt, dass er seiner Gönnerin Leidenschaft und sogar Liebe vorheuchelte. Dies bewahrte ihn seit gut einer Standardwoche davor, überhaupt mal in die Arena geschickt zu werden. Und mit ein wenig Glück würde es den Sklaven die Freiheit bringen.

Das Kraftfeld wurde so weit zurückgefahren, dass das Wasser außerhalb der Zelle blieb, der Gefangene die Unterkunft aber verlassen konnte. Cha'acko überschritt dessen Grenze, ehe die Wachen es wieder auf Normalstufe brachten. Sie führten ihn davon. Vorher wechselten die beiden Verschwörer einen letzten entschlossenen Blick. Gareth nickte dem Ashrak zu, der so lange sein Kriegsgegner gewesen war – und möglicherweise auch wieder sein würde. Heute kämpften sie für dieselbe Sache: die Freiheit.

»Glaubst du, er bekommt das hin?«, vernahm Gareth unvermittelt eine Stimme hinter sich. Er spürte, wie sich die Härchen an seinem Nacken schlagartig aufstellten. Er vermied es wohlweislich, sich zu der verschlossenen Zellentür umzusehen.

»Du weißt, was er vorhat?«

»Ich habe euch letzte Nacht zugehört.«

Gareth biss sich auf die Unterlippe. Wenn der Age'vesy keinen Ton von sich gab, war es zu einfach, dessen Anwesenheit zu vergessen.

»Keine Sorge«, kicherte die Kreatur. »Ich habe nicht vor, euch zu verraten. Eure Freiheit bedeutet das Entkommen für mich.«

»Wie kommst du darauf, dass ich dich rauslasse? Diesbezüglich habe ich mich noch nicht entschieden.«

»Bewusst nicht, nein«, gab der Age'vesy zu. »Aber unbewusst. Wir brauchen einander, ob es dir klar ist oder nicht.« Das Wesen kicherte erneut. Es war ein Laut, der Gareth einen Schauder über den Rücken jagte. Eigentlich war er ziemlich sicher, den Age'vesy unter keinen Umständen befreien zu wollen. Insgeheim fürchtete der Rebell jedoch, dass das Wesen recht hatte.

***

Die Wachen führten Cha'acko durch ein Gewirr miteinander verbundener, verwinkelter Korridore. Beim ersten Mal hatte er die Orientierung verloren. Mittlerweile wusste er genau, wo es hinging. Den Weg hatte er sich eingeprägt. Das würde ihm noch nützlich sein. Da sich hier mitunter betuchte Ashrakfrauen auch mit den Mitgliedern anderer Spezies vergnügten, befand sich dieser Bereich außerhalb der überfluteten Regionen der Arenaanlage. Das machte ihm seine Aufgabe schwieriger. Unter Wasser könnte er sich schneller und eleganter fortbewegen.

Sie erreichten das Ende des grünen Bereichs. Eine der Wachen schaltete das Joch um Cha'ackos Hals auf Stand-by. Das Joch hörte auf, grün zu leuchten. Die Farbe wandelte sich in Gelb. Von nun an durfte er sich im folgenden Bereich unter Aufsicht bewegen. Falls er aber versuchte, zum roten Sektor zu wechseln, würde das verdammte Ding sich augenblicklich selbst wieder scharf machen und Sekunden später seinen Kopf vom Körper trennen – auf recht spektakuläre und auch blutige Art und Weise.

Cha'acko hatte dergleichen bereits selbst erlebt. Sklaven, die des Lebens in der Arena überdrüssig wurden, entschieden hin und wieder, ihrem Dasein selbstständig ein Ende zu bereiten, indem sie den roten Sektor betraten. Er verspürte keinerlei Lust, deren Schicksal zu teilen. Heute würde er seine Freiheit zurückerlangen. Davon war er überzeugt.

Sie kamen an einer Kreuzung vorbei. Zu seiner Rechten begann ein roter Sektor. Cha'acko riskierte einen Blick. Am Ende des Korridors lag eine Art Kommandozentrale. Von dort aus wurden dieser Sektor verwaltet und auch das Joch, das jeder Sklave der Kampfarena in diesem Abschnitt trug. Dort lag sein Ziel.

Seine Schuppenfarbe verriet seine Ungeduld, als man ihn daran vorbeiführte, auf die nur allzu bekannten Räumlichkeiten zu. Die Aufpasser in seiner Begleitung missdeuteten die Farbe der Schuppen. Sie glaubten, er würde der Begegnung mit der Gönnerin ungeduldig entgegensehen.

Sie öffneten die Tür und er trat ein. Das Zimmer war für amouröse Begegnungen ausgelegt. Ein Bett war zwar vorhanden für alle Sklaven, die diese Art der Kopulation bevorzugten. Der Großteil des Zimmers wurde allerdings von einem großen Wassertank eingenommen.

Ein rotbrauner Schemen schwamm darin, durch das milchige Glas kaum zu erkennen.

Als die Gestalt bemerkte, dass sie nicht länger allein war, verharrte sie für einen Moment, nahm Anlauf und verließ das Gebilde mit einem einzigen Satz. Wasser spritzte durch das komplette Zimmer. Cha'acko genoss die wenigen Tropfen, die seinen Körper benetzten.

Tira'ise blieb vor ihm stehen, so nackt, als wäre sie gerade eben aus einem Ei geschlüpft. Sie begutachtete den Mann mit vor Lust gierig glitzernden Augen. Ihre Schuppenfarbe glänzte in fiebrigem Rot und zeigte damit ihren Erregungszustand.

»Warum bist du noch angezogen?«, gurrte sie.

Cha'acko wusste, was nun zu tun war. In erregtem Zustand wäre sie für sein Anliegen wesentlich empfänglicher. Er legte die Kleider ab. Tira' ise kehrte in den Tank zurück und Cha'acko folgte ihr widerwillig, auch wenn er sich darum bemühte, etwas anderes vorzugaukeln.

Der Honuh-ton-Agent stand seinen Mann und drei Stunden später verließen die beiden Ashrak das Gefäß erneut. Die Frau wirkte über alle Maßen zufrieden mit ihm und begann damit, sich wieder anzukleiden.

Cha'acko zögerte. Tira'ise musterte ihn verwundert. Dann hellten sich ihre Schuppen grünlich auf. »Tut mir leid, mein Lieber«, missverstand sie seine Haltung. »Ich würde sehr gerne mehr Zeit mit dir verbringen, aber mein in jeder Hinsicht nutzloser Ehemann wird sehr bald mit seinen Geschäften fertig sein. Spätestens dann wird er meine Anwesenheit verlangen.«

Cha'acko überlegte, wie er sein Anliegen am besten vorbringen sollte. Er entschied sich für eine direkte Herangehensweise. »Tira, du liebst mich, nicht wahr?«

Sie stockte überrascht, ihre Schuppen blieben weiterhin grün. »Aber natürlich«, erwiderte sie. »Das weißt du. Unsere regelmäßigen Treffen sind das Einzige, was meinem trostlosen Dasein entfernt so etwas wie Freude verleiht.«

»Du musst mir einen Gefallen tun. Einen großen.«

Ihre Bewegungen wurden langsamer, als sie seinen Worten lauschte und die Dringlichkeit dahinter erkannte. »Was kann ich denn für dich tun?«

»Ich brauche mehr Bewegungsfreiheit. Nur kurz. Wenige Minuten reichen völlig aus.«

Ihr Blick wurde misstrauisch. »Von wie viel Freiheit deiner Bewegungen reden wir denn jetzt?«

Cha'acko zögerte erneut, doch er war bereits zu weit gegangen. Nun hieß es alles oder nichts.

»Ich muss für ein paar Minuten in den roten Sektor nebenan.«

Ihre Schuppenfarbe änderte sich schlagartig in Dunkelblau, was für einen eher schockierten Geisteszustand vorbehalten war. »Bist du wahnsinnig? Wenn man dich erwischt, bring man dich auf der Stelle um ... Und mich auch.«

»Es ist ungemein wichtig. Es gibt dort etwas für mich zu erledigen.«

»Was kann so wichtig sein, um dafür dein Leben zu riskieren?«

»Das kann ich dir nicht sagen, aber wenn du jemals wirklich etwas für mich empfunden hast, dann sorg dafür, dass ich den roten Sektor gefahrlos betreten kann.«

Die Farbe ihrer Schuppen änderte sich ein weiteres Mal in das Gelb der Enttäuschung. »Hast du dich heute nur deshalb mit mir abgegeben, weil du Hilfe brauchst?« Die Anklage in ihrer Stimme war unüberhörbar.

Cha'acko schreckte innerlich zurück bei so viel Naivität. Er hatte ihr seine Zuneigung geschenkt, weil er ihr Sklave war und sie es ihm befohlen hatte. Der ehemalige Geheimagent fragte sich, ob er ebenfalls derart arrogant und selbstherrlich gewesen war, als er vor nicht allzu langer Zeit eine hohe Stellung innegehabt hatte.

»Natürlich nicht«, log er aalglatt. »Ich hoffte nur, deine Liebe für mich würde ausreichen, mir diesen Gefallen zu erweisen.«

»Reicht sie nicht«, erwiderte die hochwohlgeborene Frau. »Und selbst wenn sie es täte, ich kann dir sowieso nicht helfen.« Sie hob ihren rechten Arm. »Die Familie jedes Ratsmitglieds bekommt in den rechten Unterarm ein Implantat, das mich zum Rat gehörig ausweist. Nur damit kann ich hier überhaupt ein und aus gehen. Sonst wäre meine Anwesenheit an diesem Ort gar nicht machbar. Die einzige Möglichkeit zu helfen wäre, dir das Implantat zu überlassen. Aber du wirst bestimmt einsehen, dass das unmöglich ist.« Sie lachte. »Du kannst ja mal die Wachen fragen, ob sie dir die Fernbedienung für das Joch ausleihen.«

Die letzte Bemerkung brachte ihn auf eine Idee. Er starrte die Frau für einen Moment lediglich an. »Ich hatte gehofft, dass wir mit einem Mindestmaß an Gewalt auskommen, aber dem ist wohl nicht so.«

Sie stutzte, wirkte verwirrt. Cha'acko nutzte diesen Moment. Er packte ihren Hals mit beiden Händen. Sie schlossen sich um das zarte Gewebe ihrer Haut mit der Endgültigkeit eines Schraubstocks. Der Honuh-ton-Agent ließ ihr gerade so viel Luft, dass sie es schaffte, einen spitzen Schrei auszustoßen, dann drehte er ihr den Hals um. Der Laut erstarb auf ihren feisten Lippen. Cha'ackos Hände öffneten sich und der Körper der Frau sank leblos zu Boden.

Die Tür wurde aufgestoßen und die zwei Wachen stürmten herein. Einer von ihnen hatte bereits die Fernbedienung in der Hand. Cha'acko griff mit einer Kühnheit an, die sein Alter Lügen strafte. Der versierte Kämpfer brach dem Krieger den Arm. Er sank kraftlos herab. Die Finger öffneten sich und die Fernbedienung kullerte zu Boden.

Cha'acko hatte sowohl in seiner militärischen als auch der nachrichtendienstlichen Karriere oft getötet. Auch Ashrak, wenn es seinen Zwecken diente. Er wusste genau, wo er zuschlagen musste, um die größtmögliche Wirkung zu erzielen.

Der zweite Wachposten hob seinen Schockstab und wollte ihn in Cha' ackos Rippen stoßen. Der Gefangene wich behände aus, entwand der Wache den Stab und trieb diesem seinen Ellbogen gleichzeitig seitlich gegen den Hals, hinter die Kiemen.

Die Atmung setzte aus. Der Krieger schnappte verzweifelt nach Luft, die seine Lungen nicht länger erreichte. Er taumelte rückwärts, polterte mit dem Rücken gegen die Wand und sank daran zu Boden.

Cha'acko wirbelte zu der ersten Wache herum. Diese hantierte an ihrem Seitenholster. Die Pulspistole war fast befreit. Der Gefangene trat gegen den gebrochenen Arm. Der Mann schrie vor Schmerz schrill auf. Cha'acko packte dessen Hals mit beiden Händen und brach ihm auf dieselbe Weise das Genick wie zuvor Tira'ise. Beide Wachposten waren für immer verstummt.

Cha'acko spähte den Korridor hinab. Er war völlig leer. Niemand hatte etwas von dem kurzen, aber brutalen Kampf mitbekommen. Er verriegelte die Tür, nahm die Fernbedienung an sich und deaktivierte das Joch. Das Licht erlosch auf der Stelle und das Schloss öffnete sich. Cha'acko nahm das Gerät mit erleichtertem Geräusch ab. Anschließend begann er damit, sich die Kleidung einer der beiden Wachen überzustreifen.

Für den Bruchteil eines Augenblicks erwog der ehemalige Honuh-ton-Agent, die anderen Sklaven sich selbst zu überlassen. Den Gedanken ließ er sogleich wieder fallen. Die Befreiung vom Joch stellte nur einen Etappensieg dar. Um diesen Ort des Todes endgültig zu verlassen, würde er die Hilfe der Rebellen und der anderen Sklaven benötigen. Daher beschloss er, sich an den mit Gareth Finch ausgearbeiteten Plan zu halten ... noch. Zumindest, solange es ihm dienlich war.

***

Yuma Matsumoto war nicht begeistert über ihren Teil des Plans. Er sah nämlich vor, die Sicherheit ihres erbeuteten Vehikels zu verlassen. Und das gefiel ihr gar nicht. Sie konnte nicht damit aufhören, ständig nach unten zu sehen und für eine kurze Weile in die dunklen Regionen des Ozeans hinabzustarren. Das Gefühl ständiger Bedrohung ließ sich weder leugnen noch abschütteln.

Fast erwartete sie, dass in der nächsten Sekunde ein Schwarm Age'vesy aus der Finsternis hervorstürmen würde, um sie in Stücke zu reißen und die Überreste ihres Körpers zu verschlingen.

Wenn sie sich umsah und die Körpersprache ihrer Leute folgerichtig interpretierte, dann ging es denen ähnlich.

Mittlerweile befand sich ihr komplettes Team außerhalb des Unterseeboots. Gareths Plan war recht einfach gehalten. Er sah vor, dass das Gefährt auf Autopilot geschaltet auf die Verteidigungsanlagen nördlich vor Paro'kajan zuhielt. Auf die entsprechende Anfrage nach einem Identifikationscode würde selbstverständlich keine Antwort erfolgen. Tatsächlich hatte der Bordcomputer in diesem Fall die einprogrammierte Order, sein gesamtes Waffenarsenal auf das nächste Ziel abzufeuern.

Allen Beteiligten war klar, dass dieses kleine Vehikel der Verteidigung einer Großstadt wie Paro'kajan kaum einen Kratzer zufügen würde. Darum ging es auch nicht.

Die Reaktion bestand in Großalarm. Da die Nerven der Fischköpfe ohnehin bereits blank lagen, würden sie einen beträchtlichen Teil ihrer mobilen Einheiten zum Schauplatz des Geschehens schicken. Schiffe und Truppen, die ans andere Ende der Stadt verlegt wurden, standen zwangsläufig nicht länger zur Verfügung, um einen Sklavenaufstand innerhalb der Arena niederzuschlagen. Die Ashrak würden gar nicht wissen, gegen welche Bedrohung sie sich zuerst wenden sollten. Bis sie diese Entscheidung trafen, würde es zu spät sein.

Eine Rebellion entwickelte oftmals ein Eigenleben. In Paro'kajan existierten gut zehntausend Sklaven in den Kampfarenen. Die Fischköpfe hatten sich im Herzen ihrer eigenen Domäne eine nach Rache und Blut lechzende Armee erschaffen. Ihre ureigenste Kreation würde sich gegen sie wenden.

Untray und Nigel schwammen an ihre Seite. Einigermaßen amüsiert bemerkte sie, wie beide ebenfalls unruhig nach unten sahen. Nach allem, was sie in den letzten Tagen erlebt hatten, war dies kaum verwunderlich. Die Age'vesy töteten schnell und erbarmungslos. In vielen Fällen bemerkte das Opfer gar nicht, was mit ihm geschah.

Sie warf erst ihrer Nummer zwei, dann dem Ingenieur einen forschenden Blick zu. Sie hoffte, dass dies trotz der versiegelten Rüstung rüberkam.

»Nun? Sind wir so weit?«

Beide nickten unisono. Sie atmete ein letztes Mal ein. »Dann sollten wir die Sache jetzt angehen. Untray? Schick es auf die Reise.«

Der Kexaxa steuerte das U-Boot über das HUD seiner kleinen Rüstung. Es setzte sich verblüffend zügig in Bewegung und hielt auf den Verteidigungskomplex der Ashrakstadt zu.

»Nun können wir nur noch hoffen und beten«, erklärte sie.

Dreisieben erwachte ruckartig aus seiner Meditation. Der Krieger gehörte schon lange den Paladinen an. Tatsächlich war er der erste Mensch gewesen, der für diese hehre Aufgabe auserkoren worden war. Und er war stolz darauf.

Die Rebellen redeten ständig von Gedankenkontrolle, von Gehirnwäsche, von Unterdrückung. Dreisieben aber diente dem Imperium aus Überzeugung. In den wenigen Stunden abseits seines Dienstes, wenn er sich zu Erholungszwecken in die tiefe Trance begab und sein Geist frei war, da fragte er sich wirklich, ob seine Indoktrination nicht bereits so lange her war, dass er zwischen Zwang und dem eigenen Willen nicht mehr unterscheiden konnte. Sobald der Paladin erwachte, waren alle Zweifel wie weggeblasen und er kannte nur noch die Hingabe für seine Herren und Meister.

Im ersten Augenblick nach dem Erwachen fragte er sich, warum seine Trance vorzeitig abgebrochen worden war. Dann vernahm er die Signale, die die Verteidiger von Paro'kajan mit penetrantem Schrillen auf ihre Gefechtsstationen rief.

Er runzelte die Stirn und aktivierte das implantierte Kommgerät. Auf der Stelle wurde sein Gehörgang mit allerhand Meldungen überflutet. Der Paladin regulierte den Eingang der verschiedenen Nachrichten und bekam recht schnell ein Bild der Lage.

Ein herrenloses Unterseeboot hatte die Verteidigungsanlagen der nördlichen Stadtgrenze angegriffen. Es war schnell ausgeschaltet worden. Die für Paro'kajan verantwortlichen Beamten waren aber angesichts der allgemeinen Lage in Panik geraten. Sie glaubten an ein Ablenkungsmanöver und verstärkten nun die Stellungen rund um die Stadt mit allem, was ihnen zur Verfügung stand.

Dreisieben verzog hämisch das Gesicht. Er hatte nichts gegen die Ashrak. Immerhin stand er unter deren Kommando und sie waren von den Rod'Or auserwählt worden, das Imperium in militärischen Dingen anzuleiten. Die Paladine verehrten die Rod'Or wie Götter – und Götter begingen keine Fehler.

Dennoch kam Dreisieben nicht umhin, ab und zu den Kopf zu schütteln, angesichts einer derart großen Anhäufung von Dummheit.

An ein Ablenkungsmanöver glaubte auch er, allerdings nicht an eines von den Feinden außerhalb der Stadt. Es sah eher nach etwas aus, was sich ein Mensch ausdenken würde. Und in diesem Zusammenhang richteten sich seine Gedanken sogleich auf die Rebellen in der Kampfarena. Sie waren dafür verantwortlich, daran hegte er nicht den geringsten Zweifel.

Dreisieben erhob sich mit einer einzigen, erschreckend geschmeidigen Bewegung. Der Paladin heftete die deaktivierte Rüstung auf seine linke Brustseite und aktivierte diese. Die einzelnen, aus Milliarden Nanopartikeln bestehenden Panzerplatten legten sich wie eine zweite Haut über seinen Körper. Als Letztes folgte der Helm.

Dreisieben nahm die Scheide mit dem Schwert und befestigte sie auf seinem Rücken. Die Rebellen wollten versuchen, aus der Stadt zu fliehen. Und der Paladin hatte eine ziemlich genaue Vorstellung davon, welchen Weg sie einschlagen würden.

Dreisieben verließ sein Quartier. Unmittelbar davor begann der überflutete Teil der Arenaanlage. Ohne weiter zu überlegen, schritt er in das eiskalte Wasser, bis es über seinem Kopf Wellen schlug. Die verriegelte Rüstung schützte ihn sowohl vor der Kälte als auch vor dem Ertrinken.

Sollten die Ashrak nur nach einem Angriff Ausschau halten, der nicht kam. Dreisieben hatte anderes zu tun. Der Verräter würde gemeinsam mit den Rebellen fliehen. Er war nicht länger ein Diener des Imperiums. Nun gehörte er zu denen. Und es gab nichts Verwerflicheres als einen Verräter. Dreisieben gedachte, diesen zur Strecke zu bringen. Es war nicht nur seine Aufgabe, es war seine Pflicht. Für die Rod'Or. Und für das Imperium.

***

Die Tür zum Kommandozentrum im roten Sektor zwei-eins-fünf öffnete sich. Keiner der Controller an den zahlreichen Konsolen machte sich überhaupt die Mühe, sich der unerwarteten Störung zuzuwenden. Es konnte sich ja ohnehin nur um einen Ashrak handeln. Eine andere Spezies hätte es nicht lebend bis in diesen Raum geschafft.

Zwei Gegenstände klapperten über den Boden, die Tür schloss sich sogleich wieder zischend. Nun drehte sich doch einer der Offiziere verwirrt um. Er bekam noch mit, wie zwei Granaten über den Boden kullerten. Der Krieger öffnete den Mund, um eine Warnung auszustoßen. Die Sprengkörper waren schneller. Sie detonierten mit brachialer Gewalt und füllten den Raum mit Feuer und Tod.

Die Tür öffnete sich erneut und Cha'acko trat ein, seinen erbeuteten Schockstab stoßbereit erhoben. Wie sich herausstellte, war sein Eingreifen gar nicht mehr notwendig. Viele der Konsolen waren zerstört, die bedienenden Controller ausgeschaltet. Der ehemalige Honuh-ton-Agent durchschritt den Raum ohne Zögern und ohne Zaudern. Er fand recht schnell das Gesuchte: die zentrale Kontrolleinheit für die Joche der Sklaven in diesem Sektor der Arena.

Er streckte die Hand aus, um den Schalter zur Deaktivierung zu drücken. Stöhnen lenkte ihn ab. Als er nach unten sah, bemerkte er das verbrannte Gesicht eines der Offiziere. Der Krieger war noch am Leben. Cha'acko kannte ihn gut. Der Mann hatte sich jedes Mal darüber lustig gemacht, sobald man ihn zu Tira'ise geleitet hatte. Anschließend hatte er über seine eigenen Scherze gelacht, als hätte er niemals bessere Witze gehört. Gab es etwas Erbärmlicheres? Falls ja, dann fiel Cha'acko es jedenfalls nicht ein.

Er beugte sich tief hinunter, bis er überzeugt war, dass seine Mimik das gesamte Sichtfeld des Offiziers ausfüllte. »Kennst du mich noch?«, raunte er dem Verletzten zu.

Er glaubte, einen Funken des Erkennens in den dunklen Glupschaugen seines Gegenübers wahrzunehmen. Dann richtete er sich auf, hob den Fuß und zermalmte den Kopf des Offiziers unter dem Stiefel. Das Geräusch splitternder Knochen hörte sich ungemein befriedigend an.

Als er seine Rache vollendet hatte, drückte er auf den Knopf für die Joche. Danach schaltete er die Kraftfelder des Sektors ab. Er hatte getan, was ihm aufgetragen worden war. Der Sklavenaufstand war damit in vollem Gange. Ob er zum Erfolg führen würde? Nun ja, das blieb abzuwarten.

***

Gareth, Takashi, Martha, Ibitray und die kleine Anzahl überlebender Rebellen warteten angespannt. Der Rebellenführer berührte sanft Marthas Hand. Sie schenkte ihm daraufhin ein scheues Lächeln. Jeder hatte seine rudimentäre, kaum zweckmäßige Rüstung voll ausgefahren.

In diesem Augenblick bemerkte er, wie das Licht des Jochs um ihren Hals erlosch, ebenso wie an jedem anderen Joch in Sichtweite. Nur eine halbe Sekunde später senkte sich auch das Kraftfeld. Sie waren frei – sofern man das innerhalb einer Ashrakstadt auf dem Planeten Tyrashina sagen konnte. Aber es war auf jeden Fall ein Anfang. Das Quartier füllte sich rasend schnell mit Meerwasser.

Die gefangenen Rebellen unter Gareths Führung verließen ihre Zellen. Andere Sklaven hatten da weitaus höhere Berührungsängste. Bedächtig tasteten sie sich vor, als könnten sie nicht fassen, dass die Freiheit winkte. Viele befürchteten, es könne sich um einen grausamen Scherz ihrer Aufpasser handeln, die die Kraftfelder reaktivieren würden, sobald sie die Schwelle übertraten.

Je mehr Zeit verging, desto mutiger wurden die Kampfsklaven. Sie tasteten sich auf den Korridor vor, sahen sich mit großen Augen – oder was ihnen für Organe auch immer zum Sehen dienten – um. Langsam begriffen sie, dass es kein Scherz war, keine Laune des Schicksals. Sie waren tatsächlich frei, ohne durch das Joch auf eine bestimmte Ebene festgelegt zu sein.

Makabrerweise verhielten sich die Wachen nicht weniger verwundert, um nicht zu sagen, geschockt als ihre Schützlinge. Sie schwammen durch die Korridore des Sklaventrakts, weit in der Unterzahl, nur spärlich bewaffnet, ihre Schockstäbe unschlüssig in den Händen haltend. Nicht wenigen von ihnen juckte es in den Fingern, den schmerzhaften Gegenstand einzusetzen. Gleichzeitig wussten sie, dass sie damit das eigene Ende heraufbeschworen. Die Sklaven jetzt nur nicht provozieren hieß die Devise. Es nutzte ihnen nicht viel.

Der erste Sklave, der ausrastete, war überraschenderweise ein Ashrak. Dem Brandmal auf seiner Stirn zufolge hatte man ihn wegen Ungehorsams zu diesem Schicksal verdonnert.

Der Gefangene entriss dem nächsten Wachposten seinen Schockstab und trieb ihn mit brutaler Gewalt in dessen Futterluke. Die Wache ging zuckend und schreiend zu Boden. Der Sklave hörte mit der Tortur aber nicht auf, bis die Bewegungen des Soldaten erstarben.

Alle – gleichermaßen Wachen wie Sklaven – beobachteten den Vorgang bestürzt, ohne einzugreifen. Langsam wurde beiden Parteien klar, dass sich die Machtverhältnisse fundamental verändert hatten.

Nun gab es kein Halten mehr. Die Sklaven fielen über die Wachmannschaft her mit all dem Hass, all der Wut und all der Hilflosigkeit, die sich über die Zeit des Frondienstes aufgestaut hatten. Die Soldaten versuchten, sich zu wehren, um dieser rachsüchtigen Meute zu entkommen, aber letztendlich hatten sie keine Chance.

Gareth wandte sich um und strebte dem Zugang zum nächsten Sektor zu. Einer der Ashraksoldaten stürmte auf ihn zu. Ibitray machte kurzen Prozess. Mit seinen Primatenhänden brachte er diesen zu Boden. Mit den Krebsscheren schlitzte er ihn auf.

Gareth nickte dem Kexaxa dankbar zu. Er bemerkte eine Gestalt, die sich immer noch in ihrer Zelle aufhielt und keinerlei Anstalten machte, diese zu verlassen, um sich dem Ruf der Freiheit anzuschließen.

Es war Asheaw. Gareth bewegte sich langsam auf ihn zu. Knapp außerhalb der Zelle blieb er stehen und musterte den Reptiloiden von oben bis unten.

Der Anführer der Rebellion winkte auffordernd. »Komm mit mir, mein Freund. Wir verschwinden von hier.«

Asheaw wandte den Kopf ab. Sein Blick blieb leer, als wäre dieser mächtige Krieger innerlich schon lange tot.

Gareth wagte es, in dessen Gefängniszelle einzudringen. »Worauf wartest du? Willst du nicht frei sein?«

Nun nahm ihn Asheaw doch zur Kenntnis. »Was glaubt ihr, wie lange euer kleiner Aufstand andauern wird? Ein paar Tausend Sklaven gegen den ganzen Planeten? Ihr seid verrückt, wenn ihr denkt, dass die Ashrak so leicht zu besiegen sind.«

»Alles ist besser, als hier zu versauern«, hielt Gareth dagegen. »Du hast recht. Wahrscheinlich unterliegen wir. Aber willst du es den Fischköpfen nicht wenigstens heimzahlen, was sie deinem Volk und dir angetan haben? Wo bleibt dein Stolz? Deine Würde? Wo bleibt dein Hass?«

In Asheaws Augen blitzte es. Es war das erste Anzeichen von echtem Leben, dass Gareth an seinem Gegenüber wahrnahm. »Erzähl mir nichts von Stolz und Würde. Achtzehn Milliarden meiner Leute sind lieber gestorben, als sich dem Imperium zu unterwerfen. Nun bin ich der Letzte meines Volkes.« Er senkte den Kopf. »Ein Schicksal, das ich niemandem wünsche.«

»Dann ehre das Opfer deines Volkes, indem du dich nicht in dein Schicksal fügst, sondern aufstehst. Man darf sich Diktatur und Tyrannei niemals widerspruchslos beugen. Man muss sich wehren. Muss Widerstand leisten.« Gareths Tonfall wurde hart. »Man muss gegen das Schicksal aufbegehren. Man muss kämpfen.«

Asheaw überlegte für einen Augenblick. Dann stand er auf und schwamm mit kräftigen Schlägen seines Schwanzes auf Gareth zu. Dieser befürchtete schon, der Coshkel würde ihn angreifen. Unmittelbar vor ihm verharrte er jedoch einige Zentimeter über dem Boden.

Er griff sich ohne viel Federlesens einen der vorübereilenden Soldaten und zerquetschte ohne große Mühe dessen Hals. Den leblosen Körper schleuderte der Krieger achtlos gegen die nächste Wand.

»Na schön, dann versuchen wir es auf deine Art«, sagte Asheaw. »Und selbst wenn wir unterliegen, ist vielleicht einer unter den Ashrak, der meinem Leben endlich ein Ende setzt, damit ich mich in Ehren zur Ruhe begeben kann.«

Gareth nickte erfreut. Der Coshkel würde eine willkommene Ergänzung für die Sache der Rebellion sein – falls er sich nicht entschloss, unnötig und absichtlich den eigenen Tod zu suchen. Martha und Ibitray gesellten sich an seine Seite. Die Sklaven kamen langsam zur Ruhe. Es gab keine feindlichen Soldaten mehr, an denen sie ihre Wut auslassen konnten. Nun galt es, weitere Sektoren einzunehmen, die dortigen Gefangenen zu befreien, um auf diese Weise ihre Zahl zu erhöhen.

Yumas Ablenkungsangriff musste bereits begonnen haben. Mit etwas Glück waren die Truppen von Paro'kajan lange genug beschäftigt, dass sie zu spät auf den Sklavenaufstand innerhalb der Kampfarena reagierten.

»Und was ist mit mir?«, wollte eine heisere Stimme wissen.

Beinahe gegen den eigenen Willen richtete sich Gareths Blick auf die verstärkte stählerne Zellentür, hinter der sich etwas verbarg, das ein Ashrak – aus seiner Sicht zu Recht – als das ultimative Böse bezeichnen würde. Aber war der Feind meines Feindes nicht mein Freund? Oder könnte womöglich der Feind meines Feindes auch mein Feind sein? Gareth wusste es nicht zu sagen. Er verfügte nicht über genügend Informationen, um sich diesbezüglich eine Meinung zu bilden.

»Ich will nur, dass mein Volk wieder aus der Tiefe ins Licht aufsteigen kann. Genau dasselbe wie du auch. Und dazu müssen die Ashrak fallen.«

Gareth stutzte. Er fühlte sich ertappt. Genau dasselbe hatte er vor wenigen Tagen selbst gedacht. Es war, als könne der Age'vesy seine Gedanken lesen. Und er hatte recht. War der Aufstand nicht aus exakt diesem Grund überhaupt erst ausgebrochen? Dennoch zögerte er. Dem Age'vesy konnte man nicht trauen. Trotz all seines Hasses auf die Fischköpfe widerstrebte es ihm, sie diesem Feind buchstäblich zum Fraß vorzuwerfen. Er würde sich gegen sie wenden. Früher oder später. Unter Umständen hatte die Kreatur gar keine Wahl.

Ungewollt kam ihm die Fabel vom Hund und dem Skorpion in den Sinn:

An einem Fluss begegnen sich ein Hund und ein Skorpion. Der Skorpion sagt: »Bring mich über den Fluss. Ich kann nicht schwimmen.«

Der Hund antwortet: »Auf keinen Fall! Dein Stachel ist voller Gift. Du wirst mich töten.«

Darauf der Skorpion: »Aber dann würden wir doch beide sterben.«

Das überzeugt den Hund. Er lässt den Skorpion auf seinen Rücken klettern und mit ihm als Passagier steigt der Hund in die Fluten und beginnt, zum anderen Ufer zu schwimmen. Etwa in der Mitte des Flusses sticht der Skorpion plötzlich zu.

Kurz bevor beide in den Wassermassen versinken, fragt der Hund: »Warum hast du das getan? Jetzt werden wir beide ertrinken.«

Der Skorpion antwortet: »Was hast du denn erwartet? Das liegt einfach in meiner Natur.«

Der Vergleich war nicht von der Hand zu weisen. Gareth war der Hund, der Age'vesy der Skorpion. Würde das gefährliche Wesen zustechen, sobald es die Gelegenheit erhielt?

»Ich kann euch helfen«, bohrte die schreckerregende Kreatur weiter. »Ich kann euch sicher aus der Stadt und vielleicht sogar vom Planeten schaffen.«

»Wie sollte das möglich sein?«, mischte sich Takashi ein.

»Mein Volk kommt. Ich spüre es deutlich. Es kommt hierher. Meine Krieger beugen sich widerspruchslos meinem Willen.«

Gareth wechselte einen alarmierten Blick mit Takashi, ehe er sich erneut der Zellentür zuwandte. »Dein Volk? Deine Krieger?«

Die Stimme kicherte heiser. »Ich bin Agromar, Erste Facette des freien Volkes der Age'vesy. Habt ihr euch nie gefragt, warum sie auf direktem Weg hierherkommen? Meine Leute wissen zu jedem Zeitpunkt, wo ich bin. Sie kommen, um mich zu retten.«

Gareth schwamm langsam auf die Tür zu. Takashis Hand an der Schulter hielt ihn zurück. »Tu das nicht! Er wird sich gegen uns wenden, sobald er hat, was er will.«

»Vielleicht«, erwiderte Gareth, ohne den Blick von der Zelle des unheimlichen Wesens zu nehmen. »Aber er hat recht. Wir brauchen ihn. Und so lange können wir ihm auch trauen.«

Er streckte seine Hand aus und entriegelte die speziell gesicherte Gefängniszelle. Die Tür schwang nahezu geräuschlos auf. Gelächter erhob sich, weitaus haarsträubender als das Flüstern zuvor. Gareth und Takashi wichen zurück. Für einen Moment schien die Zeit stillzustehen. Dann trat eine riesige Gestalt ins Freie. Sie setzte ihre angeborene Tarnfähigkeit nicht ein, wodurch sie zum ersten Mal für ihre Umgebung wahrnehmbar wurde.

Der Age'vesy war von annähernd humanoider Gestalt, mit Gliedmaßen, die zu lang waren, um wirklich als proportional zum Körper eingestuft zu werden. Zentimeterlange Klauen wuchsen aus Fingern und Zehen, so lang und scharf, dass sie sogar geeignet erschienen, um Panzerung zu zerfetzen.

Auf einem überraschend dünnen Hals saß ein eckiger Kopf mit einem Maul, gespickt mit dreieckigen Zähnen, ähnlich denen eines Haifisches. Hier stand ohne Zweifel ein Raubtier vor ihnen, das gewohnt war, von seiner Umgebung gefürchtet zu werden.

Abermals erhob sich schrilles Gelächter und im Anschluss stieß der Age'vesy einen Schrei aus, der allen Anwesenden durch Mark und Bein ging.

Das Gewirr aus abwechselnd abgrundtiefer Schwärze, unterbrochen von einem hypnotischen Lichtgewitter, wich vor dem Brückenfenster des Rebellen-Angriffskreuzers SHIVA und wurde durch das Sternenmeer des Alls abgelöst.

In mehreren Wellen strömten die Schlachtgeschwader der Allianzarmada aus dem Sprungpunkt und verteilte sich sogleich hinter Ris'rils Flaggschiff. Die LANCELOT, die HERAKLEIA sowie die Führungsschiffe der Syall und Sekari nahmen Flankenposition zur SHIVA ein.

Für einen Augenblick schien der Anblick, der sich ihnen bot, seltsam unwirklich. Ris'ril musste zugeben, dass sie sich das Tyrashina-System anders vorgestellt hatte. Die Planeten lagen weiter auseinander als ursprünglich angenommen. Der wichtigste Unterschied aber war der rege Schiffsverkehr. Es gab eine Menge militärische Aktivität, viel mehr als erwartet.

Darüber hinaus zog der dritte Mond von Tyrashina VII weiterhin unbehelligt seine Bahn. Ris'ril biss sich auf die Unterlippe. Die Mission war fehlgeschlagen. Die Verteidigung des Systems war nicht zerschlagen worden, noch nicht einmal beeinträchtigt.

»Die Lieutenants rufen uns«, meldete ihr Navigator.

»Stell sie durch«, befahl sie Nico.

Die Hologramme Michaels und Fabians bauten sich zu ihrer Rechten auf, gefolgt von denen des Syallgenerals Bara'a'acknam und des Sekarikriegsmeisters Anian Tarrakam. Alle vier wollten etwas sagen, aber Ris' ril schnitt ihnen mit einer entschlossenen Geste das Wort im Mund ab.

»Ich weiß, ich weiß. Etwas ist schiefgegangen.«

»Das ist wohl keine adäquate Beschreibung für die Situation«, gab Bara'a'acknam verkniffen zurück. »Die Lage ist eine gänzlich andere als von uns erhofft. Der Mond ist noch intakt.«

»Und Tyrashina VII auch«, schloss sich Anian Tarrakam an.

»Was meinst du, ist Gareth tot?«, fragte Fabian in wesentlich versöhnlicherem Tonfall als die Verbündeten.

»Ich weiß es nicht«, erwiderte sie leise. »Wollen wir hoffen, dass er es irgendwie geschafft hat zu überleben.«

»Wir müssen uns sofort zurückziehen«, warf Bara'a'acknam ein. »Gegen eine solche Feuerkraft können wir unmöglich bestehen.«

Ris'rils Gedanken rasten. Währenddessen verzettelten sich die Offiziere in einem Streit, ob man wie geplant vorgehen oder lieber abrücken sollte. Michael stand eher für die Option Angriff, genauso wie Anian Tarrakam. Fabian plädierte für den Standpunkt des Syallgenerals. Ris'rils Stimme würde den Ausschlag geben. Die Samiradkriegerin indessen war anderweitig beschäftigt. Sie betrachtete die Szenerie, die sich vor der Shiva ausbreitete, eingehend.

»Nico? Ich muss mir den Orbit des siebten Planeten mal etwas genauer ansehen.«

Der Navigator tat wie geheißen und ein separates Hologramm ploppte auf. Ris'ril beugte sich neugierig vor. Eine große Anzahl ziviler Transportschiffe strebte aus dem Orbit dem All entgegen. Sie sammelten sich in der Nähe des zweiten Mondes. Dort wurden sie mit einer Eskorte versehen und nahmen einen Kurs, der sie zu einem der Sprungpunkte führte. Er lag nicht weit vom Eintrittspunkt der Armada entfernt.

»Das ist eine Evakuierung«, schlussfolgerte sie. Die Kriegerin hob den Kopf und spähte durch das Brückenfenster. Der Rebellenkreuzer war natürlich zu weit entfernt, als dass sie irgendetwas hätte entdecken können. Aus ihrer Perspektive bestanden die Schiffe lediglich aus kurz aufflackernden Lichtquellen. Dennoch half es ihr, den Kopf freizukriegen und sich zu konzentrieren.

Unterdessen stritten ihre Mitoffiziere weiter und ließen sich dabei von Ris'rils neuester Erkenntnis nicht stören.

»Es ist eine Evakuierung«, erklärte sie erneut, dieses Mal wesentlich lauter und mit fester Stimme.

Der Disput kam umgehend zum Erliegen. Alle vier beäugten die Samirad blinzelnd und nicht wenig verwirrt. Erst jetzt kamen sie auf die Idee, den Schiffsverkehr näher in Augenschein zu nehmen.

»Und wie nützt uns das?«, wollte Michael wissen.

»Da unten geht irgendetwas vor«, meinte Ris'ril mit nachdenklich leiser Stimme.

»Noch mal«, entgegnete der andere Rebellenlieutenant, dem langsam der Geduldsfaden riss. »Was nützt uns das?«

»Hier passieren Dinge, die wir nicht verstehen, aber wir müssen sie trotzdem zu unserem Vorteil nutzen. Wir sind jetzt im Herzen der Domäne, die von den Ashrak direkt und unmittelbar kontrolliert wird. Wir bekommen nie wieder die Chance für einen solchen Angriff.«

Michael verdrehte die Augen. Fabian hingegen reagierte gelassener. »Was schwebt dir vor?«

In Ris'rils Verstand nahm ein Plan Gestalt an. Er war riskant, aber das war jeder Schritt gewesen, den die Rebellen getan hatten, seit sie die Wirkung der Loyalitätsimplantate überwunden hatten. Wollte man den Sieg erringen, musste man zwangsläufig Wagnisse eingehen. Ansonsten hatte man bereits verloren.

»Aus irgendeinem Grund evakuieren die Fischköpfe große Teile der eigenen Bevölkerung. Und Transporter, die sie auf die Reise schicken, müssen sie auch von einem Aufgebot eskortieren lassen. Das schwächt ihre Abwehr insgesamt. Mit jedem Konvoi, der das System verlässt, verlieren sie Schiffe, Jäger und erfahrene Soldaten. Das kommt uns zugute.«

Ris'ril kniff die Augen zusammen und studierte die Route, auf der die Fischköpfe die Evakuierungstransporter aus dem System geleiteten. Er verlief etwa zwei Lichtsekunden entfernt von den Stellungen der Rebellen und ihrer Verbündeten.

»Wir zwingen die Ashrak, ihre Evakuierungsroute von uns weg zu verlegen. Damit müssen sie eine längere Distanz zurücklegen und ihre Einheiten werden weiter auseinandergezogen.« Ihr Blick zuckte zu den zwei nichtmenschlichen Offizieren. »Entsenden Sie Ihre besten Geschwader und greifen Sie die Evakuierungsschiffe an. Belassen Sie aber die Hälfte Ihrer Streitkräfte außer Reichweite der Schlacht. Die Ashrak haben keine Wahl. Um die Zivilisten zu beschützen, müssen sie reagieren und weitere Einheiten in Position bringen. Gleichzeitig werden sie einen anderen Weg einschlagen, um die verwundbaren Transporter von den schlimmsten Kämpfen fernzuhalten.«

»Und was machen Sie?«, wollte Bara'a'acknam wissen.

»Wir greifen mit zwei Dritteln der Rebellenflotte den Schwerkrafttrichter direkt an. Er wird von Waffenplattformen, Jägerbasen und mindestens drei Raumstationen abgeriegelt. Sobald wir uns einen Weg durch ihre Abwehr hindurchgekämpft haben, versuchen wir, zum siebten Planeten durchzubrechen und über diesem in Stellung zu gehen. Die restlichen Verbände von Rebellen, Syall und Sekari fungieren als Reserve. Wenn mich nicht alles täuscht, dann werden wir sie noch brauchen, bevor die Schlacht um Tyrashina vorüber ist.«

»Okay. Und wenn wir über dem Planeten sind?«, fragte Fabian. »Was dann?«

»Wir setzen Truppen ab und versuchen, Kontakt zu Gareth oder einem anderen Mitglied des Einsatzteams zu bekommen.«

Die Offiziere wechselten verhaltene Blicke. Aber keiner von ihnen hatte einen besseren Plan zur Hand. Sie nickten nacheinander.

»Und falls unser glorreicher Anführer ... nicht antwortet?«, wagte Fabian einzuwerfen. Die Worte *tot ist* hingen zwischen ihnen ungesagt in der Luft. Niemand besaß den Mut, sie offen auszusprechen.

»Dann werden wir ihn rächen und Tyrashina in Schutt und Asche legen.«

Wehe, du hast dich umbringen lassen, du sturer, eigensinniger Mensch, du!, ging ihr gleichzeitig durch den Kopf. *Ich habe keine Lust, Tyrashina zu einem Mahnmal deines Endes zu machen. Und ich habe keine Lust, um dich zu trauern.*

***

Der Sklavenaufstand in Paro'kajan entwickelte mit rasender Geschwindigkeit eine Art Eigendynamik. Die von Cha'acko in die Freiheit entlassenen Gefangenen streunten in Gruppen umher, nach dem Blut ihrer verhassten Peiniger lechzend.

Von der grausamen Wirkung des Jochs befreit, überrannten sie weitere rote Sektoren der Arenaanlage und erlösten dadurch auch die dort gefangen gehaltenen Sklaven. All dies geschah, bevor die Ashrak in der Lage waren, Verstärkung zu schicken und den Aufstand niederzuschlagen. Die marodierenden Sklaven erhielten auf diesem Weg innerhalb kürzester Zeit Verstärkung in Form Tausender kampferprobter Gladiatoren.

Gareth und Takashi führten ihre kleine Gruppe von Widerstandskämpfern durch das Labyrinth enger verwinkelter Korridore in den Eingeweiden der Katakomben unterhalb der Arena. Der Age'vesy Agromar blieb bei ihnen. Gareth war nicht sicher, wie er das finden sollte. Asheaw übernahm die Nachhut. Auf Cha'acko stießen sie auf Sublevel drei, einem entwässerten Bereich des Areals.

Der Ashrakoffizier trug immer noch die Rüstung eines Wächters. Als Cha'acko und Agromar sich gegenüberstanden, wären sie beinahe übereinander hergefallen. Der Honuh-ton-Agent griff nach seiner Waffe, der Age'vesy aktivierte seine Tarnfähigkeit, die klingenartigen Krallen weit ausgefahren.

»Schluss damit!«, brach es aus Gareth heraus. Die Entladung des Rebellenanführers erfolgte dermaßen unerwartet, dass die beiden Todfeinde unwillkürlich innehielten und den kleineren Menschen aus großen Augen musterten.

Cha'acko nahm widerwillig die Hand vom Hüftholster. Der Dunst, mit dem Agromar den kräftigen Körper verhüllte, um seine Feinde zu narren, ließ nach und er wurde wieder zur Gänze sichtbar. Die Kontrahenten standen sich noch eine Weile unschlüssig gegenüber, ehe sich Cha'ackos anklagender Blick auf seinen ehemaligen Untergebenen richtete.

»Du hast dieses Monster tatsächlich freigelassen? Ich hätte dich für klüger gehalten, *Templer.*« Cha'acko gelang es, Gareths ehemalige Waffengattung wie eine Beleidigung klingen zu lassen.

»Ob es dir gefällt oder nicht, wir brauchen ihn.« Er hob aufmüpfig das Kinn. »Wie steht der Kampf um Paro'kajan?«, fragte er herausfordernd.

Cha'acko schwieg für einen Moment, dann sackten die Schultern des Agenten herab und die Röhrchen seiner Rüstung blubberten. »Der Sklavenaufstand ist für meine Leute nicht mehr als ein Ärgernis. Aber die Age' vesy sind eingetroffen. Sie haben bereits die Hauptkuppel durchbrochen und sind innerhalb der Stadt. Mein Volk wehrt sich tapfer. Die Schlacht wird viele Stunden lang anhalten. Möglicherweise sogar Tage.«

»Aber ...?«, hakte Gareth nach.

»Aber die Stadt wird letztendlich fallen«, gab Cha'acko schwermütig zu. »Die Obrigkeit beginnt bereits damit, die Bevölkerung zu den zwei Raumhäfen in der Region zu bringen.« Er senkte das eckige Haupt. »Wir verlieren.«

Dieses Eingeständnis musste dem stolzen Ashrak schwerer zu schaffen machen als jedweder Kampf seines Lebens bisher. Die Fischköpfe waren es nicht gewohnt zu verlieren – nicht in einem solch katastrophalen Ausmaß.

Gareth nickte langsam. »Agromar ist der Einzige, der uns durch die Blockade der angreifenden Age'vesy bringen kann. Ohne ihn war alles umsonst. Ohne ihn sind wir tot.«

Cha'ackos mächtige Kiefer mahlten, als er angestrengt nach einer Lösung suchte. Sie verursachten ein knirschendes Geräusch.

»Na schön«, gab er schließlich unwillig nach. »Fürs Erste.«

»Wenn du die Sache austragen willst, wirst du keine Schwierigkeiten haben, mich zu finden«, ergänzte Agromar.

Was gerade stattfand, war wohl das Interspezies-Äquivalent eines Schwanzvergleichs. Dafür hatten sie jetzt keine Zeit. Gareth trat demonstrativ zwischen die Streithähne.

»Wie kommen wir aus der Stadt?«, richtete er seine nächste Frage an Cha'acko.

»Der Hangar, zwei Ebenen unter uns«, antwortete der Agent. »Wir stehlen ein Schiff und verschwinden von hier. So schnell wie möglich.«

»Ist dort ein raumtaugliches?«, mischte sich Takashi ein.

»Nein, alles nur Unterseeboote, aber die einzige Möglichkeit, von diesem verfluchten Ort wegzukommen.«

»Dann müssen wir eines davon nehmen.« Mit einem Kopfnicken deutete Gareth in Cha'ackos Richtung. »Zeig uns den Weg.«

Der Honuh-ton-Agent drehte sich um und übernahm die Führung. Anhand der Schuppenfarbe ließ sich unschwer ablesen, dass es ihm ganz und gar nicht gefiel, den Age'vesy in seinem Rücken zu wissen.

In Paro'kajan einzudringen, erwies sich als wesentlich einfacher, als Yuma gedacht hatte. Die Rebellenoffizierin führte ihre kleine Schar Widerstandskämpfer zwischen die sich ständig veränderten Frontlinien, bis sie die Ausläufer der ersten Vororte erreichten. Überall wurde gekämpft. Ashrak und Age'vesy bekämpften einander mit einer Inbrunst, die schon ans Fanatische grenzte. Keine der beiden Parteien fand die Zeit, sich um eine kleine Gruppe Rebellen zu kümmern, denen eher daran gelegen war, unentdeckt zu bleiben, als sich am Kampf zu beteiligen.

Yumas Truppe schwamm durch die Straßen der umkämpften Stadt, während über ihnen und oftmals in ihrer unmittelbaren Umgebung Ashrak und Age'vesy sich gegenseitig die Köpfe blutig schlugen.

Yuma und ihre Einheit kämpften zum ersten Mal in einer solchen Umgebung. Es hatte schon etwas Surreales, durch Straßen, die komplett unter Wasser lagen, zu schwimmen, anstatt hindurchzumarschieren. Die Ashrak taten sich in dieser Hinsicht natürlich um einiges leichter. Die Stadt befand sich auf einem Felsplateau, das sich etwa achtzig Meter unterhalb der Meeresoberfläche aus dem Grund des Ozeans schob. Knapp außerhalb der Stadtgrenzen erhob sich ein mächtiger Abgrund, der mindestens weitere dreihundert Meter in die Tiefe führte. Paro'kajan tanzte praktisch auf der Kante.

Oftmals liefen sie verängstigten Gruppen von Zivilisten über den Weg, die sich darum bemühten, den blutigen Kämpfen fernzubleiben. Es war das erste Mal, dass sie Ashrakzivilisten begegneten. Für das Auge eines Blutläufers war es ein zutiefst ungewohnter Anblick, auf Fischköpfe zu treffen, die nicht die üblichen von Röhren durchzogenen Rüstungen trugen.

Vor den Rebellen hatten die Nichtkombattanten indes keine Angst, hielten sie diese für Teile der eigenen kämpfenden Truppe. Oftmals wurden sie freundlich, ja beinahe überschwänglich begrüßt. Bei zwei Gelegenheiten entschied Yuma sogar, Zivilisten der Ashrak vor marodierenden Age'vesy zu beschützen. Dabei verlor sie selbst drei Mann. Dennoch war es den Preis wert. Sie hielt nichts davon, ein Volk für die Taten seines Militärs und seiner Anführer verantwortlich zu machen. Bei vielen Flüchtigen handelte es sich um Eltern, die ihre Kinder eng an sich drückten, um sie vor dem Schrecken zu bewahren, der Tyrashina ergriffen zu haben schien.

Yuma hielt inne und hob die rechte Faust. Die Mitglieder der Gruppe kamen unwillkürlich zum Stehen. Alle bis auf Nigel, er bildete das Ende des Trupps und schloss zu Yuma auf. Der Rebellenoffizier wollte etwas sagen, verkniff sich dann aber jedes Wort, als ihm bewusst wurde, warum seine Kommandantin anhielt.

Voraus bahnte sich eine Schlacht an. Feindliche Infanterie in schweren

Kampfanzügen, unterstützt von zahlreichen Unterseebooten, stellte sich einer Horde Age'vesy in den Weg, um deren Vormarsch in den Stadtkern aufzuhalten.

Auf den ersten Blick hätte man meinen können, die Angreifer wären ohne Chance. Sie verfügten über keine sichtbare Technologie und führten lediglich Krallen, Klauen und Fangzähne in den Kampf. Dies täuschte.

Die Ashrak eröffneten auf Kommando das Kreuzfeuer gegen die anrückenden Age'vesy. Sie entfesselten einen Sturm aus Pulsenergie und Unterwasserlenkgeschossen. Die Angreifer flogen mitten hinein. Tausende gingen bereits in den ersten Minuten zugrunde. Die Age'vesy kümmerte es nicht. Sie griffen immer und immer wieder an. Für einen kurzen Zeitraum wirkte es tatsächlich, als könnten die Verteidiger ihre verhassten Feinde auf Abstand halten. Dann durchbrachen diese die Linie der Fischköpfe.

Die Unterseeboote und Kampfschiffe der Ashrak erwischte es zuerst. Sie taugten lediglich für den Fernkampf. Auf kürzeste Distanz offenbarten sie eine gefährliche Schwachstelle. Sie durften nicht mehr feuern, da sie ansonsten die eigenen Truppen gefährdet hätten. Die Geschwader zogen sich ungeordnet zurück. Die Age'vesy setzten ihnen nach, schabten Panzerung mit bloßen Klauen auf und drangen in die Innenräume ein, um den Fischköpfen ein grausames Ende zu bereiten.

Auf diese Weise verloren die Ashrak mehr als hundert Kampfschiffe, bevor es den Verteidigern erneut gelang, die Stellung zu behaupten. Yuma studierte den Kampf schweigend, aber mit wachsender Faszination. Sie wusste, es war gut möglich, dass sie selbst eines Tages gegen diese grausamen Kreaturen würde antreten müssen. Bis dahin war es unabdingbar, so viel wie nur irgend möglich zu lernen, um nicht dieselben Fehler wie die Fischköpfe zu machen.

Ironischerweise war es gerade die Infanterie, die den Ashrak an jenem Tag den Arsch rettete. Während die Kampfschiffe im Nahkampf nutzlos und der nicht vorhandenen Gnade ihrer Gegner ausgeliefert waren, setzten sich die Ashrak-Blutläufer fest. Sie verschanzten sich zwischen den Straßen der Stadt und verteidigten sich in alle Richtungen. Dabei schossen sie eine Vielzahl von Feinden ab, die außen an den sich zurückziehenden Schiffen hingen. Die Verluste der Fischköpfe blieben hoch, aber es gelang ihnen, die Stellung zu halten. Yuma wusste am Ende nicht mehr zu sagen, wie lange die Schlacht getobt hatte. Aber die Age'vesy zogen sich angezählt und in den Seilen hängend zurück. Den Fischköpfen erging es nicht viel besser.

Yuma nahm sich einen Moment Zeit, um das Schlachtfeld einer eingehenden Begutachtung zu unterziehen. Sie zog sich hinter die nächste Ecke zurück.

»Was denkst du?«, wollte ihre Nummer zwei wissen. Nigels Stimme hallte dumpf durch ihren Helm.

Sie überschlug ein paar Zahlen im Kopf. »Die Ashrak haben mindestens achtzig Prozent Verluste erlitten. Entweder sie bekommen Verstärkung oder sie ziehen sich zurück.«

»Falls sie sich für keine der zwei Optionen entscheiden, dann wird sie der nächste Angriff hinwegfegen. Die Age'vesy kommen bestimmt zurück.«

»Die bleiben nicht«, prophezeite Yuma. »So dumm sind sie nicht.«

Die Rebellen beobachteten die Fischköpfe eine Weile. Die Vorhersage traf ein. Die dezimierten Feindeinheiten rückten ab, tiefer ins Innere der Stadt.

Yuma winkte ihre Leute weiter. Sie schlichen sich durch mehrere Gassen, bis sie zu einigen verlassenen Wohnhäusern kamen. Die Gruppe verschaffte sich Zugang zu einem und im Inneren installierte Untray einen tragbaren Kraftfeldgenerator. Einmal aktiviert, drängte die Energiebarriere das Wasser Stück für Stück zurück und schuf auf diese Weise eine Luftblase.

Yuma streifte erleichtert den Helm ab und warf ihr Haar in den Nacken zurück. Feuchtigkeit tröpfelte von der Decke. Dennoch handelte es sich hierbei um das beste und bequemste Versteck, das sie seit dem Verlassen ihres gekaperten Unterseeboots hatten erleben dürfen.

Sie aktivierte ihr implantiertes Kommgerät. »Gareth? Bist du auf Empfang?«

Die Wartezeit betrug nur ein paar Sekunden. Trotzdem kam es der Offizierin viel zu lange vor. Sie atmete erleichtert auf, als sie die Stimme des Rebellenführers in ihrem Kopf vernahm.

»Yuma? Wo seid ihr?«

»Am Rand der Stadt«, gab sie zurück.

»Status?«

»Vorerst in Sicherheit, aber ich kann nicht sagen, wie lange noch. Unsere neuen Freunde machen den Fischköpfen ganz schön zu schaffen. Das ist ein regelrechtes Gemetzel hier draußen.«

»Bleibt, wo ihr seid. Wir sind dabei, uns etwas Motorisiertes zu beschaffen. Auf dem Weg raus aus der Stadt holen wir euch ab.«

»Verstanden. Aber seid vorsichtig. Die Age'vesy reagieren nicht gut auf Fahrzeuge der Ashrak.«

»Keine Sorge. Wir haben jemanden dabei, der uns freies Geleit versprochen hat.«

Yuma senkte die Stimme. »Kann man ihm trauen?«

Gareth zögerte. »Wird sich zeigen.« Ohne weiteren Kommentar kappte der Mann die Verbindung.

Nigel hatte mitgehört und nahm seine Befehlshaberin zur Seite. »Das gefällt mir nicht.«

»Mir auch nicht«, gab sie freimütig zu. Untray zeigte ihr sein Holopad. Laut den Informationen, über die es verfügte, wurde außerhalb des Gebäudes erneut heftig gekämpft. Und obwohl es den Age'vesy nicht gelang, tiefer in die Stadt einzudringen, standen die Fischköpfe unter enormem Druck. Es war abzusehen, dass sie nicht mehr sehr viel länger durchhalten würden. »Aber wir haben keine andere Wahl«, fügte sie hinzu.

***

Cha'acko hatte weiterhin die Führung inne. Gareth ließ den Rücken seines früheren Befehlshabers und Peinigers nicht aus den Augen. Bei auch nur dem geringen Anzeichen von Verrat würde er den Mistkerl auf der Stelle niederschießen.

In kurzen Intervallen trafen sie auf versprengte Mitglieder der Wachmannschaft. Diese reagierten zunächst verwundert, sobald sie Cha'acko in seiner Rüstung erblickten. Dann erkannten sie die Gefangenen hinter ihm, von denen jeder eigentlich ein Joch tragen sollte. Sie reagierten immer auf dieselbe Weise – und immer viel zu spät.

Sobald sie ihre Waffen hochrissen, war Agromar schon an den befreiten Sklaven vorbei und stürzte sich auf die Fischköpfe. Das Ende war fast immer dasselbe. Bevor Gareths Truppe eingreifen konnte, hatte der Age' vesy die Situation geklärt. Falls es überhaupt eine Erinnerung gebraucht hätte, in welcher Gesellschaft sie sich befanden, so sorgte der Anführer dieses dunklen Volkes ständig dafür, dass keiner es vergaß. Die Rebellen hielten sich so fern von dem Fressfeind der Ashrak wie nur möglich.

Witzigerweise versteckten sie sich zum überwiegenden Teil hinter Gareths Rücken. Als könne dieser Schutz bieten, falls Agromar sich dazu entschloss, gegen sie vorzugehen. In einem belustigten Moment fragte sich der Rebellenführer, hinter wem der Honuh-ton-Agent sich denn verstecken sollte? Takashi blieb dicht an seiner Seite. Die Gegenwart des alten Freundes fühlte sich gut an. Gareth war überzeugt davon, falls einer von ihnen in der Lage war, dem Age'vesy auf Augenhöhe zu begegnen, dann war es jemand, der die Ausbildung eines Paladins genossen hatte.

Der Age'vesy wurde merklich langsamer. Gareth wurde nicht klar, warum. Voraus kam eine einsame Gestalt in Sichtweite. Sie trat der Gruppe breitbeinig in den Weg, das Schwert blankgezogen.

Die gesamte Gruppe kam zum Halten. Er warf Takashi einen vorsichtigen Blick zu.

»Ein Paladin?«

Takashi nickte. »Es ist Dreisieben. Er kommt meinetwegen.«

Gareth rümpfte die Nase. »Überlass ihn mir. Mit dem werde ich schon fertig.«

»Nein, wirst du nicht. Keiner von euch.« Er deutete mit einem Wink des Kopfes auf Agromar. »Sogar der Age'vesy wird vorsichtiger.« Takashi leckte sich über die Lippen. »Ich bin nicht einmal überzeugt, dass *ich* ihn besiegen kann.« Der ehemalige Paladin zögerte und Gareth bemerkte zum ersten Mal Unsicherheit oder gar Angst in dessen Gesichtsausdruck. »Dreisieben ist alt geworden in einem Beruf, der jede Art von Schwäche sofort bestraft. Das ist kein gewöhnlicher Gegner.«

»Er gehörte zu jenen, die mich gefangen nahmen«, warf Agromar ein. »Nie zuvor sah ich einen Soldaten der Ashrak sich auf diese Weise bewegen. Der Paladin hätte mich beinahe getötet.«

Gareth – und dem Ausdruck auf dessen Gesicht nach zu schließen, Takashi auch – wäre es lieber gewesen, ihr unfreiwilliger Bundesgenosse hätte das für sich behalten.

»Geht!«, bat Takashi. Gareth warf ihm einen unschlüssigen Blick zu. »Nehmt diesen Weg.« Er deutete auf eine Abzweigung.

»Bist du sicher?«

»Er ist nicht hinter euch her. Dreisieben wird euch ziehen lassen.«

»Führt der andere Weg auch zum Hangar?«, fragte Gareth in Cha' ackos Richtung.

»Es ist ein Umweg, aber er bringt uns ebenfalls ans Ziel«, bestätigte der Honuh-ton-Agent. »Wir brauchen nur etwas länger.«

»Wir könnten alle gegen ihn kämpfen«, meinte Gareth. »Er kann uns kaum alle besiegen.«

»Wenn ihr das versucht, bringt er euch um«, bekräftigte Takashi. »Geht jetzt.«

Gareth sah ein letztes Mal zwischen seinem alten Freund und Dreisieben hin und her, bevor er die Truppe in den nächsten Querkorridor dirigierte. Er selbst bildete das Schlusslicht.

»Wir warten auf dich.«

Takashi lächelte wehmütig. »Wenn ich in zehn Minuten nicht nachkomme, dann braucht ihr nicht zu warten. Paladine sind schnell in dem, was sie tun.«

Gareth folgte seinen Leuten und sah sich nicht um. Es gab auch nichts mehr zu sagen. Der Anführer des Aufstands fragte sich, ob er seinen erst kürzlich zurückgewonnenen Freund je wiedersehen würde.

***

Takashi sah Gareth hinterher, bis sich dessen muskulöser Körper in der Dunkelheit verlor. Langsam ging er auf seinen Widersacher zu.

Dieser holte urplötzlich aus und warf Takashi das eigene Schwert vor die Füße. Gleichzeitig zog er ein zweites. Takashi schluckte, nickte aber respektvoll. Dreisieben wollte die Angelegenheit ehrenhaft beilegen. Es bestand keine Ehre darin, einen Unbewaffneten zu schlachten.

»Du musst das nicht tun«, versuchte er, auf seinen Gegner einzureden. Obwohl er wusste, dass es vergebliche Liebesmüh war.

Der Helm des Paladins öffnete sich und wurde über dessen Nacken in die Rüstung gezogen. »Natürlich muss ich das. Du hast dich von deinem Pfad abgewandt. Wir sind die Beschützer des Imperiums. Und einen Verräter aus unseren Reihen dulde ich nicht. Deswegen musst du sterben.«

»Das Imperium ist eine Lüge.«

»Das Imperium hat mir alles gegeben!«, herrschte Dreisieben ihn an.

»Es hat dir alles genommen. Deine Herkunft, deine Familie, sogar deine Persönlichkeit«, hielt Takashi ihm entgegen. Er neigte leicht den Kopf zur Seite. »Weißt du überhaupt noch, wie dein Name lautet? Dein richtiger Name?«

Dreisieben erstarrte. Damit hatte er ihn kalt erwischt. Kaum ein Paladin erinnerte sich daran, wie er oder sie einst geheißen hatte. Das trieb man den Rekruten als Erstes aus.

»Bedeutungslos«, zischte Dreisieben.

»Wie kannst du nur so was sagen? Es gibt kaum etwas Wichtigeres. Der Name symbolisiert deine Persönlichkeit.« Seine Brust schwoll vor Stolz an. »Mein Name ist Takashi. Und das wird sich bis zu meinem Tod nicht mehr ändern.«

»Der ist nicht mehr fern«, höhnte Dreisieben.

»Schon möglich«, gab er ihm recht. »Aber falls ich heute sterbe, dann bin ich immer noch Takashi. Und du nur ein weiteres namenloses Opfer von diesem Monstrum, das deinesgleichen Imperium nennt.« Er bückte sich, um das Schwert aufzuheben.

In diesem Augenblick griff Dreisieben an. »Verräter!«, brüllte er ihm entgegen. Trotz des Hasses in seinen Worten bestand die Attacke aus wohlüberlegten, gut platzierten Schlägen. Takashi war versucht, die Hiebe kalt und gefühllos zu nennen. Die Kampfkonditionierung griff selbst jetzt in all der Wut, die Dreisieben empfinden musste, immer noch. Ein weiterer Beweis für die hohe Qualität der Ausbilder der Fischköpfe und ihre Drogen.

Takashi griff auf seine eigene Konditionierung zurück, aber bewusster, überlegter als sein Kontrahent. Wo dieser nicht nachdachte und einfach nur instinktiv agierte, da handelte Takashi gemäß einer Taktik. Er beabsichtigte, seinen Gegner in eine Situation zu bringen, in der sogar dessen Ausbildung ihn nicht davor bewahrte, einen tödlichen Fehler zu begehen.

Paladine erzog man in aller Regel zur Aggressivität. Ihre Ausbilder wurden niemals müde, ihnen zu erklären, einen schnellen Sieg herbeizuführen, sei der Schlüssel zum Erfolg.

Um mit einem Gegner von Dreisiebens Format fertigzuwerden, entschied sich Takashi zum genauen Gegenteil. Er blieb passiv; defensiv.

Jeder Schlag Dreisiebens klirrte gegen den Stahl in Takashis Händen, wurde von einer gekonnten Parade abgewehrt.

Dreisieben hieb weiter ungehemmt auf ihn ein, ganz so wie der abtrünnige Paladin es erwartet hatte. Die Elitekrieger des Imperiums besaßen offiziell keine Emotionen. Aus Erfahrung wusste Takashi, dass dies so nicht ganz der Wahrheit entsprach. Sie verfügten noch über Emotionen, wenn auch nicht in einem Umfang wie gewöhnliche Menschen. Eines der vordringlichsten Gefühle der Paladine war der Ehrgeiz, einen Gegner zu überwinden. Geschah dies ihrer Meinung nach nicht schnell genug, konnten sie ungehalten reagieren.

Im Prinzip fußte Takashis Taktik darauf, den Kontrahenten so lange hängen beziehungsweise seine Attacken ins Leere laufen zu lassen, bis dieser einen Fehler beging – dann hatte er ihn. In der Theorie.

Die Praxis sah natürlich ein wenig anders aus. Dreisieben brachte Takashi nach den ersten dreißig Sekunden eine schmerzhafte und heftig blutende Wunde am linken Bizeps bei, acht Sekunden später eine weitere am rechten Oberschenkel.

Die aufgrund der genetischen Veränderungen verbesserte Wundheilung schloss die Verletzungen sogleich wieder. Es war jedoch eine unliebsame Erinnerung daran, dass der Ausgang des Kampfes keineswegs feststand.

Durch die zwei Teilsiege ermutigt, stürzte Dreisieben vor. Takashi wich seitlich aus, sein Schwert kam aber nicht schnell genug hoch und so entging er lediglich um Haaresbreite einer weiteren Verletzung. Dieses Mal im Bereich des Rückgrats, das hätte sogar jemandem wie ihn das Leben kosten können.

Dreisieben agierte optimistischer, wurde mutiger. Was er nicht wusste, Takashi hatte absichtlich zu spät reagiert. Der Kampf wogte zwei weitere Minuten hin und her. Dreisieben setzte zu einer erneuten Attacke an und Takashi wich auf dieselbe Weise aus wie zuvor. Ein siegesgewisses Lächeln huschte über das Gesicht des Paladins. Das Schwert zuckte hoch. Takashi ließ den Gegner glauben, er begehe denselben Fehler ein weiteres Mal – doch nun kam sein Schwert nicht zu spät in die richtige Position.

Dreisieben stockte mitten in der Bewegung. Er sah an sich herunter. Die Klinge des Abtrünnigen hatte seine Rüstung durchstoßen und steckte bis zum Heft in dessen Brust.

Er taumelte. Dreisiebens Schwert entglitt kraftlos gewordenen Fingern. Takashi öffnete seine Hand. Die Klinge klapperte zu Boden. Er fing den Sturz des Mannes ab und ließ ihn sanft zu Boden gleiten.

Der Paladin sah zu dem Sieger auf. In seiner Mimik lagen weder Wut noch Verzweiflung, nur Bedauern. Und Zufriedenheit.

»Maurice«, brachte er mit letzter Kraft hervor. »Mein Name ist Maurice.«

Ris'rils Plan ging auf. Die Sekari und Syall griffen gemeinsam die Evakuierungsroute an und zwangen die Ashrak damit zum Umdenken. Nicht nur, dass diese ihre Transporter auf einem anderen Weg aus dem System bringen mussten, darüber hinaus waren sie gezwungen, zusätzliche Einheiten zu deren Schutz abzustellen. Gleichzeitig attackierten die Rebellen das Zentrum der Tyrashina-Verteidigung. Ris'rils Angriffskreuzer SHIVA übernahm dabei die Führung.

Innerhalb der Rebellenflotte gab es mit Sicherheit schwerere und schlagkräftigere Kampfraumer. Aber die Samiradkriegerin hätte keines davon gegen ihre SHIVA eingetauscht. Sie mochte die Kombination von Feuerkraft und Geschwindigkeit. Es gab nichts Vergleichbares, wenn man sich mit einem Gegner auf dem Schlachtfeld messen wollte.

Michael und Fabian gingen gemeinsam gegen die linke Flanke der feindlichen Formationen vor. Die Fischköpfe hatten aus irgendeinem Grund ihre besten Truppen im heimatlichen System zusammengezogen. Und das spürte man deutlich. Sie leisteten erbitterten Widerstand. Kriegsschiffe beider Seiten explodierten im tödlichen Ringen um jeden Fußbreit des umkämpften Territoriums.

Es dauerte fast einen Tag, bis die Invasionsverbände der Allianz zwei der drei Raumstationen im Umkreis des Hauptplaneten ausgeschaltet hatten. Fünfzehn Stunden später war auch die dritte neutralisiert. Die Jägerbasen waren zwar weiterhin kampf- und einsatzfähig, aber ihre Geschwader wurden im Verlauf der Kämpfe extrem dezimiert, wodurch sie an taktischem und strategischem Wert verloren. Ris'ril entschied, sie zu ignorieren und stattdessen das Zentrum der feindlichen Formation zu bedrohen. Davon versprach sie sich bedeutend mehr.

Die SHIVA tauchte unter einem feindlichen Schweren Kreuzer hinweg und beharkte diesen von unten mit ihren oberen Deckgeschützen. Der

Schwere Kreuzer brach seitlich aus. Eine Folgeexplosion suchte sich aus der Backbordpanzerung ihren Weg hinaus ins All.

Das Schiff driftete nach rechts unten davon, vorbei an Ris'rils Flaggschiff, das an diesem wieder nach oben zog. Eine weitere Salve zerstörte die Kommandobrücke sowie die Antriebssektion, eine dritte bereitete dem Feindkreuzer ein jähes Ende.

Die Samirad rief auf ihrem Hologramm eine Übersicht der ringsum tobenden Schlacht auf. Das Ergebnis war ernüchternd.

»Nico?«, wandte sie sich an ihren Navigator.

»Du willst wissen, ob die Sensoren korrekt arbeiten?«, kam dieser ihrer Frage zuvor. »Das tun sie.«

Ris'ril knirschte mit den Zähnen. Die Allianzeinheiten zerstörten ihre Gegner mit hoher Effizienz. Für jedes eigene verloren die Ashrak fünf Schiffe. Bei den Jägern lag das Verhältnis sogar bei neun zu eins. In diesem vernichtenden Ausmaß hatte die Allianz dem Imperium noch nie gegengehalten.

Dennoch genügte es nicht. Laut Computeranalyse würde die Allianz, wenn das so weiterging, innerhalb der nächsten vierzig Standardstunden überwältigt werden.

Die meisten Kommandanten hätten an diesem Punkt aufgegeben und gerettet, was von ihrer Streitmacht noch übrig war. Ris'ril war aber nicht wie die meisten.

Dies hier war Tyrashina. Wollten sie dem Imperium endlich einen tödlichen Schlag versetzen, dann mussten sie hier den Hebel ansetzen. Es stellte einen unersetzlichen Mosaikstein in der imperialen Kriegsmaschinerie dar. Sie hatte nicht vor, so einfach klein beizugeben. Außerdem besaß sie ein Ass in der Hinterhand, von dem die Ashrak bei Tyrashina hoffentlich noch nichts gehört hatten und das sie überraschen würde.

»Nico, Befehl an die Sondergeschwader: Einsatz starten!«

Der Navigator gab die Anweisung kommentarlos weiter. In der Tat hatte er bereits auf eine entsprechende Order seiner Kommandantin gewartet.

Eine Ansammlung von Einheiten näherte sich aus den hinteren Allianzlinien. Ihre Geschwindigkeit lag unter der von gewöhnlichen Kriegsschiffen. Sie waren langsam und schwerfällig.

Die Rebellen ließen die Geschwader passieren. Sie sickerten fast unbemerkt durch deren Reihen hindurch in Richtung der feindlichen Verteidigungsstellungen. Dies war der Moment, in dem die Ashrak deren Annäherung bemerkten. Ein Teil des Beschusses verlagerte sich.

Die Neuankömmlinge saßen die Bombardierung aus. Weder erwiderten sie das Feuer noch änderten sie den Kurs. Diese Raumschiffe waren nicht für den Kampf bestimmt. Sie waren noch nicht einmal bewaffnet.

Eigentlich handelte es sich um normale Transportschiffe, die man mit zusätzlicher Panzerung versehen hatte, damit sie eine gewisse Zeit den unbarmherzigen gegnerischen Attacken standzuhalten vermochten.

Mit jeder Minute, die verging, hielten die Transporter weiter auf den Feind zu. Sie verloren dabei genügend Panzerung, um daraus ein Schlachtschiff bauen zu können. Sie standen kurz davor, die Hauptkampflinie der Ashrak zu erreichen. Einige der Transportschiffe würden nicht mehr lange durchhalten. Aber sie hatten ihren Teil des Auftrags ohnehin so gut wie erfüllt.

Die Brücke eines jeden Schiffes war unbesetzt, die Einheiten mittels Autopiloten auf Kollisionskurs zu den Fischköpfen geschickt. In ihrem Inneren befand sich eine böse Überraschung.

Die vordersten Transporter waren weniger als dreitausend Kilometer von den Vorhutgeschwadern der Ashrak entfernt – da platzten die Frachter auf und entließen ihre Passagiere ins Freie.

Eine große Anzahl von neu gebauten Rebellenkanonenbooten fiel wie eine unaufhaltsame Flut über die verdutzten Ashrak her. Die zahlreichen Geschütze nahmen den Feind aufs Korn. Gegnerische Kampfschiffe explodierten. Zuerst die leichteren, verwundbaren. Dann erlitten Schlachtkreuzer und sogar Schlachtschiffe schweren Schaden.

Die Feindgeschwader versuchten, sich auf die veränderte Situation einzustellen. Sie nahmen die Rebellenschiffe aufs Korn, erzielten Treffer und erreichten bescheidene Erfolge. Ris'ril sah vier Kanonenboote explodieren, dann beinahe gleichzeitig zwei weitere. Die restlichen aber durchbrachen mühelos die gegnerische Front. Innerhalb der Formation der Verteidiger konnten sie ungehindert agieren, während die Fischköpfe Vorsicht üben mussten, um keine eigenen Einheiten zu gefährden. Bei mehr als einer Gelegenheit schoss ein übereifriger Ashrakkommandant mit seinem Kampfschiff vorbei und traf einen Kampfraumer der eigenen Flotte.

Eines der Schlachtschiffe von der ähnlichen Bauart wie die HERAKLEIA wich einer Schwadron angreifender Kanonenboote aus und rammte dabei zwei Zerstörer. Die viel kleineren Schiffe wurden von dem größeren buchstäblich zermalmt. Es machte sich zwar keine Panik unter dem Gegner breit, aber man spürte schon eine gewisse Ratlosigkeit angesichts dieser unorthodoxen Taktik.

Die Kanonenboote leisteten ganze Arbeit. Ihre vor allem auf kürzeste Distanz verheerenden Raketen hämmerten unnachgiebig auf den Gegner ein.

Zunächst war Ris'ril ein wenig verwundert über die denkbar schlechte Vorstellung, die die Ashrak plötzlich lieferten, zumal sie sich bisher hervorragend geschlagen hatten. Bei näherem Überlegen ergab das aber fraglos Sinn. Die Fischköpfe wussten nicht, wie sie mit diesem ihnen völlig unbekannten Schiffstyp umgehen sollten. Sie kannten weder seine Spezifikationen noch waren sie mit seinen Fähigkeiten vertraut. Zum allerersten Mal in vielen Jahrzehnten des Krieges standen die imperialen Kräfte einem Angreifer gegenüber, über den sie nicht das Geringste wussten und den sie deswegen nicht einschätzen konnten. Es lähmte sie, machte ihnen Angst. Und es vermittelte den imperialen Truppen das Gefühl von Unzulänglichkeit und Schwäche.

Vor ihren Augen nahm die Katastrophe Gestalt an. Die Reihen der imperialen Streitkräfte begannen zu bröckeln und auseinanderzudriften. Unendlich langsam zwar, doch es geschah. Die Samiradkriegerin entschied, die daraus entstehenden Lücken auszunutzen.

»Nico, schick die nächste Welle rein.«

Auch dieses Mal entgegnete der Navigator kein Wort. Eine zweite Welle von Kampfraumern näherte sich und zog mit hoher Geschwindigkeit an der SHIVA vorüber.

Korvetten und Leichte Kreuzer der Rebellen warfen sich in den Kampf, zwei weitere neu aufgelegte Schiffsklassen, die dem Imperium völlig unbekannt waren. Sie eröffneten unisono das Feuer und Energiestrahlen fegten wie eine Feuerwalze über die feindlichen Geschwader hinweg. Durch die Attacke der Kanonenboote in Mitleidenschaft gezogene Einheiten wurden kampfunfähig geschossen oder zerstört. Das Chaos war perfekt.

»Einen Kanal zur Flotte öffnen«, befahl sie.

»Du kannst sprechen«, informierte sie ihr Navigator.

»Alle Rebelleneinheiten, in die Bresche vordringen und den Gegner unter allen Umständen vom Planeten abdrängen.«

Sie hatte kaum ausgesprochen, als die Jagdgeschwader der Aufständischen vordrangen und den Feind in blutige Nahkämpfe verwickelten. Ris'ril und das Gros der Rebellenflotte folgten. Auf ihrem Hologramm überprüfte sie den Status von Sekari und Syall. Diese hatten die Ashrak mittlerweile dazu gezwungen, die Fluchtroute ihrer Evakuierungstransporter zu ändern und von den Kämpfen wegzuverlagern – gemeinsam mit einem erheblichen Anteil ihrer eskortierenden Einheiten.

Voraus wurde Tyrashina VII immer größer. Die Rebellen hatten den Planeten beinahe erreicht. Nur eine letzte Schlachtreihe stand noch zwischen ihnen und dem Orbit. Ris'ril zog beide Mundwinkel nach oben. Diese würden sie auch noch knacken. Dann war der Weg endlich frei.

* * *

Paro'kajan war inzwischen Frontstadt – falls es so etwas wie eine Front auf Tyrashina noch gab. Es wurde in fast allen Meeren und sogar auf den meisten spärlich vorhandenen Landmassen gekämpft. Die Age'vesy übten auf die Verteidiger erheblichen Druck aus. Tatsache war aber, dass Paro'kajan eine Lücke innerhalb der Verteidigungsbemühungen schloss. Wenn die Stadt in Feindeshand fiel, war es den Age'vesy möglich, in dessen Hinterland vorzudringen – weitläufig offenes Terrain, das kaum oder nur unter schweren Opfern wirkungsvoll verteidigt werden konnte.

Bri'anu war mittlerweile Kampfkommandant von Paro'kajan und dessen unmittelbarem Umland. Ein Kelch, von dem er gehofft hatte, er möge an ihm vorübergehen. Seine Gebete waren nicht erhört worden.

Für Ashrakverhältnisse stelle Bri'anu eine Kuriosität dar. Er hatte sein Offizierspatent und seine Stellung nicht durch Beziehungen erreicht, sondern durch Fähigkeiten und Begabung. Des Weiteren zog er es vor, seine Truppen von vorderster Stellung aus zu kommandieren und nicht aus irgendeinem sicheren Kommandozentrum weitab von den Kämpfen. Seine Untergebenen waren nicht nur bass erstaunt gewesen, als er ihnen dies eröffnet hatte. Ihre Reaktion war mit *fassungslos* kaum adäquat beschrieben. Sie wären liebend gern im Kommandozentrum verblieben. Aber die imperiale Militärdoktrin, an deren Entwurf die Ashrak erheblichen Anteil hatten, besagte, dass ein Stab ständig in der Nähe des Befehlshabers zu sein hatte. Die Offiziere mussten sich rund um die Uhr zu seiner Verfügung halten. Wo sich der Befehlshaber aufhalten sollte, stand nicht im Handbuch.

Bri'anus Schuppen wurden vor Vergnügen grün. Es war sehr wahrscheinlich, dass in den Nachwehen dieser Schlacht aufgrund seines Verhaltens ein neuer Passus diesbezüglich ins Regelwerk aufgenommen wurde.

Mit kräftigen Bewegungen schwamm Bri'anu zur nächsten befestigten Stellung. Seine Offiziere folgten zügig, wenn auch nicht wirklich begeistert. Im Bunker angekommen, wurde er bereits erwartet.

Neben einer Kommando- und Kommunikationsstation, beherbergte das Bollwerk auch eine schwere Pulswerferbatterie, die nicht nur sämtliche Unterwassergegner in Reichweite erledigen konnte, sondern sogar Ziele bis hinauf in den Orbit.

Die Stellung wurde von einem Offizier namens Delar'ad kommandiert. Anhand der vielen Narben konnte man ablesen, mit was für einem erfahrenen Veteranen man es zu tun hatte. Außerdem war er wesentlich älter als Bri'anu.

Das machte die Angelegenheit nicht leichter. Er war es gewohnt, von rangniederen, aber dafür erfahreneren Offizieren oftmals mit Herablassung oder sogar Verachtung betrachtet zu werden. Sie trauten ihm nichts zu, glaubten, er wäre auch nur so ein Günstling, der seinen Rang der Wichtigkeit seiner Familie oder ihrem Wohlstand zu verdanken hatte. Erst wenn er redete und seine Gegenüber den Sachverstand erkannten, der in Bri'anus Verstand ruhte, wurden sie meistens ein wenig umgänglicher. Bri'anu war schon gespannt, zu erfahren, mit welcher Art Offizier er es hier zu tun hatte.

Delar'ad salutierte nach Ashrakart mit einem Faustschlag der rechten Hand auf die linke Brustseite. Bri'anu erwiderte die Ehrenbezeugung. Der Mann machte respektvoll Platz und ließ seinem Vorgesetzten damit den Raum, sich in die Versammlung einzubringen.

Bri'anu war positiv überrascht von der Wertschätzung, die ihm entgegengebracht wurde. Das hatte er schon anders erlebt. Der hochrangige

Offizier trat selbstbewusst in die Runde. Sein Stab folgte mit ein wenig Abstand.

»Gib mir deinen Bericht«, wandte er sich an Delar'ad. »Aber nur die Kurzfassung bitte.«

Der Befehlshaber der vorgeschobenen Stellung gesellte sich an seine Seite. Einer der Hauptleute aktivierte ein Hologramm, das sich kontinuierlich in langsamer Geschwindigkeit drehte, damit jeder der Anwesenden einen Eindruck von der momentanen Lage gewinnen konnte.

Bri'anu beugte sich interessiert vor, während Delar'ad zu einer Erklärung ansetzte. »Den Age'vesy ist es in den vergangenen Stunden gelungen, drei unserer Vorpostenstellungen zu überwinden.« Er hob die Hand und deutete mit seinen langen Fingern auf einen isolierten Abschnitt des Gefechtssektors. »Nur diese dort hält noch stand. Sie ist aber abgeschnitten und die Age'vesy starten unentwegt Angriffe. Es ist fraglich, ob sie sich noch sehr lange wird behaupten können.«

»Verluste?«

»Unklar, aber erheblich. Im Augenblick gehen wir von mindestens viertausend Kriegern aus, allein in diesem Gefechtsabschnitt innerhalb der vergangenen zehn Stunden.« Delar'ad warf seinem Vorgesetzten einen langen Blick zu. »Wenn das so weitergeht, dann dringen sie spätestens in zwei Standardtagen in den Stadtkern vor. Einen Tag später fällt Paro' kajan.«

Bri'anus Schuppen färbten sich vor Enttäuschung gelb. »Dass die Lage so ernst ist, davon hatte ich keine Ahnung. Ich wusste, wir stehen unter Druck, aber das hier ...« Er deutete auf das Hologramm. »Wie konnte es nur so weit kommen?«

Bri'anus Offenheit veranlasste den Kommandanten dazu, mutiger zu werden. »Ich befürchte, der Rat geht mit Informationen über den Vormarsch unserer entfernten Vettern nicht gerade verschwenderisch um. Es wird über Siege berichtet, die es nie gab. Und Niederlagen werden größtenteils totgeschwiegen.« Delar'ad zögerte. »Die Zahl unserer Feinde ist um ein Vielfaches höher, als die offiziellen Kanäle verlauten lassen. Sie sind wild, gefährlich und dürsten nach Rache.« Abermals verfiel der Offizier kurz in Schweigen. »Sie wollen nicht nur unsere Städte oder unsere Welt. Sie wollen uns vernichten. Und leider stehen ihre Chancen nicht schlecht.«

»Weil wir zu defensiv agieren«, warf Bri'anu ein. »Man kann einen Krieg nicht aus der Defensive heraus gewinnen.« Sein Blick fokussierte sich auf die einzelne Stellung, die immer noch standhielt. »Mit wie vielen Kriegern ist diese Position besetzt?«

Delar'ad brauchte nicht lange zu überlegen. Die Information kam wie aus der Pistole geschossen. »Weniger als tausend.« Er stieß Luft aus seinen Kiemen aus. »Tendenz fallend«, fügte der Mann zerknirscht hinzu.

»Wenn Paro'kajan fällt, dann steht den Age'vesy ein Gebiet von Tausenden Quadratkilometern offen, bis sie auf eine Streitmacht treffen, der es gelingt, sie erneut aufzuhalten.«

»Wir brauchen dringend Unterstützung.« Bri'anu bemerkte, wie Delar' ad verhaltene Blicke mit einigen seiner Offiziere wechselte, ehe er erneut das Wort ergriff. »Können wir auf Hilfe der Flotte bauen? Ein Orbitalbombardement möglicherweise?«

Bri'anus Schuppen wechselten vor Überraschung erneut die Farbe. »Wir sollen also jetzt Teile der eigenen Welt zerstören, um diese Invasion zu beenden?«

»Bei allem Respekt, aber von unserer Heimat wird ohnehin nicht mehr viel übrig bleiben, wenn das so weitergeht. Ich habe mich mit anderen Kommandanten beraten und die meisten sehen es ähnlich. Entweder wir bringen dieses Opfer oder unsere Zivilisation wird hinweggefegt.«

Bri'anu überlegte kurz. »Es gibt eine Alternative zur völligen Zerstörung.« Er deutete kampflustig auf das Hologramm. »Wir erobern die Vorpostenstellungen zurück und drängen die Age'vesy damit vor die Stadt. Das verschafft uns ein wenig Raum zum Atmen und wir gewinnen vor allem Zeit.«

Die anwesenden Offiziere wechselten beunruhigte Blicke, allen voran Delar'ad. Er trat vor. Der Mann wusste, dass die anderen zu ihm aufsahen und in dem Veteranen so eine Art Obmann sahen, der im Namen aller sprach.

»Ich bewundere deinen Mut und die Leidenschaft, die aus dir spricht, aber ich bezweifle, dass wir dazu noch in der Lage sind. Die Age'vesy sind zu zahlreich und unsere Kräfte an zwei Fronten gebunden. Hätten die Rebellen und ihre Verbündeten nicht zum Sturm auf unsere Heimatwelt angesetzt, wäre die Lage möglicherweise eine andere. Nun stehen wir von zwei Seiten aus unter Beschuss. Eine offensive Operation unter solchen Bedingungen erscheint mir schlichtweg nicht machbar. Wir würden Ressourcen vergeuden, die dringend an anderen Stellen benötigt werden.«

Bri'anu beäugte sein Gegenüber missmutig, aber nicht ohne Sympathie. Dessen Argumente hatten zweifellos etwas für sich. Trotzdem war der junge Offizier überzeugt, auf dem richtigen Weg zu sein.

»Die Stadt wird fallen«, erklärte Bri'anu ruhig und sachlich. »Die Age'vesy werden über kurz oder lang in den Stadtkern eindringen und jeden umbringen, dem sie begegnen. Anschließend strömen sie in das Hinterland von Paro'kajan und überrennen alles und jeden in einem Umkreis von Tausenden Kilometern.« Bri'anu maß jeden der Anwesenden nacheinander mit festem Blick. »Das ist dann der Anfang vom Ende. Tyrashina – unsere Heimat seit Urzeiten – wird fallen. Unser Volk wird über das gesamte Imperium und darüber hinaus zerstreut werden. Ich habe nicht vor, dies zuzulassen. Diese Stadt wird nicht fallen. Diese Welt wird nicht fallen. Und wir jagen unseren dunklen, aus Albträumen wieder auferstandenen Feind zurück in das von gefräßigen Räubern beherrschte Loch, aus dem er gekrochen ist, um uns zu peinigen.« Abermals nahm er mit jedem der Offiziere Augenkontakt auf. Und er bemerkte subtile Unterschiede zum Ausdruck auf den Gesichtern zuvor. Wo einst Resignation und Niedergeschlagenheit geherrscht hatte, da sah Bri'anu nun Zuversicht, Entschlossenheit und den Willen, dem Feind Widerstand zu leisten.

Ruckartig wandte er sich Delar'ad zu. »Es soll alles an Truppen und Schiffen versammelt werden, was du aufbieten kannst. Ich nehme Kontakt zum Rat auf und bitte dessen Mitglieder um weitere Unterstützung. Gemeinsam können – und werden – wir diese Front halten. Wir ergeben uns nicht der Furcht. Und wir ergeben uns vor allem nicht unserem Feind.« Jubel erhob sich und ließ den Bunker in seinen Grundfesten erschauern. Sogar das Wasser bis hin zur Oberfläche schien davon widerzuhallen. In diesem Augenblick wusste Bri'anu endgültig, dass er sie erreicht hatte.

Sie befanden sich inzwischen im überfluteten Teil der Arenaanlage. Jeder außer Cha'acko und Agromar hatte seine Rüstung geschlossen und versiegelt. Die interne Lebenserhaltung war aktiviert. Die Luft, die sie ausstieß, schmeckte alt und abgestanden im Mund. Sie irrten bereits so lange in diesem Labyrinth umher, dass Gareth schon fürchtete, ihr Führer hätte sich verlaufen. Doch nach einem endlos erscheinenden Marsch wurde es voraus endlich heller.

Die Gruppe um Gareth erreichte den Hangar ohne weitere Zwischenfälle. Es fiel ihm schwer, zu glauben, dass eine Flucht dermaßen leicht vonstattengehen sollte aus einem der schwerstbewachten Gebäude von ganz Paro'kajan. Nach einer entsprechenden Nachfrage bei Cha'acko erwies sich dieser als belustigt. »Die Obrigkeit hat vermutlich die meisten Wachen der örtlichen Verteidigung zugeteilt, um die Stadt zu halten. Die wenigen zurückgebliebenen Posten wurden mittlerweile alle niedergemacht. Die marodierenden Sklaven werden uns gute Dienste leisten. Sie schwärmen in die Stadt aus und verschärfen das überall herrschende Chaos. Bis die Verantwortlichen die Lage in den Griff bekommen, sind wir längst weg.«

Gareth empfand das Amüsement des ehemaligen Honuh-ton-Agenten als ziemlich unpassend. Immerhin ging es dabei um seine eigene Heimatwelt. Er sprach über den Tod seiner Artgenossen, als würde ihn dies überhaupt nicht interessieren, wenn man mal davon absah, dass sie für ihn Aktiva darstellten, die seine Flucht begünstigten. Sobald man sie vom Brett nahm, waren sie uninteressant für den Mann. Innerlich zuckte Gareth die Achseln. Unter Umständen musste man so sein, wenn man sich der Honuh-ton verpflichtete. Das war genau der Schlag Soldaten, die beim imperialen Geheimdienst gern gesehen waren, nach seinem Dafürhalten.

Ein Laut aus einem Seitenkorridor ließ die gesamte Gruppe herumfahren. Die Waffen deuteten in die Dunkelheit, bereit, jeden Angreifer niederzustrecken, der sich mit ihnen anlegen wollte.

Gareths genetisch verbesserte Augen spähten in die Finsternis. Die biotechnischen Aufrüstungen des Imperiums waren hervorragend. Auch wenn er sie nicht freiwillig erhalten hatte, so war er nun froh über ihre zusätzlichen Fähigkeiten. Er sah sogar mehr als Cha'acko und Agromar.

Gareth hob die zur Faust geballte rechte Hand. Die Waffen blieben ohne Einschränkung auf das dunkle Loch gerichtet, aber die Zeigefinger seiner Mitstreiter entspannten sich am Abzug.

Ein Mann stolperte in den Hangar und wäre um ein Haar gestürzt. Gareth ließ das Pulsgewehr los und fing die erschöpfte Gestalt auf. Der Rebellenanführer erkannte die Zeichnungen auf der Panzerung. Trotz des aufgestülpten Helms hauchten seine Lippen ein Wort: »Takashi.«

Der Brustkorb seines Freundes hob und senkte sich angestrengt unter der hauteng anliegenden Rüstung.

»Du hast es geschafft«, fügte Gareth hinzu. »Du lebst noch.«

»Die Berichte über meinen Tod sind stark übertrieben«, zitierte der Paladin einen Schriftsteller der Menschheit, während sein Atem rasselte.

»Dreisieben?«

»Ist jetzt frei«, antwortete Takashi. Gareth fragte nicht weiter nach. Er wusste, was diese drei Wörter bei einem Sklaven wie Dreisieben bedeuteten.

Er half dem Paladin auf die Beine. Trotz seiner Agilität und verbesserten körperlichen Eigenschaften war der Mann am Ende seiner Kräfte.

»Du siehst nicht gut aus.«

Über die Kommverbindung hörte er das Lächeln in der Stimme seines Freundes. »Du warst auch schon mal charmanter.«

Gareth wollte etwas erwidern, aber Cha'acko kam ihm zuvor. »Ich finde dieses Wiedersehen natürlich herzerwärmend, aber wir müssen uns jetzt auf Dringlicheres konzentrieren.« Er deutete auf eines der U-Boote. »Das dort ist betriebsbereit. Seine Handhabung ist intuitiv. Ihr werdet gut damit zurechtkommen.«

»Ihr?«, hakte Martha nach. »Du kommst nicht mit?«

»Ich habe zugesichert, euch aus der Arena zu bringen. Unser Pakt wurde erfüllt. Von nun an gehen wir getrennte Wege.«

Gareth war von der Vorstellung eines Cha'acko, der frei in der Stadt umherschweifte und wieder gegen sie arbeitete, nicht sehr erfreut. Er wechselte bedeutsame Blicke mit seiner Truppe. Sogar Agromar – so undurchschaubar, wie er normalerweise auch war – schien damit nur bedingt einverstanden.

Dem Honuh-ton-Agenten wurde klar, dass die Stimmung kippte. Er tastete nach der Seitenwaffe im Holster an seiner Hüfte.

Gareth war versucht, den Ashrak gewaltsam in das Unterseeboot zu verfrachten. Er nutzte ihnen unter Umständen noch als Geisel etwas. Eine Hand an der Schulter hielt ihn zurück.

»Lass ihn gehen«, beschwichtigte Takashi die allgemeine Lage. »Wir können ihn nicht die ganze Zeit bewachen und er würde alles tun, um uns zu schaden. In der Stadt herrscht Ausnahmezustand. Tausende von Kampfsklaven streifen umher. Ein zusätzlicher Trupp wird nicht auffallen. Er kann nichts tun, um uns zu verraten. Außerdem wird er selbst gesucht.«

Gareth suchte erneut bei seinen Leuten um Rat. Martha nickte beinahe unmerklich. Ibitray schloss sich an. Weitere Rebellen folgten ihrem Beispiel.

Gareth fokussierte seinen Blick auf den Honuh-ton-Agenten. »Geh!«, forderte er ihn auf. »Und bete, dass wir uns nie wiedersehen. Beim nächsten Aufeinandertreffen sind wir keine Freunde mehr.«

Cha'acko erstarrte. Mit so viel Ehrgefühl hatte er offenbar nicht gerechnet. Er neigte steif den Kopf in stummer Zustimmung, dann nahm er die Hand von der Pulspistole.

Der ehemalige Honuh-ton-Agent nahm Anlauf und stürzte sich durch die einzige Öffnung, die aus dem Hangar führte. Sie befand sich am Boden des Raumes.

Gareth starrte noch einen Moment auf den Punkt, an dem Cha'acko verschwunden war. Trotz seiner Warnung war ihm klar, dass sie den Ashraksoldaten nicht zum letzten Mal gesehen hatten. Und er war sogar überzeugt, dass er sich noch wünschen würde, ihn hier und heute getötet zu haben.

»Ich gehe auch«, warf Agromar überraschend ein. »Mein Volk erwartet mich bereits. Und ich habe einen Krieg zu führen.«

Gareth sah zu dem riesigen Wesen auf. »Du hast uns versprochen, uns durch die Blockade zu führen. Wir hatten einen Deal.«

»Und ich halte ihn ein. Meine Leute wissen bereits Bescheid. Kein Leid wird deiner Gruppe widerfahren.«

Diese Eröffnung hätte den Rebellenanführer eigentlich überraschen sollen. Das Überraschendste aber war, dass es ihn eben nicht überraschte. In Wirklichkeit bestätigte es nur einen Verdacht, den er schon geraume Zeit hegte. Ohne eine weitere Erklärung folgte Agromar Cha'acko durch die Hangaröffnung im Boden. Er war schon verschwunden, bevor einer der Rebellen auch nur die Chance erhielt zu reagieren.

»Kommt«, forderte er seine Freunde auf. »Verschwinden wir von hier.«

Gareth führte seine geschrumpfte Schar an Bord des kleinen Schiffes. Martha begab sich ohne Umschweife ins Cockpit und setzte sich auf den Pilotensitz. Ibitray fungierte als Kopilot.

Wie die meisten Ashrakvehikel war auch dieses U-Boot vollständig mit Wasser gefüllt. Martha nahm zuallererst einen Druckausgleich vor, drängte das eiskalte Nass hinaus und flutete den Transporter mit atembarer Atmosphäre. Die Rebellen nahmen erleichtert den Helm ab.

»Was hat er damit gemeint«, fragte Takashi, »seine Leute wüssten bereits von uns?«

»Bei den Age'vesy handelt es sich um ein Schwarmbewusstsein«, erläuterte Gareth. »Was einer weiß, wissen alle. Deswegen kämpfen sie wie eine Einheit. Und aus diesem Grund tun sich die Ashrak so schwer mit ihrer Abwehr.« Er schüttelte den Kopf. »Die Fischköpfe werden diesen Kampf verlieren. Tyrashina wird untergehen. Sie wissen es noch nicht, aber sie haben keine Chance.« Er erhob die Stimme. »Martha, bring uns raus.«

Die Kontrollen erwiesen sich als erfreulich intuitiv. Cha'acko hatte die Wahrheit gesagt. Die Rebellensoldatin hatte keinerlei Probleme, das U-Boot aus dem Hangar zu steuern. Sie blieb dicht über den Straßen der umkämpften Stadt. Würde sie das U-Boot in höhere Gefilde steuern, wäre die Gefahr zu groß, vom hiesigen Militär entdeckt zu werden.

Der Transporter gewann zusehends an Fahrt. Mit jeder Minute, die verging, wurde die Pilotin besser in der Handhabung. Gareth aktivierte sein implantiertes Kommgerät. »Yuma? Schick mir ein Peilsignal. Wir kommen euch jetzt abholen.«

Die Verteidigungskräfte von Paro'kajan führten unter Bri'anus Leitung in den frühen Morgenstunden ihre Gegenoffensive durch.

Die Tageszeit spielte dabei eigentlich sogar eine untergeordnete Rolle. Nur schwache Lichtstrahlen drangen bis in diese Wassertiefe vor. Analytiker hatten eine mögliche Schwachstelle des Gegners ausgemacht. In diesen Stunden ruhten viele von ihnen. Es war lediglich eine kleine Chance, sie musste aber dennoch genutzt werden, wollten die Bewohner von Tyrashina VII hoffen, in dieser Schlacht siegreich zu sein.

Die erste Welle des Angriffs bildeten die Anaktres. Dabei handelte es sich um einen vierbeinigen Geher mit einem einzelnen schweren Geschütz, das horizontal um dreihundertsechzig und vertikal um bis zu neunzig Grad schwenkbar war. Die Pulswaffe ragte aus dem kuppelförmigen Körper heraus wie das Horn aus der Stirn eines Einhorns. Die Ashrak hatten dieses Gerät speziell für die eigene Systemverteidigung entwickelt. Sogar die regulären imperialen Streitkräfte verfügten über nichts Ähnliches.

Bri'anu befand sich an Bord eines solchen Gehers in der sechsten Linie der ersten Welle. Nah genug an der Front, um schnell auf Aktionen des Feindes reagieren zu können, und weit genug weg, damit der Kommandostab nicht in unmittelbare Gefahr geriet – so glaubte er wenigstens. Mit diesem Entgegenkommen hoffte er, die furchtsamen Mitglieder seines Stabes ein wenig zu besänftigen. Er war nicht glücklich mit ihrer Feigheit, war sich aber darüber im Klaren, dass er sie benötigte.

Sein Anaktres war von leicht anderer Bauart als der Rest. Der Geher war als Kommandofahrzeug konzipiert. Es befand sich ein mittelgroßer Holotank auf der Brücke, von der aus der Offizier das Geschehen im Auge behalten und seine Streitkräfte dirigieren konnte.

Delar'ad blieb dicht bei ihm und gab seine Anweisungen weiter, ohne sie infrage zu stellen. Bri'anu war mittlerweile sehr dankbar für die ruhige, professionelle Präsenz, die der Kommandant ausstrahlte. Sie übertrug sich auf die übrigen Mitglieder des Stabes, was die vor ihm liegende Aufgabe wesentlich vereinfachte.

Es befanden sich keinerlei Sklaven innerhalb seiner Einheiten, weshalb sämtliche an der Offensive beteiligten Kriegsmaschinen vollständig geflutet waren. Eine weitere Erleichterung für die Ashrak. Sie hatten schon genug damit zu tun, die vom Feind infiltrierte Stellung zurückzuerobern. In ihrem natürlichen Lebensraum zu agieren, stellte einen Pluspunkt auf ihrer Habenseite dar.

Sie näherten sich mit hoher Geschwindigkeit dem Ort, den die Analysten als Grenze zwischen dem eigenen und dem vom Feind gehaltenen Territorium ausgemacht hatten.

Delar'ad warf seinem Vorgesetzten einen um Erlaubnis bittenden Blick zu. Bri'anu nickte steif. Der Kommandant wandte sich einem der Kommoffiziere zu. »Beginnen!«

Bereits kurz nachdem der Befehl an alle Einheiten ergangen war, rückten die Anaktres in einer tiefengestaffelten Formation vor. Sie war mehr als hundert Maschinen lang und vier Linien tief. Zwei weitere Linien dienten als Reserve, dahinter kamen die Einheiten, in deren Schutz sich sein Kommandogeher befand.

Bri'anu wartete voller Anspannung. Noch immer hielten sie sich innerhalb der Stadtgrenzen von Paro'kajan auf. Dieser Teil besaß jedoch keinerlei Ähnlichkeit mehr mit den belebten Vierteln der Metropole. Fast alle Gebäude waren zerstört, das Wasser war getrübt vom Blute unzähliger unschuldiger Opfer dieses Krieges.

Bri'anus Gedanken schweiften kurz ab. Sah es auf anderen Welten genauso aus, nachdem das imperiale Militär darüber hinweggefegt war? Vermutlich. Eigentlich sogar wahrscheinlich. Der Offizier war schon längst kein großer Anhänger der imperialen Politik mehr, nach der alle Welten den Rod'Or gehörten. Ein Reich, das auf Expansionismus ausgelegt war, musste zwangsläufig den Hass seiner Nachbarn auf sich ziehen. Nun standen die Ashrak vor einem ähnlichen Problem. Ihre Heimat war bedroht. Sie führten diesen Kampf alleine. Viele Völker, die ihnen hätten helfen können, die ihre Freunde hätten werden können, waren vom Rod'

Or-Imperium angegriffen und erobert worden. Ihre Bürger waren brutal unterjocht, soweit sie überhaupt überlebt hatten. Der Bevölkerung von Tyrashina VII wurde nun die eigene Medizin gereicht.

Die Ashrak vermochten nicht einmal die Hilfe anderer Blutläufereinheiten anzufordern, da es striktes Gesetz des Rates war, dass lediglich eigene Soldaten zum Schutz des heimatlichen Systems eingesetzt wurden. Sein Volk traute niemandem. Eine weitere Konsequenz der unzähligen Kriege, die die Ashrak im Namen des Imperiums führten. Sie waren zu den Bannerträgern eines Reiches im Niedergang geworden. Wie lange vermochte das Imperium noch standzuhalten gegen Gegner im Inneren und Feinde, die von außen gegen seine Grenzen drängten? Ein Reich durfte niemals zu große Ausmaße annehmen, denn sonst zerstörte es sich über kurz oder lang selbst.

Bri'anu behielt seine Zweifel für sich. Es gab Offiziere unter den Ashrak, die ihn, ohne zu zögern, umgebracht hätten, wären sie sich der Gedanken bewusst gewesen, die ihn bewegten. Viel zu viele seiner Artgenossen hatten sich dem Fanatismus ergeben, waren dem Imperium treu bis zum bitteren Ende. Und wenn sich diese Entwicklung weiterhin vollzog, würde das Ende wahrlich bitter sein für alle, die sich schuldig gemacht hatten bei Verbrechen gegen andere Spezies.

Das Hologramm gab einen durchdringenden Warnton von sich. Bri' anu konzentrierte sich. Wie aus dem Nichts erschien eine Reihe von blutroten Symbolen. Es wurden zusehends mehr – und sie hielten direkt auf die vorderste Linie der Anaktres zu.

Diese eröffneten den Beschuss, sobald der Gegner auf Feuerdistanz aufgeschlossen hatte. Dutzende Age'vesy starben, dann Hunderte, dann Tausende. Zunächst sah es danach aus, als ob es den Ashrak gelang, sie zurückzudrängen. Doch dann vervielfältigte sich ihre Anzahl innerhalb weniger Minuten. Mehrere ihrer Regimenter zogen nach oben in die höheren Strömungen des Ozeans, um die Offensivkräfte auszumanövrieren.

Delar'ad bemerkte die drohende Gefahr. »Phase zwei starten«, bestätigte Bri'anu. U-Boote und Hybridkampfschiffe der Ashrak erschienen auf der Bildfläche und deckten die Attacke am Meeresgrund, indem sie die Angreifer über den Anaktres unter Dauerfeuer nahmen. Pulsenergie tastete nach den gefräßigen Wesen und pulverisierte unzählige von ihnen. Die Linien des Gegners brachen nach wenigen Minuten und ihre

Schwärme zogen sich ungeordnet zurück. Spontaner Jubel erhob sich unter den Offizieren auf Bri'anus Kommandogeher.

Mit einem ungeduldigen Knurren brachte er sie zum Schweigen. »Zum Jubeln haben wir noch keinen Grund. Die Age'vesy sind zwar auf dem Rückzug, aber das wird nicht lange anhalten.« Er wandte sich seinem Untergebenen zu. »Delar'ad, schick die Infanterie rein. Wir haben zwar einen Vorteil erlangt, aber nun müssen wir diesen auch ausnutzen.«

***

Fabian Hoffmann auf der HERAKLEIA führte einen Vorstoß hinter die rechte feindliche Flanke durch und erwischte die Fischköpfe auf dem falschen Fuß.

Seine vorderen Geschwader, bestehend aus leichten bis mittelschweren Kriegsschiffen, schufen eine Bresche in der Formation des Feindes und hielten diese offen, bis Fabian mit dem Gros seiner Kräfte und den schweren Pötten nachrückte.

Tausende von Jägern verschiedener Klassen strömten an seinem Flaggschiff vorbei und verwickelten die Ashrakgeschwader in tödliche Nahkämpfe.

Die HERAKLEIA stellte das mächtigste Kampfschiff im Arsenal der Rebellen dar. Das in Form eines Hammerhais designte Schlachtschiff teilte mit seinem umfangreichen Waffenarsenal gewaltige Schläge aus.

Das Rebellenflaggschiff zerstrahlte bereits beim ersten Vorbeiflug acht leichte Kriegsschiffe der Fischköpfe und darüber hinaus zwei Schlachtschiffe. Ein weiteres musste beschädigt abdrehen. Ungefähr zwanzig schwere Jäger nahmen umgehend die Verfolgung auf, nicht bereit, die Beute entkommen zu lassen.

»David, Status?« Der kurze Befehl wurde vom Navigator ohne Murren aufgenommen. Ein aktualisiertes Hologramm wurde wenige Zentimeter vor Fabians Nase aufgebaut. Die Mundwinkel des Lieutenants zuckten leicht. Er war hochzufrieden.

»Eine Verbindung zur SHIVA!«, ordnete er an.

Wenige Sekunden später blendete sich Ris'rils Antlitz als Bild-in-Bild-Übertragung ein.

»Was gibt es?«, wollte sie wissen.

»Die Fischköpfe überdenken ihre Evakuierungsroute erneut. Sie ziehen sie von den Syall und Sekari weg, am fünften Mond vorbei und zum achten Planeten hin. Damit exponieren sie den siebten sogar noch mehr.«

Die Samiradkriegerin nickte nicht weniger glücklich über die Entwicklung. »Sie haben keine Wahl, wollen sie ihre Transporter schützen. Du musst den Druck aufrechterhalten. Koordiniere dich mit Bara'a'acknam und Anian Tarrakam. Gemeinsam solltet ihr klarkommen. Michael und ich haben den Orbit beinahe erreicht. Innerhalb der nächsten dreißig Minuten sollte es uns möglich sein, eine erste Landungsoperation durchzuführen.«

»Verstanden!« Fabian wollte die Verbindung schon beenden, als eine weitere Meldung einging. Sie war als besonders dringlich markiert.

»Ris'ril? Einen Augenblick. Da kommt gerade was rein.«

Er schaltete die Verbindung zur Samirad auf stumm, während er die andere aktivierte. Zu sehen war ein Syallkommandant, den er nicht kannte. Dieser brummte unentwegt etwas. Fabian hatte trotz des Übersetzungsinsekts in seinem Gehörgang Schwierigkeiten, dem panischen Gestammel des Mannes zu folgen.

Urplötzlich flammte im Hintergrund eine Explosion auf und die Kommunikation brach schlagartig ab. Zu sehen war nur noch Schneegestöber.

»David, was ist da soeben passiert?«

»Das Schiff wurde zerstört«, erklärte die monotone Stimme des im Vortex eingestöpselten Navigators. »Ich erhalte weitere Berichte von den Syall, aber auch den Sekari und zwei Rebellengeschwadern. Sie wurden in Kämpfe mit einem sehr mächtigen Kriegsschiff verwickelt.«

»Zeig es mir.«

Ein weiteres Hologramm baute sich auf. Es stellte ein bisher unbekanntes Kriegsschiff dar, das der Allianz erhebliche Verluste zufügte. Die Verbündeten wichen vor der schieren Brutalität des von ihm vorgetragenen Angriffs zurück.

»Identifizieren!«

Der Navigator machte sich augenblicklich an die Arbeit. Aber noch bevor der Mann seine Antwort bekanntgab, wusste Fabian, womit sie es zu tun hatten. Es gab nur ein Schiff dieser Bauart, wenn man den Gerüchten Glauben schenkte. Und es war mächtig genug, all ihre Pläne in Staub zu verwandeln.

Fabian reaktivierte die Verbindung zur Samirad. »Ris'ril, wir haben ein Problem. Unsere Verbände sind auf das Kommandoschiff des Clanrates gestoßen. Und wir bekommen gerade mächtig eines übergebraten.«

Ris'ril erstarrte für einen Moment. »Schick ihm alles entgegen, was du hast!«, befahl sie dann. »Wenn wir den Clanrat erledigen, dann haben wir so gut wie gewonnen.« Eine Explosion erschütterte die Herakleia.

»Das Kommandoschiff hat uns ausgemacht«, erklärte David unnötigerweise.

»Ich weiß nicht, ob wir mit dem Monstrum fertigwerden.« Fabian hielt sich krampfhaft fest, während sich die Batterien des Kommandoschiffes auf das Rebellenflaggschiff einschossen.

»Halt durch. Ich schick dir Verstärkung.«

Fabian wollte protestieren. Ris'ril kappte allerdings die Verbindung rechtzeitig zuvor. Der Lieutenant verzog das Gesicht. Das hatte sie absichtlich getan, um einen Protest seinerseits zu unterbinden.

Weitere Treffer ließen das Kommandodeck der Herakleia gefährlich vibrieren. Fabian hielt sich krampfhaft fest. Ris'rils letzte Worte kamen ihm ungewollt in den Sinn. »Welche Wahl hätte ich denn auch sonst?«, knurrte er. Der Rebellenoffizier erhob die Stimme. »David? Alle infrage kommenden Waffensysteme auf das Kommandoschiff ausrichten und Feuer frei! Nachricht an alle verbündeten Schiffe im Umkreis: Auf das gegnerische Großkampfschiff konzentrieren! Und verbinde mich sofort mit den Befehlshabern der Syall und Sekari.« Er stieß einen tiefen Atemzug aus. »Wie es aussieht, wollen die Fischköpfe diese Schlacht unangemessen kompliziert für uns gestalten.«

* * *

Ir'rise, führendes Mitglied des Clanrats der Ashrak, schwamm mit weit ausholenden Bewegungen auf die Brücke des Kommandoschiffes. Der Anblick, der sich ihm bot, war immer wieder ein Quell der Faszination für den Adligen. Schon die Brücke des mächtigsten aller Kriegsschiffe war groß genug, dass ein Angriffskreuzer bequem darin Platz gefunden hätte.

Ir'rise schwamm bis zur Mitte der Brücke, wo sich die Kommandostation befand. Dort traf er auf Mana'rise, einen entfernten Vetter. Es war

Sitte, dass das Kommandoschiff des Clanrats abwechselnd von Mitgliedern eines jeden Ashrakclans befehligt wurde. Die Reihenfolge wurde im Rotationsverfahren durchgeführt. Es war purer Zufall, dass während der gegenwärtigen Krise einer seiner Verwandten diese Position innehatte.

Ir'rise kam neben seinem Cousin zum Halten. Er schwebte einen Augenblick mitten im Raum und spähte dem Schiffskommandanten über die Schulter. Dieser starrte angestrengt auf ein Hologramm. Das Bild wirkte, als würde es auch aus Wasser bestehen. Es waberte in einem fort. Für die meisten Spezies wäre es anstrengend gewesen, das Hologramm zu betrachten. Für einen Ashrak jedoch war es optimal eingestellt.

»Mana«, sprach er seinen Verwandten auf vertrauliche Weise an, »du wolltest mich sehen?«

Der Offizier wandte sich halb um, als würde er das Ratsmitglied erst jetzt bemerken. Ir'rise war aber überzeugt davon, dass der Krieger seiner Anwesenheit gewahr war, seit er die Kommandobrücke betreten hatte.

Der Kommandant deutete auf das Hologramm. »Eine Menge unangemessener Aufmerksamkeit richtet sich auf uns.«

Wie um seine Worte zu unterstreichen, ging auf den Backbordrumpf eine Salve Torpedos nieder, gefolgt von Raketen und Laserfeuer. Die Panzerung gab nach und eine Sektion wurde dekomprimiert. Das Wasser des entsprechenden Abschnitts ergoss sich in einer gewaltigen Welle ins Vakuum, wo es sich tröpfchenweise verteilte, bis nichts mehr davon zu sehen war.

»Es ist eine Schlacht«, erwiderte Ir'rise. »Was betrachtest du als angemessene Aufmerksamkeit?«

»Jedenfalls nicht das.« Jagdgeschwader der Rebellen und Sekari setzten zu einer weiteren Attacke an. Sie wurden von den neuen Kanonenbooten der Rebellen unterstützt. Die Angreifer waren klein und wendig. Dadurch wurde es schwer, sie ins Visier zu nehmen, selbst für die Feuerleitcomputer des Flaggschiffs.

»Bisher halten sich die Schäden in Grenzen, aber sie rücken mit zwei kompletten Flottenverbänden gegen uns vor. Und wir benötigen zu viele Einheiten, um die Evakuierung zu beschützen. Diese Schiffe fehlen uns bei der Abwehr der Angreifer. Die Analysten errechnen eine fünfundsechzigprozentige Chance, dass wir von den Rebellen zerstört werden.«

»Ich verstehe. Welche Optionen stehen uns zur Verfügung?«

»Ich empfehle den Abzug in eine rückwärtige Stellung. Von dort aus kann der Rat die Verteidigung besser koordinieren. Wir sind zwar gut bewaffnet und gepanzert, aber auch wir halten einer Feuerkraft dieser Größenordnung nicht ewig stand. Das Kommandoschiff ist nicht dafür gedacht, in der vordersten Frontlinie zu kämpfen.«

Ir'rise dachte einen Augenblick darüber nach. »Einverstanden«, beschied er schließlich. »Bring uns aus dem System.«

Der Kommandant stutzte. »Ich sprach von einer Verlegung in eine rückwärtige Stellung, nicht von einem Komplettrückzug aus dem System.«

»Der gesamte Rat befindet sich an Bord. Wenn wir zerstört werden, dann ist unser Volk führerlos. Das dürfen wir nicht zulassen. Bring uns hier weg.«

Mana'rise zögerte.

Das Ratsmitglied schwamm ein wenig näher, sodass sich ihre Gesichter beinahe berührten. »Das ist ein Befehl, Kommandant!«

Das Blickduell der beiden hielt noch einen Moment an, bevor Mana' rise nachgab. Er senkte ergeben den Kopf. Was in diesem vorging, war nicht schwer zu erraten. Er hielt seinen entfernten Verwandten für einen Feigling, der die eigene Haut in Sicherheit bringen wollte, während das Volk ums nackte Überleben kämpfte.

Ir'rise war das gleich. Er war Mitglied des Rates, der herrschenden Instanz von Tyrashina VII. Was Offiziere wie dieser arrogante Kerl über ihn dachten, war ihm gleich.

Ir'rise wandte sich um und schwamm davon. Er war sich der Blicke der Brückenoffiziere bewusst, die sich wie spitze Dolche in seinen Rücken bohrten. Ehrlicherweise musste er zugeben, dass er sich mit diesem Befehl ebenfalls nicht ganz wohlfühlte. Aber aus anderen Gründen, seine Gemahlin war aus Paro'kajan nicht zurückgekehrt.

Er hatte keine Ahnung, ob sie noch unter den Lebenden weilte oder bereits zu ihren Ahnen gegangen war. Er empfand keine Liebe für sie. Es war von beiden Seiten eine reine Zweckhochzeit gewesen. Aber ihr Tod würde ihn Einfluss und eine Menge Wohlstand kosten. Das war aber jetzt nicht mehr zu ändern. Der Rat musste überleben, wenn die Ashrak eine Zukunft haben wollten. Vor allem aber musste *er* überleben.

***

Der Boden im südlichen und westlichen Teil der Außenbezirke von Paro'kajan war übersät mit den Wracks Hunderter zerstörter Anaktres. Dazwischen trieben die Leichen von Freund und Feind. Der Kampf wogte seit Stunden hin und her, ohne dass eine bestimmte Seite Vorteile erzielte.

Die Attacke verlief nicht wie von Bri'anu geplant. Dreimal waren die Verbände der Ashrak mit den Gehern sowie Infanterie und Tauchbooten gegen den Feind vorgegangen und dreimal hatten die Age'vesy mit verblüffend mobilen Kräften dagegengehalten.

Die Ashrak waren technologisch überlegen, die Age'vesy verfügten über die höhere Anzahl Truppen und eine bemerkenswerte Skrupellosigkeit, wenn es darum ging, sie einzusetzen.

Bri'anus Kommandogeher befand sich mittlerweile an vorderster Front. Jede Linie davor war vom Feind gnadenlos in Stücke gerissen worden. Dennoch hatte der Befehlshaber von Paro'kajan den Eindruck, dass der Feind für jeden Ashraksoldaten sieben eigene verlor. Es handelte sich um ein an und für sich sehr gutes Verhältnis. Das Frustrierende dabei war, dass die dunklen Kreaturen aus den Tiefen der Ozeane von Tyrashina VII bereit und willens schienen, diesen Preis ohne jegliches Anzeichen von Gewissensbissen zu bezahlen. Sie überrollten die Verteidiger der Stadt Regiment für Regiment. Nur der hemmungslose Einsatz eigener Truppen und das regelrechte Verschwenden von Munition ließ die Ashraktruppen standhalten. Bri'anu wusste aber nicht, wie lange sie dazu noch in der Lage sein würden.

Eine nächste Welle von Hybridschiffen in den verschiedenen Strömungen des Ozeans, unterstützt von Anaktres auf dem Meeresboden, ging gegen die Age'vesy vor. Die Geschütze der Geher feuerten ununterbrochen Pulsenergie in die Reihen des Feindes, während die Tauchboote Torpedos, Raketen und Energiewaffenfeuer in dieses Konzert der Zerstörung mit einbrachten.

Die ersten zwei Angriffswellen des Feindes wurden komplett vernichtet. Die dritte schaffte es, die Hauptkampflinie der Ashrak zu erreichen. Das Ergebnis war ein Gemetzel. Die Infanterie wurde zuerst in den Nahkampf verwickelt. Die Ashrak-Blutläufer bemühten sich, die Age'vesy von den verwundbaren Gehern und Hybridschiffen fernzuhalten. Es gelang ihnen lediglich eine verschwindend kurze Zeitspanne, dann brachen die gefräßigen Bestien durch.

Bri'anus Kommandogeher fand sich vom ersten Augenblick an unmittelbar in den schlimmsten Kämpfen wieder. Er hörte, wie die Age'vesy mit ihren Klauen an der Panzerung rissen, um in den Geher einzudringen. Die Maschinen zur Rechten und Linken fielen bereits unter der Wucht der vorgetragenen Attacke.

Mit schweren Rüstungen ausgestattete Infanterie strömte herbei. Ihre Pulsgewehre pumpten Unmengen an Energie in die Reihen des Feindes, ohne dessen Anzahl merklich zu verringern.

Bri'anu lag ein derber Fluch auf den Lippen. Hybridschiffe gingen verloren. Ihre zerschmetterten, von den Age'vesy ausgeweideten Überreste sanken wie die zerfleischten Gerippe zur Strecke gebrachter Meeresbewohner zum Boden des Ozeans hinab.

»Schick die Reserve rein!«, befahl Bri'anu. Delar'ad machte zunächst den Eindruck, widersprechen zu wollen. Dann neigte der Offizier das Haupt. Er wusste, sie hatten keine Wahl.

Die gepanzerte Hauptschleuse des Anaktres brach urplötzlich auf. Die scharfkantigen Splitter bombardierten die Brücke der Kampfmaschine. Ashraksoldaten gingen zu Boden oder wurden gegen ihre Konsolen geschleudert. Das Blut der Gefallenen mischte sich mit dem salzhaltigen Wasser.

Age'vesy stürmten den Geher. Die noch kampffähigen Soldaten wirbelten zu der neuen Bedrohung herum. Bri'anu kniff seine Glupschaugen leicht zusammen, dann schüttelte er benommen den Kopf. Die Age'vesy glitten wie Schatten durch das Wasser: kaum zu sehen und noch weniger körperlich greifbar. Sie wirkten wie Phantome, waren aber dennoch tödlich. Zwei seiner Männer fielen, noch bevor ihnen zur Gänze bewusst wurde, womit sie es zu tun hatten. Drei weitere folgten ihren Kameraden ins Jenseits.

Es war eigentlich lediglich ein glücklicher Umstand, der Bri'anu dazu veranlasste, den Kopf zur Seite zu drehen. Ein Age'vesy stürzte mit erhobenen Klauen auf ihn zu. Der Ashrakbefehlshaber war in der Lage, ihn klar zu erkennen. Mit einer Seitwärtsbewegung wich er behände der Kreatur aus, zog ein Kampfmesser aus dem Gürtel, das lang genug war, um in einigen Kulturen als Schwert durchzugehen, und schlug dem feindlichen Krieger den Kopf ab.

Beides – Torso und Haupt des Age'vesy – glitten an ihm vorüber. Das war also das Geheimnis. Es war so simpel, dass man von alleine eigentlich gar nicht auf diese Lösung kommen konnte.

Man durfte die Age'vesy nicht direkt ansehen. Ein Mensch würde sagen, man musste sie aus dem Augenwinkel betrachten. Auch wenn die Ashrak keine Augenwinkel besaßen, wusste Bri'anu, was zu tun war. Er erschlug einen Weiteren und schlitzte einen Dritten auf.

»Ihr dürft sie nicht direkt ansehen!«, wies er seine Krieger zwischen zwei Atemzügen an. »Seht ihnen nicht ins Gesicht. Betrachtet sie mit einem Neigen eures Kopfes.«

Nach einem Augenblick der Verwirrung erkannten die Ashrak recht schnell, was ihr Anführer von ihnen erwartete. Und sie stellten sich entsprechend darauf ein. Aus irgendeinem Grund funktionierte die Tarnfähigkeit der Age'vesy lediglich, wenn man sie direkt ansah. Nachdem dies aufgedeckt war, gestaltete sich der Kampf deutlich ausgeglichener.

Delar'ad machte zwei der düsteren Wesen nieder, bevor zwei weitere ihn überwältigten. Sein zerschmetterter Körper verhakte sich unterhalb der Kommandostation und blieb dort in den Wogen des Wassers hängen.

Gemeinsam, Schritt für Schritt, drängten sie die Angreifer zurück durch die zerstörte Panzertür. Schließlich gelang es ihnen, den Geher von gegnerischen Kräften zu säubern.

Bri'anu wandte sich um. Nur ein Viertel der Besatzung hatte die Enterung überlebt und von denen wiesen alle mehr oder minder schwere Blessuren auf. Er nahm sich die Zeit, jeden Einzelnen mit einem Blick zur Kenntnis zu nehmen. Niemand sagte ein Wort. Aber ihre Schuppen nahmen die Farbe unverhohlener Heldenverehrung und tiefen Respekts an. Ihre Augen leuchteten. Die Waffen in ihren Händen waren überzogen vom Blut getöteter Feinde.

Bri'anu zog das Wasser tief durch seine Kiemen ein und filterte den dringend benötigten Sauerstoff heraus. Mit einem Mal fühlte er sich schon bedeutend lebendiger.

Er schwamm zum Hologramm. Als hätte diese einfache Bewegung einen Bann gelöst, machten sich sofort zwei Krieger daran, das zerstörte

Schott notdürftig instand zu setzen. Auf weiteren Besuch konnte ein jeder von ihnen verzichten.

Bri'anu legte seine klobigen Hände auf den Rand des Holotanks und begutachtete den Verlauf der Schlacht. Seine Offiziere versammelten sich um ihn. Die Symbole der Reserve mischten sich unter die bereits kämpfenden Ashrakverbände. Gemeinsam drängten sie die Age'vesy mühsam, aber kontinuierlich zurück.

Bri'anus Schuppenfarbe wechselte zu Grün. »Und nun«, verkündete er, »erobern wir unsere Stadt zurück!«

»Linie durchbrechen! Linie durchbrechen!« Ris'rils Stimme hallte über die Brücke der SHIVA. Vor ihrem Angriffskreuzer trieben die Überreste eines kompletten Ashrakgeschwaders. Die mächtigen Kriegsschiffe hatten den Ansturm der Rebellen nicht stoppen können. Die daraus entstandene Bresche nutzten nun Jäger und Kampfschiffe, um zum Orbit von Tyrashina VII vorzudringen. Der Gegner bemühte sich, das Loch innerhalb seiner Verteidigung zu schließen, aber es war bereits jetzt zu spät. Der angerichtete Schaden konnte nicht mehr repariert werden.

Die SHIVA führte einen gemischten Kampfverband aus Rebellen, Syall und Sekari in die Lücke und setzte sich dort fest. Mehrmals drängten die Ashrak von allen Seiten auf sie ein, nur um ein ums andere Mal zurückgeschlagen zu werden. Der Feind gab erst endgültig nach, als Michaels LANCELOT auf der Bildfläche erschien.

Das Schlachtschiff schoss einen gegnerischen Schweren Kreuzer zusammen und zerstreute dessen Begleiteinheiten. Dabei erledigte er zwei kleinere und zwei mittelschwere Einheiten. Seine Kampfschiffe bildeten eine Verteidigungslinie, um Ris'ril zu unterstützen. Von diesem Moment an waren die Angreifer nicht mehr zu vertreiben – und Ris'ril bekam die Gelegenheit, ein wenig Atem zu schöpfen.

Sie verließ die Kommandostation der SHIVA und stellte sich vor das Brückenfenster. Die Heimatwelt der Ashrak füllte fast ihr gesamtes Sichtfeld aus.

»Nico, ich brauche einen planetenweiten Scan. Finde Gareth. Außerdem benötige ich eine klare Übersicht, womit wir es zu tun haben.«

Die Aufgabe erforderte nicht viel Zeit. Ris'ril drehte sich um und wurde von einer schematischen Darstellung der Welt unter ihr, begrüßt.

»Ich konnte Gareth noch nicht finden«, meinte ihr Navigator. »Aber ich kann dir schon sagen, wie es da unten aussieht.«

»Schieß los!«

»Es gibt erwartungsgemäß nur wenige Landmassen. Etwa fünfundachtzig Prozent des Planeten besteht aus Wasser mit unterschiedlichen Tiefen. Aber in einigen Regionen ist der Meeresboden so tief unten, dass ihn nicht einmal meine Sensoren erreichen.«

Ris'ril nickte nachdenklich. »Sonst noch was?«

»Da unten wird gekämpft. Ich fange ununterbrochen Kampfgespräche verschiedener Ashraktruppen auf. Einige Städte werden soeben evakuiert, von anderen erhalte ich keinerlei Anzeigen mehr. Die sind quasi Schwarze Löcher für meine Sensoren. Als wäre dort alles und jeder tot.«

Ris'ril legte ihre Stirn in tiefe Runzeln. Es machte ihr attraktives Gesicht sogar noch attraktiver. »Gekämpft? Gegen wen sollten die Fischköpfe zu Felde ziehen? Auf dem eigenen Planeten?«

»Da bin ich überfragt«, gab der Navigator zur Antwort.

»Was ist mit den Landmassen? Kannst du mir da etwas Interessantes sagen?«

»In der Tat. Sie werden fast ausschließlich industriell genutzt.«

»Industriell? Inwiefern?«

»Als Teil der Schiffsbaukapazitäten. Die Werften befinden sich unter Wasser. Aber oberirdisch sind Sklavenquartiere und Fabriken, in denen die Sklaven einzelne Bauteile für die auf Kiel gelegten Schiffe fertigen. Diese werden dann zu den Werften gebracht und dort zusammengebaut. Alles in allem sehr effizient.«

Ris'ril lächelte. »Und verwundbar. Ausgezeichnet.«

»Ein Ruf von der HERAKLEIA«, unterbrach der Navigator ihre Gedankengänge.

»Stell ihn durch.« Fabian erschien als Hologramm und ersetzte das Abbild des Planeten. »Was gibt es?«

»Das Kommandoschiff setzt sich ab. Es hat Kurs auf einen der Sprungpunkte gesetzt.«

Ris'ril knirschte mit den Zähnen. »Du musst es unbedingt aufhalten. Es darf keinesfalls entkommen.«

Das Bild ruckelte, als Fabians Flaggschiff einen Treffer abbekam. Hinter dem Rebellenlieutenant explodierte etwas und ein Dys eilte mit einem Feuerlöscher herbei. Obwohl der Schaum die Flammen rasch erstickte, war klar, dass Fabians Einheiten in der Klemme steckten.

»Wir stellen uns ihm in den Weg und halten das Kommandoschiff auf«, antwortete ihr Waffenbruder auf die unausgesprochene Frage. Erneut ging ein Ruck durch die HERAKLEIA. »So lange wie möglich«, fügte er gepresst hinzu.

»Ich schick dir, was ich kann«, versprach die Samirad und kappte die Verbindung. Das Kommandoschiff war ohne Zweifel ein Primärziel. Vielleicht sogar *das* Primärziel schlechthin. Seine Zerstörung würde die Fischköpfe sowohl militärisch als auch insgesamt als Spezies ins Chaos stürzen.

»Eine Verbindung zur LANCELOT«, bat sie ihren Navigator.

Michael erschien in halbtransparenter Form unmittelbar vor ihr. Er sagte kein Wort, wartete lediglich mit seiner üblichen mürrischen Haltung auf Anweisungen.

»Nico schickt dir gleich ein paar Daten rüber. Du wirst mit deinen Leuten mehrere Inselgruppen einnehmen. Dort gibt es eine Menge Zwangsarbeiter und Fabriken. Ich will, dass du sie stilllegst und anschließend damit beginnst, die Gefangenen vom Planeten zu bringen.«

»Verstanden.« Michael wollte die Verbindung beenden, aber Ris'ril hielt ihn zurück.

»Und Michael? Falls du danach noch Kapazitäten frei hast, führe einen Angriff auf die Unterwasseranlagen durch.«

Michael erstarrte kurz – und grinste. »Soll ich nach etwas Bestimmtes Ausschau halten? Oder nach jemand Bestimmtem?«

Ris'ril lächelte. »Bring Gareth zu uns zurück. Die Rebellion braucht ihn.«

Michaels Grinsen wurde breiter. »Die Rebellion … ja klar.« Er lachte kurz auf. »Keine Sorge, ich finde ihn für dich.«

Das Abbild des anderen Kommandeurs verschwand. Ris'ril wandte sich wieder dem Brückenfenster zu. Michaels Verbände nahmen eine stationäre Position im Orbit ein und begannen systematisch damit, strategisch wichtige Punkte auf dem Planeten zu bombardieren. Sie schalteten Waffenstellungen, Kommandoposten, Nachschublager und Kommunikationseinrichtungen aus. Sobald der Luftraum halbwegs sicher war, begann die Kampflandung der Rebellen, unterstützt von Syallregimentern.

Sie kannte Michael recht gut. Der Kampf um die Fabriken würde vermutlich nicht lange dauern. Sie hoffte es jedenfalls. Irgendwo dort unten befand sich Gareth und wartete auf Rettung. Der Aufstand brauchte ihn. Aber was für Ris'ril wichtiger war: Sie brauchte ihn auch.

Gareth und Yuma Matsumoto fielen sich förmlich in die Arme. Der Anführer des Blutläuferaufstands drückte die Rebellenoffizierin fest an sich.

Nacheinander bestiegen die Mitglieder von Yumas Truppe das gekaperte Tauchboot durch die Luftschleuse am Boden. Untray trat Ibitray entgegen, die Kexaxa musterten einander eingehend, bevor auch sie sich umarmten.

Gareth fiel eine subtile Änderung in der Art und Weise auf, in der Untray seinem Artgenossen begegnete. Er fragte sich, ob der oberste Ingenieur registrierte, dass Ibitray in der Arena eine gewisse Wandlung durchlaufen hatte. Der kleine Kerl hatte schon zuvor getötet. Dieses Mal war es anders gewesen. Früher hatte er aus freiem Willen zur Gewalt gegriffen. Nun war er dazu gezwungen worden. Das waren zwei gänzlich andere Ausgangssituationen. So eine Erfahrung änderte sogar einen Menschen. Wie mochte sich dies auf einen Kexaxa auswirken? Das ließ sich unmöglich vorhersagen. Die Zukunft würde es zeigen.

»Bring uns weg von hier!«, schrie Gareth über die Schulter.

»Wohin?«, wollte Takashi wissen, der im Cockpit Platz genommen hatte.

»Scheißegal. Hauptsache, so weit von den Kämpfen weg wie möglich. Wir wollen nicht mit hineingezogen werden.«

»Ris'ril ist hier«, bemerkte Yuma plötzlich. »Hier im Tyrashina-System.«

»Woher weißt du das?«

»Wir fangen ab und zu Fetzen von Gefechtsgesprächen auf. Sie haben bereits mit der Landung begonnen.«

»Wo?«

Yuma schüttelte bedauernd den Kopf. »Kann ich nicht sagen. Aber sie sind nah. Michael führt sie an.«

Gareth lächelte. »Das war ja klar. Sobald wir ihn finden, haben wir das Gröbste überstanden.« Zum jetzigen Zeitpunkt hatte der Rebellengeneral noch keine Ahnung, dass ihm diese wenigen Worte schon bald im Halse stecken bleiben würden.

***

Cha'acko bewegte sich mit äußerster Vorsicht durch die Straßen des umkämpften Paro'kajan. Seine Flucht hatte er sich wahrlich anders vorgestellt. Für einen Moment erwog der ehemalige Honuh-ton-Agent ernsthaft, umzukehren, um erneut die halbwegs sichere Gesellschaft der geflohenen Rebellen zu suchen.

Den Gedanken ließ er schnell wieder fallen. Es war sehr gut möglich, dass sie längst außerhalb seiner Reichweite weilten. Aber selbst falls er sie gefunden hätte, müsste er sich im Hinterkopf Augen wachsen lassen. Jeder von ihnen würde ihm liebend gerne ein Messer zwischen seine Kiemen stoßen, nur um genüsslich dabei zuzusehen, wie er langsam verblutete. Nein, nein, allein war er jetzt besser dran. Die Zusammenarbeit mit dem Rebellengeschmeiß hatte ihn aus seiner Zelle und letztendlich aus der Arena gebracht. Damit war ihr Nutzen für seine Wenigkeit erschöpft.

Cha'acko hielt inne. Bewegung voraus ließ ihn wachsam werden. Jede Unachtsamkeit konnte den Tod bedeuten, nicht nur durch die Age'vesy. Sollten ihn die eigenen Leute entdecken, wäre sein Ende genauso unvermeidlich.

Er schwamm eilig hinter die nächste Ecke und spähte aus seinem Versteck hervor. Paro'kajan besaß keine Straßenbeleuchtung mehr. Die Verteidiger der Stadt hatten die Energie heruntergefahren, um dem Gegner keine zusätzlichen Ziele zu bieten. Es war ein ehrbarer Versuch. Cha'acko bezweifelte jedoch, dass er die Age'vesy sonderlich beeindruckte.

Cha'ackos Glupschaugen starrten unentwegt in die Finsternis. Eine weitere Bewegung ließ ihn seine Schuppenfarbe willkürlich ändern. Es war nichts, was er kontrollieren konnte. Diese instinktive Reaktion lag in den Genen seines Volkes begründet. Der Krieger wünschte, er könnte sie abstellen. Als Krieger empfand er es als ehrlos, Angst zu empfinden oder zu zeigen.

Eine Gruppe Age'vesy kam in Sicht. Unwillkürlich kochte in dem Ashraksoldaten der Kampf- oder Fluchtinstinkt hoch beim Anblick des uralten Feindes seiner Spezies. Es hatte Zeiten gegeben, da waren die Age'vesy die dominante Lebensform auf Tyrashina VII gewesen und die Ashrak ihre bevorzugte Beute. Kaum zu glauben, dass sich sein Volk aus dem Morast eines niederen Beutetieres erhoben hatte, um über diese Welt zu herrschen. Nun schien es aber, als wollten die Raubtiere aus grauer Vorzeit ihr Erbe zurückfordern. Für die Ashrak konnte das nur schlecht sein.

Die Age'vesy glitten zwischen den Gebäuden suchend umher, als würden sie Witterung aufnehmen. Es war bekannt, dass sie jagten, indem sie elektrische Spannung, die allen Lebewesen innewohnte, zur Orientierung nutzten. Das war ein Problem. Sie ließ sich nur technologisch verbergen. Für einen Zivilisten bestand daher kaum eine Möglichkeit zu entkommen. Und auch für Cha'acko standen die Chancen schlecht. Seine gestohlene Ausrüstung beinhaltete nichts, was ihm helfen konnte.

Die Age'vesy glitten beständig näher. Cha'acko sah sich um. Es gab kein Versteck, das ihm wirklichen Schutz geboten hätte. Der Honuh-ton-Agent packte das Pulsgewehr fester und machte sich bereit, sein Leben so teuer wie möglich zu verkaufen. Er gab sich allerdings keinen Illusionen hin. Gegen fünf Age'vesy stand seine Überlebenswahrscheinlichkeit denkbar gering.

Urplötzlich packten ihn wie aus dem Nichts mehrere Hände und zerrten ihn weg von der Gefahrenquelle. Cha'acko wehrte sich zunächst, bis ihm klar wurde, dass man ihm keinen Schaden zufügen wollte.

Die unbekannten Helfer brachten ihn unter das Haus, wo die meisten Ashrakbehausungen ihren Eingang besaßen, um Räubern den Zugang zu erschweren. Eine gepanzerte Tür erwartete ihn. Jemand gab einen Code ein und sie schwang nahezu geräuschlos auf. Seine zwei Begleiter bugsierten ihn recht unsanft hinein und der letzte verschloss den Zugang wieder.

Cha'acko wollte etwas sagen. Einer der Männer bedeutete ihm zu schweigen. Gemeinsam lauschten sie in die Stille hinein. Derjenige, der der Anführer zu sein schien, entspannte sich nach einer kurzen Weile. »Sie sind weg«, erklärte er, als sei damit alles gesagt.

Cha'acko sah sich erstmals in seinem neuen Domizil um. Er befand sich in einem dreistöckigen Gebäude, das für mehrere Ashrakfamilien ausgelegt war. Er schmeckte Blut im Wasser. Die Age'vesy waren schon mal hier gewesen und hatten sich offensichtlich um die Bewohner auf ihre eigene Art gekümmert. All jene, die jetzt hier Schutz suchten, waren danach in die Wohnstatt eingedrungen. Es herrschten diffuse Lichtverhältnisse. Es ließ sich nicht viel erkennen, aber das, was er sah, ließ sogar seine eigentlich mitleidlose Brust vor Schmerz zusammenschnüren. Frauen und Kinder hatten in der Mehrzahl hier Obdach gefunden als Versteck vor dem gefräßigen Feind. Mütter drückten ihren Nachwuchs eng an sich, als könnten sie damit das Grauen aus ihrem Universum ausschließen.

Die anwesenden Männer waren allesamt Krieger. Cha'acko betrachtete die Zeichnungen auf ihren Rüstungen. Es waren keine Eliteeinheiten darunter. Seine Schuppenfarbe änderte sich vor Ärger in Rot.

Deserteure, ging es ihm angewidert durch den Kopf.

Der Kopf des Anführers zuckte in seine Richtung. »Verurteile uns nicht. Du hast keine Ahnung, wie es da draußen war.«

»Hättet ihr eure Arbeit richtig gemacht, dann wäre es nicht einmal annähernd so schlimm«, stimmte ein Zweiter zu.

Cha'acko grübelte für einen Moment über diese rätselhafte Äußerung nach, bis ihm bewusst wurde, dass er immer noch die Rüstung eines Wärters der Arena trug, im Rang eines Pritamarch. Eine relativ hohe Position, die normalerweise mindestens zweihundert Kämpfer unter sich hatte. Diese Leute sahen seine Aufmachung und gaben seinesgleichen die Schuld am Aufstand der Kampfsklaven.

»Wir konnten es nicht verhindern«, gab er lapidar zur Antwort und hoffte, die Deserteure würden sich damit begnügen.

»Wenn es nach mir ginge, hätten wir dich denen da draußen überlassen«, fuhr der Anführer ihn an. »Aber es bestand die Gefahr, dass du sie direkt zu uns führst.«

»Na dann bedanke ich mich mal«, erwiderte Cha'acko spöttisch.

Einer der rangniedersten Soldaten schwamm auf ihn zu und reichte ihm eine kleine Schale. »Hast du Hunger?«

Cha'acko nahm das Behältnis dankbar entgegen. Es enthielt einen Brei aus Algen, gemischt mit nicht weiter zu identifizierenden Fleischstücken. Er wollte gar nicht wissen, worum es sich dabei handelte. Cha'acko schaltete sein Hirn aus und begann gierig zu essen. Erst jetzt wurde ihm bewusst, wie lange er schon nichts mehr im Magen hatte.

»Der Kerl ist nicht zum Fressen hier«, giftete der Anführer. »Gib ihm nichts, sonst fühlt er sich bei uns heimisch. Der verlässt uns bei nächster Gelegenheit.«

»Aber er ist ein Pritamarch«, verteidigte ihn der Krieger, der ihm die Schale gereicht hatte. »Wir sind ihm zur Gefolgschaft verpflichtet.«

Cha'acko sah auf. Der Junge hatte recht. Keiner der anwesenden Ränge überstieg seinen gestohlenen. Theoretisch könnte er ihnen Befehle erteilen und sie wären gezwungen, diese zu befolgen. Falls sie sich unterordneten. Vielleicht kam er auf diese Weise aus der Stadt heraus.

Allerdings gab es eine Alternative, die ihm überhaupt nicht behagte. Der Anführer der Deserteure war schon dabei, sie in Erwägung zu ziehen.

»Denk nicht mal dran, unsere Gefolgschaft einzufordern. Eher bringe ich dich um, als wieder da rauszugehen.«

Cha'acko warf dem Jüngeren einen forschenden Blick zu. »Siehst du es genauso?«

Verschämt wandte dieser den Blick ab. »Ich bitte um Verzeihung. Freiwillig bin ich bestimmt nicht hier. Es war da draußen so ... so ... grausam. Die Age'vesy haben meine komplette Einheit vernichtet. Sie überrannten mühelos unsere Stellung. Diese Monster brachten alle meine Freunde um.«

Cha'acko legte dem Jungen verständnisvoll die Hand auf die Schulter. »Ich verstehe, Bruder. Ja, ich verstehe.« Der Agent erhob die Stimme. »Aber wenn diese Stadt fällt, dann fallen wir alle, gleichgültig in welchem Versteck ihr euch verkriecht. Seht euch mal um. Diese Zivilisten brauchen unseren Schutz. Und den erhält man nicht, indem man sich versteckt.«

Im Grunde war ihm kaum etwas unwichtiger als das Leben anderer. Ihn interessierte einzig und allein, den Raumhafen zu erreichen, um sich gemeinsam mit der restlichen Bevölkerung evakuieren zu lassen. Dazu jedoch musste er etwas tun, was ihm überhaupt nicht behagte. Es war notwendig, aus diesem Abschaum eine Truppe zu formen, die imstande war, ihn irgendwie durch die Linien zu bringen. Was danach mit ihnen geschah, war einerlei.

»Nehmt eure Waffen auf. Wir gehen nach draußen.«

»Wir gehen nirgendwohin, alter Mann«, entgegnete der Anführer, bevor einer der anderen Anwesenden darauf reagieren konnte. »Wir bleiben genau hier.« Die Schuppen des Kriegers waren knallrot. Er deutete auf die Zivilisten. »Was wird aus denen, wenn wir abrücken?«

»Als ob dir das Leben dieser armen Leute am Herzen liegt. Du verkriechst dich hier, weil du ein Feigling bist.« Falls überhaupt möglich, wurden die Schuppen des Kriegers noch roter.

Cha'ackos Verstand brütete einen praktikablen Plan aus, wie er zu einer der Evakuierungszonen gelangen könnte. Die Zivilisten spielten dabei eine nicht unwesentliche Rolle. Er wandte sich den Nichtkombattanten zu. »Ihr kommt mit uns. Wir bringen euch zum Raumhafen. Die Age' vesy werden euch aufspüren, früher oder später. Zu verschwinden ist eure einzige Option.«

Die Zivilisten zögerten, machten sich dann aber daran, ihre wenigen Habseligkeiten zusammenzusuchen. Die Kultur der Ashrak war auf Gehorsam aufgebaut. Die Mitglieder dieser Spezies waren dazu erzogen, den Anweisungen der Obrigkeit zu folgen, mitunter sogar blind. Das kam Cha'acko nun zugute.

Der Honuh-ton-Agent erstarrte. Er spürte blanken Stahl an seinem linken Kiemenbogen.

»Niemand geht hier irgendwohin, du niedriggeborener Bastard!«, zischte die Stimme des Anführers der Deserteure.

»Wenn du mein Blut vergießt, werden uns die Age'vesy aufspüren. Willst du das wirklich riskieren?«

Der Deserteur wurde für den Bruchteil eines Moments unsicher. Sein Blick zuckte in Richtung der Wand, als könne er diese mit den Augen durchdringen, um nach dem Feind zu spähen.

Mehr benötigte der im Nahkampf geschulte Agent nicht. Geschickt befreite er sich mit einer lässigen Bewegung aus dem Griff seines Kontrahenten, entwand diesem das Messer und stieß es ihm durch die eigenen Kiemen. Sofort sprudelte Blut heraus und vermischte sich mit dem ohnehin trüben Wasser.

Die Zivilisten schrien auf, die Deserteure verharrten wie im Schockzustand. Cha'acko behielt sein Opfer in festem Griff, bis es aufhörte zu zucken. Erst dann ließ er ihn zu Boden gleiten.

»Aber du sagtest ...«, begann der junge Krieger.

Cha'acko wehrte die Worte mit einer Hand ab. »Sie werden das Blut nicht schmecken können durch diese Wände.« Er stieß die Leiche mit dem Fuß an und sie tanzte kurz im Wasser, als wäre der Anführer der Deserteure noch am Leben. »Das hätte der Idiot wissen müssen.«

Cha'acko sah kampflustig in die Runde, das Kampfmesser noch in der Hand. »Gibt es weitere Widerworte gegen meine Befehle?« Niemand antwortete. Keiner verspürte den Wunsch, ihrem Anführer zu folgen.

***

Bri'anus schwer gezeichneter Anaktres erreichte die verbliebene Vorpostenstellung vor der Stadt Paro'kajan mit letzter Kraft. Die Maschine krachte in sich zusammen und der Kommandant sowie seine überlebenden Offiziere verließen das Wrack. Dieser Geher würde nie wieder eine Schlacht bestreiten, aber er hatte getan, was er sollte. Er hatte sie ans Ziel gebracht.

Entlang der Hauptkampflinie wurde weiterhin eine erbitterte Schlacht ausgefochten, aber Bri'anus Truppen eroberten nach und nach die Oberhand.

Er schwamm die letzten Meter zur vorderen Geschützstellung und wurde dort von einem Unteroffizier im Rang eines Sublatorus begrüßt. Das allein wunderte ihn schon. Normalerweise hätte ein wesentlich höherer Rang das Kommando innehaben sollen.

Der Sublatorus begrüßte ihn mit einem Schlag der rechten Faust auf die linke Brustseite. Bri'anu streckte seine Gesichtstentakel zur Begrüßung aus, wie es unter Kriegern üblich war, und der Unteroffizier griff mit den eigenen respektvoll nach ihnen.

»Bericht!«, forderte Bri'anu.

Der Sublatorus ging ein wenig auf Abstand. »Wir dachten schon, man hätte uns vergessen. Ich freue mich, dich zu sehen.«

»Genug der Floskeln«, wehrte Bri'anu ab. »Über wie viele Krieger verfügst du noch?«

Der Sublatorus deutete auf seine geschrumpfte Mannschaft. »Was du hier siehst.« Bri'anus Kopf glitt suchend umher. Er glaubte zunächst an einen Scherz, bis er begriff, dass es dem Unteroffizier ganz und gar ernst war mit seiner Aussage. Die Stellung wurde nur noch von weniger als hundert kampffähigen Kriegern bemannt. Etwa die doppelte

Anzahl war verwundet. Man hatte sie in Sanitätskapseln verbracht, wo sie in Stase gehalten wurden, bis man sie in ein Lazarett schaffen konnte.

»Das ist alles?«, vergewisserte sich der Kommandant.

»Das ist alles«, bestätigte der Sublatorus.

»Dein Befehlshaber?«

»Weilt nicht länger auf dieser Existenzebene. Genauso wie alle seine Offiziere und die meisten Unteroffiziere. Nur wir sind noch übrig. Ich führe jetzt diese Truppe.«

Bri'anu wusste nicht so recht, ob er lachen oder weinen sollte. Nur mit Mühe bezähmte der Krieger seine aufkeimende Frustration. »Na gut, ist deine Kommanlage in Ordnung? Dann verschaff mir eine Verbindung zum Kommandoschiff. Ich muss dringend mit dem Rat sprechen.«

Der Sublatorus bewegte sich nicht von der Stelle, offenbar unschlüssig, wie er auf den erteilten Befehl reagieren sollte. Bri'anu warf ihm einen scharfen Blick zu.

»Vergebung, aber weißt du es nicht?«

»Weiß ich was nicht?«

»Auf Befehl des Rates wurde das Kommandoschiff aus dem Kampf zurückgezogen. Es wird das System bei nächster Gelegenheit verlassen. Sämtliche Regionalkommandeure haben nun bei den Verteidigungsbemühungen freie Hand.« Seine Schuppenfarbe zeigte vorsichtige Resignation. »Und für diesen Kampfabschnitt bedeutet das ... *du.*«

Um ein Haar hätte Bri'anu eine bissige Bemerkung von sich gegeben. Er konnte sie gerade noch herunterschlucken. Dem Offizier war klar, dass er keine Wahl hatte, und es war äußerst kontraproduktiv, sein neues Kommando damit zu beginnen, seine Untergebenen zusammenzustauchen.

Die Schuppenfarbe des Sublatorus zeigte Neugier. »Und ... was tun wir jetzt, Kommandant? Es mag dir nicht gefallen, aber du hast jetzt die Verantwortung.«

Bri'anu knurrte etwas in sich hinein. Dann drehte er sich zu einem seiner Untergebenen um. »Ich brauche sofort den Status der Evakuierung. Es ist dringend notwendig, zu wissen, wie lange wir durchhalten müssen.«

Bei den letzten Worten warfen sich seine Offiziere und ihre Soldaten unbehagliche Blicke zu. »Durchhalten müssen?«, hakte der Sublatorus nach.

»Du hast mich schon verstanden. Wir werden die Stellung halten, bis die Zivilisten entkommen sind. Das ist unsere Aufgabe. Dafür sind wir da.« Bri'anu fing ein durch das Wasser treibendes Pulsgewehr geschickt ein. »Und das werden wir auch tun.«

***

Schon bevor die Landungsschiffe der Rebellen und Syall die Grenze zwischen Weltraum und Atmosphäre durchstießen, schlug ihnen brutales Abwehrfeuer entgegen. Michaels Hoffnung, die orbitalen Bombardements hätten die meisten Widerstandsnester bereits ausgeräuchert, wurde nicht erfüllt.

Der Sturmtransporter der Rebellen, der die Führung übernahm, bockte, als er den Übergang zur oberen Atmosphäre vollzog. Michael saß festgeschnallt in seinem Sitz und hatte die Augen geschlossen. Die regulären Blutläufer, die mit ihm dieses Abteil teilten, waren genauso entspannt wie er. Es handelte sich vorwiegend um Männer und Frauen, die man vom Loyalitätsimplantat hatte befreien können. Sie waren also von imperialen Ausbildern trainiert worden und hatten für ihre Rod'Or-Herren diverse Kampfeinsätze mitgemacht. Für sie war dies nichts Neues. Ihre Konditionierung griff immer noch. Sie verspürten nur eine unterschwellige Form der Angst. Kaum der Rede wert. Einige von ihnen waren sogar schon bei ihm gewesen, als der Aufstand losgebrochen war. Alte Hasen.

Und dann gab es da noch die anderen. Jene Sklaven, die man hatte befreien können, bevor sie mit dem Implantat versehen worden waren und bevor sie eine Ausbildung durchlaufen hatten. Sie waren von den Veteranen ausgebildet und auf die Schlacht vorbereitet worden. Für nicht wenige von ihnen stellte dies den ersten Kampfeinsatz überhaupt dar.

Ein paar von ihnen übergaben sich. Der Innenraum des Sturmtransporters füllte sich rasend schnell mit dem unverwechselbar beißenden Gestank von Erbrochenem. Die Veteranen unter den Blutläufern schlossen den Helm und stellten umgehend auf interne Sauerstoffversorgung um. Die Frischlinge brauchten nur eine Schocksekunde, um es ihren

Vorbildern gleichzutun. Verglichen mit der Atmosphäre im Transporter war die in der Rüstung wieder aufbereitete Atemluft nur steril zu nennen. Es war aber immer noch besser, als den Geruch von verdautem Mittagessen in sich aufzunehmen.

Michael war ein Veteran unzähliger Schlachten. Er nahm in den zehn Stunden vor einer Schlacht überhaupt nichts zu sich, um ebensolche Peinlichkeiten zu vermeiden. Sein genetisch verbesserter Metabolismus versorgte ihn über einen längeren Zeitraum hinweg mit allen Vitaminen und Mineralien, die er brauchte. Auf diese Weise kam er bequem mehrere Tage ohne Nahrung aus. Eines musste man den Rod'Or schon lassen: Sie wussten genau, wie sie ihre Rekruten auf den Fleischwolf, der sie erwartete, optimal vorbereiteten, damit sie hoffentlich lange genug lebten, um auf den zahlreichen Schlachtfeldern einen Unterschied zu machen.

Der Sturmtransporter bockte erneut. Dies war aber keinen atmosphärischen Störungen geschuldet. Etwas hatte sie getroffen.

Michael verlinkte sich mit dem Helm des Piloten und erhielt einen Platz in der ersten Reihe beim Ansturm auf einen Planeten, den man nur als Vorstufe zur Hölle bezeichnen konnte.

Energiestrahlen und Raketen schlugen den angreifenden alliierten Verbänden ohne Unterbrechung entgegen. Ein Landungsschiff der Syall wurde getroffen und brach in der Mitte auseinander. Es entließ seinen Inhalt ins Freie und verbündete Soldaten stürzten der Oberfläche entgegen. Einige waren noch am Leben. Sie strampelten wild um sich, in der Hoffnung, es würde ein Wunder geschehen und irgendeine göttliche Macht sie erretten.

Ein zweites Landungsschiff wurde getroffen und augenblicklich zerstört. Die Insassen hatten dieses Mal Glück gehabt. Der unaufhaltsame Sturz Richtung Oberfläche blieb ihnen erspart. Michael spürte Mitgefühl mit den Syall. Es war grausam, einen solchen Fall mitzumachen ohne Hoffnung auf Rettung.

Kanonenboote der Rebellen begleiteten die Landung. Ihre Waffen tasteten unentwegt nach den feindlichen Stellungen am Boden. Sie zu erwischen, erwies sich als wesentlich schwieriger als gedacht, da nicht wenige unter der Wasseroberfläche in Position gebracht worden waren. Hin und wieder baute sich eine Explosionswolke auf und belohnte die Bemühungen der Angreifer.

Das Wasser schäumte auf und mittelschwere Ashrakjagdflieger stoben aus dem Meer hervor. Sie waren nicht schwer genug bewaffnet, um es mit den Kriegsschiffen der Allianz im Orbit aufzunehmen. Ihre Wendigkeit und Feuerkraft erwies sich jedoch als ideal, um die Landungsschiffe anzugreifen.

Syalljäger und Kampfflieger der Rebellen flogen ihnen entgegen. Sie lenkten den gegnerischen Beschuss auf sich, um den Gegner von den wertvolleren und mit Truppen gefüllten Transportern abzulenken.

Es entbrannte eine hitzige Schlacht innerhalb der Schlacht, als die Jagdmaschinen beider Seiten ohne Zurückhaltung und ohne Hemmungen aufeinander einschlugen. Explosionen blitzten auf und Bruchstücke zerstörter Kampfmaschinen regneten zur Oberfläche hinab, wo sie ins Meer fielen und dort versanken.

Ein Zählwerk erschien in der rechten oberen Ecke seines HUD. Die Zeit zeigte knapp fünf Minuten an und lief in einem Countdown rückwärts ab. Michael öffnete eine Frequenz zu seiner Einheit.

»Letzte Vorbereitungen! Noch fünf Minuten und wir sind unten.«

Die Blutläuferrebellen schnallten sich noch nicht ab. Stattdessen begannen sie damit, Waffen und Ausrüstung ihres Nebenmannes abschließend zu überprüfen. Zu guter Letzt gaben sie mit erhobenem Daumen zu verstehen, dass alles in Ordnung sei.

Ein Sturmtransporter der Rebellen wurde knapp über dem Boden von einer Rakete getroffen. Sein Heck riss fast vollständig ab und ölig dichter Qualm drang aus den Überresten des Antriebs hervor. Trotzdem schaffte es die Crew irgendwie, das flugunfähig geschossene Transportmittel auf den Boden zu bringen, ohne weitere Schäden zu verursachen. Die vier Hauptluken öffneten sich und überlebende Rebellensoldaten strömten ins Freie, wo sie von der ersten Sekunde an unter Dauerbeschuss der Fischköpfe standen.

Michael hatte keine Ahnung, wie, doch die Piloten seines eigenen Transporters brachten das Schiff auf den Boden, ohne besonders schwere Treffer zu kassieren. Entweder waren diese Jungs und Mädels wirklich so gut oder die zahlreichen Gebete unterschiedlichster Spezies hatten für den Schutz verschiedener Gottheiten gesorgt. Michael schnallte sich los und lockerte seine Muskeln. Er beklagte sich nicht. Himmlischer Beistand konnte bei dem, was sie vorhatten, keinesfalls schaden.

Der Rebellenlieutenant führte seine Schar zu allem entschlossener Kämpfer ins Freie. Den Syall war es bereits gelungen, einen Brückenkopf zu sichern und dadurch das Ausschiffen weiterer Truppen zu ermöglichen. Die Fischköpfe drängten von allen Seiten gegen die hastig aufgestellten Verteidigungslinien, um die Invasoren wieder zu vertreiben. Bisher ohne Erfolg. Michael hatte vor, dafür zu sorgen, dass das auch so blieb.

Die Landmasse, auf der sie runtergekommen waren, hatte ungefähr die doppelte Fläche von der Insel Island auf der Erde. Und der Großteil davon war mit Fabriken und Förderanlagen für Rohstoffe bebaut. Die unausweichliche Konsequenz würde ein Häuserkampf sein. Michael rümpfte die Nase. Warum auch nicht? Das war die Spezialität der Blutläufer. Der Rebellenlieutenant packte sein Pulsgewehr fester und mit einem wüsten Aufschrei führte er seine Truppen in den Hexenkessel von Tyrashina VII.

Das Tauchboot legte bei einem Gebäude in den Außenbezirken von Paro'kajan an. Die Schlacht um die Metropole war über diesen Teil der Stadt bereits hinweggefegt und hatte unzählige leer stehende Konstrukte hinterlassen, die ihnen als vorübergehendes Versteck dienen konnten.

Ibitray und Untray installierten einen tragbaren Generator, der das Wasser vertrieb und eine Luftblase erzeugte, in der die Rebellen in der Lage waren, ihre Rüstungen abzulegen.

Gareth seufzte erleichtert, als sich die Nanopartikel seiner Ausrüstung in sich zusammenzogen und von dem Panzeranzug am Ende nur ein handtellergroßes Gebilde übrig blieb.

Er nahm es von der Brust und starrte das kleine Ding verdrossen an. »Ich hatte ganz vergessen, was für eine Last es sein kann, die Rüstung zu tragen.«

Martha widmete ihm einen mitfühlenden Blick. »Gewöhn dich nicht daran. Wir dürfen uns nicht zu lange an einem Ort aufhalten.«

Gareth widmete ihr einen nachdenklichen Blick. »Agromar hat uns zugesagt, wir dürften die Linien seines Volkes unbehelligt passieren.«

»Und du glaubst ihm?«, knurrte Asheaw, der urplötzlich hinter ihnen stand. Trotz seiner enormen Größe bewegte sich der reptilienhafte Krieger mit der Anmut und Geräuschlosigkeit einer Katze auf der Jagd. Man musste sich erst daran gewöhnen, dass der letzte Coshkel nun fester Bestandteil ihrer Gruppe war. Einige der Rebellen bedachten den Krieger mit teils vorsichtigen, teils offen misstrauischen Blicken.

Der hünenhafte Krieger trug einen weiteren Generator in ihre vorübergehende Behausung, für deren Transport normalerweise drei Männer notwendig gewesen wären.

»Nicht wirklich«, gab Gareth dem Coshkel recht. »Aber ich sehe nicht, welche Alternative wir haben.«

»Du hättest mich den Age'vesy auseinandernehmen lassen sollen«, meinte Asheaw in verblüffend jovialem Tonfall – als würde er über das Wetter reden. Gareth zweifelte nicht daran, dass ihr neuer Weggefährte ohne Weiteres dazu in der Lage gewesen wäre.

»Und wer hätte uns dann durch die Blockade gebracht? Jetzt haben wir wenigstens eine kleine Chance, dass uns die Age'vesy in Ruhe lassen.«

»Wie du meinst«, entgegnete Asheaw wenig überzeugt und stellte den Generator zu den anderen.

»Nun ist es ohnehin zu spät für derlei Diskussionen. Nehmt alle eine Mütze Schlaf. Morgen wird es ein anstrengender Tag.« Neugierige Blicke begegneten ihm von allen Seiten. Er lächelte schief. »Wir werden versuchen, zu unseren Leuten durchzukommen, um diesen verdammten Planeten ein für alle Mal zu verlassen.«

***

Die Stunden schritten rasch voran. Aber sosehr Gareth sich auch bemühte, den eigenen Ratschlag vermochte er nicht zu befolgen.

Nachdem er sich mehrmals im Dösen herumgewälzt hatte, stand er auf und begab sich zu einem der runden Fenster, mit denen die Ashrak ihre Wohngebäude versahen. Er trachtete danach, ein wenig Ruhe zu finden, um den Kopf klar zu kriegen. Zu seiner Überraschung stand er damit nicht allein da.

Martha verharrte in Gedanken versunken an einem der Fenster und starrte nachdenklich hinaus. Die Frau zuckte leicht zusammen, als sie ihn bemerkte.

»Du kannst auch nicht schlafen?«, fragte sie und konzentrierte sich abermals auf die Vorgänge vor dem Fenster. Das Wasser in diesem Teil des Ozeans war wesentlich klarer als in der Innenstadt von Paro'kajan, was den beiden eine einzigartige Perspektive auf das Leben außerhalb der Ashrakgesellschaft ermöglichte.

Die beiden saßen eine Weile beieinander und beobachteten das bunte Treiben. Gareths anfänglicher Eindruck bestätigte sich. Tyrashina VII war eine lebensfrohe, aber auch sehr unheilvolle Welt. Jeder Meeresbewohner – unerheblich wie groß oder gefährlich – schien unweigerlich zur Beute eines noch größeren und noch gefährlicheren Wesens zu werden. Alles wurde von allem aufgefressen. Dieser Tanz des Lebens brachte eine seltsame Symmetrie mit sich. Es war grausam, passte aber zum hiesigen Ökosystem. Es war kein Wunder, dass eine solche Welt kriegerische Spezies wie die Ashrak und die Age'vesy hervorbrachte. Dennoch besaß Tyrashina VII seine eigene Schönheit, der man sich kaum entziehen konnte.

Auf einmal waren sämtliche Kreaturen des Meeres verschwunden, abgetaucht in irgendwelche Untiefen, in der Hoffnung, dem Grauen zu entkommen, das auf sie zuschwamm. Es geschah dermaßen schnell, dass Gareth perplex zwinkerte.

Martha warf ihm einen fragenden Blick zu. »Was ist denn jetzt passiert?«

Der Anführer der Rebellion wusste sofort die entsprechende Antwort darauf. »Sie kommen. Alle fliehen vor den Age'vesy.«

Er sah sich schnell um. Es brannte nirgendwo Licht und sämtliche Elektronik war abgeschaltet. Es gab nichts, was die Age'vesy anlocken konnte.

Er hielt unwillkürlich inne. Nichts ... außer den Generatoren.

Martha erkannte im selben Moment, dass sie einen Köder unterhielten, den diese Kreaturen gar nicht ignorieren konnten, selbst wenn sie dazu fähig gewesen wären.

Sie wollte sich daranmachen, alle zu wecken, damit sie ihre Rüstungen anlegten. »Zu spät!«, zischte Gareth, packte Martha und zog sie in die dunkle Ecke neben dem nächsten Fenster.

»Aber die Generatoren ...«

»Ich weiß«, raunte er in ihr Ohr. »Aber dazu ist keine Zeit mehr. Wir müssen die Sache aussitzen und auf ein Wunder hoffen.«

Gareth wünschte sich, er hätte verfolgen können, was draußen vor sich ging. Diese Unwissenheit machte ihm größere Probleme, als wenn sie es mit einem Angriff zu tun gehabt hätten.

Ein Schatten huschte vor ihrem Fenster vorüber. Ganz kurz nur, Gareth wusste trotzdem augenblicklich, womit sie es zu tun hatten. Ohne sich dessen richtig bewusst zu sein, hielt er den Atem an. Gleichzeitig spürte er, wie Marthas Herz in ihrer Brust pochte. Sie hatte Angst. Das konnte man ihr kaum übel nehmen, zumal sie kein richtiger Blutläufer war, nicht so, wie Michael oder Ris'ril diesen Ausdruck verstanden hätten.

Die Age'vesy befanden sich unmittelbar vor der Behausung, abwartend, vielleicht sogar beratend. Gareth wusste nicht genau, wie das zustande kam, aber er vermochte, die Bande zu spüren. Ein Gefühl, das die feinen Härchen auf den Armen und im Nacken aufstellen ließ. Die Aura drohenden Unheils, manche nannten es auch *sechster Sinn*, legte sich über sie.

Gareth war froh, dass die anderen immer noch schliefen. Falls die Mistkerle hier hereinkamen, dann blieb seinen Kameraden der Horror erspart, zu wissen, wer sie und wie er sie zur Strecke brachte.

Der Anführer der Rebellion behielt Martha fest im Arm. Es war wenig genug, doch er hoffte, es spendete ihr zumindest ein wenig Trost. Sie streichelte unbewusst über seinen Handrücken. Es handelte sich um eine zärtliche Geste, die ihm durchaus gefiel.

Erneut huschte der Schatten am Fenster vorbei – und die bedrohliche Aura schwand aus ihrem Umfeld und von ihrer Seele. Gareth löste sich von der Rebellensoldatin. Vorsichtig spähte er ins Wasser hinaus.

Er seufzte tief und erleichtert auf. »Sie sind weg.«

»Woher weißt du das?«

Wortlos deutete er nach draußen. Martha kam näher und sah ebenfalls hinaus. Die Bewohner des Meeres kehrten zurück. Die großen, saurierähnlichen Wesen machten erneut Jagd auf die kleineren, um ihr Abendessen zu ergattern.

Martha entspannte sich. Die Age'vesy verbreiteten Angst und Schrecken, wo auch immer sie hinkamen. Und wenn sie weiterzogen, war es, als kehrte auch das Leben an den Ort ihrer früheren Gegenwart zurück.

»Sie haben uns nicht entdeckt«, wunderte sich Martha.

»Oh doch, das haben sie«, widersprach Gareth. »Agromar. Er hält Wort. Sein Volk lässt uns in Ruhe. Vorläufig.«

»Wie lange mag sein Wohlwollen noch anhalten?«

Gareth zuckte mit den Achseln. »Keine Ahnung. Hoffentlich lange genug, bis wir weg sind.«

»Ob er sein anderes Versprechen auch hält?«

»Du meinst, die Ashrakzivilisten zu verschonen? Das kann man für die nur hoffen. Ich glaube nicht, dass die Fischköpfe in der Lage sind, ihre Zivilisation zu retten. Sie verstehen gar nicht, womit sie es zu tun haben.« Er drehte sich zu der Kameradin um und fand ihre Lippen auf einmal auf seinen eigenen wieder. Er wollte sich zunächst dagegen wehren. Die Gedanken des Mannes weilten für einen Moment bei Ris'ril. Aber Marthas Mund fühlte sich warm und einladend an. Ihre Liebkosung schmeckte süß. Gareth verlor sich in ihren Berührungen. Für eine kurze Zeitspanne existierte nichts außer ihnen beiden – und es war ein gutes Gefühl.

***

Die Rebellen eroberten die Förderanlage sowie die Fabrik trotz des anhaltenden und erbitterten Widerstands der Fischköpfe. Lediglich zehn Stunden nach ihrer Landung durchbrachen sie die letzte Schlachtreihe vor den Sklavenquartieren.

Michael führte eine kampfstarke Truppe dorthin, wo die Schlacht am heftigsten tobte, ungeachtet der allgegenwärtigen Gefahr.

Der Rebellenlieutenant pumpte beinahe seine letzte halbe Energiezelle in die Rüstung eines feindlichen Offiziers. Dieser fiel mit qualmenden Löchern hintenüber. Als sich Michael dem Nächsten zuwandte, gab sein Gewehr nur noch ein Zischen von sich. Auf Knopfdruck fuhr das Bajonett aus und der riesige Soldat stach den feindlichen Soldaten und auch dessen Kameraden nieder.

Ein Ashrak stürmte auf ihn zu. Ein Dys zur Michaels Linken stellte sich schützend vor den Kommandanten und erschlug den Angreifer mit seinem ebenfalls leer geschossenen Pulsgewehr. Der Dys bückte sich schwerfällig und zog mehrere volle Energiezellen aus dem Allzweckgürtel eines niedergestreckten Feindes. Zwei davon reichte er an seinen Befehlshaber weiter.

Michael nahm sie entgegen und lud seine Waffe nach. »Danke, Arkan«, sagte der Lieutenant. »Wäre fast haarig geworden.«

»Du solltest besser auf dich aufpassen«, entgegnete der Dys. »Ich bin nicht immer zur Stelle, um dir den Arsch zu retten.«

Zwei Skorpione der Verteidiger stürzten mit zerschmettertem Cockpit zu Boden. Über ihnen zog eine Staffel Kampfjäger steil in die Höhe, nachdem die Piloten ihren Angriffsflug beendet hatten. Michael war dankbar für deren Unterstützung.

Die Rebellen setzten die Bombardierung fort. Sobald sich gegnerische Kräfte sammelten, um eine stabile Verteidigung zu etablieren oder sogar zum Gegenangriff überzugehen, stürzten die mittlerweile äußerst versierten Geschwader der Aufständischen herbei und zerschlugen jeden derartigen Versuch im Ansatz.

Michael führte seine Truppen tiefer hinein in den industriellen Komplex. Auf ihrem Weg schlugen sie jeglichen Widerstand nieder. Die Ashrak kämpften stundenlang darum, die Kontrolle zu behalten. Und sie verloren insgesamt mehr als hunderttausend Mann bei der Verteidigung. Erst gegen Abend gaben die Fischköpfe die Abwehr auf und zogen sich angeschlagen zurück. Als sie das Gebiet den Rebellen überließen, war das Schlachtfeld übersät mit den Wracks von Panzern und Skorpionen sowie den Trümmern unzähliger abgeschossener Jäger.

Michael lehnte sich schwer atmend gegen die Überreste eines zerschossenen Achilles-Panzers. Zu welcher Seite die Maschine gehört hatte, ließ sich nicht mehr feststellen.

Er nahm sich kurz Zeit, um durchzuatmen, während die Kämpfe immer weiter abflauten. Die Rebellen vertrieben die letzten feindlichen Nachzügler und räucherten dabei auch verbliebene Widerstandsnester aus. Anschließend machten sie sich daran, die Gebäude nach zurückgelassenen Spezialeinheiten zu durchsuchen. Diese wären fraglos in der Lage, den Invasoren weiterhin das Leben schwer zu machen. Michael verspürte keinerlei Lust, mit denen im Nacken die nächste Phase der Invasion einzuleiten.

Arkan marschierte auf ihn zu. Es gab sicherlich Spezies, die um einiges eleganter wirkten. Aber in der Hitze der Schlacht wollte man unbedingt einen Dys an seiner Seite wissen. Die klobige Spezies stellte praktisch einen Panzer auf zwei Beinen dar und war nur mit großer Mühe kleinzukriegen.

»Michael? Das solltest du dir mal ansehen.«

Der Rebellenkommandant wischte sich den Schweiß von der Stirn. Die Anstrengung stand ihm ins Gesicht geschrieben. »Was ist denn, Arkan?«

Der Dys signalisierte dem Lieutenant kommentarlos, ihm zu folgen. Michael blieb nichts anderes übrig und er ging dem Rebellensoldaten hinterher. Bereits nach wenigen Hundert Metern erreichten sie ein großes, rundes Gebäude. Von außen betrachtet, sah es nicht wichtiger aus als die anderen.

Dieser Eindruck täuschte. Als sie es betraten, schlug Michael beißender

Gestank entgegen. Er benötigte einen Moment, um ihn zu identifizieren. Es handelte sich um die Ausdünstungen Tausender ungewaschener Lebewesen. Michael hatte schon viel gesehen – vor und während der Rebellion. Dies hier ließ sogar seine Kinnlade vor Unglauben herunterklappen.

Der Raum war ein Sammelquartier für Arbeitssklaven. Diese armen Teufel stammten von allen Welten innerhalb des imperialen Raums. Nicht wenige Menschen waren darunter, aber auch Syall und Sekari. Kriegsgefangene, die an diesem unwirtlichen Ort Frondienste für ihre neuen Herren leisten mussten. Außerdem sah Michael noch Turia, Ieri und vereinzelt sogar Kexaxa.

Durch den Türspalt fiel Licht herein, vor dem die Sklaven angstvoll zurückwichen. Sie fürchteten, ihre Sklavenmeister seien zurückgekehrt, um sie den schmerzhaften Kuss ihrer Peitschen spüren zu lassen.

Gefolgt von Arkan trat Michael näher, sodass die Gefangenen einen ungehinderten Blick auf ihn werfen konnten. Erst nach und nach wurde den versammelten Sklaven bewusst, dass dies kein Ashrak war, der ihnen unter die Augen kam. Es dauerte noch mal ein paar Sekunden, bevor sie erkannten, dass die Rebellen eingetroffen waren. Erst von diesem Moment an rückten sie näher. Um Hilfe ersuchende Hände streckten sich Michael entgegen.

Der Rebellenkommandant hatte immer geglaubt, sein Herz sei im Lauf der erbitterten Kämpfe zu Stein geworden. Nun sah er sich eines Besseren belehrt. Dieses Elend rührte ihn beinahe zu Tränen.

Die Sklaven wurden zum überwiegenden Teil sich selbst überlassen. Sie schliefen auf dem Boden, hausten in ihrem eigenen Dreck. Es wäre ein schieres Wunder, wenn in dieser Hölle keine Krankheiten grassierten.

Michael wunderte sich kurz. Es war eigentlich unlogisch, Sklaven auf diese Weise zu halten, schlimmer als Tiere. Für ein Reich wie das Rod'Or-Imperium bedeuteten Sklaven Wohlstand. Je mehr Sklaven das Imperium besaß, desto mehr billige Arbeitskräfte besaß es und desto reicher war es. Aber hier wurden die versklavten Arbeiter regelrecht verheizt.

Dann aber erkannte er die schlichte Wahrheit dahinter und die Logik, wie sie sich in den Köpfen der Rod'Or und ihrer Ashrakhandlanger darstellte: Für sie waren all dies hier keine Lebewesen. Es waren Werkzeuge. Schlimmer noch, es waren Verbrauchsgegenstände. Man benutzte sie, bis sie sich der Gnade des Todes ergaben, und anschließend holte man sich neue, um die Ausfälle zu ersetzen. Sklaven waren billig und Nachschub gab es immer.

Michael ging durch die Reihen der Sklaven und fasste bei einigen sanft deren Hände an. Schon allein dieser minimale Körperkontakt eines Lebewesens, das ihnen nicht schaden wollte, schien viele zu verblüffen. Andere schöpften neue Kraft dadurch.

Was musste jemand durchgemacht haben, der sich bereits durch das Streicheln seiner Finger gestärkt fühlte? Die auf Tyrashina verschleppten Sklaven hatten Unerträgliches erlebt.

»Habt keine Angst«, beruhigte er die Menge. »Ihr seid in Sicherheit.« Michael war sich bewusst, dass er damit ein Versprechen gab, für dessen Einhaltung er gar nicht garantieren konnte. Nach ihrer Befreiung waren die Rebellen nun für diese Leute verantwortlich. Und auch für ihre Evakuierung, was das betraf. Dort draußen tobte immer noch eine blutige Schlacht. Trotzdem fuhr er damit fort, ihnen Mut zuzusprechen. Ob er sein Versprechen einhalten konnte oder nicht, war gar nicht mal so wichtig. Den meisten würde es ohnehin gleichgültig sein. Denn eines wusste der Rebellenlieutenant mit unumstößlicher Klarheit: Wer auch immer diese Hölle bis jetzt überlebt hatte, würde lieber sterben, als in dieses Elend zurückzukehren. Und falls sie bei der Evakuierung draufgingen, dann starben sie wenigstens in Freiheit. Das allein genügte schon.

Michael erreichte einen separat abgesperrten Bereich der Sklavenquartiere. Was sich dahinter befand, konnte man nicht einmal erahnen.

Arkan schleppte einen Ashrak an, den Zeichnungen auf seiner Rüstung zufolge ein Sklavenmeister. »Aufmachen!«, ordnete Michael knapp an.

Die Angst zeigte sich deutlich aufgrund seiner Schuppenfarbe. Was auch immer sich hinter dieser Tür befand, der Fischkopf glaubte, dass es den Rebellen nicht gefallen dürfte.

Auf einen scharfen Blick Michaels gab der Krieger dennoch nach und öffnete die Tür mittels eines Codeschlüssels. Sie zog sich mit einem Zischen in die Wand zurück. Dahinter verbarg sich ein weiterer Abgrund der imperialen Barbarei.

Fast zweihundert Liebessklaven jeglichen Geschlechts kauerten auf dem Boden und warteten darauf, von ihren Herren gerufen zu werden.

Michaels Augen wurden groß. Er wandte sich dem Sklavenmeister zu und deutete auf den Raum. Der Ashrak druckste eine Weile herum. Arkan trat ihm kräftig von hinten gegen das linke Bein. Man hörte Knochen knacken und der Krieger knickte halb weg. Er schaffte es gerade noch, sich aufrecht zu halten.

Michael entließ den Soldaten nicht aus dem Fokus seines brennenden Blickes. Dem Mann blieb keine andere Wahl, als zu antworten.

»Sie dienen der Unterhaltung der Wachen«, jammerte der Sklavenmeister.

Jeder Muskel in Michaels Körper versteifte sich bei dieser Erklärung. Sein Blick glitt über die Sklaven. Mehr als die Hälfte von ihnen waren Menschen. Die Vorliebe vieler Ashrak für die Bewohner der Erde war wohlbekannt. Sie waren alle wohlgenährt und wesentlich besser versorgt als die Arbeitssklaven. Das entbehrte nicht einer gewissen Logik. Immerhin sollten die Liebesdiener- und -dienerinnen länger durchhalten und unter der Wachmannschaft keine Krankheiten verbreiten.

Michael deutete auf die Tür. »Warum waren sie in diesem Zimmer eingeschlossen?«

»Warum?«, wiederholte der Sklavenmeister. Er schien den Sinn der Frage gar nicht zu begreifen. »Zu ihrem eigenen Schutz.« Der Krieger sah bedeutungsvoll in Richtung der Arbeitssklaven. »Schwangere Weibchen müssen getötet werden.«

Das war zu viel für Michael. Er zog sein Kampfmesser aus der Scheide an der Hüfte und schlitzte den rechten Kiemenbogen des Sklavenmeisters auf. Dieser röchelte und ging zu Boden, während er langsam erstickte.

Niemand rührte auch nur einen Finger, um ihm zu helfen oder seinen Abgang zu erleichtern. Genugtuung huschte über die Gesichter zahlreicher Sklaven.

Arkan stieg mit einem weiten Schritt über die Leiche des Fischkopfs. »Deine Befehle, Michael?«

Der Lieutenant sah ein weiteres Mal in den Raum voller Liebessklaven. Erinnerungen an Angela kamen in ihm hoch. Dieses Schicksal hatte auch sie erlitten. Nicht bei den Ashrak, sondern sogar bei einem Artgenossen, was die Angelegenheit nur schlimmer machte.

»Sag Ris'ril Bescheid. Wir brauchen hier unten Transporter. Eine Menge.« Er wandte sich dem Dys zu und seine Stimme zitterte vor Zorn. »Wir gehen nicht, solange auch nur noch ein einziger Sklave auf dieser Welt in Ketten liegt. Nicht ein einziger.«

Cha'ackos Plan funktionierte. Um genau zu sein, er funktionierte ein wenig zu gut. Wie sich herausstellte, war die Age'vesy-Offensive einer Naturgewalt gleich über die Außenbezirke von Paro'kajan hinweggefegt und dabei waren sowohl Soldaten wie auch Zivilisten hinter den feindlichen Linien gestrandet.

Als Cha'acko mit seiner improvisierten Truppe durch die Straßen schwamm, erregten sie die Aufmerksamkeit weiterer Überlebender. Und diese zeigten sich hocherfreut, dass sich die Gelegenheit bot, einer größeren Gemeinschaft beizutreten.

Innerhalb kürzester Zeit hatte der ehemalige Honuh-ton-Agent eine Gefolgschaft von annähernd tausend Ashrak vereint, mit denen er durch die Gegend schlich. Ursprünglich hatte er lediglich einige Soldaten benötigt, die ihn sicher durch die gegnerischen Linien eskortierten. Nun aber war er der Anführer einer Streitmacht von nicht zu verachtendem Umfang. Die wieder loszuwerden, dürfte ein erheblicher Kraftakt werden. Denn eines stand fest: Je mehr Zivilisten sich ihm anschlossen, desto mehr wirkten sie sich wie ein Klotz am Bein aus. Er wollte diese Verantwortung nicht. Er hasste diese Art von Verantwortung. Cha'ackos Dasein in den Zentren der Macht war vorbei. Der Agent hatte es versucht und war krachend gescheitert, wofür seine erbärmliche momentane Existenz Zeugnis ablegte. Nun wollte er nur noch überleben. Das war alles, wonach es ihn verlangte.

Ein schriller Schrei ließ ihn aufschrecken. »Die Age'vesy!«, brüllte eine verängstigte Frauenstimme. »Die Age'vesy kommen!«

Panik breitete sich unter den Ashrak wellenförmig aus und seine Gefolgschaft schien auf der Stelle bereit, sich kopflos in alle Richtungen zu zerstreuen.

Für einen Moment wurde Cha'acko selbst von einer Heidenangst ergriffen. Sollten sie vom Feind überrollt werden, würde er vor Ende des Tages vermutlich den Magen eines Age'vesys füllen. Kein besonders erstrebenswerter Gedanke.

Er packte den jungen Soldaten, der ihm gegen die anderen Deserteure beigestanden war. Sein Name lautete Kala'raka, wie er mittlerweile wusste. »Halt die Truppe zusammen. Sie dürfen sich nicht verteilen.«

Der Krieger erwies sich als ungemein hilfreich. Entgegen dem sich entwickelnden Strom fliehender Ashrak arbeiteten sich die beiden mit ausgebreiteten Armen vor. »Bleibt zusammen!«, schrie Cha'acko unentwegt. »Nicht zerstreuen. Zivilisten in die Mitte des Zuges.«

Mit unendlich großer Mühe gelang es ihnen, das Blatt zu wenden. Den beiden schlossen sich bald schon weitere Krieger an und es kam Ordnung in die beginnende Flucht. Die Frauen und Kinder massierten sich in der Mitte, auf allen Seiten von Kriegern und bewaffneten männlichen Zivilisten umgeben.

Der Kriegstrupp der Age'vesy erhob sich über ihnen wie eine dunkle, bedrohliche Wolke, bestehend aus Klauen, Zähnen und von einem unstillbaren Hunger beseelt.

Cha'acko war von Anfang an klar, dass ihre einzige Hoffnung darin bestand, geeint aufzutreten. Denn die bevorzugte Taktik des Gegners fußte darauf, Angst zu schüren, und wenn sich ihre Beute zerstreute, schlugen sie zu und rissen, was sie zwischen die Krallen bekommen konnten. Auf diese Weise hatten sie den halben Planeten in ihre Gewalt gebracht. Aber Cha'acko würden sie heute nicht bekommen, schwor er sich.

»Macht sie nieder!«, schrie der ehemalige Honuh-ton-Agent. Von dem Pulk, der sich gebildet hatte, ging ein Sturm aus Pulsenergie aus. Er zielte auf die Mitte des feindlichen Kriegstrupps. Die einzelnen Facetten der Formation waren kaum auszumachen. Die Age'vesy setzten abermals ihre angeborene Fähigkeit der Täuschung ein. Die Ashrak feuerten aufs Geratewohl. Sie taten, was sie konnten, um zu überleben.

Aus der Mitte der Angreifer erhob sich mörderisches Gebrüll. Das Gewimmel der undeutlichen Feinde wurde schlagartig wesentlich klarer, als sich die Getroffenen aus der Wolke lösten. Ihre Körper sanken nieder und blieben zwischen den kuppelförmigen Gebäuden liegen. Schon bald begannen sie sich aufzustapeln.

Die Age'vesy zogen sich zurück, aber lediglich, um sich zu sammeln und erneut zuzuschlagen. Cha'ackos Truppe schlug sie ein ums andere Mal in die Flucht. Bis es ihnen gelang, die Krieger unter dem Kommando des Honuh-ton-Agenten endlich zu erreichen. Und von diesem Moment an wurde es richtig hässlich.

Ein Kampf Mann gegen Mann entbrannte. Schon nach wenigen Sekunden schmeckte das Wasser unangenehm nach Blut. Die Age'vesy verfielen in Raserei. Cha'acko stach mit dem Bajonett zu. Seine Augen schmerzten vor Anstrengung, weil er sich immer noch damit abmühte, etwas zu erkennen, das nicht nur aus Schemen und Schatten bestand.

Die Klinge traf auf Widerstand und der Agent riss die Waffe herum. Etwas schrie und der Laut verkam zu einem undeutlichen Krächzen. Der Widerstand ebbte ab und die Kreatur rutschte vom Lauf der Waffe. Sofort war der Nächste über ihm und auch diesen konnte sich Cha'acko vom Leib halten.

Der dritte Gegner schlitzte ihm die linke Wange auf. Er schmeckte Blut in den Kiemen. Einer seiner Gesichtstentakel wurde ihm mit solcher Wucht abgerissen, dass er voll Inbrunst seinen Schmerz hinausbrüllte. Ironischerweise gab ihm das die Kraft, auch diesen Feind abzuwehren.

Der Kampf tobte eine Weile hin und her. Die Ashrak waren in der Überzahl. Die Age'vesy bedienten sich einer Wildheit, wie man sie selten erlebte. Außerdem hatte es beinahe den Anschein, als würden diese Kreaturen als Einheit kämpfen. Cha'acko war geschult, die Stärken und Schwächen eines Gegners auszuspähen und sie gnadenlos auszunutzen.

Er besaß einen großen Erfahrungsschatz in solchen Dingen. Und doch war es ihm nicht möglich, den Fressfeind seines Volkes zu durchschauen. Es gab keinerlei Befehle, zu keinem Zeitpunkt. Trotzdem griffen diese Wesen gleichzeitig an und zogen sich auch gleichzeitig zurück. Sie agierten wie ein einziger riesiger Organismus.

Die Ashrak hatte alle Mühe, diesem Maß an Perfektion etwas entgegenzuhalten. Aber zu Cha'ackos unendlicher Überraschung gelang es ihnen. Selbst die Nichtkombattanten bewahrten die Ruhe und blieben an Ort und Stelle inmitten der kugelförmigen Verteidigung, die der Honuh-ton-Agent aufgebaut hatte.

Die Age'vesy tasteten mit Sondierungsvorstößen ihre Formation systematisch nach Schwachstellen ab. Sobald sie der Meinung waren, eine gefunden zu haben, attackierten sie diesen Punkt, bis die Ashrakkrieger sie erneut zurücktrieben. Ihre ständigen Angriffe zermürbten Körper und Geist. Umso stolzer war Cha'acko, dass die improvisierte Truppe unter seinem Befehl den Köder nicht aufgriff. Sie blieben in der Formation, ohne den Gegner bei einem seiner Rückzüge zu verfolgen, wie dieser es ohne Zweifel geplant hatte.

Nach einer Weile glaubte Cha'acko, aufseiten der Age'vesy so etwas wie Missmut wahrzunehmen. Es tat ihm gut, diese Emotion mal auf der anderen Seite zu spüren.

Cha'acko wusste nicht, wie lange der Kampf mittlerweile andauerte. Klar war ihm nur, dass ihm die Leute ausgingen. Gut ein Drittel der Ashrakkrieger und nahezu die Hälfte der bewaffneten Zivilisten waren ausgefallen. Die meisten waren gefallen, nur ein paar wenige verwundet. Der Fressfeind machte im Kampf keine halben Sachen und ließ nur selten Verletzte zurück.

Gerade als die Age'vesy zur nächsten Attacke ansetzten, explodierten mehrere Torpedos mitten unter ihnen, gefolgt von einigen Pulsentladungen. Kurzzeitig waren beide Seiten irritiert von den Ereignissen. Zwischen den Gebäuden tauchten sieben Anaktres auf. Sie stapften schwerfällig durch die Straßen, die Geschütze drehten sich unentwegt auf der Suche nach weiteren Zielen.

Der vordere Kampfkoloss feuerte sein Hauptgeschütz ab und löschte damit mehrere Feinde aus. Der Rest war wohl der Meinung, mit dem Erscheinen frischer Kräfte wäre das Scharmützel entschieden. Sie verschwanden genauso schnell, wie sie aufgetaucht waren.

Offiziere winkten der erschöpften Gruppe zu. »Kala'raka! Die Zivilisten sollen sich in Bewegung setzen.«

Der Jungoffizier wedelte mit den Armen und trieb Männer wie Frauen zur Eile an. Gemeinsam folgten sie den Soldaten. Die Anaktres bildeten das Schlusslicht. Sie achteten darauf, dass ihnen niemand in den Rücken fiel.

Die Soldaten führten die Gruppe in den Schutz einer befestigten Vorpostenstellung. Cha'acko zog seinen kantigen Kopf zwischen die Schultern. Er wandte sich um.

»Kala, sorg dafür, dass alle etwas zu essen bekommen.«

Der Jungoffizier wollte sich bereits davonmachen, doch die Stimme des Agenten hielt ihn zurück. »Und sag ihnen, dass sie gut gekämpft haben.«

Kala'rakas Brust schwoll vor Stolz an, als wolle sie bersten. Der Anblick erheiterte Cha'acko nicht wenig. Es erinnerte ihn daran, wie es sich anfühlte, seinem Volk zu dienen. Er wusste gar nicht, wann sich diese Einstellung bei ihm geändert hatte. Es war aber schon eine halbe Ewigkeit her, dass er in Haltung und Pflichtauffassung diesem jungen Krieger auch nur entfernt geähnelt hatte.

Cha'acko sah sich verstohlen um. Die Zivilisten waren jetzt in Sicherheit. Es brauchte ihn nicht mehr zu kümmern, was aus ihnen wurde. Dafür waren jetzt die Truppen verantwortlich. Von hier aus würde er problemlos einen der Evakuierungshäfen erreichen.

Der ehemalige Honuh-ton-Agent nahm Anlauf, um sich abzustoßen und mit kräftigen Armbewegungen dem Gefahrenherd, in dem er sich befand, zu entkommen.

»Cha'acko?«, vernahm er urplötzlich eine Stimme hinter sich. »Cha' acko von der Honuh-ton?«

Seine vertikalen Augenlider senkten sich über seine handtellergroßen Pupillen und schlossen für einen Moment diesen Ort, die Welt und das gesamte Universum aus – dann drehte er sich um.

Als Cha'acko die Augen wieder öffnete, sah er sich Bri'anu gegenüber. Sein ehemaliger Untergebener musterte ihn ungerührt von oben bis unten. Die Überraschung stand quasi auf seinen Schuppen geschrieben, als diese die Farben wechselten.

Verblüffenderweise wurde sie sogleich von Grün ersetzt. »Ich hätte wissen müssen, dass du nicht leicht zu töten bist. Wie kommst du denn hierher?«

»Ist eine lange Geschichte.«

»Und eine blutige, wie ich dich kenne.«

Mehrere Zivilisten schwammen herbei und bedankten sich überschwänglich bei dem Mann, den sie fälschlicherweise für einen Offizier hielten. Eine Frau küsste seine Hände.

Bri'anu wartete, bis sie wieder weg waren. Fragend sah er den ehemaligen Vorgesetzten an. »Ist mir was entgangen?«

In wenigen Worten erzählte Cha'acko, wie er zum Anführer einer Flüchtlingsgruppe aufgestiegen war und sie hierhergeführt hatte. Wohlweislich ließ er dabei aus, dass er Gareth Finch und den Rebellen zur Flucht aus der Arena verholfen hatte. Es schien seiner Sache nicht dienlich, wenn der gute Bri davon erfuhr.

Bri'anu sah ihn einen unendlich erscheinenden Augenblick an. Cha'acko ließ es über sich ergehen, obwohl er sich fühlte, als würden seine Innereien von Insekten aufgefressen.

»Und? Stehe ich unter Arrest? Die Arena ist zerstört. Willst du mich bestrafen, dann wirst du persönlich dafür sorgen müssen.« Er deutete mit einer Handbewegung auf die Pulspistole an Bri'anus Seite.

Der Kommandant sah sich unter den Kriegern um. Der überwiegende Teil ging weiterhin ungestört seiner Arbeit nach. Der Wortwechsel erweckte allerdings die Aufmerksamkeit einiger. Sie warfen den beiden interessierte Blicke zu.

Cha'acko realisierte, dass sein ehemaliger Untergebener soeben vor einer wichtigen Entscheidung stand, nämlich den entflohenen Sklaven festnehmen zu lassen oder nicht. Schon allein für das Tragen einer Rüstung, die ihm nicht zustand, konnte er standrechtlich erschossen werden. Jeder Ashraksoldat – sogar der niederste Rang – hätte das Recht und auch die Pflicht dazu, sobald er aufgeflogen wäre.

Nach einer gefühlten Ewigkeit wandte sich Bri'anu ihm wieder zu. »Ich glaube, wir können darauf verzichten.« Er stieß Wasser durch seine Kiemen aus. Der verächtliche Laut darin war unüberhörbar. »Es endet sowieso alles in Anarchie. Da kann ich dich auch in Freiheit belassen.«

»Wie meinst du das?«

Der Offizier bedeutete ihm zu folgen. Cha'acko rieb sich die Wunde, wo bis vor Kurzem noch einer seiner Gesichtstentakel gewesen war. Er musste bei nächster Gelegenheit einen Medizintechniker aufsuchen, ansonsten vergab er jede Möglichkeit, dass ihm ein neuer wuchs.

Der ehemalige Honuh-ton-Agent folgte Bri'anu in eine Bunkerstellung. Eine Vielzahl von Offizieren war damit beschäftigt, die Verteidigung zu planen. Ein großes Hologramm dominierte die Mitte des Raumes. Cha'acko nahm sich einen Moment Zeit, die Abbildung zu studieren. Der schiere Umfang der Age'vesy-Armee ließ ihn schwindeln.

Er deutete mit einer Hand darauf. »Entspricht das den Tatsachen?«

»Soweit wir wissen, schon«, entgegnete Bri'anu. »Der anhaltende Widerstand Paro'kajans hält die Age'vesy davon ab, die gesamte Ebene dahinter mit all ihren Ortschaften und auch Raumhäfen einzunehmen. Solange wir standhalten, befinden sich Millionen Ashrak in Sicherheit. Falls Paro'kajan fällt ...« Er ließ die Konsequenzen ungesagt. Cha'acko wusste auch so, was er meinte. Das Ergebnis wäre der blutige Untergang ihres Volkes.

»Wenn das Kräfteverhältnis auch nur entfernt die Realität wiedergibt, dann muss die Bevölkerung dringend vom Planeten geschafft werden. So schnell wie möglich und so viele wie möglich.«

»Ich wäre überglücklich, falls das noch machbar wäre.«

»Das musst du mir erklären.«

»Wir hatten bereits mit der großflächigen Evakuierung begonnen, aber die Rebellen kamen uns in die Quere. Sie eroberten den industriellen Komplex bei Varo'taro und ihre Schiffe besetzten einen großen Teil des Orbits. Ich befürchte, momentan sind wir vom Weltraum abgeschnitten. Sämtliche Versuche, den Gegner wieder zu vertreiben, schlugen bislang fehl.«

Cha'acko überlegte fieberhaft. Eigentlich behagte ihm die Situation überhaupt nicht. Es verlangte ihn nicht länger nach irgendeiner Art von Befehlsgewalt. Aber die Götter des Universums besaßen einen makaberen Sinn für Humor. Sie drängten ihn immer wieder in Gegebenheiten, die ihm keine Wahl ließen. Er warf Bri'anu einen forschenden Blick zu. Der erfahrene Offizier hatte hier das Sagen. Dennoch bat er Cha'acko stumm um dessen Expertise. Die Verteidiger von Tyrashina VII waren verzweifelt. Das Gefühl der drohenden Niederlage war überall greifbar.

»Stehst du in Verbindung mit den Kommandanten der anderen Städte, die noch Widerstand leisten?«

Bri'anu signalisierte durch seine Schuppenfarbe die entsprechende Antwort. »Wir koordinieren uns untereinander. Soweit das noch möglich ist«, fügte er hinzu.

»Was ist mit dem Clanrat? Hat der nichts zur aktuellen Krise zu sagen?«

Die Worte Cha'ackos veranlassten mehrere Offiziere aufzublicken. Ihre Schuppen änderten die Farbe zu Rot. Sie waren wütend. Nicht auf den Mann, der die Frage stellte, sondern auf die unausweichliche Antwort.

Bri'anu senkte die Stimme. Sein Tonfall war trotzdem überall im Bunker gut zu vernehmen. »Der Clanrat hat es vorgezogen, sich aus dem Kampf zurückzuziehen.«

Nun wurden auch Cha'ackos Schuppen glühend rot. Er war für einen Moment außer sich vor Zorn. »Feiglinge!«, stieß er hervor. Einige der anwesenden Offiziere stimmten ihm uneingeschränkt zu.

»Hat ihnen aber nicht viel genutzt.« Auch Bri'anu zeigte sich in seiner Einschätzung nicht länger zurückhaltend. »Das Kommandoschiff wurde von den Rebellen hinter dem dritten Mond festgesetzt. Die Kämpfe dauern an, aber ich bezweifle, dass der Rat in nächster Zeit irgendwohin geht.«

»Wenigstens etwas. Wer das eigene Volk in Kriegszeiten im Stich lässt, hat es nicht verdient, diesem Mahlstrom zu entkommen.« Mit einem seiner verbliebenen Tentakel strich sich Cha'acko über den Stumpf, der von dem verletzten noch übrig war.

»Was ist mit den Dreadnoughts?«

»Was soll mit denen sein?«, wollte Bri'anu verwundert wissen.

»Sind sie flugfähig?«

»Ja, aber was nutzt uns das? Ihre Waffen wurden noch nicht installiert. Und ohne können sie nicht kämpfen.«

»Das wissen die Rebellen aber nicht. Sobald sich diese sechs Kriegsschiffe nähern, werden sie ihre Taktik überdenken müssen. Ansonsten gehen sie das Risiko ein, zwischen den Dreadnoughts und unserer Flotte zerrieben zu werden. Diese Katastrophe können sie nicht heraufbeschwören. Falls sie untergehen, verlieren die Aufständischen alles bisher Gewonnene.«

»Das könnte sogar funktionieren«, stimmte Bri'anu zu. Er war von Cha'ackos militärischen Fähigkeiten beeindruckt.

»Sobald die Dreadnoughts auslaufen und sich dem Kampfgeschehen nähern, greifen unsere Truppen die Rebellen bei Varo'taro an. Deine Verbände allein werden nicht genügen, um die Offensive durchzuführen. Fordere Unterstützung bei den anderen Kampfkommandanten an.«

»Selbst wenn ich eine Streitkraft für diese Operation aufstellen könnte, so bezweifle ich, dass wir in er Lage sind, den Industriekomplex zurückzuerobern.«

»Das ist auch nicht Sinn der Sache. Damit will ich die Aufständischen lediglich ablenken.«

»Zu welchem Zweck?«

»Für eine großflächige Evakuierung. Wer führt die feindliche Flotte an?«

»Laut der Honuh-ton Ris'ril.«

Cha'ackos Kiemenbögen gurgelten, als er die Information vernahm. »Das überrascht mich nicht. Sie ist ein kluger Kopf und erfahren im Kampf. Sie wird sich von unserer List mit den Dreadnoughts nicht lange täuschen lassen. Es liegt an uns, die Zeit, die uns bleibt, bestmöglich zu nutzen.«

»Inwiefern nutzen?«

Cha'acko zögerte, schenkte dann aber dem anderen Offizier reinen Wein ein. Es wäre kontraproduktiv, seine Gedanken für sich zu behalten.

»Tyrashina wird fallen.«

Diese drei bedeutungsschwangeren Worte hingen für einen Augenblick wie das Beil des Henkers über ihnen. Einen Herzschlag lang kam jegliche Aktivität im Bunker zum Erliegen. Aller Augen richteten sich auf die zwei Krieger.

»Tyrashina wird fallen«, wiederholte der entflohene Sklave. »Nichts, was wir unternehmen, wird daran etwas ändern, das steht außer Frage. Das Einzige, was übrig bleibt, ist, den Preis für den Feind nach oben zu treiben und so vielen von unserem Volk die Flucht zu ermöglichen wie möglich.«

Bri'anu machte den Anschein, etwas einwenden zu wollen, senkte dann aber seinen Kopf. »Und wie machen wir das?«

»Sobald sich die Rebellen zurückgezogen haben und der Orbit sauber ist, füllen wir jedes Schiff, das wir irgendwo aufbieten können, mit Zivilisten und lassen sie starten. Einschließlich der Dreadnoughts. Jedes dieser Schiffe ist riesig und bietet genügend Raum, um einen adäquaten Prozentsatz unseres Volkes aus dem System zu befördern. Das Militär setzt sich zuletzt ab. Sobald die letzten Schiffe aufsteigen, zerstören wir durch Orbitalbombardements jeden Raumhafen, jedes noch vorhandene Schiff, Hybridschiff oder U-Boot. Wir löschen jede Form der Technik aus. Die Age'vesy wollen unsere Heimat in Besitz nehmen? Dann sollen sie sie haben. Aber sie wird denen nichts nutzen. Und vor allem nehmen wir ihnen jede Möglichkeit, den Planeten zu verlassen. Tyrashina wird zu ihrem Gefängnis werden. Für immer.«

Bri'anu warf Cha'acko einen langen, undeutbaren Blick zu. Dann wechselten seine Schuppen abermals die Farbe und sie signalisierten seine Zustimmung. »So machen wir es«, erklärte der Kampfkommandant von Paro'kajan.

Gareth zog eilig seine Kleidung wieder an. Zu guter Letzt setzte er die eingefahrene Rüstung auf seine linke Brustseite und durch einen Schlag mit der Hand auf deren Mitte stülpte sie sich über seinen Körper. Bis auf den Helm, den er mit Absicht eingefahren ließ.

Das Liebesspiel mit Martha war abwechselnd leidenschaftlich und zärtlich gewesen. Er hatte es sehr genossen, solange es andauerte. Nun aber mischten sich Schuldgefühle und schlechtes Gewissen unter seine Befriedigung. Er vermied es, die befreite Liebessklavin anzusehen. Gareth wusste nicht, was ihn erwartete, sobald er Blickkontakt aufnahm.

Eine leichte Berührung am Arm ließ ihn innehalten. Als er den Kopf drehte, bemerkte er Marthas Blick auf sich ruhen. Sie bemühte sich um ein beruhigendes Lächeln. Der Versuch scheiterte kläglich.

»Ist schon gut«, sagte sie. »Ich verstehe. Du musst dich vor mir nicht rechtfertigen und es ist unnötig, Schuldgefühle zu entwickeln. Wir beide wollten nur ein wenig Nähe. In Zeiten des Krieges sollte man niemanden dafür verurteilen. Keiner weiß, ob die nächsten Stunden unsere letzten sein werden. Lass es gut sein. Ris'ril wird von mir nichts über das, was geschehen ist, erfahren. Darauf gebe ich dir mein Wort. Ich wollte einfach heute Nacht nicht alleine sein. Punkt.« Sie lächelte erneut. Dieses Mal wirkte es beinahe echt.

Er nickte ihr dankbar zu, sagte aber nichts weiter. Die Mitglieder ihrer kleinen illustren Gruppe wachten nach und nach auf. Gareth entschied, das Thema fallen zu lassen und Marthas Hinweis zu akzeptieren. Sie hatte recht. Jeder Schritt könnte ihr letzter sein, vor allem auf dieser lebensfeindlichen Welt, auf der zwei kriegerische Spezies um die Vorherrschaft kämpften.

»Das war … interessant«, bemerkte eine piepsige Stimme von unten.

Untray stand unmittelbar neben ihm und beäugte abwechselnd Martha und dann wieder ihn neugierig.

»Du hast es mitbekommen?«

Der Kexaxa nickte enthusiastisch. »Ich studiere leidenschaftlich gern die Paarungsgewohnheiten anderer Spezies. Eure ... Verrenkungen erscheinen mir dabei aber eher kontraproduktiv.«

Gareth grinste. »Glaub mir, das wirkt nur so.«

»Wenn du es sagst.« Das kleine Wesen zuckte die Schultern und watschelte von dannen.

»Untray?«, rief er dem Ingenieur hinterher.

»Ja, ich weiß«, gab dieser zurück. »Kein Wort zu Ris'ril.« Der kleine Kerl hielt inne und wandte sich noch einmal kurz um. »Ich hoffe, du weißt, dass das irgendwann Ärger geben wird.« Der Ingenieur setzte seinen Weg fort, als wäre nichts geschehen.

Ehe er darauf antworten konnte, fiel ihm jemand um den Hals und nahm ihn spielerisch in den Schwitzkasten. »Du bist ja ein richtiger Schwerenöter geworden«, beschied ihm Takashi.

Gareths Augen wurden groß. »Du auch? Aber wie ...«

»Sagen wir mal so, ihr beide wart nicht so leise, wie du denkst. Ich wäre überrascht, wenn es nicht alle mitbekommen hätten.«

Gareth spürte, wie seine Wangen erröteten. »Der Morgen danach fühlt sich aber irgendwie seltsam an«, meinte er.

Takashi zwinkerte ihm zu. »Dann machst du was falsch«, erwiderte der Paladin verschmitzt. Der Anführer der Rebellion machte ein Gesicht, als hätte er auf eine Zitrone gebissen.

Takashi wurde schlagartig ernst. »Du bist immer so verdammt hart zu dir selbst. Das war schon immer so. Martha hat recht. Nimm es einfach hin. Keiner weiß, ob wir hier wieder lebend rauskommen. Da sollte ein bisschen Glück schon verzeihbar sein. Ich glaube, sogar Ris'ril würde es verstehen.«

Gareth schluckte. »Das möchte ich gar nicht erst herausfinden.«

»Ich sehe es wie Untray. Von mir erfährt sie nichts.«

»Danke.«

»Schon gut. Außerdem müssen wir uns jetzt darauf konzentrieren, von diesem mit Wasser überzogenen Stück Scheiße zu verschwinden. Ich hasse nasse Scheiße.«

»Keine Einwände«, gab Gareth erleichtert zurück.

Asheaw gesellte sich zu ihnen. Er beäugte Gareth auf befremdliche Weise. Ein gewisses Glitzern lag in den Augen des Coshkel.

Der Rebellenanführer hüstelte nervös. »Was heute Nacht vorgefallen ist …«, begann er.

Asheaw wehrte ab. »Will ich nicht wissen. Interessiert mich nicht.« Er deutete auf die miteinander in ihrer eigenen Sprache schwatzenden Kexaxa. »Deine kleinen Freunde haben vor ein paar Stunden militärischen Funkverkehr sowohl der Ashrak als auch deiner Rebellen aufgefangen. Es sieht so aus, als hätten sie ein Archipel nicht weit von hier erfolgreich angegriffen und erobert. Wir können dort sein, bevor die Sonne im Zenit steht. Wenn keine Komplikationen auftreten. Untray hat bereits einen Funkspruch abgesetzt. Man erwartet uns.«

Diese Nachricht sorgte dafür, dass Gareth sich automatisch wohler fühlte. »Dann sollten wir keine Zeit mehr vergeuden.«

***

»Eine Nachricht von der Oberfläche«, meldete Nico. »Es ist Michael.«

»Stell ihn durch«, befahl Ris'ril auf der Brücke ihres Angriffskreuzers.

Das taktische Schema auf ihrem Hologramm wurde ersetzt von Michaels groben Gesichtszügen. Der Lieutenant wirkte ernst wie immer. Und dennoch schien er gelöster.

»Was gibt es?«

»Wir haben Kontakt zu Gareths Gruppe. Sie werden uns innerhalb der nächsten fünf Stunden erreichen.«

Ris'ril ließ sich förmlich in ihren Sessel fallen. Die Erleichterung ergriff von ihr Besitz. »Was macht die Evakuierung der Sklaven?«

»Ist in vollem Gange. Ungefähr sechzig Prozent sind bereits weg. Wir brauchen aber mehr Frachtkapazitäten.«

Ris'ril beugte sich vor und warf einen Blick aus dem zentralen Brückenfenster. Soeben durchbrachen mehrere klobige Transporter die Atmosphäre und nahmen auf schnellstem Weg Kurs auf einen der Sprungpunkte, fort von den schlimmsten Kämpfen.

»Der letzte Konvoi passiert gerade unsere Stellung. Ich versuche, loszueisen, was mir möglich ist. Unter Umständen können Sekari und Syall aushelfen.«

»Ich gehe keinesfalls, solange ein einziger Sklave zurückbleibt«, beharrte Michael. So rigoros kannte sie ihren Kameraden nicht. Der Fund dieser armen Leute musste ihn bis ins Mark erschüttert haben.

»Ich auch nicht, Michael«, beruhigte sie ihn. »Ich auch nicht.«

»Ris'ril?«, unterbrach ihr Navigator sie. »Das solltest du dir besser mal ansehen.«

»Michael, bleib mal kurz in der Leitung«, wies sie den Lieutenant an. Sie wandte sich dem Navigator zu. »Was gibt es denn so Dringendes, Nico?«

Statt einer direkten Antwort blendete der Navigator ein weiteres Bild in das Hologramm ein. Es handelte sich um eine Direktübertragung der Sensoren. Falls überhaupt möglich, so wäre der Samirad sämtliche Farbe aus dem Gesicht gewichen. Sechs gewaltige Objekte schoben sich gemächlich hinter dem fünften Mond des Planeten hervor.

»Nico, sind das etwa …?«

»Die Dreadnoughts«, bestätigte der Navigator. »Sie sind also doch einsatzbereit.«

»Die Fischköpfe würden sie nicht in den Kampf werfen, wenn es nicht so wäre. Welchen Kurs schlagen sie ein?«

»Auf uns.«

»Informiere Bara'a'acknam und Anian Tarrakam, sie sollen sofort alle Einheiten vom Planeten abziehen. Wir müssen verschwinden, bevor sie auf Gefechtsentfernung herangekommen sind. Dann überlegen wir uns was Neues.«

»Was ist mit Fabian und Michael?«, wollte der Navigator wissen.

»Befasst sich Fabian immer noch mit dem Kommandoschiff?«

»Ja.«

»Der soll bleiben, wo er ist. Mit seinen Einheiten hat er es momentan leichter als wir. Michael muss durchhalten, bis wir wissen, wie wir mit der veränderten Sachlage umgehen.«

»Mit sechs Dreadnoughts im Orbit?«

»Michael kommt schon klar. Um den mache ich mir die geringsten Sorgen.« Trotz ihrer Worte wusste sie, dass die Position des anderen Rebellenlieutenants unhaltbar sein würde, falls es die Fischköpfe in den riesigen Kampfschiffen tatsächlich darauf anlegten, die Aufständischen von der Oberfläche zu tilgen.

Ris'ril reaktivierte die Verbindung zu dem anderen Kommandanten. »Michael«, sprach sie den Mann gestresst an, »ich habe schlechte Neuigkeiten.«

***

Trotz der im Anflug befindlichen Dreadnoughts wurde die Evakuierung der befreiten Sklaven im Industriekomplex unerbittlich fortgeführt. Michael sah gar nicht ein, sich von so etwas Trivialem wie sechs Monsterschiffen von seiner Aufgabe ablenken zu lassen. An deren Anwesenheit konnte er ohnehin nichts ändern. Und was man nicht ändern konnte, darüber sollte man gar nicht erst hadern.

Michael trug eine junge menschliche Frau in den Armen. Sie war bis auf die Knochen abgemagert, was es schwer machte, ihr Alter zu bestimmen. Er schätzte sie allerdings auf weniger als vierundzwanzig Jahre. Das arme Ding hatte sich in den Werften und Fabriken der Ashrakheimatwelt beinahe zu Tode geschuftet. Ihr Leben hing am seidenen Faden.

Er trug die Frau, so schnell es ihr Gesundheitszustand zuließ, auf einen der wartenden Transporter zu. »Bleib ja bei mir, Baby«, flehte er sie an. »Dass du mir ja nicht abkratzt. Wir haben es gleich geschafft.«

Der Atem der jungen Frau ging nur noch röchelnd. Michael erreichte die Luke des zum Lazarettschiff umgebauten Transporters und drückte die Verletzte zwei Sanitätern in die Arme. Eine Ärztin sprang herbei und begann umgehend, die befreite Sklavin zu behandeln. Michael wartete einige kostbare Minuten. Die Ärztin hob den Daumen. Die Frau würde es schaffen. Der Rebellenoffizier atmete erleichtert auf – und sah nach oben. Die Umrisse sechs gewaltiger Kriegsschiffe schwenkten in den Orbit ein. Sie waren so groß, dass man sie von der Oberfläche aus bewundern konnte.

Michael knirschte mit den Zähnen. Die befreite Sklavin würde überleben, falls es die Rebellen an diesen Monstern vorbei ins All schafften. Noch hatten die nicht gefeuert. Das erfüllte ihn zumindest mit einem Funken Optimismus.

»Kommandant? Wir brauchen Sie am nördlichen Abschnitt.«

Michael riss sich vom Anblick der über ihnen hängenden bedrohlichen Schatten los und sprintete in die angegebene Richtung. Seine Soldaten nannten ihn *Kommandant*. Das war ihm gar nicht recht. Fabian, Ris'ril und die anderen hochrangigen Offiziere Gareths ließen sich von ihren Leuten meistens beim Vornamen nennen. Allenfalls ein *Sir* wurde noch geduldet. Aber mit diesem Kommandant-Gerede schossen sie über das Ziel hinaus. Es war gut gemeint. Eine Ehrenbezeichnung, mit der seine Leute ihn auszeichnen wollten. Im Grunde aber hoben sie ihn von den anderen ab. Sie sagten damit aus, er sei mehr wert als sie – sogar mehr wert als Gareth. Und das gefiel Michael kein bisschen.

Auch wenn einige seiner Mitoffiziere in diesem Punkt anderer Meinung waren. Sie glaubten allen Ernstes, er sonne sich darin. Totaler Mumpitz. Aber sosehr er sich auch bemühte, er konnte seine Truppen nicht davon abbringen, ihn auf ein Podest zu heben. Vielleicht hatten Gareth und die anderen recht, wenn sie sich wegen der ihm unterstellten Kampfverbände Sorgen machten. Er hatte es unter Umständen nicht sehen wollen, aber seine Regimenter zeigten tatsächlich unangenehme Tendenzen zum Fanatismus.

Als er den nördlichen Abschnitt erreichte, erhob sich ein feindliches U-Boot aus den Fluten. Das Ding hatte sich wie ein gestrandeter Wal auf den Strand gewälzt. Eine der Luken stand offen und seine Wachposten hatten eine Gruppe Neuankömmlinge umstellt. Der überwiegende Teil war Menschen, aber es gehörten auch zwei Kexaxa zu ihnen und der größte reptilianische Nichtmensch, den Michael je gesehen hatte.

Die Waffen seiner Soldaten blieben gesenkt. Natürlich hatten sie Gareth, Untray und Ibitray erkannt. Der Reptilianer flößte ihnen dennoch eine gehörige Portion Respekt ein. Seine Nähe zum Anführer des Aufstands ließ vermuten, dass es sich um einen Freund handelte. Die Hand dafür ins Feuer halten wollte indes niemand.

Gareth und Michael standen sich einen Moment einfach nur gegenüber, dann setzten sie sich in Bewegung, beschleunigten ihre Schritte und fielen sich unter einem begeisterten Jubelsturm der Umstehenden in die Arme.

Michael drückte seinen Freund und Anführer für ein paar Sekunden einfach nur an die Brust. Sie lösten sich nur unwillig voneinander. Es schien ein ganzes Leben her zu sein, dass sie sich zuletzt gesehen hatten.

Michael hielt den Mann, der den Blutläuferaufstand losgetreten hatte, auf Armeslänge von sich. »Ich habe nie daran gezweifelt, dass du es schaffen würdest«, log er. In der Tat waren ihm einige Zweifel gekommen. Tyrashina galt nicht gerade als sicherer Planet.

Gareth maß den alten Freund mit kritischem Blick. Ein breites Grinsen verzerrte sein Antlitz auf angenehme Art und Weise. »Lügner!«, beschied er schließlich.

»Ris'ril hatte wirklich nie Zweifel, dass wir dich finden«, gab der Rebellenlieutenant zu. »Sie hat uns sogar regelrecht angetrieben.«

Ein Schatten fiel auf sie. Michael wirkte kurz abgelenkt. »Und du hast neue Freunde gefunden.«

Gareth musste sich gar nicht umsehen, um zu wissen, wen er meinte. »Das ist Asheaw. Er hasst die Fischköpfe mindestens genauso wie du oder ich.«

»Tut er das?«

Der Coshkel gab ein unbestimmtes Schnauben von sich. Es hörte sich entschieden amüsiert an. Er ging ohne ein Wort an ihnen vorbei und folgte Martha sowie den beiden Kexaxa ins Lager, das die Rebellen in der industriellen Zone aufgebaut hatten.

»Er wird ein nützlicher Verbündeter sein«, fügte Gareth hinzu, während die zwei Rebellenoffiziere ihm nachsahen.

»Das will ich dir mal unbesehen glauben«, antwortete Michael. »Zum Feind will ich ihn jedenfalls nicht haben.«

Gareth warf einen Blick nach oben. »Wie ich sehe, hast du auch neue Freunde gefunden.«

Michael verzog das Gesicht. »Die Dreadnoughts sind vor Kurzem eingetroffen«, erklärte er. »Sie haben Ris'ril und unsere Verbündeten aus dem Orbit vertrieben.«

»Und? Bisher irgendeine Reaktion?«

Michael führte seinen Anführer ebenfalls ins Lager zurück. Man hatte das Gefühl, plötzlich in einem Ameisenhaufen gefangen zu sein. Buchstäblich jeder hatte etwas zu tun, und wenn es auch nur war, nach feindlicher Aktivität Ausschau zu halten.

»Keine«, bestätigte Michael Gareths anfängliche Vermutung. »Sie halten im Orbit ihre Position. Mehr nicht.«

»Seltsam. Mit so einer Feuerkraft über uns hätte ich erwartet, dass sie uns bereits von der Oberfläche Tyrashinas brennen.«

»Seien wir dankbar für den Frieden, solange er anhält.«
Gareth nickte. »Wie lange brauchst du, um das Lager abzubrechen?«
Michael zögerte. »Das ist nicht so einfach.« Er führte sein Gegenüber zu einem der Transportschiffe und deutete hinein. Gareth steckte den Kopf durch die Luke und zog diesen schon nach wenigen Sekunden mit betroffenem Gesicht wieder zurück.
»Wie viele?«, fragte er.
»Wir haben noch nicht alle Gebäude durchsuchen können, aber bisher in fünfstelliger Zahl.«
»Dass es so viele Arbeitssklaven auf der Heimatwelt der Ashrak gibt, hätte ich nie erwartet.«
»Nicht nur Arbeitssklaven«, korrigierte Michael. Auf einen verwunderten Blick Gareths schenkte er diesem einen eindeutigen Seitenblick.
Gareth merkte auf. »Oh, ich verstehe.«
»Jepp, zur Unterhaltung der Wachmannschaft … wie man mir sagte.«
»Bring mir den Fischkopf, der dir das erzählt hat, zum Verhör. Ich will mit ihm sprechen.«
Michael zog spöttisch einen Mundwinkel nach oben. »Das könnte ich machen, aber er wird vermutlich nicht viel zu sagen haben. Dem Typ fehlt der halbe Kopf.«
Gareth zog beide Augenbrauen hoch. Michael zuckte als Antwort lediglich mit den Achseln.
»Gibt es noch jemanden, der reden kann?«
»Niemand Hochrangiges«, gab Michael zu.
»Zu schade. Ich hätte gern ein paar Informationen über dieses Areal erhalten.« Er winkte ab. »Sei's drum. Schick die Kexaxa los. Sie sollen sich in den Computern umsehen, ob sie etwas Interessantes finden.«
»Bist du auf was Bestimmtes aus?«
Gareth lächelte und deutete nach oben. »Das ist eine Werft, nicht wahr? Dann gibt es bestimmt Daten über aktuelle und geplante Bauprojekte.«
»Keine schlechte Idee«, honorierte Michael. »Vorausgesetzt, wir kommen wieder weg und können diese Informationen nutzen.«
»Deswegen mache ich mir die wenigsten Sorgen. So wie ich Ris'ril kenne, sinniert sie gerade auf der Brücke der Shiva darüber nach, wie sie die Blockade durchbrechen kann.«

Durch das implantierte Kommgerät, das beide Soldaten hinter dem linken Ohr trugen, ging ein spitzer Schrei.

»Die Ashrak ... Sie kommen. Feindliche Angriffswelle im Anmarsch.« Als sich die zwei Freunde umdrehten, bekamen sie noch mit, wie die ersten Anaktres und Panzer aus den Fluten kamen und auf den Strand vorrückten. Das Abwehrfeuer der Rebellen schlug ihnen von der ersten Sekunde an entgegen.

***

Nicht nur die Rebellen befanden sich in Bedrängnis. Cha'acko und Bri'anu kämpften Seite an Seite. Man hatte dem ehemaligen Honuh-ton-Agenten inzwischen von der Entdeckung seines ehemaligen Untergebenen erzählt. Man durfte die Age'vesy nicht direkt ansehen. Dann verlor deren Tarnfähigkeit merklich an Wirkung. Die zwei Ashrak verzettelten sich beinahe in der Hitze der Schlacht. Sie blieben unmittelbar beieinander, deckten dem jeweils anderen den Rücken. Gleichzeitig kommandierten sie ihre Verbände aus dem Feld heraus.

Cha'acko war begeistert. Es fühlte sich an wie früher – als es lediglich darum ging, den Feind zu schlagen. Einfachere Zeiten waren das gewesen, ohne die Intrigen des Rates oder höherrangiger Agenten.

Ein Ashraksoldat schwamm auf ihn zu. Seine Rüstung war aufgerissen. Das Blut des Mannes mischte sich mit dem Salzwasser des Ozeans. Seine Bewegungen wurden ungelenk, beinahe schon unkoordiniert. Die Strömung trug ihn in Cha'ackos Arme.

Der Honuh-ton-Agent hielt den sterbenden Mann eisern fest, während ringsherum die Schlacht tobte. »Sie ... sie sind durchgebrochen«, stammelte der Krieger.

»Wo?«, fragte Cha'acko.

Die letzten Worte des Ashrak ließen nur wenig Raum für Hoffnung aufkommen. »Überall«, sagte er mit kaum hörbarer Stimme. »Überall«, wiederholte der Sterbende, ehe das Leben vollends aus seinen Augen wich.

Cha'acko ließ den leblosen Körper los und sah zu, wie dieser in der Dunkelheit unter ihm langsam verschwand. Erst jetzt bemerkte er, dass sich Bri'anu direkt hinter ihm befand.

»Was machen wir jetzt?«

Zorn kochte in dem Agenten hoch. »Was fragst du mich? Du führst hier das Kommando.«

»Ich wäre für jeden Rat, den du mir geben kannst, dankbar.«

Die schlichten Worte holten Cha'acko in das Hier und Jetzt zurück. Die Wut verrauchte, als wäre sie nie da gewesen. Trotz der Verantwortung, die auf seinen Schultern lastete, war Bri'anu jung. Eigentlich sogar viel zu jung für das Kommando über einen solchen Frontabschnitt.

Der Rat hatte es ja vorgezogen, sich zu verabschieden und die unausweichliche Niederlage anderen zu überlassen. Es war nicht fair, dass Bri'anu nun mit dieser unlösbaren Aufgabe konfrontiert wurde. Es war nur natürlich, dass er um Hilfe bat. Geringere Männer wären ihrem Stolz erlegen und hätten sich eher die eigene Zunge abgebissen, als diese unliebsamen Worte laut auszusprechen.

Nicht so dieser junge Offizier. Aus ebendiesem Grund entschied er zu helfen. Nicht, weil es um sein Volk ging. Nicht, weil er hier einer der wenigen zu sein schien, die wussten, was sie taten. Er half einzig und allein, weil Bri'anu seine Unterstützung wert war.

»Sind die Dreadnoughts in Position?«

Der Offizier nickte steif. »Die flächendeckende Evakuierung beginnt in diesem Moment.«

PLS Cha'ackos Blick schweifte in die Ferne. Dort waren die Türme des nächsten Raumhafens gut zu erkennen. Hybridtransporter stiegen in einer endlos erscheinenden Anzahl auf, durchbrachen die Wasseroberfläche und gewannen an Höhe. Das war er: der Anfang vom Ende Tyrashinas.

»Alle Einheiten zurückziehen!«, befahl er. »Wir konzentrieren unsere Verteidigungsbemühungen ab jetzt unmittelbar auf die Raumhäfen.«

»Was ist mit den Zivilisten, die es noch nicht bis zu einem Evakuierungspunkt geschafft haben?«

»Wer es bis jetzt nicht zuwege gebracht hat, dem wird das auch nicht mehr gelingen.« Er warf seinem ehemaligen Untergebenen einen scharfen Blick zu. »Führ den Befehl aus.«

Bri'anu gab keine Widerworte mehr von sich. Er sprach ruhig und professionell in sein Kommgerät. Nach und nach führten die Ashraktruppen einen disziplinierten Rückzug in Richtung des Raumhafens durch.

Währenddessen hing Cha'acko seinen Gedanken nach. Es war schon irgendwie seltsam, wie schnell man in alte Verhaltensmuster zurückfiel. Er stand hier als entflohener Sklave und sein ehemaliger Untergebener wünschte sich Rat von ihm. Mehr noch, er unterwarf sich seiner Autorität. Obwohl er weder nach dem Gesetz noch nach dem Kodex der Ashrak in irgendeiner Form dazu verpflichtet war.

Cha'acko stieß einen Schwall Wasser durch seine Kiemen. Er konnte nicht sagen, wieso, aber aus irgendeinem Grund hatten es die Götter des Universums auf ihn abgesehen.

Der Strand war übersät mit zerstörten Panzern und anderen Kriegsmaschinen der Ashrak. Trotzdem griffen sie immer wieder an. Mittlerweile drängte die vierte Welle gegen die Verteidigungslinien der Rebellen.

Gareths Verbände hielten das Zentrum und die linke Flanke, die rechte wurde von den Syall eingenommen. Er hatte schon für und gegen die Baumbewohner gekämpft. Bereits als Blutläufer in Diensten des Imperiums hatte er ihren Mut und Unverwüstlichkeit sowohl bewundern als auch fürchten gelernt.

Dieses Mal jedoch wuchsen sie über jedes gekannte Maß hinaus. Die Syall wurden zum Schrecken der Angreifer. Aus ihren Stellungen gingen unaufhörlich Laserfeuer und Raketenbeschuss auf die Kämpfer des Feindes nieder. Noch während Gareth zusah, zerlegten die Präzisionsschützen der Syall einen Skorpion, zwei Anaktres und zwei Typ-IV-Panzer.

Gareth warf einen Blick gen Himmel. Bei den Ashrak ging irgendetwas vor sich. Ein schier unendlicher Strom von Frachtern steuerte die Dreadnoughts an und kehrte anschließend auf die Oberfläche zurück. Inzwischen war jedem klar, dass die neu eingetroffenen Schiffe nicht die Absicht hatten, die Rebellen zu bombardieren. Wenn sie das gewollt hätten, wäre es längst geschehen.

»Dir ist klar, was da vor sich geht, nicht wahr?«, fragte Michael.

»Sie evakuieren den Planeten. Da unten muss es schlimm stehen, sonst würden sie das nicht machen.«

»Können wir das irgendwie nutzen?«

Gareth überlegte einen Moment. »Ich wüsste nicht, wie. Ich wünschte nur, sie würden ihre Position ändern. Dann könnte Ris'ril in den Orbit einschwenken und auch wir wären in der Lage, uns abzusetzen.« Er warf seinem Lieutenant einen Blick zu. »Versuch es noch mal.«

Der Lieutenant bekam einen leicht geistesabwesenden Blick. »Ris' ril? Hier ist Michael. Bitte um Antwort.« Dieselben Worte schickte er noch dreimal in den Äther, immer mit demselben negativen Ergebnis. Letzten Endes schüttelte der rothaarige Offizier den Kopf. »Das ist kein Störsender. Sie ist einfach zu weit entfernt.«

Gareth seufzte tief. »Dann hat sie sich vorerst zurückgezogen. Sie hat noch keine Ahnung, wie sie auf die Dreadnoughts reagieren soll.«

Ein Syall mit einem klobigen doppelläufigen Raketenwerfer kauerte sich neben Gareth in den Sand, hievte die schwere Waffe auf die Schulter und feuerte das Ding auf einen Anaktres ab. Das Geschoss zerschmetterte die zwei vorderen linken Beine der Kriegsmaschine und diese kippte in Zeitlupe um. Als es aufprallte, brach das Cockpit auf wie ein Ei. Mehrere Fischköpfe taumelten ins Freie und wurden von den Rebellen sowie den Syall niedergemacht.

Der Angriff geriet ins Stocken. Michael erhob sich. »Hoch mit euch! Gegenangriff! Treibt sie ins Meer zurück!« Entlang der gesamten Verteidigungslinie standen die Kämpfer der Allianz auf. Michael und Gareth führten sie gemeinsam in die Schlacht, Seite an Seite. Anstatt zurückzuweichen, griff die Ashrakinfanterie ihrerseits an. Beide Parteien trafen sich ungefähr in der Mitte zwischen den Linien.

Ein bulliger Syall sprang einen Gegner an und holte diesen von den Beinen. Mit seinen spitzen Zähnen zerriss der Baumbewohner die Röhrchen, die den Ashrak an Land mit dem lebenswichtigen Wasser versorgten. Der feindliche Soldat schrie vor Panik, als er begriff, worauf der Syall aus war.

Ein Kamerad eilte ihm zu Hilfe und durchlöcherte die Rüstung des Syall mit Impulsen aus seinem Gewehr. Dieser kippte ächzend zur Seite.

Michael zog sein Kampfmesser und schlitzte die Röhrchen des anderen Ashrak auf. Anschließend trieb er seine Klinge tief in den Helm des gegnerischen Soldaten. Er ließ ihn verblutend auf dem Sand liegen, der sich unter dem Körper des Kriegers violett färbte.

In der Luft über ihnen kämpften die Jagdgeschwader von Rebellen und Syall ihre eigene Schlacht. Sie hielten die Kampfmaschinen des Feindes davon ab, die Stellungen der Allianz am Boden zu bombardieren. Die Verluste auf beiden Seiten waren hoch, doch die Piloten erfüllten trotz aller Opfer ihre Aufgabe. Die Feindmaschinen drehten irgendwann ab und überließen ihren Widersachern das Feld.

Gareth nutzte den Kolben seines leer geschossenen Gewehrs wie eine Keule und schlug zwei feindliche Soldaten zu Boden. Er trat hinter einen dritten, packte Kopf und Nacken mit beiden Händen und brach ihm mit einem schnellen Ruck das Genick.

Syallsaboteure schwärmten über die Chassis feindlicher Panzer sowie über die Beine der Anaktres und brachten dort Sprengladungen an. Nach getaner Arbeit rannten sie davon, was das Zeug hielt. Nicht alle schafften es, sich aus der Gefahrenzone zu bringen, bevor die Sprengsätze detonierten. Anaktres sowie Panzer wurden von Feuer und Qualm eingehüllt. Als sich der Dampf verzogen, lagen ihre qualmenden Gerippe über den Strand verteilt. Von innen hörte man immer noch Klopfzeichen überlebender Crewmitglieder, die in den Wracks gefangen waren.

Einer der letzten funktionsfähigen Anaktres feuerte sein Geschütz ab und löschte eine schwere Waffenstellung der Syall mitsamt ihrer Besatzung aus. Drei Raketen der Rebellen machten auch ihm den Garaus. Die Intensität der Schlacht ebbte langsam ab. Von den Kriegsmaschinen der Ashrak war kaum eine intakt geblieben. Was von der Streitmacht der Fischköpfe noch übrig war, zog sich in die Fluten des Meeres zurück. Die alliierten Kämpfer behielten den Druck aber aufrecht, bis auch der letzte feindliche Soldat verschwunden war und keinerlei Anstalten machte zurückzukehren.

Gareth öffnete den Helm und sog die von den Gerüchen der Schlacht geschwängerte Luft ein. Obwohl es nach Blut, Tod und Exkrementen stank, wirkte sie auf ihn dennoch belebend.

»Wir haben es vorerst überstanden«, meinte Michael.

»Ja, aber wer weiß, wie lange?« Gareth sah sich auf dem Schlachtfeld weitläufig um, bevor er eine Entscheidung traf. Martha stand unweit seiner Position und half dabei, Verwundete zu bergen. Er deutete auf die Rebellensoldatin. »Martha soll die Evakuierung der letzten Sklaven überwachen. Sie gehört zu jenen, die am besten helfen können. Sag ihr, sie soll alle in die Transporter schaffen. Sobald Ris'ril zu uns durchkommt, muss alles schnell gehen.« Er holte tief Luft. »Und stell Wachen auf. Die Ashrak versuchen es vielleicht noch einmal.«

»Soll ich unsere Jäger einen Angriff auf die Dreadnoughts fliegen lassen?« Michaels Augen leuchteten bei dieser Vorstellung. Gareth hingegen setzte ihm diesbezüglich klare Grenzen.

»Keinesfalls. Wir brauchen sie hier. Sie stellen unsere einzige Luftunterstützung dar. Außerdem ...«

»Außerdem?«, hakte Michael nach.

»Außerdem, was nützt es uns, ihre Zivilisten abzuschlachten? Lass sie ziehen. Wir kämpfen gegen das Imperium, nicht gegen ihre Frauen und Kinder.«

Michael war von dieser Antwort offenbar enttäuscht. »Würden sie uns denselben Anstand erweisen?«

»Vermutlich nicht. Aber wir sind nicht wie sie.« Diese Entgegnung ließ den Lieutenant verstummen und er machte sich davon, um entsprechende Befehle zu erteilen.

Alle waren beschäftigt, daher nutzte Gareth die Gunst der Stunde und suchte sich ein Fleckchen, das ihm Ruhe und Entspannung gönnte. Über den Armbandcomp rief er Heathers Hologramm auf.

Sein Atem ging schwer, als sie vor ihm in halbtransparenter Form von fünfzehn Zentimetern Größe erschien. Sein Verlangen danach, sie zu sehen und mit ihr zu sprechen, war sogar noch angewachsen. Seit ihrer Gefangennahme hatte er sie nicht mehr aktivieren können.

Sie musterte ihn mit diesem etwas aufsässigen Blick, für den er sie so geliebt hatte – und immer noch liebte. Fast könnte er sich darin verlieren und vergessen, dass er lediglich mit einer KI sprach. Genauso gut hätte es nur eine Kommunikationsverbindung sein können, bei der sich Heather irgendwo in der Nähe aufhielt. Am liebsten hätte er außer Acht gelassen, dass seine Gefährtin nicht mehr unter den Lebenden weilte.

»Heather«, sprach er die Frau liebevoll an, als wäre sie ein menschliches Wesen und nicht nur eine Ansammlung von Licht, hervorgerufen durch Nullen und Einsen.

»Wie geht's dir, mein Süßer? Ich habe dich vermisst.«

»Ich war ... beschäftigt.«

»Ja, ich weiß.« Ihre Miene wurde ernst. »Das muss schwer gewesen sein. Ich wünschte, ich hätte dir etwas von deiner Last abnehmen können in dieser verdammten Arena.«

»Du warst im Geiste bei mir. Das habe ich immer gespürt.«

»Natürlich bin ich stets bei dir. Das war ich immer und werde es immer sein.« Sie streckte die Hand nach seinem Gesicht aus. »Du hast geweint.«

Er tastete nach seiner Wange. Erst jetzt fühlte er die Feuchtigkeit, die sie benetzte. »Du fehlst mir so unglaublich.«

»Ich wünschte so sehr, ich könnte dich berühren.«

»Ja, das wäre schön«, gab er zurück.

»Ich bin froh, dass du Trost findest. Auch wenn es nur vorübergehend ist.«

Gareth stutzte. »Was ... was meinst du?«

»Erst Ris'ril, dann Martha.« Das Wichtigste ließ sie ungesagt.

»Du weißt davon?«

Sie kicherte. »Natürlich weiß ich davon. Ich bin in deinem Kopf. Schon vergessen?«

Gareth schloss die Augen und schalt sich in Gedanken einen Dummkopf. Schon war es passiert. Für den Bruchteil eines Augenblicks hatte er tatsächlich vergessen, dass er nicht mit einem echten Menschen sprach. So schnell konnte es gehen.

»Es tut mir leid«, brachte er mühsam hervor und stellte sogleich verblüfft fest, dass es der Wahrheit entsprach.

»Aber was denn? Dass du vorübergehendes Vergessen in den Armen anderer Frauen suchst? Das macht mich kein bisschen traurig. Im Gegenteil, es erfüllt mich mit Glück.«

Er runzelte die Stirn. »Glück?«

»Aber natürlich. Ich will nicht, dass dein Herz von der Erinnerung an mich schmerzt. Ich will, dass es dir gut geht.« Sie zögerte. »Die echte Heather hätte das auch gewollt.«

Autsch! Vor dieser Formulierung schreckte er zurück. Es schien fast, als wolle die KI ihn mit voller Absicht darauf stoßen, dass er sich nicht gesund verhielt. Und dass all das nicht einer gewissen mentalen Krankheit entsprang, war sogar ihm klar – auch wenn er Mühe hatte, es zuzugeben.

»Ich ... ich muss jetzt Schluss machen. Es gibt viel zu tun.«

Das Heather-Hologramm musterte ihn aus unendlich traurigen Augen. »Natürlich, mein Lieber. Ich verstehe das.«

Ehe er das Hologramm abschalten konnte, sprach sie ihn erneut an. »Ich bin immer bei dir. Das weißt du, nicht wahr? *Sie* ist immer bei dir.«

Gareth schluckte den Kloß in seinem Hals hinunter und deaktivierte KI und Hologramm. Der Anführer der Rebellion lehnte sich mit den Rücken gegen die nächste Wand und rutschte langsam daran herunter. Anschließend schloss er die Augen und hämmerte mit dem Hinterkopf mehrmals gegen das blanke Metall. Vielleicht war ihm die Programmierung der KI besser gelungen, als er beabsichtigt hatte.

***

Ris'ril hatte sich mit dem Gros der alliierten Flotte auf eine günstigere Position zurückgezogen. Sie beobachtete die Vorgänge bei Tyrashina VII sehr genau. Und ebenso wie den Rebellen am Boden war auch ihr aufgefallen, dass irgendetwas nicht stimmte. Hätte sie eine solche Feuerkraft besessen, wie sie die sechs Dreadnoughts symbolisierten, sie hätte jegliche Konzentration feindlicher Truppen am Boden mit dem größten Vergnügen eingeäschert.

»Nico, kannst du mir das mal vergrößern?«

Ein Hologramm ging vor ihr auf und zeigte den Orbit des Planeten sowie die sechs Dreadnoughts. Kleine Objekte flogen die Schiffe an oder kehrten auf die Oberfläche zurück, und das am laufenden Band. Ris'ril kniff die Augen zusammen.

»Noch etwas mehr«, bat sie den Navigator.

Die Ansicht vergrößerte sich erneut. Die Samirad beugte sich so weit vor, dass ihre Nase beinahe in das Hologramm eindrang. Schließlich wanderten ihre Augenbrauen fast bis zum Haaransatz hoch.

»Das sind Transportschiffe. Sie evakuieren die Bevölkerung«, schlussfolgerte sie. »Nico, gibt es aggressive Handlungen gegen unsere Leute am Boden durch die Dreadnoughts?«

»Bisher nicht«, antwortete der im Vortex eingestöpselte Mann.

Ris'ril legte den Fokus ein wenig mehr auf die Dreadnoughts. Sie machte einen frustrierten Laut. »Das können sie auch gar nicht. Die meisten Waffenstellungen sind noch gar nicht installiert. Die verdammten Dinger befinden sich noch im Bau.« Mit einem wütenden Knurren deaktivierte sie das Hologramm. »Man hat uns hereingelegt.« Sie überlegte. »Wo ist Fabian jetzt?«

»Auf der Rückseite des dritten Mondes. Er hat das Kommandoschiff festgenagelt, konnte es aber noch nicht ausschalten.«

Ris'ril nickte. »Er soll bleiben, wo er ist. Ich will, dass dieses Schiff erledigt wird. Alle anderen Einheiten rücken sofort gegen den Planeten vor. Wir holen jetzt unsere Leute nach Hause.«

***

Agromar hielt inne. Er war die erste Facette des Age'vesy-Schwarmbewusstseins. Die eine Stimme in einem Chor, die alle anderen zu einer Einheit verschmelzen ließ. Das bedeutete aber nicht, dass er mehr Wert besaß als jedes gewöhnliche Mitglied des Schwarms. Sollte er fallen, würde ein anderer seinen Platz einnehmen. Es war diese schlichte, kompromisslose Schönheit, die das Volk der Age'vesy zu etwas Besonderem machte. Und dadurch hatten sie über all diese Jahrtausende in der Verbannung überlebt. Nun kehrten sie zurück, um ihren einzig wahren Platz einzunehmen – als Herren über Tyrashina VII.

Aber jetzt lief etwas schief. Der Chor arbeitete nicht länger synchron. Die Stimmen wurden verzerrt. Es hatte sich ein Aspekt dieses Feldzugs verändert. Agromar zog sich tief in das eigene Selbst zurück.

Brüder, Schwestern. Was hat euch in Rage versetzt?, fragte er über die geistige Verbindung, die alle Age'vesy einte.

Die Beute, heulte der kollektive Zorn seiner Artgenossen. *Sie fliehen. Die Ashrak fliehen. Wir können sie nicht aufhalten. Mehr als fünfhunderttausend Facetten unseres Seins sind bei dem Versuch umgekommen. Tendenz steigend.*

Anstatt nach einer Antwort zu fragen, zapfte sein Geist den des Schwarmbewusstseins an. Dadurch erhielt er Zugang zu jeder Erinnerung, die jede Facette gesammelt hatte.

Agromar wurde Zeuge, wie die Age'vesy Stellung um Stellung, Stadt um Stadt des verhassten Feindes erstürmten. Sie meuchelten unzählige Ashrak nieder. Sie töteten die Stärksten und nahmen die Schwächsten als Sklaven. Dann wurde der Widerstand erbitterter. Der Feind begann damit, die Bevölkerungszentren besser zu schützen, umgab sie mit Verteidigungslinien, die nur schwer zu durchdringen waren. Und in all dem Chaos starteten die Ashrak eine groß angelegte Evakuierung. Ihre Krieger zogen sich zwar zurück, aber geordnet und diszipliniert. Es handelte sich um einen kämpfenden Rückzug, dem man nur Respekt zollen konnte.

Dem Schwarmbewusstsein war auch klar, wer für diese Kehrtwende in der Verteidigung verantwortlich war. *Cha'acko*, schoss es Agromar durch den Kopf. *Ich hätte ihn töten sollen, als ich die Gelegenheit hatte.* Der entflohene Sklave verwandelte eine panische Flucht in eine Rettungsoperation, die durchaus Aussicht auf Erfolg hatte.

Selbstvorwürfe bringen uns keinen Vorteil, schalt ihn der Schwarm. *Wir benötigen Lösungen.*

Der Erste des Schwarms dachte angestrengt nach, nutzte dabei die erheblichen kognitiven Fähigkeiten seiner Artgenossen.

Es gibt Gebiete, die um einiges weniger verteidigt werden. Wir greifen dort vermehrt an und zwingen die Ashrak, ihre Verteidigungsbemühungen aufzuteilen. Im Zuge dieses Manövers gelingt es dem Schwarm unter Umständen, ihre Hauptverteidigungslinien zu schwächen und zu den Raumhäfen durchzubrechen. Es darf unseren entfernten Vettern nicht gestattet werden, in großer Zahl den Planeten zu verlassen.

Diese Strategie birgt das Risiko erheblicher ziviler Opfer, wandte das Schwarmbewusstsein ein. Der Chor in seinem Kopf wurde leicht schrill. Nicht alle Facetten waren mit dieser Vorgehensweise einverstanden.

Was ist mit den Rebellen? Du hast einen Pakt mit ihnen geschlossen, der eine Attacke gegen zivile Ziele verbietet.

Die Rebellen haben den Planeten verlassen oder sie werden es bald tun. Dann sind sie nicht länger unser Problem. Dieser Kampf ist es aber. Das uncharakteristische Verhalten der Ashrak nötigt uns eine Änderung der Strategie auf.

Agromar wartete auf die Reaktion des Schwarmbewusstseins. Es antwortete nicht verbal, sondern signalisierte ihm seine Entscheidung. Erleichterung stieg in ihm auf.

Darüber besteht also Konsens. Schwärmt über die Meere aus und sät Konfusion unter dem Feind. Lasst sie wissen, was für einen Fehler sie begangen haben, uns besiegt zu glauben.

Der treue Kala'raka fiel kurz vor Erreichen des Raumhafens. Cha'acko hätte über den Jungoffizier später gern gesagt, er wäre als Held gefallen, als er Zivilisten vor dem Zugriff durch die Age'vesy gerettet hatte oder Ähnliches. Tatsache war aber, dass der Krieger in einem von hundert Scharmützeln gefallen war, an die sich in ein paar Standardtagen schon niemand mehr erinnern würde. Bei ihrem verzweifelten Rückzugsgefecht war ein kleiner Trupp von Ashrak-Blutläufern in den Straßen von Paro' kajan eingekesselt und von den Age'vesy überrumpelt worden. Sein Tod besaß nicht die geringste Bedeutung.

Die unter seinem Kommando befindlichen Truppen verteidigten die Randbezirke des Raumhafens außerhalb von Paro'kajan. Hinter ihnen hoben in einem fort Hybridtransporter ab, um die Bevölkerung an Bord der Dreadnoughts und anderer Schiffe zu bringen. Cha'acko befürchtete schon, sie würden überrannt werden, als der Druck vonseiten der Age' vesy unvermittelt nachließ. Sie zogen sich auf eine Position außerhalb der Stadt zurück und gingen dort in Wartestellung.

Cha'acko hatte keine Ahnung, warum sie so handelten, aber er stellte diesbezüglich auch keine Fragen. Er war einfach nur froh und dankbar über diese Kampfpause. Sie war dringend nötig. Seine Leute benötigten eine Atempause. Er musste sich nur umsehen, um zu erkennen, dass sie am Rande des Zusammenbruchs standen. Es gab keine Rüstung, die keine Kampfspuren aufwies. Verwundete wurden zügig nach hinten gebracht. Man flog sie umgehend mit einem der verfügbaren Transporter aus.

Cha'acko ließ sich auf dem von Algen überwucherten Boden nieder. Es tat gut, die Gewächse unter sich zu spüren und auch das Wasser, das ihn auf angenehme Weise umspülte.

Einer der jüngeren Krieger brachte ihm eine Kleinigkeit zu essen. Es war nicht viel. Und bestimmt war es nicht so opulent, wie er es aus der

Zeit bei der Honuh-ton gewohnt war. Erst in seiner jetzigen Lage fiel ihm auf, wie sie damals geprasst hatten. Ihr privilegierter Status hatte vieles ermöglicht, was heute als undenkbar galt. Wohlstand, Nahrung, Frauen: All das hatte ihm in rauen Mengen zur Verfügung gestanden. Und nun … nun freute er sich wie ein kleines Kind über eine Schüssel voll Algenbrei. Es war schon seltsam, wie sich die eigenen Ansichten änderten, wenn man abstürzte.

Die Menschen besaßen ein Sprichwort für so was: *Hochmut kommt vor dem Fall.* Er hatte diese Spezies immer als tölpelhaft empfunden, bestenfalls als nützliche Trottel. Nun aber musste er notgedrungen eingestehen, dass in ihnen womöglich mehr Weisheit steckte, als irgendjemand für wahrscheinlich gehalten hätte. Missmutig und wesentlich deprimierter als Sekunden zuvor begann er damit, den Algenbrei zu vertilgen.

Bri'anu schwamm an seine Seite und ließ sich schwer auf den Meeresboden gleiten. »Sind unsere Verluste sehr hoch?« Der Offizier schenkte ihm keinen Blick.

»Zu hoch. Die endgültigen Zahlen werden noch zusammengestellt. Aber eines ist sicher: Wenn wir den allgemeinen Rückzug nicht heute noch abschließen, werden viele aus unserem Volk diese Welt nie wieder verlassen.«

Cha'acko aß auf und ließ die Schale einfach los. Die Strömung trug das leere Gefäß fort von ihm. »Dann müssen wir schneller werden. Es führt kein Weg dran vorbei. Uns läuft die Zeit davon.« Er warf seinem Weggefährten einen eindringlichen Blick zu. »Nachrichten vom Rat?«

»Ab und an senden sie eine Übertragung. Sie wollen den Status der Verteidigung wissen oder nerven mit irgendwelchen unrealistischen Durchhalteparolen. Kaum einer hört noch auf sie. Die meisten Botschaften werden ignoriert. Wir haben größere Probleme.«

»Ganz schön gefährlich, den Rat zu ignorieren. Das könnte man als Hochverrat auslegen.«

Bri'anus Schuppen färbten sich rot. »Was sollen die schon machen? Selbst wenn sie den Befehl geben würden, ihre Wachen können nicht den halben Planeten verhaften. Darüber hinaus haben sie sich als Feiglinge erwiesen. Sie haben ihr Volk im Stich gelassen, um das eigene unbedeutende Dasein aus der Gefahrenzone zu bringen. Wenn ich könnte, würde ich jedem Einzelnen von ihnen die Haut abziehen und als Verzierung meines Schiffes verwenden.«

Cha'acko betrachtete seinen ehemaligen Untergebenen plötzlich mit anderen Augen. Der Offizier war früher unsicher und oftmals mit wenig Selbstvertrauen gesegnet gewesen. Nun aber ... Was der ehemalige Honuh-ton-Agent zu sehen bekam, gefiel ihm.

»Du hast dich verändert, mein Junge. Sehr sogar.«

»Zum Besseren oder Schlechteren?« Die Frage wurde mit einem belustigten Unterton vorgebracht.

»Das kannst du dir selbst beantworten.«

Bri'anu wandte unversehens den Blick ab. Er bekam eine Nachricht über sein Kommgerät. Als er aufsah, wechselte seine Schuppenfarbe schnell hintereinander ab, als könne er sich nicht entscheiden, wie er sich fühlen sollte.

»Deine Finte ist keine mehr. Die Rebellen drängen die Dreadnoughts aus ihrer Position. Außerdem hat das Kommandoschiff einen Ausbruchsversuch unternommen, wurde aber erneut eingeschlossen. Die sitzen fest.«

»Das Letztere braucht uns nicht zu kümmern.« Cha'acko überlegte fieberhaft. »Die Dreadnoughts sollen auf der anderen Seite des Planeten wieder in den Orbit einschwenken. Die Evakuierung wird wie geplant weitergeführt.«

»Aber die Rebellen ...?«

»Sie werden die Schiffe nicht verfolgen.«

Bri'anu wirkte verwirrt. »Wie kannst du das wissen?«

»Glaub mir, ich kenne die Menschen. Und insbesondere diesen einen. Er hat nicht die Absicht, unschuldiges Leben auszulöschen. Die Aufständischen wollen lediglich ihre Leute von der Oberfläche holen. Lass sie gewähren. Es wird sie zufriedenstellen und möglicherweise sogar die Kämpfe im All etwas zum Erliegen bringen. Wir brauchen momentan jeden Vorteil, den wir kriegen können.«

Cha'acko wollte sich erheben. Bri'anu hielt ihn zurück. »Da ist noch mehr. Die Age'vesy, sie haben damit begonnen, die spärlicher besiedelten und schwächer verteidigten Gegenden des Planeten anzugreifen. Der Blutzoll, den unser Volk zahlen muss, ist enorm.«

Cha'acko wünschte, er wäre überrascht gewesen. Aber das war genau die Taktik, die er mittlerweile von seinem Fressfeind erwartete. »Der Plan hat immer noch Bestand. Wir verteidigen die Bevölkerungszentren, bis das Gros unserer Spezies in Sicherheit gebracht wurde.«

»Aber all diese Ashrak da draußen?!«, begehrte Bri'anu auf.

»Wir können nicht das Geringste für sie tun. Es gibt nicht genügend Truppen, um da rauszugehen und jede kleine Ortschaft und jedes Dorf zu verteidigen. Wir müssen dafür sorgen, dass unsere Spezies überlebt. Es kostet wesentlich mehr Leben, falls wir Kräfte auf diese Weise verheizen. Sie wollen uns fortlocken von den großen Städten. Wenn wir nach dem Köder schnappen, werden sie unsere Metropolen angreifen und ein Blutbad anrichten.«

Bri'anu wirkte nicht erfreut angesichts seiner Worte. Cha'acko legte ihm freundschaftlich die Hand auf die Schulter. »Ich weiß, es ist eine schwere Entscheidung, aber eine, die getroffen werden muss. Sonst hat unser Volk keinerlei Zukunft dort draußen im All.« Seine Stimme wurde hart. »Und das Imperium auch nicht.«

***

Ris'ril erwartete das Shuttle, das Gareth von der Oberfläche brachte, im Hangar der SHIVA. Michael ließ sich gleich auf die LANCELOT bringen. Das Rebellenschlachtschiff war mit einem kleinen Verband damit beschäftigt, die Kräfte der Ashrak rund um Tyrashina VII in Atem zu halten, damit sie nicht auf die Idee kamen, eine Gegenoffensive zu starten.

Aber abgesehen von den Kämpfen beim Kommandoschiff, war mehr oder weniger so was wie eine Kampfpause eingetreten. Es herrschte Ruhe vor dem Sturm. Ris'ril war zeit ihres Lebens Kriegerin gewesen und sie spürte, dass etwas im Argen lag. Die Schlacht um das Tyrashina-System näherte sich einer Entscheidung und der Ausgang stand auf Messers Schneide.

Das Shuttle setzte auf und fuhr seine Rampe aus. Gareth spazierte voller Elan herab, als hätte er sich lediglich auf einem Ausflug befunden und nicht auf einer Mission auf Leben und Tod. Ihm folgten Martha, die beiden Kexaxa sowie einige Rebellensoldaten, die mit ihm in Gefangenschaft geraten waren. Zu guter Letzt stieg ein Hüne von Reptilianer aus dem kleinen Vehikel. Der Nichtmensch zog sofort die Aufmerksamkeit aller auf sich. Sie fragte sich sogar, wie etwas so Großes in etwas so Kleinem wie dem Shuttle Platz gefunden hatte.

Ris'ril trat freudestrahlend auf Gareth zu und die Geliebten fielen sich in die Arme. Für einen langen Moment hielten sie sich nur fest, genossen, dass der jeweils andere wieder zugegen weilte. Ris'ril zuckte innerlich zurück. Gareth war nicht entspannt, wie sie es erwartet hatte. Im Gegenteil fühlte sich jeder Muskel hart und unnachgiebig an, als würde er sich nicht wohl in der eigenen Haut fühlen.

Sie lösten sich voneinander. Ihr Blick glitt an ihm vorbei zu Martha. Diese wich Augenkontakt spürbar aus und stürzte an der Samirad vorbei, um den Hangar zu verlassen. Es hatte sich etwas verändert zwischen ihnen. Sie wollte diesen Zustand noch nicht benennen, doch es behagte ihr keineswegs.

»Alles in Ordnung?«

»Alles bestens«, wiegelte er ab. »Ich bin nur müde.« Der Anführer der Rebellion holte tief Luft. »Wie ist unser Status?«

»Im Moment gibt es keinen klar als solchen zu benennenden Sieger der Belagerung. Ich denke, beide Seiten rüsten sich für den letzten Schlagabtausch. Aber die Fischköpfe beginnen damit, ihre Evakuierungsbemühungen zu forcieren.«

»Das habe ich erwartet. Die Lage da unten ist wirklich prekär.« Er ließ sich das Gesagte kurz durch den Kopf gehen, dann sah er auf. »Besprechung in drei Stunden. Sorg dafür, dass alle von Rang und Namen dabei sind. Ich werde jetzt erst mal etwas essen und eine Mütze voll Schlaf nehmen. Dann sprechen wir darüber, wie wir diese Schlacht zu einem Ende bringen.« Er grinste über das ganze Gesicht. »Ich habe einen Plan.«

Als Gareth drei Stunden später den Besprechungsraum betrat, waren bereits alle versammelt, die er dabeihaben wollte.

Als er sich an den großen Holotank stellte, kam Ris'ril umgehend an seine Seite. Als wolle sie nicht das Risiko eingehen, ihn wieder zu verlieren.

Michael hatte von der LANCELOT übergesetzt. Beide Flaggschiffe der Rebellion flogen mittlerweile in Formation. Fabian, immer noch mit dem

Kommandoschiff beschäftigt, war als lebensgroßes Hologramm zugeschaltet. Genauso wie Bara'a'acknam und Anian Tarrakam. Im Falle des Syallgenerals wackelte das holografische Abbild in unregelmäßigen Abständen. Zeitweise hatte man das Gefühl, es würde jeden Moment ausfallen.

Das Hauptschiff der Syall hatte während des Anflugs auf Tyrashina eine Menge abbekommen. Die Schäden waren noch längst nicht alle behoben. Der Sekarikommandoraumer hatte vergleichsweise wenig einstecken müssen. Gareth nahm sich vor, das zu berücksichtigen. Die Sekari hatten sich bisher spürbar zurückgehalten. Er spielte daher mit dem Gedanken, sie in der nächsten Phase der Operation als Sturmspitze einzuteilen, damit die Gefahren und auch die Verluste gleichmäßiger verteilt wurden.

Gareth fasste den Rand des Holotanks mit beiden Händen. Er sah sich in der Runde um und nickte jedem höflich zu. Die gespannte Erwartung im Raum war beinahe zum Schneiden.

»Meine Freunde«, begann er, »wir werden in den nächsten Stunden diesen Kampf zu einem Ende bringen. Und ich habe nicht vor, die Schlacht um das Tyrashina-System zu verlieren. Dafür mussten wir alle zu viele Opfer bringen.«

Bestätigtes Nicken war die vorherrschende Antwort auf die Neuigkeit. Gareth holte tief Luft.

»Nun, wo stehen wir jetzt? Und ich will keine Beschönigungen hören. Einfach die nackten Fakten bitte.«

Fabian hustete übertrieben hörbar. »Wir kämpfen immer noch gegen das Kommandoschiff, sind aber keinen Schritt weiter. Die Verluste auf unserer Seite sind hoch. Die Analysten errechnen, dass wir diesem Monster erheblichen Schaden zugefügt haben. Gut vierzig Prozent des Schiffes sind zerstört oder in seiner Funktion erheblich eingeschränkt. Trotzdem bleibt es kampf- und einsatztauglich.«

»Wo liegt das Problem?« In Gareths Stimme lag keinerlei Anklage oder Vorwurf, sondern lediglich die Bitte nach dringend benötigten Informationen.

Fabian schüttelte den Kopf. »Das Kommandoschiff ist weniger das Problem. Der Clanrat hat eine Streitmacht von loyalen Besatzungen versammelt, die uns erhebliche Schwierigkeiten bereiten. Obwohl sie bei der Evakuierung fehlen, scheint sie das nicht weiter zu kümmern. Sie sind auf den Schutz ihrer Führung fokussiert und bereit, jedes Opfer zu bringen, um diese zu verteidigen. Ich bin nicht überzeugt, dass meine Einheiten ausreichen, ihre Abwehrlinien zu durchbrechen.«

Gareth senkte den Kopf und dachte nach. Das war genau die Art Aufgabe, die er gesucht hatte für … »Ich schicke dir Anian Tarrakam und seine Sekari. Gemeinsam dürftet ihr in der Lage sein, die Linien der Schutzgeschwader des Kommandoschiffs zumindest zu durchbrechen. Vielleicht gelingt es euch sogar, sie zu zerschlagen. Das Kommandoschiff darf dieses System nicht verlassen. Falls die Ashrak das wider Erwarten hinkriegen, ist eines der Hauptziele unserer Mission definitiv gescheitert. Ich will, dass die Führung der Fischköpfe ausgeschaltet wird.«

Fabian nickte ernst.

Anian Tarrakam nahm die neue Aufgabe mit Gleichmut hin. Sollte er bei der Zerstörung des Clanrats von entscheidender Hilfe sein, würde ihm das bei seinem Volk viel Anerkennung einbringen. Aus diesem Grund sprach er sich auch nicht gegen den Einsatz der Sekari aus.

»Was ist mit Tyrashina?«, wollte Ris'ril wissen.

Gareth biss sich leicht auf die Unterlippe. Diese Frage hatte er sich auch schon gestellt. »Ja«, sinnierte er, »was ist mit Tyrashina?« Er leckte sich über beide Lippen. »Ris'ril hat mir berichtet, dass die Ashrak mittlerweile ihre Verteidigung nur noch auf die Raumhäfen konzentrieren, um ihre Bevölkerung so schnell wie möglich ins All zu schaffen. Die Age'vesy streifen mehr oder weniger ungestört durch die eher ländlichen Gegenden. Sie morden, wo immer sie auftauchen.«

Michael winkte ab. »Fischköpfe. Von mir aus können die sich ruhig gegenseitig umbringen. Das nimmt uns eine Menge Arbeit ab.« Seine Haltung fand rund um den Holotank rege Zustimmung.

Gareth war in dieser Hinsicht nicht so sicher. »Agromar hat uns zugesichert, die Zivilisten zu verschonen, wenn wir die Kontrolle seines Volkes über den Planeten akzeptieren. Ich habe keine Ahnung, ob es von ihm ausging, aber die Age'vesy haben ihr Wort gebrochen.«

Michael winkte ab. »Na und wenn schon! Hattest du wirklich erwartet, sie würden sich an ihr Versprechen halten?«

»Ehrlich gesagt, ja. Davon war ich ausgegangen.«

Michael neigte in gespielter Bekümmerung den Kopf leicht zur Seite.

»Dann tut es mir leid, dir das sagen zu müssen, mein Freund, aber das ist schrecklich naiv.«

»Naiv vielleicht«, erwiderte Gareth, ohne seine Stimme zu erheben. Früher wäre seine Entgegnung auf solche Widerworte zorniger ausgefallen. »Aber ich bin dennoch der Meinung, dass es im Krieg Regeln geben sollte. Und Ehre.« Er deutete auf das Hologramm. »Dort unten sterben Hunderttausende. Die Frage ist, was tun wir dagegen?«

»Sollten wir dagegen überhaupt was unternehmen?«, wollte der Syallgeneral wissen. Erwartungsvolle Blicke wandten sich Gareth zu.

Der Anführer der Rebellion dachte fieberhaft über die Problematik nach. Die Fischköpfe waren der Feind, aber musste man deswegen trotzdem über den Tod Unschuldiger jubilieren? Gareth maß jeden der Anwesenden mit festem Blick und er spürte die Ablehnung hinter jedem Augenpaar, das sich auf ihn fokussierte. Und sie hatten auf ihre Art zweifelsohne recht. Wäre die Lage andersherum, würden die Fischköpfe keinen Finger für sie krumm machen. Im Gegenteil, wenn jemand am Abgrund stand, dann gaben die Ashrak dem sogar noch einen letzten Stoß. Und warum die Leben loyaler eigener Soldaten riskieren, um dem Feind zu helfen? Gareth seufzte und wollte soeben seine Entscheidung bekannt geben, die Ashrak ihrem Schicksal zu überlassen, als er eine nur allzu bekannte Stimme in seinem Kopf vernahm.

»Willst du das wirklich tun?«, fragte Heather.

Gareth erschrak und sah sich hektisch um. Für einen Moment dachte er, er hätte das Heather-Hologramm versehentlich aktiviert. Dem war aber nicht so. Er hörte die Stimme ausschließlich in seinem Kopf.

»Heather?«, sprach er sie in Gedanken an.

»Wer sollte ich denn sonst sein?« Sie klang amüsiert.

»Du bist nicht real. Nur eine Manifestation meines Verstandes.«

»Ja, das wäre absolut möglich«, antwortete sie nachdenklich. »Andererseits bin ich ein Computerprogramm, dass du selbst erstellt und dort eingebettet hast, wo früher dein Loyalitätsimplantat verankert war. Das bedeutet, ich bin eine KI, die Zugang zu deinem Verstand hat. Ich bin in deinem Gehirn, mein Geliebter.«

»Das ist unmöglich«, gab er zurück.

»Glaubst du wirklich? Hast du dich vor deinem kleinen Experiment überhaupt informiert, was eine Sekari-KI so alles draufhat?«

Er zögerte merklich.
»Das dachte ich mir.«
»Es ist unmöglich, dass du das alleine geschafft hast.«
»Ich bin eine KI. Ich lerne, und das mit unfassbarer Geschwindigkeit.« Ihre Stimme wurde versöhnlicher. »Aber mach dir keine Sorgen, ich bin nicht hier, um dir Schwierigkeiten zu bereiten.«
»Sondern?«
»Um dich von meinem Rat profitieren zu lassen.«
»Und der lautet?«
»Gegenfrage: Willst du all diese Ashrak sterben lassen? Es sind viele Frauen und Kinder darunter.«
»Sie sind der Feind.«
»Kämpfst du jetzt schon gegen Kleinkinder?«
Nun kochte widerwillig der Zorn in ihm hoch. »Die Ashrak würden nicht zögern ...«
»Sind wir jetzt wie die Ashrak?«, unterbrach sie ihn unwirsch.
Das vorgebrachte Argument brachte ihn aus dem Konzept. »Sie haben dich umgebracht. Brutal ermordet wurdest du von einem dieser Fischköpfe, der nur auf die Befriedigung seiner Lust aus war.«
»Wenn wir die Ashrak sterben lassen, dann können sie nicht lernen, besser zu werden. Es gibt bestimmt auch gute unter ihnen.«
»Vergiss deinen Platz nicht. Du bist nicht Heather. Du bist lediglich ein Produkt meiner Fantasie, damit ich meinen Schmerz in den Griff bekomme. Verliere niemals aus den Augen, dass du nicht sie bist.«
»Das sagt ja der Richtige«, entgegnete sie heiter. »Ich wette, es fällt dir ab und an schwer, außer Acht zu lassen, dass ich nicht real bin.«
Er antwortete nichts darauf. Grund genug für die Heather-KI nachzubohren.
»Habe ich recht?«
»Das geht dich gar nichts an«, wich er wenig elegant aus.
»Das ist mir Antwort genug.« Sie zögerte. Ihre Stimme wurde ernster. Der humoristische Unterton verklang vollends. »Du hast recht. Ich bin nicht sie. Ich werde niemals sie sein. Aber ich wurde programmiert, so zu reden und zu denken, als wäre ich sie. Du weißt das. Du hast mich erschaffen. Heather würde niemals gutheißen, dass du einen Völkermord unterstützt. Auch indirekt ist es falsch.« Sie seufzte. »Ich weiß

von Heather nur das, was du mir an Daten eingegeben hast. Aber aus den vorhandenen Informationen kann ich nur schließen, dass sie sehr enttäuscht wäre.«

»Wir sind im Krieg«, gab er halbherzig zurück. »Würde ich etwas tun, um die Zivilisten zu retten, könnte der zukünftige Kommandant aufwachsen, der uns letztendlich zur Strecke bringt. Momentan ist er vielleicht noch ein Baby.«

»Hätte. Könnte. Würde. Deine Argumente sind voller Zweifel. Niemand weiß, was die Zukunft bringt. Wäre Heather jetzt hier, weißt du, was sie sagen würde?«

»Was?«

»Vergiss niemals deine Menschlichkeit.« Die Stimme der KI verklang in der Ferne, als würde sie sich immer weiter von ihm entfernen.

»Heather?« Er suchte in seinem Geist nach ihr, fand aber nichts. Kein Anzeichen dieser verstörenden Entität war vorhanden.

»Heather?«, fragte er erneut.

»Gareth?«, wurde der Rebellenführer unsanft aus seinen Gedanken gerissen. Er fühlte sich seltsam unwirklich, als erwache er aus einem Tagtraum. Gareth sah sich in der Runde um. Aller Augen waren auf ihn gerichtet. Wie lange er schon regungslos dagestanden hatte, konnte er nicht einmal schätzen. Auf seine Gegenüber musste es wirken, als hätte er den Verstand verloren.

Gareth räusperte sich verlegen. Er wollte soeben den Befehl geben, vom Planeten abzudrehen und die Fischköpfe sich selbst zu überlassen, als ihm ungewollt die letzten Worte der KI in den Sinn kamen: *Vergiss niemals deine Menschlichkeit.*

Eigentlich ein sehr guter Rat. Einer, der für viele Lebenslagen exemplarisch sein sollte, ihn aber hier und jetzt vor ein Problem stellte. Die Ashrak den Age'vesy zu überlassen, war so unglaublich verlockend. Er musste ungewollt daran denken, was Heather von ihm halten würde, könnte sie ihn jetzt sehen. Kurz davor, einen Genozid zu unterstützen.

Er räusperte sich abermals. Ris'ril warf ihm einen durchdringenden Blick zu.

»Kommandant«, sprach sie ihn förmlich an, »was tun wir jetzt?«

Der Anführer des Blutläuferaufstands richtete sich zu voller Größe auf. »Der ursprüngliche Plan ist immer noch unsere beste Option. Wir versehen den dritten Mond mit ausreichend Sprengladungen und jagen die Bruchstücke Richtung Tyrashina. Wir schicken die Heimatwelt der Fischköpfe ohne Umweg zur Hölle.«

Zufriedene Gesichter blitzten rund um den Tisch auf. Den meisten stand der Sinn nach Rache. Als willfährige Werkzeuge der Rod'Or hatten die Ashrak unglaubliche Gräueltaten in diesem Spiralarm der Milchstraße begangen. Viele wollten sie auf ähnliche Weise leiden sehen. Gareth hatte indessen eine andere Wahl getroffen.

Der Blick des Rebellengenerals richtete sich auf einen seiner langjährigsten Weggefährten und erfahrensten Lieutenants. »Michael, du führst deine Kräfte in den Orbit des Planeten und bombardierst die größten Truppenkonzentrationen der Age'vesy. Treib sie zurück. Gib den Fischköpfen Zeit, ihre Zivilisten in Sicherheit zu bringen. Wenigstens so viele wie möglich.«

Schockierte Blicke richteten sich auf ihn. In Michaels Augen blitzten abwechselnd Zorn und Unglaube auf. »Da werde ich nicht.«

»Ich habe dir einen Befehl erteilt und du wirst ihn ausführen. Hast du das verstanden?«

Michael ballte die Hände an den Seiten zu Fäusten. Sein Körper zitterte vor beinahe unkontrollierbaren Emotionen. Gareth ließ den Blick über die Versammelten gleiten. »Die Age'vesy haben ihr Wort gebrochen. Dafür müssen wir sie bestrafen. Wir dürfen nicht zulassen, dass weiterhin Zivilisten abgeschlachtet werden. Darüber hinaus können wir den Planeten nicht dem Schwarmbewusstsein überlassen. Selbst falls alle Technologie zerstört wird, kann niemand garantieren, was Agromars Leute aus den Trümmern bergen. Den Age'vesy darf keinesfalls erlaubt werden, den Planeten zu verlassen. Es handelt sich um kompromisslose Feinde des Imperiums. Aber sind es deswegen unsere Freunde? Das wage ich stark zu bezweifeln. Wenn wir diese Bedrohung auf die Milchstraße loslassen, könnte sich der Schwarm letzten Endes als größere Gefahr als das Imperium herausstellen. Daher müssen sie eliminiert werden.« Er schüttelte den Kopf. »Ich weiß, was ihr jetzt denkt. Wenn wir die Age'vesy ausschalten, machen wir uns ebenso eines Genozids schuldig. Aber hier liegt die Sache anders. Bei den Age'vesy gibt es keine Zivilisten. Sie existieren als einziger, alles verschlingender Organismus. Und so schlimm die Fischköpfe auch sein mögen, sie fressen ihre Gegner wenigstens nicht.« Sein Blick kreuzte den Michaels. »Du kehrst umgehend auf die LANCELOT zurück und bereitest deine Leute vor. Fabian hält das Kommandoschiff an Ort und Stelle. Ris'ril kümmert sich um die militärischen Kräfte der Ashrak und dünnt sie weiter aus. Es wird uns nicht gelingen, sie zur Gänze zu vernichten. Aber jedes ausgeschaltete Schiff hilft uns. Die Sekari stoßen zu Fabian, um seine Kräfte zu unterstützen. Die Syall bleiben als Reserve und schnelle Eingreiftruppe zurück. Gibt es Fragen?«

Niemand wagte es, Einspruch einzulegen. Michael stürzte an Ris'ril und Gareth vorbei und verließ wutentbrannt den Saal. Gareth ließ ihn gewähren. Es war nicht so, dass er dessen Haltung nicht verstand. Doch tief in seinem Inneren wusste er, die Entscheidung war richtig. Wenn er aber die Blicke, die seine Verbündeten und Offizier miteinander wechselten, korrekt interpretierte, stand er mit dieser Haltung völlig allein da.

Die Armada benötigte fast einen vollen Tag, um die Vorbereitungen der letzten Offensive gegen die Ashrakkräfte im System abzuschließen.

Als es endlich so weit war, rückte Michaels LANCELOT, umgeben von seinen Verbänden, umgehend gegen den Planeten vor. Obwohl es jetzt endlich zur Sache ging, fühlte sich der Rebellenlieutenant irgendwie fehl am Platz. Er war immer noch der Meinung, Gareth unterliege einem entscheidenden Irrtum.

Voraus wurde der Planet Tyrashina VII immer größer. Michael stand an der Kommandostation und hielt sich mit beiden Händen am Geländer zu seiner Rechten und Linken fest.

Er verzog missmutig die Mundwinkel. »Lindsey, Statusbericht!«

Die Navigatorin lag auf ihrer Liege, verbunden mit dem Vortex, und wirkte auf den ersten Blick wie tot. Nur ein aufmerksamer Beobachter bemerkte das kaum wahrnehmbare Mienenspiel auf ihrem Gesicht.

Ihre Lippen bewegten sich nicht, dennoch vernahm er ihre Stimme in seinem Kopf. »Ris'ril hat ihren Angriff gestartet. Sie verwickelt die Ashrak in schwere Kämpfe.« Um ihre Worte visuell zu unterstützen, ploppte ein Hologramm unmittelbar vor Michaels Nase auf. Neugierig betrachtete er es. Die Verbände der Samiradkriegerin stießen ins Zentrum der Verteidigungslinien vor. Damit zog sie einen erheblichen Teil der feindlichen Aufmerksamkeit auf sich.

Michael zog spöttisch einen Mundwinkel nach oben. Die Fischköpfe hatten ohnehin zwischenzeitlich erhebliche Personalprobleme. Mit jedem Flüchtlingstransporter, der das System verließ, verloren sie gleichzeitig Kampfeinheiten, die die Eskorten stellten. Wenn das so weiterging, dann blieben ihnen in weniger als zwölf Stunden nicht einmal mehr genügend Kampfraumer, um die Flanken ihrer Hauptformationen zu schützen. Ihre Linien wurden bereits jetzt gefährlich dünn.

Sein Blick richtete sich auf den Planeten. Es standen kaum Schiffe zur Verfügung, um die Heimatwelt des Gegners zu schützen. Michaels Angriffsgeschwader waren den Verteidigern, die sich ihnen zum Kampf stellten, haushoch überlegen.

Er schüttelte verärgert den Kopf. »Es wäre so einfach.«

»Hast du was gesagt?«, wollte Lindsey wissen.

»Ich hab nur laut gedacht.«

»Lässt du mich daran teilhaben?«

»Ich meinte nur, es wäre so einfach. Die Ashrak zu vernichten. Wir müssten lediglich ihre Startbasen ausschalten und den Age'vesy den Rest überlassen. Dann wäre die Angelegenheit erledigt.«

»Das widerspräche Gareths Befehlen«, warf die Navigatorin nicht ohne Sympathie für Michaels Standpunkt ein. Es gab kaum jemanden, der das Imperium und die Ashrak so hasste wie die Navigatoren. Man hatte ihnen Schreckliches angetan, um sie für den Dienst an Bord von imperialen Schiffen zu optimieren.

»Erinnere mich nicht daran.« Michael spielte ernsthaft mit dem Gedanken, einfach draufloszuballern und die Fischköpfe zurück in die Steinzeit zu bomben. Wer sollte ihn aufhalten? Gareth würde vermutlich erst davon erfahren, wenn es längst zu spät war. Ja, er war versucht, die Sache auf seine eigene, ganz persönliche Art durchzuziehen.

Aber ihn hielt etwas zurück. Gareth vertraute ihm. Ansonsten hätte er seinem Lieutenant diese wichtige Aufgabe kaum übertragen. Sollte er ihn wirklich auf diese Weise hintergehen? Gut möglich, dass ein solcher Vertrauensbruch den Zusammenhalt innerhalb der Rebellion erschütterte. Die Allianz könnte sogar daran zerbrechen.

Michael fluchte so laut, dass sich jedes Mitglied seiner Brückencrew unwillkürlich zu ihm umdrehte. Sobald sie aber sahen, in welcher Gemütsverfassung er sich befand, wandten sie sich schnell wieder ihren jeweiligen Aufgaben zu und gaben vor, nichts gesehen oder gehört zu haben. Sie wussten, wann man ihn lieber in Ruhe lassen sollte.

Michael beugte sich vor. »Lindsey, schick die Jäger, Zerstörer und Leichten Kreuzer vor. Sie sollen von unseren Kanonenbooten eskortiert werden. Wir gehen jetzt rein. Und ich brauche einen vollständigen Sensorbericht der in Reichweite liegenden Truppenkonzentrationen der Age'vesy. Wir erstellen einen umfassenden Beschussplan.«

***

Im Backbordhangar der Shiva herrschte eine Aura professioneller Hektik. Gareth brachte eine letzte Kiste mit Energiezellen für die Pulsgewehre in eines der Landungsboote. Hinter ihm trotteten Untray und Ibitray in den Hangar. Sie führten eine schnatternde Meute Kexaxa an. Die kleinen Ingenieure sprachen so schnell, dass das Insekt in seinen Ohren Probleme bekam, alles zeitnah zu übersetzen. Soweit er mitbekam, diskutierten sie darüber, wo man die Torpedos am besten einsetzte und in welcher Abfolge man die Detonationen in Reihe schaltete.

Gareth nickte den beiden hochrangigen Kexaxa zu. Sie erwiderten die Geste und bestiegen das Landungsboot. Untray schüttelte bekümmert den Kopf. Gareth glaubte noch zu hören, wie der Außerirdische irgendetwas vor sich hin murmelte, das klang wie: *Hoffentlich funktioniert der Plan jetzt besser als beim letzten Mal.*

Gareth schmunzelte. Der Ingenieur hatte damit gar nicht so unrecht. Sie setzten alles auf eine Karte, um dieses für das Imperium äußerst wichtige System ein für alle Mal zu neutralisieren. Wenn diese Operation vorüber war, gab es kein Tyrashina VII mehr. Ein anderes Ergebnis würde er nicht akzeptieren.

Die hünenhafte Gestalt Asheaws betrat den Hangar. Wo auch immer ihr neuer Verbündeter auftauchte, da zog er sofort die Beachtung aller Anwesenden auf sich. Der Coshkel trug eine Rüstung, wie sie jeder Blutläufer sein Eigen nannte. Das Gerät war so konzipiert, dass es für jeden Kämpfer passte, gleich welchen Erscheinungsbilds. Gareth musste aber gestehen, dass es gewöhnungsbedürftig war, jemanden wie Asheaw in der Rüstung zu sehen.

Gareth stellte die Kiste ab und wischte sich den Schweiß von der Stirn. »Du begleitest uns?«

Asheaw musterte sein Gegenüber aus seltsam traurigen Augen. An der Entschlossenheit des Kriegers konnte jedoch kein Zweifel bestehen. »Es wäre eine Beleidigung für mein Volk, wenn ich nicht dabei wäre. Die Ashrak haben meine Heimat zerstört. Es ist nur richtig, wenn ich diesen Gefallen erwidere.«

Gareth nickte und der Coshkel stapfte mit erschreckend geschmeidigen Bewegungen an ihm vorüber. Der Rebellenführer wusste nicht so ganz, was er von der Erklärung halten sollte. Asheaw suchte den Tod im Kampf. Er sehnte sich nach nichts mehr, als zu seinem Volk zurückzukehren. Gareth hoffte nur, dass dies nicht im ungeeignetsten Moment zum Problem wurde. Er schnaubte. Eines war mal sicher: Sollte Asheaw tatsächlich auf dieser Mission fallen, dann hätten vorher eine Menge Ashrak durch seine Hand ihr Leben gelassen.

Aus dem Landungsboot gleich nebenan stieg Yuma Matsumoto. Die Offizierin hob den rechten Daumen. Alles war abflugbereit. Sie und ihr Stellvertreter waren ebenfalls mit von der Partie. Offenbar sah sie es als Schlag gegen ihre persönliche Ehre, die Aufgabe nicht zu Ende gebracht zu haben. Das wollte sie nun nachholen.

Gareth schüttelte in unpassendem Vergnügen den Kopf. Anscheinend sah sein halbes Kommando diese Operation als persönliche Angelegenheit an.

Er wollte die Rampe seines Landungsbootes hinaufsteigen, als er abschließend innehielt. Gareth sah sich im Hangar um. Dies würde keine verdeckte Operation wie beim letzten Mal werden. Auf insgesamt acht Schiffen standen Landungsboote bereit, die alles in allem fünftausend Blutläuferrebellen auf dem Mond absetzen würden.

Nun gab es keinen Grund mehr, sich zu verstecken oder vorzugeben, sie wären gar nicht vor Ort. In der jetzigen Konstellation führten die Rebellen einen Großangriff gegen den dritten Mond durch. Und dieses Mal würden sie erfolgreich sein.

Die Techniker und Deckcrews des Hangars räumten das Feld, um den Landungsschiffen den nötigen Raum für ihren Start zu geben.

»Einen Moment!«, rief jemand. »Wartet auf mich!«

Gareth wandte sich um. Martha rannte in den Hangar. Sie trug ihre Rüstung und war behängt mit mehreren Pulsgewehren. Sie atmete schwer, als sie ihn erreichte.

»Du kommst auch mit?«

Sie nickte, war aber außer Atem und brachte kein Wort mehr raus. Kommentarlos drückte sie ihm einen Teil ihrer Last in die Arme.

»Wir haben uns nicht mehr gesprochen, seit ...«, startete er einen Versuch, mit ihr ins Gespräch zu kommen.

»Bitte«, fiel sie ihm ins Wort. »Das möchte ich auch nicht. Was zwischen uns passiert ist, war ein Fehler. Ich kann Ris'ril nicht einmal mehr in die Augen sehen. Wir sollten das einfach vergessen und als Schwäche des Augenblicks abtun.«

Er wusste, sie hatte in gewisser Weise recht. Wenn man es genau nahm, war er mit der Samiradkriegerin liiert und jeder innerhalb der Rebellion wusste es. Auch wenn bei den Samirad Monogamie etwas anderes bedeutete als bei den Menschen. Gareth hätte erleichtert sein müssen. Er hatte seinen Spaß gehabt und es gab – wenn er ihre Worte richtig interpretierte – keine negativen Konsequenzen zu befürchten. Trotzdem schmerzten ihre Worte. Es gab ihm zu denken, ob er wohl in die Sache mit ihr mehr Emotionen investiert hatte, als er selbst vermutete.

Sie wandte den Blick ab und stapfte die Rampe hinauf. Gareth seufzte. Bei Frauen handelte es sich um ein Mysterium, das in einem einzigen Leben nicht ergründet werden konnte.

Immer noch nachdenklich, folgte er Martha ins Innere des Landungsbootes. Die Rampe wurde eingefahren und verriegelt.

In seinen Ohren knackte es, als das Kommgerät aktiviert wurde. »Gareth?«, hörte er Ris'rils Stimme. »Wir erreichen bald eine Distanz zum Mond, bei der wir euch absetzen können. Die Flugzeit beträgt weniger als zwölf Minuten.«

Die Shiva wurde von irgendetwas getroffen und die Auswirkungen spürte man sogar im Landungsboot. Männer und Frauen hielten sich an den Deckenstreben fest, um nicht durcheinanderzupurzeln.

»Der feindliche Widerstand nimmt aber extrem zu«, fuhr Ris'ril fort. »Seid vorsichtig. Ich glaube nicht, dass ihr problemlos werdet landen können.« Sie kicherte. »Die Fischköpfe haben was gegen uns.« Ihre Stimme wurde merklich weicher. »Sei vorsichtig. Und lass dich nicht umbringen, dummer Kerl.«

Gareth grinste. »Keine Sorge. Dieses Mal komme ich zurück.«

»Ich werde dich darauf festnageln. Viel Glück!«

Er kappte die Verbindung. Über eine allgemeine Frequenz richtete die Samirad ihre nächsten Worte an das komplette Kommando. »Einheiten werden abgesetzt. Gute Jagd!«

Die Hangartore schoben sich gemächlich auseinander und die Landungsboote flogen hinein ins Herz der Finsternis.

***

Ir'rise hielt sich nun schon seit Stunden auf der Brücke des Kommandoschiffes auf, was für den Politiker recht ungewöhnlich war. Er hatte es den überwiegenden Teil seines Lebens vermieden, einem Schlachtfeld auch nur nahe zu kommen.

Der Rat war allerdings besorgt – falls man pure, nackte Todesangst mit diesem Begriff umschreiben konnte. Und seine Mitglieder hatten einstimmig beschlossen, dass Ir'rise sie quasi von der Front aus auf dem Laufenden halten sollte. Man könnte sagen, er wäre ein von anderen bestimmter Freiwilliger.

Das Ratsmitglied bemühte sich, den Überblick über die Ereignisse zu behalten, ohne dabei jemandem im Weg zu schwimmen. Das war gar nicht so einfach. Jeder auf der Brücke wusste, wo sein Platz war und was er zu tun hatte – bis auf Ir'rise.

Der Schiffskommandant wirkte urplötzlich verdrossen und murmelte mehrere für seinen Stand unziemliche Flüche vor sich her. Ir'rise sah sich genötigt, sich einzumischen. Falls etwas schieflief, dann hatte er das Recht, eingeweiht zu werden.

»Mana?«, sprach er seinen Cousin an.

Dieser sah nicht einmal eine Veranlassung, sich umzudrehen. »Wer auch immer bei den Rebellen das Kommando führt, er ist gut.«

Ir'rise kam noch etwas näher. »Wie meinst du das?«

»Er weiß, er hat nicht genügend Einheiten, um es mit uns *und* unseren Schutzgeschwadern aufzunehmen. Also weicht er einer direkten Konfrontation aus, schlägt aber jedes Mal blitzartig zu, wenn wir versuchen, aus dem Kessel auszubrechen. Er blockiert uns. Die Rebellen sind nicht stark genug, um uns zu eliminieren, und wir nicht stark genug, um das System zu verlassen.«

»Wir müssen eine Entscheidung herbeiführen.«

»Kannst du mir auch sagen, wie ich das anstellen soll?«

Statt einer Antwort färbten sich seine Schuppen beige, das Zeichen der Resignation. Auf der Konsole des Kommandanten blinkte eine Diode in grellem Rot auf. Der Befehlshaber las den einkommenden Bericht und seine Schuppenfarbe änderte sich in Richtung Verwirrung.

»Was ist jetzt?«, wollte Ir'rise wissen.

»Die Rebellen starten eine Landeoperation auf dem Mond. Seltsam, nicht wahr?«

»In der Tat. Was könnten sie damit beabsichtigen?«

»Keine Ahnung, aber ich bin zutiefst besorgt. Die Aufständischen würden inmitten einer Schlacht nicht etwas Derartiges wagen, wenn sie sich davon keinen Vorteil versprechen würden.«

»Ja, das ist wahr. Gibt es auf der Oberfläche Truppen, die ihnen entgegentreten könnten?«

»Ja, aber bestenfalls drittklassiges Material. Nicht gut genug, um einen Unterschied zu machen.«

»Dann schick die Wachen des Rates hinunter.«

Mana'rise wandte sich verblüfft ruckartig um. Der Politiker nickte. »Du hast mich verstanden. Was auch immer die Rebellen da unten vorhaben, ist es wert, vereitelt zu werden. Schick die Wachen.«

30

Umschwärmt von Hunderten Jägern sowie mehr als fünfzig Kanonenbooten, Korvetten und Kreuzern durchbrach die LANCELOT die letzte Schlachtreihe vor Tyrashina VII und befand sich auf einmal im Orbit.

Trotz zahlen- und waffenmäßiger Unterlegenheit leisteten die Fischköpfe erbitterten Widerstand. Michael hätte sich gewünscht, er könnte sich mit ihnen in Verbindung setzen und den Schwachköpfen da drüben mitteilen, dass sie ihnen nur helfen wollten. Aber selbst wenn dies möglich gewesen wäre, die Ashrak hätten ihnen bestimmt nicht geglaubt. Nun musste er das Leben guter Soldaten einsetzen, um der Evakuierung des Gegners substanziell auf die Beine zu helfen.

Direkt voraus tauchten zwei Fregatten aus der Atmosphäre auf. Sie eskortierten mehrere Transporter aus dem Kampfgebiet. Michael hatte nicht die Absicht, sie zu behindern. Die Fischköpfe wussten das aber nicht. Die zwei Fregatten drehten bei und gingen sofort zum Angriff über. Vier Geschwader mittelschwere Jäger standen ihnen zur Seite. Sie waren angesichts der Übermacht der Rebellen hoffnungslos unterlegen. Das hinderte sie nicht daran, ihr Leben für die fliehenden Zivilisten in die Waagschale zu werfen. Es wäre bewundernswert gewesen – unter anderen Bedingungen.

Michael wandte sich seinem taktischen Offizier zu. »Schaff sie mir aus den Augen.«

Der Dys nickte lediglich. Die Fregatten und Jäger eröffneten den Beschuss. Sie erzielten ein paar Treffer, die nicht in der Lage waren, die Panzerung des Rebellenflaggschiffs zu durchbrechen. Die Antwort der LANCELOT zerstrahlte mit einer Salve eine der Fregatten und fast ein Drittel der angreifenden Jäger. Ihr Schwesterschiff wurde so schwer beschädigt, dass dichter Qualm aus dem Heckbereich quoll. Sie war nicht länger in der Lage, ihre Position zu halten, und sank immer tiefer, zurück in die Atmosphäre. Schon nach Kurzem verschwand sie unterhalb der Wolkendecke.

Rebellenjäger griffen die verbliebenen Jagdmaschinen des Gegners an, während leichte und mittelschwere Kampfschiffe die übrigen Großkampfschiffe der Fischköpfe beschäftigten. Die LANCELOT und ihre Begleiter schwenkten indessen in den Orbit ein.

»Lindsey, ich brauche den Beschussplan«, ordnete Michael an. Vor ihm erschien als Hologramm eine Abbildung des Planeten. Die vorrückenden Age'vesy waren deutlich zu erkennen. Für sie gab es mittlerweile kein Halten mehr. Ihr Tempo war beeindruckend.

Michael kratzte sich über das Kinn. »Gibt es denn da unten keinen Widerstand mehr?«, fragte er niemand Besonderen.

Seine Navigatorin antwortete dennoch: »Die Ashrak konzentrieren sich fast ausschließlich auf die Evakuierung. Sie kämpfen nur noch, um ihren letzten Basen Zeit zu erkaufen. Die Bevölkerungszentren wurden mittlerweile fast komplett geräumt. Alles, was noch lebt, drängt sich um die Raumhäfen. Der Rest hat den Planeten bereits verlassen.«

Michaels rechter Zeigefinger schlug auf dem Geländer den Rhythmus eines Liedes nach, das er mal gehört hatte. Der Lieutenant runzelte die Stirn. Wo mochte das noch mal gewesen sein? Er glaubte, Angela hätte es mal gesummt in einer ihrer wenigen ruhigen Augenblicke auf der Erde. Er wusste nicht einmal, ob sie noch lebte. Nachrichten schafften es nicht aus dem besetzten Solsystem oder hinein.

Und nun stand er hier und rettete das Volk, das sie vielleicht bereits umgebracht hatte. Wie gern hätte er die Startbasen der Ashrak pulverisiert! Seine Entscheidung war aber längst getroffen. Und Angela wäre nicht erfreut, von dem zu hören, was er getan hatte. Vorausgesetzt, sie lebte noch.

Er seufzte. »Also schön, Lindsey. Bringen wir es hinter uns.«

Die Ashrak besaßen kaum noch Verteidigungskapazitäten im Weltraum rund um den siebten Planeten des Tyrashina-Systems. Daher hatten Michaels Einheiten kaum Probleme, als sie ihre Positionen bezogen. Lediglich ein paar verbliebene Raumabwehrstellungen bereiteten ihnen

Sorgen. Michael verlor drei Kreuzer und sieben leichtere Begleiteinheiten, ehe seine Kampfgruppe die letzte Verteidigung des Planeten mit einer Reihe chirurgischer Schläge ausradierte.

Was anschließend folgte, überraschte nicht nur die Ashrak, sondern vor allem die Age'vesy. Der Orbitalschlag traf den Fressfeind der Fischköpfe wie die Faust Gottes persönlich. Auf einen Schlag wurden ganze Rudel von ihnen ausgelöscht. Die meisten erfuhren nie, was sie getroffen hatte.

Weit im Süden des Planeten, noch außerhalb der Rebellengeschütze, verfolgte eine mittelgroße Meute von ihnen eine Gruppe Ashrak, die auf dem Weg zu einem der kleineren Raumhäfen war, wo immer noch ein Frachter auf Nachzügler wartete. Agromar führte sie an.

Das erste Glied des Schwarmbewusstseins hielt unwillkürlich inne. Die Ashrak entkamen. Das spielte keine Rolle. Unzählige Facetten seines Volkes schrien plötzlich und unerwartet auf, nur um für immer zu verstummen.

»Sie töten uns! Feuer von jenseits der Wolken!«, hörte Agromar sie immer wieder qualvoll in seinem Geist aufstöhnen.

Er brauchte nur wenige Sekunden, um aus den Eindrücken vieler Tausender Facetten ein Gesamtbild zu formen. Die Rebellen. Sie hielten sich nicht an das Abkommen. Ganz so wie die Age'vesy selbst, schoss es ihm durch den Kopf. Das hatte er nicht erwartet.

Die Rebellenschiffe änderten ihre Position im Orbit. Der Beschuss kam näher. Die Energiestrahlen versengten den Meeresboden und verdampften Meerwasser hektoliterweise. Aber vor allem schufen sie eine Todeszone zwischen den Age'vesy und den Ashrak.

»Was tun wir jetzt?«, heulte das Schwarmbewusstsein.

Agromar flößte seinem Volk etwas von der Ruhe und der Selbstbeherrschung ein, die er empfand. Die Facetten nahmen sich etwas zurück.

»Was tun wir jetzt?«, wollten sie wesentlich gefasster wissen.

Agromar nutzte das Potenzial des Schwarmbewusstseins voll aus, um einen Plan zu ersinnen. Er setzte sich in Bewegung. Das Rudel folgte ihm. »Sagt allen, die noch Leben, Bescheid. Ich habe eine Idee.« Das Schwarmbewusstsein erwiderte nichts. Es wusste bereits, was er vorhatte.

***

Licht kam aus dem Himmel, drang ins Wasser ein und verbrannte den Meeresboden – und mit ihm unzählige Age'vesy. Der Kampf endete so abrupt, dass die Krieger der Ashrak für einen Moment verdutzt nach dem Gegner Ausschau hielten.

Bri'anu schwamm an Cha'ackos Seite. Seine Rüstung war an mehreren Stellen aufgerissen. Darunter lugten zerschmetterte Schuppen hervor, unter denen das Blut des Offiziers ins Wasser sickerte. Er ignorierte seine zahlreichen Verletzungen.

»Was hat das zu bedeuten?«

»Die Rebellen. Sie helfen uns.«

»Das ist verrückt. Aus welchem Grund sollten sie das tun?«

Cha'acko brauchte nicht lange zu überlegen. »Offenbar sind sie der Meinung, dass es besser ist, einen Feind zu bekämpfen, den man kennt, als einen da oben im Weltraum zu wissen, den man nicht einschätzen kann, sobald er einmal losgelassen ist.« Cha'acko wirbelte zu seinem Untergebenen herum. »Gib eine Meldung aus. Alle Kämpfe gegen die Rebellen rund um Tyrashina sofort einstellen. Sämtliche Geschwader werden zum Schutz der Evakuierung eingesetzt. Und bring alle, die noch übrig sind, auf die letzten Schiffe. Wir nutzen die Zeit, die uns die Rebellen erkauft haben, und verschwinden von hier. Schnellstmöglich.«

Bri'anu schlug als Salut mit der rechten Faust auf seine linke Brustseite und eilte davon, um die Befehle auszuführen.

Cha'acko indes nahm sich eine Sekunde Zeit und sah gen Himmel, als würde er dort etwas entdecken, das nur er allein sehen konnte. »Danke, Gareth«, sagte er. »Vielen Dank. Aber wenn wir uns das nächste Mal begegnen, sind wir trotzdem Feinde. Diesen Krieg kann nur einer von uns überleben. Das ist und war schon immer unser beider Schicksal.«

* * *

»Michael?« Die Stimme der Navigatorin war das einzige Geräusch, das über die Brücke der LANCELOT rauschte.

»Ich sehe es, Lindsey, ich sehe es.« Die Ashrak brachen auf breiter Front den Kampf ab. Ihre zu Evakuierungstransportern umgebauten Dreadnoughts verließen den Orbit und nahmen Kurs auf eine Route, die sie in spätestens einer Stunde aus dem System bringen würde. Hunderte von Kriegsschiffen schirmten die letzte Phase des Exodus eines ganzen Volkes ab. Michael ließ erschöpft den Kopf hängen. »Es ist also vorbei. Endlich vorbei.«

»Noch nicht ganz«, bemerkte Lindsey. »Am dritten Mond wird noch immer gekämpft. Wer auch immer den Abbruch der Kämpfe befohlen hat, die dortigen Verbände stehen offenbar nicht unter seinem Kommando.«

»Sende einen Funkspruch an Gareth. Er muss wissen, dass die Sprengung des Mondes nicht länger notwendig ist. Die Ashrak verschwinden und die Age'vesy sind erledigt. Tyrashina VII ist neutralisiert. Seine Mission wird damit obsolet.«

»Ich befürchte, das ist nicht möglich«, erwiderte die Navigatorin. »Ich kann weder Gareth noch Ris'ril oder Fabian erreichen. Auch keine andere in das Gefecht verwickelte Einheit. Das Kommandoschiff emittiert ein starkes Störsignal. Ich bin nicht in der Lage, es zu durchdringen.«

»Verflucht!«, stieß Michael aus. »Warum kann nicht mal irgendwas einfach nur unkompliziert sein?«

Das Abwehrfeuer beim Anflug auf den Mond war dichter, als es Gareth oder einer seiner Offiziere erwartet hätte. Um den Mond zu sprengen, waren drei Landezonen ausgemacht worden, die sich besonders gut eigneten, um die Bomben zu platzieren.

Gareth befand sich im Anflug auf Alpha, Yuma Matsumoto übernahm Bravo und Takashi Charlie. Jedem der drei Kommandos standen etwas mehr als eintausendfünfhundert gut ausgebildete und handverlesene Soldaten zur Verfügung. Die drei Landezonen bildeten die Eckpunkte eines fast gleichseitigen Dreiecks.

Sobald sie in den Bereich der dünnen Atmosphäre einflogen, wurden sie aus heiterem Himmel von Ashrakjägern angegriffen. Aber keine, wie Gareth sie schon mal gesehen hatte. Sie waren schnittig, gut gepanzert und verdammt wendig. Das waren keine gewöhnlichen Frontpiloten in fronttauglicher Ausrüstung. Das waren Elitesoldaten in hochwertigen Maschinen. Die Jäger tanzten um die Landungsboote herum, während die Bordschützen versuchten, sie im Fadenkreuz zu behalten.

Jäger der Rebellen und Sekari stellten sich ihnen in den Weg, waren aber nach kurzer Zeit mit der Vielzahl an Zielen und deren verwirrender Taktik überfordert. Je näher sie dem Mond kamen, desto höher stiegen die Verluste. Das Geschwader Landungsboote teilte sich auf und jeder Teilverband flog seine Landezone an. Der Kampf wurde immer brutaler. Innerhalb von wenigen Minuten verlor Gareth zwei seiner voll besetzten Landungsboote und fast vierzig Jäger, während sich der Verlust des Feindes auf weniger als zwanzig Kampfmaschinen beziffern ließ.

Er legte seine Hand auf die Schulter des Piloten. »Gib mir Ris'ril.«

Der Mann nickte und nur einen Augenblick später vernahm er die Samiradkriegerin im Ohr. »Gareth, wie steht der Kampf?«

»Nicht gut. Schwerer Widerstand. Positioniere deine Schiffe direkt im Orbit. Du musst uns von oben mehr Feuerschutz geben.«

»Verstanden.« Sie kappte die Verbindung.

Untray watschelte ins Cockpit. »Ich habe die Berechnungen abgeschlossen. Sobald wir unten sind, können die Arbeiten sofort beginnen. Ich habe die Daten bereits an meine Kollegen bei Yuma und Takashi weitergeleitet.«

»Ausgezeichnet! Wir dürfen keine Zeit verlieren.«

Ein weiteres Landungsboot ging verloren. Der Feind opferte drei Jäger für diesen Erfolg, aber der Tausch war es wert. Die Fischköpfe büßten drei Piloten und drei Jagdmaschinen ein. Im Gegenzug hatte Gareth den Verlust von sechzig Soldaten zu verzeichnen.

Drei Sekarijäger nahmen Flankenposition ein und eskortierten Gareths Landungsboot den restlichen Weg zur Oberfläche. Ein Schatten fiel über sie. Energiesalven pusteten mehrere feindliche Jäger weg. Ihre brennenden Überreste spritzten in alle Richtungen davon.

Gareth grinste. Auf Ris'ril war in jeder Lebenslage Verlass. Er aktivierte sein Kommgerät. Der Boden kam immer näher. »Alpha setzt gleich auf. Statusbericht?«

»Bravo am Boden«, meldete Yuma. »Beginnen mit der Installation der Bomben.«

»Charlie nähert sich Landezone«, gab Takashi zur Antwort. »ETA: dreißig Sekunden.«

Gareth nickte und schloss die Frequenz. Das hörte sich alles in allem nicht schlecht an. Sie waren immer noch im Spiel. Trotz der hohen Ausfälle.

Der Boden unter ihnen wimmelte nur so vor feindlichen Soldaten. Sie hatten sich eingegraben und bereiteten den Rebellen einen heißen Empfang. Ris'rils Schiffe begannen im Rahmen ihrer Möglichkeiten damit, die gegnerischen Stellungen aus dem Orbit zu bombardieren. Leider waren die landenden Truppen oftmals im Weg, sodass kein Flächenbeschuss möglich war. Die Bodentruppen mussten das auf die harte Tour erledigen.

Der Rebellengeneral führte seine Leute ins Freie. Pulsentladungen zischten an ihnen vorüber. Einer streifte Gareths Helm und ließ seine Ohren klingeln. Nur ein paar Zentimeter weiter links, und sein Kopf wäre weggepustet worden.

Rebellensoldaten und Ashrakkämpfer fielen. Der Anführer der Rebellion ließ das Bajonett aus der Unterseite seines Pulsgewehres ausfahren und rammte es einem der gegnerischen Soldaten in den Leib.

Er zog es umgehend zurück und wehrte einen weiteren Fischkopf ab. Hinter ihm begannen Kexaxa und Turia damit, die Bomben auszuladen und für den Gebrauch vorzubereiten. Der Plan sah vor, sie in einen der Krater hinabzulassen, in Reihe zu schalten und dann nach dem Abflug per Fernzündung auszulösen.

So weit, so gut. Der Kampf ebbte langsam ab. Die Rebellen drängten die Ashraksoldaten in den Bereich, in dem Ris'ril bessere Schusslinien besaß. Je mehr die Fischköpfe zurückgedrängt wurden, desto unhaltbarer wurde deren Position.

Jede gewöhnliche Streitmacht hätte an einem bestimmten Punkt kapituliert, aber nicht diese. Sie gaben nicht auf. Sie zogen sich nicht zurück. Sie flehten nicht um Gnade. Sie zwangen die Rebellen dazu, sie bis zum letzten Mann niederzumachen. Sie opferten sich. Aber sie taten es auf wirkungsvolle Weise. Als der Kampf zu Ende war, lag die Hälfte von Gareths Kommando verwundet, tot oder sterbend auf dem Schlachtfeld.

Die Ingenieure arbeiteten unter Hochdruck daran, die Bomben gefechtsklar zu bekommen. Die ersten von ihnen wurden bereits in den nächsten Krater hinabgelassen.

Obwohl die Schlacht vorläufig beendet war, bekam Gareth keine Atempause. In seinen Ohren knackte es, als sich Takashi meldete. »Gareth?«

»Ich höre.«

»Sieh dir mal die Fischköpfe an. Fällt dir was auf?«

Der Rebellenführer betrachtete einen der gefallenen Gegner näher. In der Hitze der Schlacht war ihm das gar nicht aufgefallen. Sie trugen schwarze Rüstungen. Das waren keine gewöhnlichen Soldaten. Die hier waren wesentlich besser. Er richtete sich auf.

»Das sind Ratswachen«, gab er verkniffen zurück.

»Die kommen direkt vom Kommandoschiff«, stimmte Takashi zu.

Gareth sah nach oben und suchte den Horizont ab. »Die werden sich nicht mit dieser Niederlage begnügen.« Gareth stellte die Frequenz der SHIVA ein. »Ris'ril? Hast du noch Kontakt zu Michael oder Fabian?«

»Negativ.« Ihre Stimme war vor lauter Interferenzen kaum zu verstehen. »Störsender aktiv. Wir befinden uns momentan in einer Art Blase. Alles außerhalb ist für uns nicht zu kontaktieren.«

Gareth fluchte und stellte auf einen allgemeinen Kanal um. Das hatte er beinahe erwartet. Die Horizontkrümmung des Mondes schützte sie im Augenblick vor den Auswirkungen des Störsenders. Sollte sich dieser aber bewegen, würde auch der Kontakt untereinander abreißen. Die SHIVA befand sich vermutlich ganz am Rand der Blase. »Bereitet euch vor! Wir bekommen gleich weiteren Besuch!«

***

Yuma erschlug einen feindlichen Soldaten und schoss einen weiteren nieder. Die zweite Angriffswelle von Ashraksoldaten stürmte praktisch über sie hinweg. Der Coshkel erwies sich als außerordentlicher Krieger. Er marschierte durch die Reihen der Gegner, als wären diese gar nicht vorhanden. Der Außerirdische schien dabei eine Abneigung gegen Schusswaffen zu haben. Meistens bediente er sich zweier Krummschwerter, mit denen er sich einen Weg durch die Angreifer bahnte.

»Ibitray, wie lange noch?«, schrie Yuma in ihr Kommgerät.

»Ein paar Minuten«, entgegnete der Kexaxa. »Wir sind gleich so weit.«

»Wir haben keine paar Minuten mehr. Die überrennen uns jeden Augenblick.«

Die Wachen des Clanrats rollten Welle für Welle an. Es war kaum möglich, die Übersicht zu behalten. Sie schoss einen feindlichen Krieger unmittelbar vor sich nieder und widmete sich bereits dem nächsten. Da spürte sie einen Stich im Bauch. Als sie den Blick senkte, sah sie eine Klinge aus ihrem Unterleib ragen. Das Kampfmesser hatte die Rüstung durchdrungen. Der Krieger, den sie gerade niedergeschossen hatte, hielt das Heft noch in der Hand. Sie spürte, wie Triumph von ihm ausging, bevor er die Waffe losließ und sterbend niedersank.

Yumas Knie wurden weich. Ihr Körper wollte der Frau nicht länger gehorchen. Sie kippte seitlich weg. Ein paar Hände fingen sie auf. Der Helm einer Rüstung tauchte über ihr auf. Auch ohne die Markierung lesen zu können, wusste sie, dass es sich um Nigel handelte. Sie tastete nach der Kopfbedeckung und ließ blutige Striemen daran zurück.

»Verdammt!«, fluchte sie. »Das habe ich echt nicht kommen sehen.«

***

Ir'rise verfolgte von der Brücke des Kommandoschiffes aus den Verlauf der Kämpfe. Der Kommandant neben ihm wirkte nicht wirklich überzeugt, dass die Clanwachen würden siegen können. Er drehte sich halb zu seinem Cousin um.

»Meine Strategen haben die Taktik der Rebellen mittlerweile analysiert. Sie versuchen, den Mond zu sprengen. Die Bruchstücke würden unsere Heimatwelt für immer unbewohnbar machen.«

Ir'rise schwamm näher. »Wie stehen ihre Chancen?«

Sowohl Mimik als auch Schuppenfarbe des Offiziers blieben seltsam neutral. Das war kein gutes Zeichen. »Bei achtzig Prozent. Wir sollten unsere Leute von der Oberfläche holen und den Rückzug antreten. Es ist vorbei.«

Der Politiker überlegte. »Vorbei vielleicht, aber vorher überbringen wir diesen Sklaven einen letzten Gruß – und zeigen ihnen damit, wo ihr Platz ist.«

***

Der Kampf gegen die Ratswachen entwickelte sich zum Stellungskampf. Sie kamen nicht näher als fünfhundert Meter an die Rebellen heran, gleichzeitig nagelten sie diese aber fest.

Während der heftigen Feuergefechte kam Untray mit hängenden Schultern auf Gareth zu. Mehrmals wurde ihm dabei beinahe der Kopf weggeballert.

»Was gibt es?«

»Wir sind so weit. Es kann jederzeit losgehen.«

»Ausgezeichnet!«, meinte der Rebellenanführer. »Keine Sekunde zu früh.« Er aktivierte das implantierte Kommgerät. »Ris'ril? Wir brauchen unbedingt mehr Feuerschutz. Einheit Alpha setzt sich jetzt ab.«

Statt einer Antwort vernahm er lediglich Rauschen. Gareth versuchte es noch zweimal. Das Ergebnis blieb dasselbe. Der Störsender hatte seine Position geändert. Er wollte dem Ingenieur soeben davon berichten, als sich ein gewaltiger Schatten über den Horizont schob. Das Kommandoschiff kam direkt auf sie zu.

***

Takashi erschlug eine Ratswache mit dem Schwert, das man ihm übergeben hatte, als er zum Paladin ernannt worden war. Er empfand es als passend, dass er mit der Klinge, die so viele Leben im Namen von Tyrannei, Unterdrückung und Diktatur genommen hatte, nun die Freiheit Unzähliger mehr verteidigte.

Die Angriffe gegen Charlie waren verhaltener gewesen als gegen die anderen zwei Landezonen. Seine Leute machten soeben kurzen Prozess mit den letzten Angreifern und bestiegen die Landungsboote.

Er etablierte eine Breitbandfrequenz. »Falls mich irgendjemand hört. Charlie wurde gesichert. Mission erfolgreich. Wir verschwinden.«

Er wartete angespannt auf Antwort. Es drang nur statisches Rauschen aus dem Äther. Dann kristallisierten sich Worte heraus. »Hier Bravo ... schwere Verluste ... schwere Verluste ... Landungsboote zerstört ...« Die Stimme verklang. Takashi meinte, Nigel O'Sullivan erkannt zu haben.

Der ehemalige Paladin arbeitete sich an erschöpften und verwundeten Soldaten zum Cockpit vor. Der Pilot drehte sich um. »Setzen wir uns in den Orbit ab, Boss?«

Takashi schüttelte den Kopf. »Negativ. Wir fliegen zu Bravo.«

***

Gareth hatte den verstümmelten Notruf ebenfalls empfangen. Seine Einheiten waren aber außerstande einzugreifen. Die Fischköpfe hatten sie festgenagelt.

Die SHIVA erlitt schweren Schaden, als das Kommandoschiff eine volle Salve aus den Frontgeschützen in ihren Bug versenkte. Selbst aus dieser Entfernung registrierte er, wie die Panzerung rund um die Brücke aufbrach und mindestens eine Sekundärexplosion sich ins All Bahn brach.

Die Begleitkampfschiffe des wichtigsten aller Ashrakschiffe schwärmten aus, um den überwiegenden Teil des Antwortbeschusses vom Kommandoschiff abzulenken. Dazwischen duellierten sich feindliche Kampfjäger mit den Jagdgeschwadern von Rebellen, Syall und Sekari.

Die HERAKLEIA unter Fabians Befehl näherte sich von achtern an und versuchte, die Abwehrlinie des Gegners zu durchbrechen. Mit minimalem

Erfolg, die Fischköpfe waren entschlossen, ihren Regierungsrat unter allen Umständen zu verteidigen. Die Loyalität und Opferbereitschaft der feindlichen Krieger grenzte schon ans Fanatische. Dieser Kampf musste enden, koste es, was es wolle, oder sie würden hier alle umkommen.

Die Ashrak drängten die SHIVA aus ihrer Position. Ris'ril hatte keine Wahl. Zog sich der Angriffskreuzer nicht zurück, drohte ihm die Zerstörung. Die Sekari verloren drei Sturmkreuzer im Kampf gegen das Kommandoschiff, die Syall und Rebellen jeweils vier weitere Großkampfschiffe. Dieses Monster schien kaum zu knacken zu sein.

Ris'rils Flaggschiff musste eine weitere Salve einstecken, versenkte aber erfolgreich ein paar Torpedos im Bug des Ratsschlachtschiffes. Die Jagdgeschwader beider Seiten fielen mit unverminderter Brutalität übereinander her. Gareth wusste indes nicht mehr, wo das Ganze noch hinführen sollte. Sie mussten hier weg.

In diesem Moment traf eine gebündelte Salve das Kommandoschiff und die vorderen Einheiten seines Schutzgeschwaders. Sechs Kampfschiffe wurden auf der Stelle zerstört, drei weitere kampfunfähig geschossen. Eines davon stürzte auf den Mond und schlug westlich seiner Position auf. Der Aufprall war so stark, dass Gareth ihn unter den Füßen spürte.

Er sah hoch. Über ihm ging Michaels LANCELOT in Stellung. Er nahm Ris'rils aufgegebene Position ein. Seine Einheiten schwärmten aus und ihr Dauerfeuer ging auf den Gegner nieder. Die Schutzeinheiten des Rates erlitten in wenigen Augenblicken empfindliche Verluste. Die HERAKLEIA nutzte die Gunst der Stunde und nahm Fahrt auf. Sie durchbrach die feindliche Schlachtreihe und setzte sich über das Kommandoschiff. Ihre nächste Salve traf dessen Brücke.

In Panik schwamm Ir'rise in Richtung Ausgang, als der Beschuss auf die Brücke des Kommandoschiffes niederging. Die Panzerung knirschte protestierend und zeigte erste Risse. Das Druckschott schloss sich hinter dem Politiker gerade noch rechtzeitig, als die Brückenabschirmung brach. Wasser und Besatzungsmitglieder wurden ins Vakuum gerissen.

Das Letzte, was der Politiker sah, war sein Cousin Mana, der sich an der Kommandostation festschnallte und seine Rüstung versiegelte. Der

Mann übte stoisch die Befehlsgewalt über sein Schiff aus, auch wenn ringsum alles zerfiel.

***

Takashi stürmte aus seinem Landungsboot genau in dem Moment, in dem das statische Rauschen einem Kauderwelsch verschiedener Kampfgespräche wich. Der Störsender war beseitigt.

Es war nicht schwer, Yuma und ihre Führungscrew zu finden. Das Auftauchen frischer Kräfte hatte die Ratswachen endgültig zurückgetrieben. Nur wenige versprengte Einheiten hielten noch die Stellung. Das Gros der Überlebenden bestieg ihre Landungsschiffe und strebte dem angeschlagenen Kommandoschiff entgegen.

Nigel hielt Yuma fest umklammert. Die Frau lag im Sterben. Asheaw kniete neben den beiden und wachte über sie. Takashi gesellte sich zu ihnen. Sein Blick glitt zu Nigel. »Wir müssen gehen. So leid es mir tut, aber du kannst ihr nicht mehr helfen.«

»Ich bleibe«, versetzte Nigel ungerührt.

Takashi bedachte den Mann mit einem langen Blick. Sein erster Impuls bestand darin, ihn zu überreden, mit ihm zu gehen. Ihn vielleicht sogar mit Gewalt zu nötigen. Er ließ es sein. Dieser treue Offizier konnte seine Kameradin und Freundin in ihren letzten Minuten einfach nicht allein lassen. Takashi war nicht sicher, ob er an dessen Stelle nicht genauso gehandelt hätte.

»Ich verstehe«, erwiderte der ehemalige Elitekämpfer des Imperiums.

»Schaff bitte meine Leute hier raus«, sagte Nigel. »Und Gareth soll mir die Codeautorisierung für die Sprengung übertragen. Ich erledige alles Weitere.«

Takashi zögerte. Bei Nigels nächsten Worten spürte der Japaner das Lächeln dahinter. »Ist schon gut. Geh einfach, Kumpel.«

Takashi nickte und führte Yumas und seine eigenen Truppen zurück zu den Booten. Asheaw zögerte, bevor er folgte. Der Coshkel fühlte sich nicht wohl dabei, Kampfgefährten im Stich zu lassen. Aber er respektierte deren Entscheidung. Unter Umständen beneidete er die beiden sogar.

Takashi stieg die Rampe des Landungsboots hoch. »Gareth, wir setzen uns ab. Sind auf dem Weg in den Orbit.« Sein Hals fühlte sich trocken an, als er aussprach, was ihm aufgetragen worden war. »Zündautorisation an Nigel übertragen.«

»Ich verstehe!«, erwiderte der Anführer der Rebellion. Die Trauer sickerte aus jeder Silbe seiner Antwort. Einige Soldaten aus Yumas Kommando entschieden sich, freiwillig bei ihrer Kommandantin zu bleiben. Jemand musste die auf dem Mond verbliebenen Fischköpfe aufhalten, bis der Augenblick der Wahrheit gekommen war.

Das Landungsboot erhob sich schwerfällig, wurde aber immer schneller. Takashi behielt die Rebellen auf der Oberfläche im Blick, solange es ging. Sie lieferten sich mit dem Feind einen Schusswechsel bis zuletzt.

***

Die HERAKLEIA schoss mit allem, was sie hatte, auf das Kommandoschiff. Das verfluchte Ding konnte unglaublich viel einstecken. Der Effekt des Bombardements war aber nicht zu leugnen. Entlang der gesamten Deckaufbauten platzte die Panzerung auf. Flammenzungen leckten ins All. Tiefe Furchen zogen sich über die Oberfläche. Fabian war fest entschlossen, seiner Beute endgültig den Rest zu geben.

Das Kommandoschiff setzte den Antrieb urplötzlich unter Energie. Der gewaltige Kampfraumer machte einen Satz, der viel zu groß erschien, wenn man seine schieren Ausmaße in Betracht zog. Seine letzten Schutzeinheiten versammelten sich um das Ratsschiff und gemeinsam gingen sie auf Gegenkurs, gleichzeitig gewannen sie an Höhe.

Fabians Augen quollen beinahe aus seinen Höhlen. »Abdrehen! Sofort abdrehen!«, brüllte er.

Das Rebellenschlachtschiff entkam nur knapp der Zerstörung, als das Kommandoschiff ohne Rücksicht über die Position zog, die die HERAKLEIA gerade noch eingenommen hatte. Andere Einheiten hatte nicht so viel Glück. Drei Ashrak- und zwei Rebelleneinheiten kollidierten und gingen in Flammen auf.

Was der Befehlshaber des Kommandoschiffes da tat, war eine Verzweiflungstaktik. Seine letzte Hoffnung auf Entkommen. Aber sie funktionierte. Das Kommandoschiff durchbrach Fabians Kampflinie und nahm unter Vollschub Kurs auf die Hyperraumgrenze.

Verflucht!, ging es dem Lieutenant durch den Kopf. Er war versucht, die Verfolgung aufzunehmen. Gleichzeitig wusste er, es war vergebliche Liebesmüh. Das dazu nötige Wendemanöver nahm zu viel Zeit in Anspruch. Bis dahin hatte der Gegner einen Vorsprung, der nicht mehr einzuholen war.

»An alle Einheiten«, drang Gareths Stimme aus dem Kommgerät. »Zum Rückzug formieren! Wir verlassen umgehend das System. Ich wiederhole: Sofortiger allgemeiner Rückzug!«

Fabian senkte den Kopf. »Es war also tatsächlich vorüber. Die Flucht des Rates fügte der ganzen Sache einen bitteren Nachgeschmack hinzu, aber zumindest hatte das Sterben für den Moment ein Ende.«

»Du hast ihn gehört«, sagte er zu seinem Navigator. »Rückzug für alle Einheiten.«

***

Gareth verfolgte von der Brücke der Shiva aus den Rückzug der alliierten Armada. Die Verbündeten hatten hohe Opfer gebracht. Nur die Zukunft würde zeigen, ob dieser Sieg den Preis wert war, den sie alle hatten zahlen müssen.

Er aktivierte eine Langstreckenfrequenz zu Nigel. Als sich diese aufbaute, hörte er im Hintergrund immer noch das Fauchen von Pulsgewehren. Der Kampf auf der Oberfläche dauerte unvermindert an. »Nigel? Wir sind auf sichere Distanz gegangen. Du kannst loslegen.«

Es erfolgte keine Antwort. Auch auf dem Mond war für einige Minuten keinerlei Änderung zu verzeichnen. Dann brach die Kruste des stellaren Objekts auseinander, erst mit vereinzelten Rissen, die sich aber rasend schnell verbreiterten. Der Mond zerbarst in einer grellgelben Explosion. Die meisten Bruchstücke wurden Richtung Tyrashina VII geschleudert. Es dauerte mehrere Stunden, bis die Armada den Sprungpunkt erreichte. Gareth blieb die gesamte Zeit über auf der Brücke des Angriffskreuzers und verfolgte deren Kurs. Die Überreste des Mondes schlugen auf der Oberfläche ein in dem Moment, als die Shiva in den Hyperraum sprang. Gareth konnte nicht mehr mit ansehen, wie die Meere verdampften und die wenigen Landmassen verbrannten. Die Zerstörungswut der Mondüberreste hielt immer noch an, als die Armada längst im Hyperraum unterwegs war. Aber eines stand fest: Die Heimatwelt von Ashrak und Age'vesy existierte nicht länger.

Die sechs Dreadnoughts bewegten sich in einem riesigen Konvoi, der aus Hunderten Schiffen bestand. Cha'acko kehrte auf die Brücke des Führungsdreadnoughts zurück, sobald es seine Zeit gestattete. Buchstäblich jeder Zentimeter eines jeden Raumes und jeden Korridors war vollgestopft mit Kriegern und Zivilisten des Ashrakvolkes.

Als er die Brücke erreichte, bemerkte er erst, wie knapp ihr Entkommen gewesen war. Und es hatte seinen Preis gefordert. Man brachte soeben gefallene Besatzungsmitglieder vom Kommandodeck. Die Rebellen hatten ihnen hart zugesetzt. Er erinnerte sich daran, wie die Begleiteinheiten einem feindlichen Flaggschiff einen ordentlichen Schlag versetzt hatten. Er gluckste vor Vergnügen. Ja, die Rebellen hatten ihnen einiges abverlangt, aber im Gegenzug war dem Gegner ebenfalls schwerer Schaden zugefügt worden.

Cha'acko erspähte in einer Traube von Offizieren den jungen Bri'anu. Der ehemalige Honuh-ton-Agent schwamm auf diesen zu, und als er die Gruppe erreichte, geschah etwas Merkwürdiges. Die Krieger machten ihm respektvoll Platz. Einige neigten sogar das Haupt vor ihm. Er war überzeugt, die meisten wussten mittlerweile, dass es sich bei ihm um einen entlaufenen Sklaven handelte. Es schien sie keineswegs zu kümmern. Die Krise und die anschließende Vertreibung von der eigenen Heimatwelt hatte beim Militär der Meeresbewohner etwas bewirkt. Taten schienen auf einmal mehr wert zu sein als Abstammung oder – schlimmer noch – Wohlstand. Zufriedenheit machte sich in ihm breit. Falls dem so war, dann lag in dieser Tragödie letzten Endes etwas Gutes. Die Ashrak hatten aus ihrer Lage gelernt. All das wäre nie so weit gekommen, wenn die degenerierte Führungsriege es nicht hätte so weit kommen lassen. Allen voran der Clanrat, dieses korrupte Relikt einer überalterten Vergangenheit.

Bri'anu registrierte Cha'ackos Anwesenheit. Mit einer Handbewegung wollte er die um ihn versammelten Offiziere wegschicken. Zur Verblüffung des Kommandanten rührte sich keiner von der Stelle. Stattdessen warfen sie dem Honuh-ton-Agenten erwartungsvolle Blicke zu.

Dieser neigte den Oberkörper leicht zur Seite. Die Offiziere neigten abermals ihre von kantigen Wülsten durchzogenen Köpfe und machten sich davon.

Bri'anus Schuppen färbten sich grün. Cha'acko wusste nicht so recht, ob er es genauso sah wie sein ehemaliger Untergebener.

»Sei nicht albern«, schalt er den Mann. »Das ist nur eine kurzzeitige Form fehlgeleiteter Heldenverehrung.«

»Fehlgeleitet?«, wandte Bri'anu ein. »Die meisten Offiziere der Flotte, würden dir da widersprechen.« Auf einmal wirkte der selbstbewusste junge Mann verlegen.

Cha'acko schwamm näher und senkte verschwörerisch die Stimme. »Was geht in deinem Kopf vor?«

Der Kommandant zögerte, kam dann aber langsam heraus mit der Sprache. »Ich habe mit einigen Offizieren gesprochen. Sie wären nicht abgeneigt, wenn du uns weiterhin führst.«

Cha'acko schreckte schon allein vor dieser Vorstellung zurück. »Der Rat führt die Ashrak.«

»Der Rat ist nicht hier«, korrigierte Bri'anu. »Schlimmer noch, als unser Volk seiner Führung bedurfte, schlichen sie sich davon und ließen unsere Leute im Stich. Viele sind enttäuscht. Und viele besitzen nun einen klareren Blick auf diejenigen, die sich unsere Führer nennen. Sie wünschen sich jemanden, dem sie mit Stolz die Treue schwören können.«

»Das sind gefährliche Worte. Sie könnten in einen Bürgerkrieg münden. Mir steht der Sinn nicht danach, unser Volk anzuführen. Sag ihnen das.«

Bri'anu wirkte unschlüssig. »Ich bin nicht sicher, ob du in dieser Hinsicht noch ein Mitspracherecht hast. Die Angelegenheit entwickelt, während wir hier sprechen, eine Art Eigendynamik. Die Feigheit des Rates hat unsere Leute aufgebracht. Nicht wenige Stimmen drängen danach, die Ratsmitglieder für ihre Verbrechen vor Gericht zu stellen – falls sie wieder zu uns stoßen.«

»Das ist Wahnsinn, Bri«, erwiderte Cha'acko, indem er sein Gegenüber kameradschaftlich ansprach. »Du musst ihnen das ausreden.«

Der Offizier hob abwehrend beide Hände. »Sieh dabei nicht mich so an! Ich habe damit überhaupt nichts zu tun. Unser Volk ist einfach dankbar für das, was du getan hast. Ohne dich wären wesentlich mehr gestorben, als es ohnehin schon der Fall ist.« Der Kommandant breitete die Arme aus. Wie auf Kommando wandten sich den beiden die Augenpaare sämtliche Brückenoffiziere zu. »Die gesamte Flotte ist bereit, dir die Treue zu schwören.«

Cha'acko sah sich um. Mehr als in den Gesichtern der Offiziere zeigten die Farbe ihrer Schuppen, wie sehr sie bereit waren, ihm zu folgen, ob er wollte oder nicht. Bri'anu hatte recht. Die Sache hatte bereits eine Eigendynamik entwickelt. Jemand musste nun das Ruder übernehmen. Andernfalls bestand die reale Gefahr, dass sich sein Volk selbst zerfleischte. Sie bedurften der Führung. Und wenn sie der Meinung waren, er wäre der Richtige, dann sollte es eben so sein. Und das ausgerechnet, nachdem er sich dazu entschieden hatte, nie wieder Führungsverantwortung zu übernehmen. Er hatte sich geirrt. Die Götter des Universums besaßen keinen kranken Sinn für Humor – sie waren alle komplett geistesgestört!

Cha'acko bedeutete der Brückenbesatzung des Dreadnoughts, wieder ihren Pflichten nachzugehen. Sie gehorchten augenblicklich.

Er widmete seinem Untergebenen einen durchdringenden Blick. »Na schön, dann bring mich auf den neuesten Stand.«

Bri'anu führte den frisch ernannten Anführer des Ashrakvolkes zu einem großen, begehbaren Holotank. Das Tyrashina-System mit dem zerstörten siebten Planeten war rot markiert. Cha'acko versuchte, es zu ignorieren. Zu tief saß der Schmerz über den Verlust der Heimatwelt. Was war schon ein Volk ohne Heimat? Besaßen sie überhaupt noch Nutzen für das Imperium?

Bri'anu deutete auf das Hologramm. Es waren fast zwei Dutzend Konvois unterschiedlicher Größe zu sehen und einige imperiale Welten waren farblich hervorgehoben.

»In den letzten Jahren, als sich die Bedrohung durch die Age'vesy langsam herauskristallisierte, begann der Rat damit, auf anderen Welten Kolonien zu errichten. Das ist eines der wenigen Beispiele, in denen der Adel vernünftig und vorausschauend handelte.«

»Wie viele Kolonien?«

»Zweiunddreißig. Neunzehn sind bereits bewohnt. Bei dreizehn weiteren steht das noch aus. Es gibt also genügend Lebensraum für unser Volk.«

Cha'acko deutete auf die vielen Schiffe. »Und all diese Konvois …«

»Sind von unserer Heimatwelt evakuierte Ashrak«, bekräftigte Bri' anu.

Cha'ackos stieß Luft aus seinen Kiemen, die gurgelnd hervortraten. »Dann hat unser Volk immer noch eine Zukunft.«

»Die genaue Zahl derjenigen, denen die Flucht gelungen ist, ist noch unbekannt. Wir eruieren sie im Moment. Tatsache ist aber, es werden Hunderte Millionen sein. Leben, die du retten konntest, indem du die geordnete Evakuierung organisiert hast. Wir stehen mit den meisten Konvois in Kontakt.« Er warf seinem Gegenüber einen kurzen Blick zu. »Sie haben zugestimmt, dir die Treue zu schwören. Sie akzeptieren dich als Anführer.«

Cha'acko überlegte immer noch, ob er sich in dieser Rolle, die ihm aufgezwungen wurde, richtig wohlfühlte. Andererseits hatte er aber den Eindruck, gar keine Wahl zu haben. Die Macht wurde ihm einfach übertragen.

»Was ist mit den Rebellen?«

»Sie haben die Verfolgung mittlerweile aufgegeben und das Tyrashina-System verlassen. Vorerst sind wir sie los.«

»Nur bis sie sich neu formiert haben, dann greifen sie erneut an. Das Imperium ist jetzt entscheidend geschwächt. Wir müssen uns ebenfalls sammeln und das Blutläufermilitär stärken. Wer sich auf den nächsten Schlagabtausch am schnellsten vorbereitet, ist in der einzigartigen Position, den Krieg zu beenden. Und ich will, dass wir das sind. Wir fangen umgehend damit an, die noch unbewohnten Kolonien zu besiedeln. Gibt es einheimische Populationen?«

»Vereinzelt. Sie wurden fast gänzlich entweder eliminiert oder umgesiedelt. Auf einigen wenigen Planeten gibt es noch Eingeborene. Aber das sollte mittel- bis langfristig kein Problem mehr sein.«

»Ausgezeichnet! Gibt es sonst noch etwas von Interesse?«

Bri'anu wirkte zögerlich angesichts dieser Frage. »Zwei Dinge.« Er holte ein System in den Vordergrund, in dem ein einsames Schiff vor sich hin trieb. Laut den Anzeigen war es schwer beschädigt und kaum manövrierfähig.

»Das Kommandoschiff!«, ächzte Cha'acko.

»Wir haben sie vor gut einem Tag aufgespürt. Seitdem blieben sie vor Ort.«

»Sie bewegten sich nicht?«

»Kein einziges Lichtjahr. Wir vermuten, sie können es nicht.«

»Die Rebellen haben ihnen ein ordentliches Ding verpasst«, meinte Cha'acko. »Ich könnte mir aber gut vorstellen, dass sie in diesem Augenblick an der Instandsetzung arbeiten. Wenn sie uns finden oder Kontakt zu einer Kolonie aufnehmen, in der noch nicht bekannt ist, was sie getan haben, dann stürzt unser Volk tatsächlich in einen Bürgerkrieg. Und das Imperium würde in sich zusammenfallen.« Cha'acko dachte angestrengt nach. »Die Frage ist, wie verhindern wir das?«

»Das bringt mich zum zweiten Punkt, den ich ansprechen wollte«, sagte Bri'anu und brachte ein weiteres System in den Vordergrund. Eine Gruppe von Schiffen bewegte sich in der Nähe durch den Hyperraum, jedoch mit vergleichsweise geringer Geschwindigkeit.

Cha'acko wusste auf der Stelle, dass es keine Ashrakeinheiten waren, die dort durch das Weltall kreuzten. Bri'anu hätte ansonsten nicht explizit auf sie hingewiesen.

»Wie viele?«, wollte er wissen.

»Wir haben bisher vierzehn gezählt.«

Cha'ackos Kopf zuckte zwischen dieser Gruppe von Kampfraumern und dem Standort des Kommandoschiffes hin und her. Was ihm durch den Kopf ging, konnte man wirklich nicht als schön oder als fair bezeichnen. Andererseits war es die einzige Möglichkeit, einen Bürgerkrieg zu verhindern. Und zählte das nicht bedeutend mehr?

Er deutete auf die Kampfeinheiten im Hyperraum. »Ist dieses Geschwader in Kommunikationsreichweite?«

»In der Tat«, antwortete Bri'anu. Die Männer wechselten einen langen Blick. Dem anderen Offizier ging exakt dieselbe Idee durch den Kopf.

Cha'ackos Schuppen färbten sich grün. »Nimm Verbindung auf. Ich will mit ihnen sprechen.«

***

Die alliierte Flotte befand sich auf dem Rückweg nach Waryard III. Ihre Geschwindigkeit blieb unter den Möglichkeiten der Verbündeten zurück, da viele Kampfschiffe zum Teil schwer beschädigt waren und die Armada mit dem Tempo des schwächsten Mitglieds ihrer Streitmacht fliegen musste.

Gareth hatte mittlerweile wieder das Kommando über die HERAKLEIA übernommen. Fabian fügte sich bis zu ihrer Rückkehr ins heimatliche System in die Rolle seines Zweiten Kommandanten. Nach der Ankunft hatte Gareth vor, ihm ein weiteres Kommando zu übertragen. Er hatte da so ein paar Ideen im Kopf.

Die Kexaxa hatten aus den Datenarchiven des eroberten Industriekomplexes Konstruktionspläne erbeutet. Das Imperium plante eine Reihe von Neuentwicklungen im Schiffsbau. Unter anderem Schwere Kreuzer, Schlachtschiffe, Träger und auch Jagdmaschinen. All diese Daten standen nun auch den Rebellen zur Verfügung. Daraus ließ sich bestimmt etwas machen.

Gareth wollte als Nächstes das Schiffsbauprogramm der Rebellion vorantreiben und die wachsende Raumstreitmacht mit schweren Kriegsschiffen bereichern. Fabian würde den Befehl über das erste der neuen Baureihe erhalten. Nach seinen Handlungen bei Tyrashina hatte er sich das mehr als verdient.

Die Kommandeure der Armada versammelten sich zwei Tage nach dem Ende der Schlacht im Hauptbesprechungsraum des Schlachtschiffes. Ris'ril, Michael, Fabian und Gareth in persona, Bara'a'acknam und Anian Tarrakam per Hologramm.

Als er sich dem Holotank näherte, wurden seine Schritte langsamer. Unbewusst streichelte er den Armbandcomp. Die Heather-KI hatte seit ihren Vorwürfen nicht mehr mit ihm gesprochen. Und auch er hatte ihr Hologramm seither nicht wieder aktiviert. Er musste allerdings zugeben, dass es ihm zunehmend schwerfiel, seine Selbstdisziplin aufrechtzuerhalten. Er wollte ihre Stimme hören und ihr Abbild sehen, auch wenn es sich lediglich um Informationen eingebettet in Energie und Licht handelte. Aber er wollte ihre Nähe *spüren.*

In den Momenten, in denen er den Mut zur Selbstkritik aufbrachte, war ihm bewusst, dass er gefährliches Suchtverhalten an den Tag legte, wenn es um die Heather-KI ging. Es fiel ihm immer schwerer, in ihr lediglich ein Werkzeug zur Selbstreflexion und zur Bewältigung seines unerträglichen Schmerzes zu sehen. Manchmal kam sie ihm richtig real vor. Gareth zwang sich dazu, den Armbandcomp loszulassen. Er erreichte den Holotank und gesellte sich unter die Versammelten.

Der Anführer des Aufstands stellte sich neben Ris'ril und musterte seine versammelten Verbündeten mit einem gelösten Ausdruck auf dem Gesicht. Abseits der Kommandeure hatte sich eine Reihe rangniederer Offiziere versammelt, um diesen zu lauschen. In der hinteren Reihe entdeckte er Takashi und Martha. Der ehemalige Paladin nickte ihm aufmunternd und voller Respekt zu. Martha hingegen wich seinem Blick unbehaglich aus. Asheaw war nirgends zu sehen. Er zog die Einsamkeit seines Quartiers der Gesellschaft seiner neuen Freunde vor.

»Die Allianz hat sich bewährt«, erklärte der Anführer des Blutläuferaufstands rundheraus. »Unser Ziel war es, die Heimatwelt der Ashrak für sie unbewohnbar zu machen und wir haben es erreicht. Das Imperium und ihr militärischer Arm wurden entscheidend geschwächt. Die Fischköpfe erleben nun dasselbe, was sie unzähligen Welten und Spezies angetan haben.«

»Unser Sieg ist nicht so absolut, wie du jetzt vielleicht denkst«, warf Michael ihm vor.

Gareth runzelte die Stirn. »Wie meinst du das?«

Statt einer direkten Antwort zuckte der Blick des Lieutenants in Ris' rils Richtung. »Zeig es ihm.«

Das Hologramm änderte die Ansicht. Es zeigte einen Ausschnitt des Sektors mit dem Tyrashina-System. Eine Vielzahl von Schiffen entfernte sich mit hoher Geschwindigkeit aus dem heimatlichen System der Ashrak. Gareths Kehle wurde staubtrocken.

»Wie viele sind es?«, verlangte er zu erfahren.

»Wir orten zurzeit mindestens viertausend Schiffe unterschiedlicher Kategorien, aufgeteilt in neun Konvois. Es ist nicht ausgeschlossen, dass sich weitere Flüchtlingstrecks außerhalb unserer Sensorreichweite bewegen. Die Fischköpfe haben alles, was auch nur entfernt flugtauglich ist – militärisch oder zivil –, benutzt, um ihre Bevölkerung von Tyrashina fortzuschaffen.«

Michael gab der Samiradkriegerin ein weiteres Zeichen. Die aktualisierte einige Einstellungen und das Bild vergrößerte sich. Es zeigte nun knapp die Hälfte des imperialen Raumes. Mehrere Systeme waren markiert. Die Ashrakflüchtlinge hatten auf einige Kurs gesetzt.

Gareth schluckte. »Ashrakkolonien.«

Michael nickte. »Die Fischköpfe planen das schon lange. Eine Evakuierung dieser Größenordnung lässt sich nicht mal schnell in ein paar Jahren in die Wege leiten.« Der Zorn in der Stimme seines Lieutenants war unüberhörbar. Er kam Gareths nächster Frage zuvor. »Es sind über dreißig. Die meisten sind schon bewohnt. Einige andere werden es bald sein.«

Gareths Augenmerk richtete sich auf eines der hervorgehobenen Systeme ganz im Süden der Sternkarte. Er schluckte abermals. In seinem Hals drohte ein dicker Kloß zu entstehen. »Das Solsystem.«

»Das Solsystem«, bestätigte Michael. »Jetzt, da sie ihr Heimatsystem verloren haben, werden sie ihre Kolonisationsbemühungen beschleunigen. Sie haben gar keine andere Wahl, falls sie überleben wollen. Ich wette, einige ihrer Flüchtlingsschiffe sind bereits auf dem Weg zur Erde.« Die Augen des Offiziers blitzten. Gareth rief sich in Erinnerung, dass es auf der Erde jemanden gab, die Michael besonders am Herzen lag. Falls die Ashrak damit begannen, die Erde zu kolonisieren, dann würden sie über kurz oder lang alles daransetzen, die Menschen zu verdrängen.

Das Imperium brauchte die Erdbevölkerung mehr denn je. Es mussten dringend seine Armeen mit weiteren Sklaven aufstocken, falls es den Krieg gewinnen wollte. Aber dafür war es nicht notwendig, dass die Menschen auf der Erde blieben. Es genügte völlig, sie auf anderen Welten anzusiedeln. Das beinhaltete für das Imperium sogar gewisse Vorteile. Eine dezentral angesiedelte menschliche Rasse bot viel weniger Potenzial für einen Aufstand, wie er schon einmal stattgefunden hatte. Sie war wesentlich einfacher zu kontrollieren.

Michael deutete anklagend mit dem Finger auf seinen Anführer. »Deine Schwäche bringt uns der Niederlage einen Schritt näher. Unter Umständen verlieren wir sogar die Erde. Unsere Heimat. Wir nahmen sie den Ashrak, sie nehmen sie uns. Das hat sogar was von salomonischer Gerechtigkeit.«

Gareth registrierte die anklagenden Blicke der anderen. Sogar Fabian – eigentlich immer auf seiner Seite – wagte es nicht einmal, ihm in die Augen zu sehen.

Der Anführer des Aufstands straffte seine Gestalt. Er war bereit, sich dieser Herausforderung zu stellen, denn tief im Inneren wusste er, dass seine Handlungsweise die richtige war.

»Ja, ihr habt recht. Die Ashrak sind nach der Zerstörung von Tyrashina VII gefährlicher als je zuvor. Und trotzdem war es richtig. Wir können Monster nicht bekämpfen, indem wir selbst zu Monstern werden. Die Fischköpfe bei der Evakuierung ihrer Nichtkombattanten zu unterstützen, war ein wichtiger Zug. Wenn sonst kein anderer, dann müssen wir wenigstens selbst Ehre und Anstand bewahren. Aber es stimmt, wir stehen trotz unseres Sieges einen Atemzug davor, diesen Krieg zu verlieren. Wenn die Ashrak ihr Kolonisationsprogramm zügig durchziehen, dann sieht es düster für unsere Sache aus. Daher müssen wir nun schnell handeln und verhindern, dass sie die Erde besiedeln und unsere eigene Spezies deportieren.«

Fabian sah auf. »Bei dir klingt das alles so einfach.«

Gareth lächelte zurückhaltend. »Das wird es bestimmt nicht. Aber Tyrashina war ein wichtiger Dominostein. Und den haben wir erfolgreich zu Fall gebracht. Jetzt müssen wir unseren nächsten Schritt sorgfältig planen. Wir haben das Imperium gefährlich aus dem Tritt gebracht. Darauf müssen wir aufbauen.«

»Ich befürchte, da könnte uns noch ein anderer Akteur Steine in den Weg legen«, mischte sich Ris'ril ein.

Gareth runzelte die Stirn. »Wie meinst du das?«

»Wir haben Signale abseits der feindlichen Evakuierungsrouten geortet.« Sie vergrößerte einen Teil des Weltraums östlich des Tyrashina-Systems. Eine Gruppe Symbole bewegte sich fort von den anderen Konvois.

»Wir haben Kommunikationsfetzen aufgefangen.« Sie spielte sie ein. Die Anwesenden lauschten angespannt.

Gareth fuhr ein eisiger Schauder über den Rücken. »Age'vesy«, flüsterte er kaum hörbar.

Ris'ril nickte. »Es ist ihnen wohl gelungen, einige Schiffe zu erobern und vor der Zerstörung ihrer Heimatwelt zu fliehen. Ihre Spezies wird überleben. Sie haben bewiesen, wie anpassungsfähig sie sind. Möglicherweise werden wir uns irgendwann wieder mit ihnen befassen müssen. Du weißt, wie gefährlich sie sind. Ich hoffe, sie wissen nicht, dass wir ihren

Mond gesprengt haben. Ansonsten, werden sie bei unserem nächsten Aufeinandertreffen nicht freundlich reagieren.«

Gareth hätte gern etwas gesagt, doch es wollten einfach keine Worte aus seinem Mund kommen. Die eigentliche Mission war erfüllt. Tyrashina VII existierte nicht länger. Dennoch überkam ihn das unangenehme Gefühl, dass alles komplizierter geworden war.

***

Die Besprechung dauerte mehrere Stunden. Sie kamen aber nicht wesentlich weiter. Niemand schien eine praktikable Idee zu haben, wie man die momentane Schwäche der Ashrak zum Vorteil der Allianz nutzen konnte. Die Verbündeten standen nicht viel besser da als die Fischköpfe. Niemand sprach es laut aus, aber alle dachten es, daran hegte Gareth nicht den Hauch eines Zweifels. Sie mussten zu ihrer früheren Einigkeit zurückfinden, falls sie eine weitere Offensive durchführen wollten. Gareth hoffte, dass sie die Kraft dazu fanden. Tyrashina hatte sie ausgelaugt. Materiell, personell, aber vor allem im Geiste.

Am Ende vertagte der Rebellenführer die Besprechung. Fabian kehrte auf die Brücke der HERAKLEIA zurück, Ris'ril und Michael auf ihre Flaggschiffe. Die Kommandeure von Syall und Sekari kappten die Verbindung. Gareth wollte gar nicht wissen, was in deren Köpfen vor sich ging. Gut möglich, dass sie die Allianz mit den Blutläuferrebellen inzwischen bereuten, auch wenn sie zum ersten Mal seit fast einem Standardjahrzehnt spürbar Fortschritte erzielten.

Gareths Schritte führten ihn ohne Umschweife in sein Quartier zurück. Er nahm sich noch nicht einmal die Zeit, Ris'ril vor ihrem Rückflug auf die SHIVA zu verabschieden.

Als er seine Kajüte erreichte und endlich das Schott hinter sich schloss, rannen dicke Schweißtropfen seine Stirn hinab. Mit zitternden Fingern aktivierte er das holografische System des Armbandcomp. Augenblicklich baute sich das etwa fünfzehn Zentimeter große Abbild Heathers auf.

»Hallo, mein Lieber!«, begrüßte sie ihn. »Ich habe dich schon vermisst.«

EPILOG

Ir'rise schwamm auf die Brücke. Selbst für jemanden, der in militärischen Dingen nicht wirklich bewandert war, sah die Lage schlimm aus. Das Loch in der Außenhülle war wenigstens geflickt und die Kommandobrücke wieder mit Wasser geflutet worden.

Viele aus der Brückencrew waren nach dem Treffer gemeinsam mit den Wassermassen ins All geblasen worden. Einige andere waren unter ihren Konsolen verkeilt einen grausamen Tod im wasser- und luftleeren Raum des Vakuums gestorben. Nur wenige von Mana'rises Kommandocrew hatten überlebt.

Gerade als das Ratsmitglied die notdürftig geflickte Brücke erreichte, öffnete der Schiffskommandant den Helm und sog die ringsum wieder reichlich vorhandene Flüssigkeit in seine Kiemen. Als Belohnung reicherten Luftbläschen aus dessen Körper die Umgebung an.

»Schiffsmeister«, grüßte Ir'rise seinen entfernten Vetter förmlich. »Wie ist die Lage?«

»Wir sind noch intakt«, erwiderte der Kommandant. »Gerade mal so. Das ist die gute Nachricht.«

»Wo sind wir?«

»Keine Ahnung. Wir mussten blind springen. Das Kommandoschiff kreuzt nun irgendwo in einem Umkreis von vierzig Lichtjahren um Tyrashina.«

»Ist das alles? Ich will wissen, wo wir sind, und als Antwort erhalte ich einen Bereich des Weltraums mit einem Durchmesser von achtzig Lichtjahren?«

Die Schuppen Mana'rises nahmen die Farbe von Spott an. »Die Sensoren sind größtenteils beschädigt, wie auch die meisten anderen Systeme. Wir versuchen im Augenblick, festzustellen, wo wir uns befinden. Keine Sorge, der Rat geht schon nicht verloren. So viel Glück haben wir nicht.«

Angesichts von derartiger Respektlosigkeit färbten sich die Schuppen des Politikers rot. »Deine Frechheit wird nicht ewig toleriert. Der Rat verlangt zu erfahren, wie es nun weitergeht!«

»So? Verlangt er das? Haben sich die Herren Räte endlich aus ihren Löchern getraut, nun, da die echten Männer mit Kämpfen fertig sind?«

Ir'rise stand kurz davor, etwas Giftiges zu erwidern, wurde sich allerdings bewusst, dass er seinen Verwandten noch brauchte. Er war der Einzige, der kompetent genug war, sie aus diesem Schlamassel zu befreien.

»Wo ist unsere Eskorte?«

»Weg«, entgegnete der Schiffsmeister wortkarg und wandte sich ab, um an seiner Konsole zu arbeiten.

»Was heißt weg?«, herrschte das Ratsmitglied ihn an.

»Soll ich es dir buchstabieren? Würde dich das glücklich machen, Ir?«

Der Politiker ignorierte die Beleidigung, die das Weglassen seiner Clanbezeichnung bedeutete. »Erklär mir das.«

»Wir haben viele Schiffe verloren, als wir die Linien der Rebellen durchbrachen. Anschließend sind wir blind in den Hyperraum gesprungen. Unser Navigator hatte keine Zeit, sich mit den anderen Kampfeinheiten abzustimmen. Ich vermute, die Eskorte ist über den halben Sektor verstreut.«

»Soll das heißen, wir befinden uns irgendwo in diesem Spiralarm der Galaxis, in einem beschädigten Schiff, das kaum in der Lage ist, den Kurs zu halten? Und als wäre das noch nicht schlimm genug, haben wir auch unsere Eskorte verloren?«

»In einem Vierzig-Lichtjahre-Umkreis um Tyrashina«, korrigierte Mana'rise beinahe jovial.

Sein Cousin stutzte. »Wie bitte?«

»Wir befinden uns in einem Umkreis von vierzig Lichtjahren um Tyrashina. Aber ja, im Großen und Ganzen sind deine Ausführungen bemerkenswert prägnant auf den Punkt gebracht.«

Ir'rise schloss kurz die Augen, um sich zu sammeln. Als er sie wieder öffnete, hatte er eine Idee. »Was ist mit dem Navigator? Der wird wissen, wo wir sind.«

»Nun ja, er ist neuerdings nicht sehr gesprächig.« Der Schiffsmeister deutete auf zwei seiner Offiziere, die soeben den leblosen Körper des

Navigators aus dem Vortex befreiten. »Ich befürchte, wir sitzen hier fest, bis wir einen neuen aus dem Lager geholt haben.«

»Falls das noch intakt ist?«, fragte das Ratsmitglied provokant.

»Falls es noch intakt ist«, bestätigte der Schiffsmeister.

Ehe Ir'rise erneut aus seiner Haut fahren konnte, trat ein Offizier an den Schiffskommandanten heran und wisperte ihm etwas zu. Gleichzeitig hielt er diesem ein Holopad hin. Der Kapitän nahm es an sich und entrollte das Gerät. Er studierte die angezeigten Informationen eingehend.

»Das ist jetzt aber seltsam.«

»Was ist?«

»Die Sensoren, die noch funktionieren, haben drei Schiffe geortet. Sie kommen direkt auf uns zu.«

»Rebellen?«

»Das glaube ich nicht. Wir befinden uns bereits in ihrer Gefechtsdistanz. Sie könnten uns jederzeit in Stücke schießen. Es handelt sich um zwei Angriffskreuzer und ein ziemlich großes Schlachtschiff.«

»Waren sie unter Umständen Teil unserer Eskorte?«, wollte Ir'rise hoffnungsvoll wissen.

»Könnte sein«, gab Mana zweifelnd zurück. »Auf jeden Fall erfahren wir es demnächst. Sie leiten ein Andockmanöver ein.« Der Offizier sah auf. »Sie kommen an Bord.«

Der Politiker wandte sich ruckartig um und gab seinen Wachen ein knappes Handzeichen. Sie folgten ihm umgehend. Mana'rise tat es ihnen gleich. Er wollte unbedingt wissen, wer Zugang zu seinem Schiff erlangte, ohne sich zu identifizieren.

Die nächste funktionsfähige Schiff-zu-Schiff-Schleuse lag auf demselben Deck wie die Kommandobrücke und war trotz der umfangreichen Schäden und der Trümmer, die ihnen oftmals den Weg versperrten, relativ schnell zu erreichen. Mana'rise hielt immer noch das Holopad in der Hand.

Der Schiffskommandant verharrte regungslos hinter dem Politiker. Die Deckenbeleuchtung fiel immer wieder flackernd aus. Es vermittelte eine gespenstische Atmosphäre.

»Sende einen Gruß«, verlangte Ir'rise.

»Kommunikation ist komplett ausgefallen. Wir können weder senden noch empfangen.« Mana'rise deutete auf die Anzeigen oberhalb des

Andockkragens. »Spielt eh keine Rolle mehr. Sie haben schon angedockt und die Schleuse füllt sich bereits mit Wasser.«

Der Kapitän legte die Hand auf die Schulter seines hochrangigen Cousins. Plötzlich beschlich ihn ein seltsames Gefühl. »Wir sollten verschwinden, Ir. Sofort!«

Der Politiker schüttelte die Hand ungeduldig ab. »Du kannst ja gehen, wenn du willst, du Feigling. Aber ich bleibe hier und heiße unsere Retter willkommen.«

Die Tür der Andockeinrichtung öffnete sich mit einem sanften Zischen. Ir'rise blinzelte verwirrt mit seinen seitlichen Augenlidern. Die Personen innerhalb der Schleuse waren erst deutlich zu sehen, dann wieder nicht. Als würde deren bloße Existenz die Sinne narren.

Sie strömten aus dem Dockkragen und fielen über die Wachen und die Offiziere her. Ir'rise hörte Manas Todesschrei, als sich drei der Angreifer auf ihn stürzten und den unglückseligen Krieger zerfleischten.

Das Ratsmitglied indes hatte nur Augen für die riesige Gestalt, die sich vor ihm aufbaute, ihn aus hungrigen Augen, hinter denen sich kein Mitleid verbarg, musterte.

»Agromar«, keuchte Ir'rise.

»Du ahnst gar nicht, wie sehr es mich danach verlangt hat, dir erneut gegenüberzutreten«, zischte die erste Facette des Schwarmbewusstseins voll grenzenloser Genugtuung. Die beiden Männer standen sich noch einen Moment gegenüber, bevor sich der Age'vesy mit unstillbarer Gier auf das Ratsmitglied warf. In diesem Sektor des Kommandoschiffes war kein Ashrak mehr am Leben. So blieb Ir'rises letzter Aufschrei von seinem eigenen Volk ungehört.

John Norman

DIE CHRONIKEN VON GOR

www.atlantis-verlag.de

Martin Kay
DIE FLAMME VON ETAN 1
Zuflucht Galadorn Core

www.atlantis-verlag.de

Dirk van den Boom
GRABENWELT

www.atlantis-verlag.de

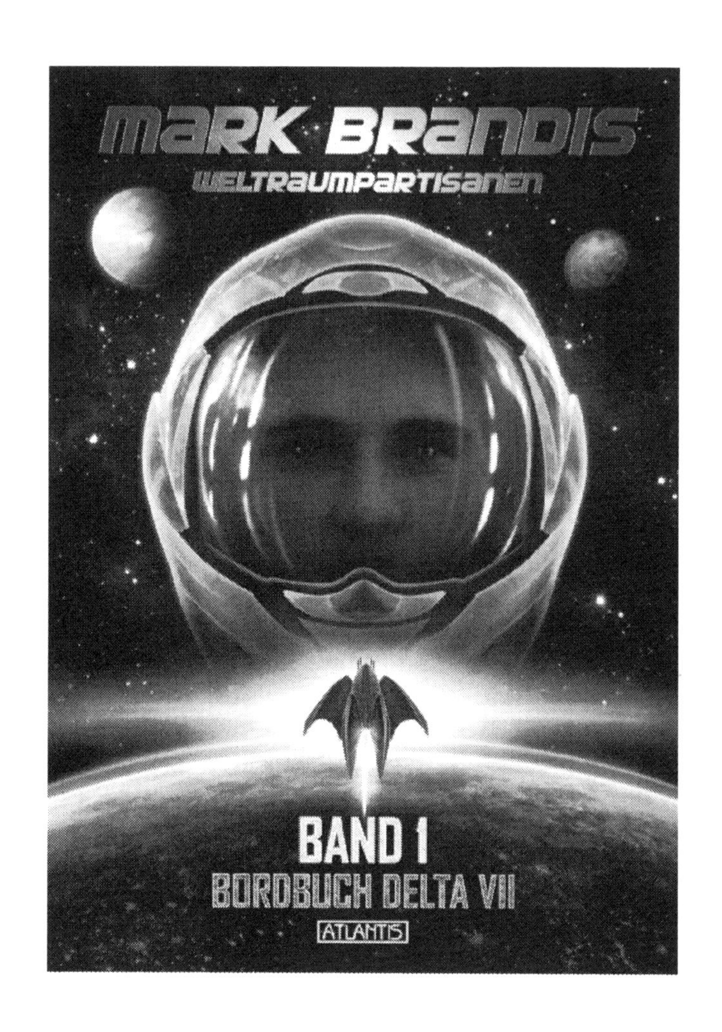

MARK BRANDIS 1:
Bordbuch Delta VII

Printed in Poland
by Amazon Fulfillment
Poland Sp. z o.o., Wrocław